W0287627

BERLIN

HERBERT BECKMANN

Die Nacht von Berlin

NERVENKITZEL Im September 1911 beginnt in Berlin eine beispiellose Mordserie. An verschiedenen Orten der Reichshauptstadt werden Leichen gefunden, die vom Täter auf groteske Weise verkleidet und zurechtgemacht wurden. Dem jungen Ermittler Edmund Engel ist schon bald klar, dass es sich nicht um einen »gewöhnlichen Irren« handeln kann, wie seine Vorgesetzten glauben, sondern um einen ganz eigenen, neuen Tätertypus. Den erst das neue Jahrhundert hervorgebracht hat. Einen »Künstler« im Fach Mord.

Edmund Engel sucht daher den Kontakt zu dem berühmten Nervenarzt, Kriminalgutachter und Lebemann Alfred Muesall. Der Arzt lässt sich anfangs nur widerwillig, dann aber immer intensiver in die Mordermittlungen hineinziehen. Die bizarre Spur führt sie ins Berliner Theater-Milieu. In das weltberühmte Metropol-Theater im Herzen der Stadt …

Herbert Beckmann, 1960 geboren, lebt mit seiner Familie in Berlin. Er hat zahlreiche Sachbücher, Hörspiele und Geschichten für Kinder und Erwachsene veröffentlicht. Mit seinem ersten historischen Roman »Die indiskreten Briefe des Giacomo Casanova« war er 2010 für den Sir-Walter-Scott-Preis nominiert. »Die Nacht von Berlin« ist sein dritter Roman im Gmeiner-Verlag.

Bisherige Veröffentlichungen im Gmeiner-Verlag:
Mark Twain unter den Linden (2010)
Die indiskreten Briefe des Giacomo Casanova (2009)

HERBERT BECKMANN

Die Nacht von Berlin

Roman

Original

GMEINER

Besuchen Sie uns im Internet:
www.gmeiner-verlag.de

© 2011 – Gmeiner-Verlag GmbH
Im Ehnried 5, 88605 Meßkirch
Telefon 0 75 75/20 95-0
info@gmeiner-verlag.de
Alle Rechte vorbehalten
1. Auflage 2011

Lektorat: Claudia Senghaas, Kirchardt
Herstellung: Christoph Neubert
Umschlaggestaltung: U.O.R.G. Lutz Eberle, Stuttgart
unter Verwendung eines Bildes der Quelle: http://www.zeno.org/Bildpostkarten/M/Varieté/Tanz/%27Das+muß+man+sehen%27,+Eine+Monte+Carlo-Gruppe
Druck: Fuldaer Verlagsanstalt, Fulda
Printed in Germany
ISBN 978-3-8392-1215-8

Und die Nacht in Berlin!

Welch eine Stadt der Welt hat solche Nacht? Wie ein Brausen geht es durch die Friedrichstadt, wie ein einziger lustfroher Champagnerknall. Allerdings wie ein Champagner, der in Deutschland auf Flaschen gefüllt ist, mit schlechtem Nachgeschmack und Kopfschmerzen am anderen Morgen.

Edmund Edel, Neu-Berlin, 1906

Das gefährlichste Organ des Menschen ist der Kopf.

Alfred Döblin

2. September 1911, gegen drei Uhr morgens

ER LACHTE UNWILLKÜRLICH. *Es war ja so leicht gewesen, viel einfacher als gedacht. Und nun saß er bereits mit tiefem inneren Frieden im Rücken der beiden Frauen und betrachtete ihre unscharfen grauen Silhouetten im matten Licht der Gaslaterne, das durchs Schaufenster hereinfiel. Der Mond da draußen schien sternenweit entfernt, war nur ein kleiner weißer Tropfen über den Dächern der Häuserzeile gegenüber. Die Frauen sahen ihn nicht mehr. Ihre Augen waren weit geöffnet, aber ihr Blick war blind. Sein Lachen war ein heiseres Keuchen.*

Noch legte sich die Nacht wie ein Mantel um ihre erstarrenden Körper, aber warte nur, wenn der Morgen graute und die Stadt gezwungen war, sein Werk zur Kenntnis zu nehmen! Er kannte doch sein Publikum: Berlin war verrückt geworden – verrückt nach Unterhaltung. Champagner, Theater, Mord! Wo war der Unterschied? Die Weltstadt hatte das Hirn eines Absinth-Säufers. Und ein Herz aus Asphalt. Die Bewunderung für den Schöpfer dieser kuriosen Szene würde sich am Ende durchsetzen. Und das hier war nur der Auftakt.

Plötzlich hörte er, wie am Ende des Flurs die Wohnungstür umständlich aufgeschlossen wurde. Der Hausherr kehrte zurück.

Er unterdrückte mit Mühe, wieder lachen zu müssen. Nun, er würde dem Herrn einen Blick auf die Szene gestatten. Genau einen. Und wenn ihm dabei nicht gleich das Herz aussetzte, musste wohl nachgeholfen werden.

Stadt aus Licht

Donnerstag, 31. August, früher Nachmittag

»Lotte is dot, Lotte is dot, Jule liecht im Sterben …«

Edmund eilte durch den verschatteten, dunklen Innenhof des Hauses, vorbei an einem Sackvoll verfloht aussehender Kinder, die Kreis spielten, und trat hinaus auf die Straße.

»Freu ick mir, freu ick mir, jibt et wat zu erben!«

Der Kindervers folgte ihm vielstimmig nach, bis die schwere Haustür in seinem Rücken dumpf krachend ins Schloss fiel.

Die schwüle Hitze schlug ihm wie eine Faust entgegen. Schon die vorangegangenen Tage im ausgehenden August des Jahres 1911 waren in Berlin gewitterwarm, windstill und schwelend gewesen. Edmund schob sich den Bowler ein wenig in den Nacken und blickte in den nachmittagsträgen Himmel. Über ihnen schwebte ein Gekröse aus knitterigen grauen Wolken, durch deren Lücken immer wieder Sonnenblitze brachen, so grell, als wollten sie die Stadt selbst in Licht verwandeln.

Auch von Spirow lüftete jetzt den Hut, weitete mit zwei Fingern den gestärkten Kragen und wischte sich umständlich mit einem großen weißen Taschentuch den Schweiß von Gesicht und Nacken.

Das Haus in der Spandauer Vorstadt, die Mietskaserne in ihrem Rücken, lag an der Ecke Linien- und Artilleriestraße. Auf der Kreuzung unmittelbar vor ihnen entstand jetzt beträchtlicher Lärm. Von der Elsasser Straße her war ein schwerer Pritschenwagen herangerumpelt, um rechts in die Linienstraße einzubiegen; er eckte jedoch am Bordstein an und stellte sich quer. Der Kutscher fluchte, schlug mit der Peitsche nach den schwerfälligen, falbfarbenen Kaltblütern und riss wild an den Zügeln. Doch damit erreichte er nur, dass die Pferde auskeilten und über die Stränge schlugen. Im Handumdrehen war die Kreuzung versperrt, der lebhafte Verkehr – Droschken, ein Omnibus, Fuhrwerke, einige Automobile – kam zum Stehen.

Doch Edmund nahm den noch anschwellenden Lärm auf der Straße, das Fluchen und Hupen, Pfiffe und Wiehern, nur gedämpft, wie in Watte gepackte Geräusche wahr. Seine Gedanken wanderten zurück in die Wohnung der Vermissten, die Kriminalkommissar von Spirow und er soeben in Augenschein genommen hatten. Die dreißigjährige Hildegard Langenfeld, eine Schneiderin, war von ihrer zwei Jahre jüngeren Schwester, mit der sie in der Einzimmerwohnung in der Linienstraße lebte, schon vor einer Woche als vermisst gemeldet worden. Doch erst jetzt hatte die Vermisstenstelle der Polizei es für nötig befunden, vor Ort nach eventuellen Hinweisen für ihr plötzliches Verschwinden zu suchen.

Von Spirow hatte mit Lena Langenfeld, der Schwester der Vermissten, gesprochen, Edmund das Protokoll geführt. Der Erkenntnisgewinn war gering, allerdings hatte sich Kommissar von Spirow auch ziemlich lustlos gezeigt. Eigentlich war er für diesen Monat turnusmäßig der Mordbereitschaft zugeordnet worden, was hatte er also bei der Vermisstenabteilung verloren? So dachte er wohl. Edmund protokollierte am Ende nur den schlichten Tatbestand, dass Lena Langenfeld, eine zierliche, kleine, zerbrechlich wirkende Frau mit auffallend großen, dunklen Augen, die immer ein wenig erschrocken aussahen, ihre Schwester seit knapp einer Woche nicht mehr gesehen hatte. Seit dieser Zeit fehlte sie auch bei ihrem Arbeitgeber, dem Theater-Ausstatter Baruch.

»Ja, die Hilde hat einen Bekannten, den Wörne«, gab Lena Langenfeld dem gelangweilten Kommissar Auskunft.

»Der Wörne ist Milchwagenkutscher bei Bolle. Jedenfalls zuletzt war er's gewesen.« Aber Heinrich Wörne lasse sich nur selten bei ihnen blicken, wohne mal hier, mal da. »Der führt die Hilde nur mit dem Küchenmesser unterm Kinn mal zum Schwoof aus am Sonnabend. Bei dem ist sie bestimmt nicht. Und in der letzten Zeit ist der hier gar nicht mehr aufgetaucht.« Das könne sie guten Gewissens behaupten, da sie als Heimarbeiterin, die, wie die Hilde, ebenfalls schneidere, die meiste Zeit zu Hause verbringe. Anders als ihre Schwester, die im Baruch-Haus in der Alten Jacobstraße arbeite.

Ziel- und lustlos bis zum gestärkten Hemdkragen hatte von Spirow sich anschließend in der kleinen Wohnung im zweiten Stock umgesehen. Nichts Ungewöhnliches zunächst, alles ärmlich, bescheiden und ordentlich. Das Wohnzimmer etwa vier mal acht Meter groß. Schmaler Esstisch, vier Stühle, Kredenz, in der Ecke auch die zwei Betten der Schwestern.

»Irgendwelche Dokumente Ihrer Schwester vorhanden, Schuldscheine et cetera, die vielleicht weiterhelfen könnten?«, fragte von Spirow, als sie in die Küche kamen. Dort befand sich auch Lena Langenfelds Arbeitsplatz mit einer Nähmaschine, an der zuweilen auch die schneidernde Schwester private Aufträge erledigte, wie sie erfuhren.

Lena Langenfeld hatte die Unterstellung, die in der Frage nach eventuellen Schulden ihrer Schwester lag, sehr wohl verstanden und machte ein empörtes Gesicht. Doch ihr Pflichtbewusstsein überwog.

In der Küchenwand befand sich hinter einer kleinen

Holztür ein Hohlraum, den sie die »Kabuse« nannte, der Boden war vermutlich die Decke des um eine halbe Treppe tiefer liegenden Außenklos. Die Kabuse war zu zwei Dritteln mit Lena Langenfelds Stoffresten und Werkzeugen zum Nähen und Schneidern gefüllt. Daneben aber befand sich ein unsortierter Haufen Papiere ihrer Schwester, meistens Briefe und Postkarten, auch das eine oder andere Amtsschreiben. Der Kommissar hatte den Stapel herausgezogen, einen Blick darauf geworfen, und ihn mit einem unverständlichen Knurren Edmund überlassen.

Dieser ließ die Papiere durch die Hand schnurren. Sie waren vergilbt und sahen wirklich nicht nach einem aktuellen Anlass für das freiwillige oder gar unfreiwillige Verschwinden einer erwachsenen Frau aus. Nur an einer Stelle lugte ein Zipfel aus dem kleinen Stapel heraus, der noch nicht angejahrt, sondern frisch und rahmhell aussah.

Von Spirow stand inzwischen bereits wieder an der Wohnungstür und war im Begriff, sich von Lena Langenfeld zu verabschieden. Er räusperte sich daher auffordernd in Edmunds Richtung und warf ihm, als dieser überrascht von dem Stoß Papieren in seiner Hand aufblickte, einen tadelnden Blick zu.

Doch Edmund ignorierte den Wink des Kommissars und las beeindruckt weiter in dem Typoskript, das er in den Händen hielt.

Und an diesen, mit der Maschine geschriebenen Text dachte er eben jetzt, da sie bereits wieder auf dem Trottoir der Linienstraße standen und ein Schutzmann auf der Kreuzung drüben sich mit heftig Luft schaufelnden Armen mühte, das entstandene Verkehrsknäuel aufzulösen oder wenigstens zu regeln.

Der Text begann sehr ungewöhnlich mit einem Titel wie

für ein Gedicht: »Stadt aus Licht«. In jedem Fall handelte es sich dabei, das war ihm sofort klar, um eine Art Dichtung, die die Nacht von Berlin beschrieb, genauer: das Nachtleben im Berliner Vergnügungszentrum rund um die Linden und die Friedrichstraße. Da zuckten Reklamelichter durch die Nacht, erregte Leiber schoben sich drängend, ameisenhaft durch die wimmelnde Friedrichstraße, verirrte Ratten huschten übers Pflaster und dunkle Gestalten lungerten im Schatten des Kranzlerecks. Und schließlich der letzte Satz, der ganz unvermittelt kam nach dem »glitzernden Lichtermeer der Stadt«, das zuvor beschrieben worden war. Am Ende folgte eine Widmung, »für meine Hilde«, die man eigentlich zu Beginn erwartet hätte.

»Fräulein Langenfeld, entschuldigen Sie«, hatte Edmund sich an die Schwester gewandt, und zu seinem Ärger spürte er, wie er unsicher wurde, weil von Spirow ihn erstaunt, ja missbilligend anstarrte. Dennoch hielt er entschlossen den Briefbogen in seiner Hand hoch und fragte: »Haben Sie eine Ahnung, wer das hier, diesen Text, geschrieben hat?«

»Engel, was soll das?«, polterte von Spirow und nahm verärgert seinen Zwicker von der Nase. »Sie sind hier zum Protokoll Schreiben. Falls nötig. Das Kriminale überlassen Sie vorerst mir. Wenn Sie mal Polizeipräsident sind, machen wir's umgekehrt.«

Lena Langenfeld wrang die eine Hand mit der anderen. Ihr Blick wanderte verlegen vom älteren, gesetzten, ohne Zweifel Autorität und Erfahrung ausstrahlenden Kommissar, zum verunsicherten, jetzt mächtig ins Schwitzen kommenden, jungen Hilfskommissar und wieder zurück. Dann aber wandte sie sich mit einem leichten Nicken Edmund zu und sagte mit einer wegwerfenden Handbewegung: »Der

Brief? Na ja, den da und noch paar andere, glaube ich, hat Hilde vor 'ner Weile von 'nem Verehrer bekommen, den sie, weiß ich nicht wie, kennen gelernt hat. Irgendein vornehmer Herr vom Theater, Dichter oder was weiß ich. Hat sich wohl bisschen in sie verguckt.« Plötzlich starrte sie ihn an. »Denken ... Sie denken doch nich, die Hilde wär ... sie wär mit dem Herrn ...«

Von der Tür her lachte von Spirow plötzlich laut und roh auf: »Aber natürlich denken wir das. Mit diesem besseren Herrn – oder einem anderen seiner Preisklasse – ist Ihre Schwester auf ... nu ja, Vergnügungsreise. Oder«, fuhr der Kommissar genüsslich fort, »sie ist bei ihrem Bekannten, dem Wörne. In welcher seiner vielen Wohnungen auch immer.« Damit lüftete er kurz seinen steifen, grauen Hut, den er die ganze Zeit aufbehalten hatte, wünschte »einen schönen Tag noch« und verschwand zum Flur hinaus. Er stiefelte die Treppe hinunter, ohne auf Edmund zu warten, die Wohnungstür ließ er einfach offen stehen.

Edmund stand einen kurzen Moment unschlüssig mit den Papieren in den Händen, ehe Lena Langenfeld sie ihm abnahm und wieder an ihren Platz in der Kabuse verstaute. Sie verabschiedete ihn mit einem tief beschämten Gesicht. Unwillkürlich legte er ihr die Hand auf den Arm. Sie zuckte zusammen wie unter einem Peitschenschlag, und er verließ fluchtartig die Wohnung.

Als er wieder auf die Straße trat, stand von Spirow vor dem Haus und steckte sich soeben eine Batschari an. Unbeweglich wie eine Echse, die sich sonnt, beobachtete der Kommissar jetzt, wie der Kutscher auf der Kreuzung seine Kaltblüter in den Griff bekam, sodass der Pritschenwagen sich endlich bewegte und der Verkehr wieder in Fluss kam. Er nahm noch einen kräftigen Zug von seiner Zigarette, ließ den Rauch durch die zusammengebissenen gelben Zähne wie aus einem Dampfkessel entweichen und sagte, ohne ihn anzublicken:

»In Zukunft, Engel, verbitte ich mir jede Eigenmächtigkeit. Bilden Sie sich ja nicht ein, Sie wären was Besonderes, bloß weil Ihr Vater ein hohes Kriminaler-Tier im Elsass oder wo auch immer war. Das zählt hier nicht. Nicht in Berlin. Nicht bei uns in der Burg, verstanden?«

Edmund blickte ihn ausdruckslos an. Mein Vater ist tot, dachte er, doch er schwieg.

Von Spirow warf die Zigarette ärgerlich aufs Pflaster, als wäre sie ein Schleimpfropfen zwischen seinen Fingern. »Für dieses eine Mal schreibe ich Ihre dreiste Einmischung in meine Ermittlungen Ihrer Jugend und Unwissenheit zu«, fuhr er gönnerhaft fort. »Aber das nächste Mal erfährt Jagow davon. Und dann können Sie Ihren Kommissarsanwärter im Rinnstein suchen und von mir aus Gulli-Leutnant werden.«

Edmund schloss für einen Moment die Augen und schluckte die Demütigung schweigend hinunter.

Doch bereits als sie die Droschke bestiegen, mit der sie zurück ins Präsidium fuhren, schwirrte ihm wieder dieser merkwürdige Text im Kopf herum. Er verstand nicht viel von Literatur. Aber diese »Stadt aus Licht« des Verehrers der Vermissten erschien ihm doch merkwürdig. Besonders der unerwartete Schlusssatz beschäftigte ihn: »Eine Nacht, grellbunt wie das Leben. Und wie geschaffen für das Töten.«

Ein schockierender Satz.

Erstes Bild: Laufmädchen

Man trägt die Schachteln durch die Stadt –
Ein jeder Hut ein Wagenrad!
Am Kopf, da sind sie leicht nachher,
Am Arme aber sind sie schwer!

Am frühen Morgen des 2. September, einem Sonnabend, waren bereits dutzendweise Passanten an dem kleinen Schaufenster des Hauses Alexandrinenstraße 124 vorbeigezogen, manche hatten sogar einen kurzen Blick in die Auslage des Juweliergeschäfts Stoltze hineingeworfen. Aber niemandem war etwas Ungewöhnliches aufgefallen.

Gegen halb neun trotteten auch der neunjährige Rudolf Wernicke und seine Mutter auf dem Weg zum Krankenhaus am Urban an dem Geschäft vorbei. Wernickes hielten dem Urban die Treue, schon Else, die Große, war dort wegen der ›Motten‹ behandelt worden, aber besonders der Rudi. Obwohl die Familie inzwischen dutzendfach umgezogen war. Von einem Obdachlosenasyl zum nächsten.

Die Luft war feucht und schwer, Elisabeth Wernicke stöhnte auf. Musste det früh am Tag schon so schwül sein? Und denn die villen Leute, det janze Trottoir voll davon. Wo die nun wieder alle hin wollten, am Sonnabend, halb neune ’rum? Selbst der Pferdeomnibus, der klappernd und dumpf rollend an ihnen vorbeifuhr, war bereits voll besetzt mit Fahrgästen. Wie ’ne Sardinenbüchse uff Räder. Und schwitzen taten die Personens sicher ooch alle.

Ein riesiger, stockdürrer Hund trabte jetzt auf seinen hohen Stelzen, witternd, mit gesenktem Kopf, an ihnen vorbei und heftete die große graugrüne Schnauze ans Schaufenster. Es sah aus, als betrachtete er äußerst interessiert die Schmuckauslage des Juweliergeschäfts.

Der Junge lachte und blieb stehen.

Mutter Wernicke aber drängte vorwärts, der Junge musste doch dringend heute noch behandelt werden. Er hatte da irgendwas an den Drüsen oder an den Mandeln, jedenfalls in seinem gefährlich angeschwollenen, doppeltdicken Hals, der inwendig so rot war wie die Striemen auf einem frisch versohlten Hinterteil.

Üblicherweise, das musste sie sich eingestehen, war sie es, die auf dem Weg zum Urban gerne einmal vor dem Schaufenster der Stoltzes stehen blieb; ganz kurz, nur wenige Sekunden lang riskierte sie dann einen scheuen Blick in die Auslage. Ach, alle diese blitzenden Brillanten und Diemanten und so wat! Eine Frau, die det leisten sich konnte, musste die nich' glücklich sein und vor allem reich? So dachte sie dann und fing beinahe an zu heulen, wusste selbst nicht warum, Glückstränen waren das nicht, denn sie war weder reich noch glücklich. Nee, die Prezosens kamen bei'n besten Willen nich' in Frage für sie.

Jetzt aber war es ihr Kleiner, der Rudi, der neben dem Hund plötzlich stehen blieb, um die Auslage zu studieren. Und wie der Junge so seltsam glotzte uff eenmal, jenau wie der Köter. Wat war denn plötzlich?

»Na, wat is' nu, Rudi? Willste hier Wurzeln schlagen oder wat?«

Rudi schob sich die löchrige Mütze noch weiter in den Nacken und legte den Kopf ein wenig schief, so als wäre die Welt aus den Angeln gerutscht und er müsste sich den neuen Verhältnissen erst mal anpassen.

»Oder …«, sie lachte, » … oder willste Muttern eenen von die Brielanten koofen?«

Rudi wies mit den frisch für den Arzt gescheuerten Fingern aufs Schaufenster. »Ick gloobe …«, sagte er staunend, »ick gloobe«, wiederholte er langsam, und sie folgte jetzt seinem Blick zum Fenster, in die heutige Auslage des Geschäfts, »ick gloobe würkli', die sind echt. Die beeden Toten da drinne.«

Mutter Wernicke verscheuchte nun ärgerlich den Hund

mit einem kräftigen Klaps und ein paar unfreundlichen Wortsalven. Dann starrte auch sie ins Fenster. Da saßen im Hintergrund der kleinen Glitzerwelt zwei seltsame Gestalten. Auf schmalen braunen Korbstühlen, fast unmittelbar hinter der schmucken, in breiter Front auf schwarzem Tuch präsentierten Fensterauslage: eine alte Frau, um fünfzig rum, rund wie 'ne Litfaßsäule, und eine junge, dünne, höchstens zwanzig, vielleicht Mutter und Tochter. Doch so genau ließ sich das von hier draußen nicht feststellen, ihre Gesichter waren grellweiß geschminkt und beide trugen die gleichen absonderlichen Sachen, schwarzweiß gestreifte Kleider und Käppis, doch keinerlei Schmuck. Sie sahen mehr aus wie Zuchthäuslerinnen, frisch zurück von einer dreijährigen ›Dampferfahrt‹ nach Plötzensee.

Die Frauen bewegten sich kein bisschen, nicht mal ein Augenlid zuckte, maulwurfsblind und mausetot blickten sie einen an, es war zum Gruseln. Mensch, det sah ja fast so aus, als wär'n die Ärmsten uff ihren Stühlen dort, an Ort und Stelle, abjemurkst word'n.

Nee, Elisabeth Wernicke schüttelte heftig den Kopf mit dem schütter werdenden Blondhaar. Das hier war nicht ihre Sache. Sondern die der Polizei. Aber mit der wollte sie nun wirklich nichts zu tun haben! Nicht schon wieder.

»Komm jetze, Rudi. Wat du dir ooch ümmerzu ankieken willst! Brielanten und allet.« Sie zerrte ihn ärgerlich fort von den zwei Leichen hinterm Schaufenster. Ihre Knie zitterten, während sie weitergingen. Ihr Ältester mit dem dicken Hals starrte sie aus glasigen Augen an, als verstünde er die Welt nicht mehr.

In einiger Entfernung wartete der Hund darauf, dass sie verschwanden.

Kommissar Gustav von Schmöckwitz von der Abteilung IV im Berliner Polizeipräsidium, ein dürres sechzigjähriges Männchen mit vertrocknetem Pflaumengesicht hinter dem schütteren Schnauzbart, blickte kurz von seiner Zeitung auf und schüttelte sacht den Kopf. Er war Kriminalkommissar in der Sonderinspektion für direkte Ermittlungstätigkeiten und in diesem Monat der Mordbereitschaft im Haus zugeordnet, die direkt dem Polizeipräsidenten unterstand. Er hatte ja nun schon so manches erlebt in der Burg, aber aus dem Engel, seinem neuen, jungen Kollegen-Anwärter, wurde er nicht schlau. Kam mit dem Fahrrad, wie man hörte, zum Dienst gefahren, bewegungssüchtig durch die halbe Stadt von der Steglitzer Straße her. Und nun saß der Herr Hilfskommissar den ganzen Morgen stumm und starr wie eine Leiche am Katzentisch des Büros, grübelte und kritzelte Hieroglyphen aufs Papier. Fuhr nervös mit seinem Stift da auf dem Schreibblock herum, aber nach einem Protokoll sah das beim besten Willen nicht aus. Er fragte sich wirklich, wie der Bursche das alles später ins Reine schreiben wollte.

Na, seine Sorge sollte das nun nicht sein. An einem Sonnabend, morgens um neun! Oder war es gar noch früher? Er holte seine Taschenuhr hervor, ein solides altes preußisches Modell, nicht eine von diesen neumodischen amerikanischen Uhren, es kam ja immer mehr aus dem Ausland, sogar Touristen. – Kurz vor neun, richtig. Er steckte die Uhr wieder in die Tasche. – Und wer musste sich dann mit diesen Ahnungslosen aus Übersee (neben denen vom platten deutschen Lande) befassen, wenn sie sich im Berliner Norden mal wieder hatten beklauen lassen? Die Polizei. Gewiss doch. Zum Glück erledigten das die Schutzleute in den Revieren. Aber gelegentlich fand man doch auch mal einen Berlinbesucher in der Spree treiben oder leblos im Tiergarten (in etwas merkwürdiger Stellung mitunter), und das hatten sie am Ende von ihrem nächtlichen Treiben. Na, noch ein paar wenige Jährchen, dann hatte er seinen Dienst als Kriminaler für Stadt und Vaterland und vor allen Dingen für Seine Majestät und Seiner Majestät Allergnädigste Familie treu erledigt. Dann würde er sich ein Häuschen an der Ostsee zulegen und keinen Gedanken mehr an ›die Burg‹ am Alexanderplatz verschwenden, das war mal sicher. Das alte Präsidium am Molkenmarkt früher, ja, das hatte er sich ja noch gefallen lassen. Überhaupt war alles viel gemütlicher und weniger aufgeplustert damals. Aber dieser grässliche rote Backsteinbau mit den endlosen grauen Rattengängen, in denen man sich ja verlaufen konnte ohne Stadtplan auf nüchternem Magen, glich doch mehr einer Fabrik als einem Gebäude, in dem die Polizei Recht und Gesetz zur Exekution verhalf.

Der Kommissar spürte auf einmal, wie das Kribbeln wieder begann und seine Finger das Zittern bekamen. Durst! Du Geißel der Menschheit. Er legte nun endgültig die Vossische zur Seite und warf einen schmachtenden Blick aus dem Fenster über den Alex zum Prälaten, seinem bevorzugten Bierhaus in den Stadtbahnbögen. Ein Helles oder zwei, vielleicht einen Korn dazu und noch eine Käseschrippe, dagegen war doch nun wirklich nichts einzuwenden. Und solange der Junge dort, der Engel, dessen pechschwarzes Haar ganz und gar nicht zu seinem Namen passen wollte, an seinem überflüssigen Protokoll schrieb, war die Gelegenheit nun mal wie geschaffen, sich für eine gewisse Zeit vom Büro zu absentieren.

Trotzdem konnte es nicht schaden, den jungen Kollegen vorher noch an seine Pflichten zu erinnern. Er räusperte sich, erhob seine magere Gestalt vom Stuhl und sagte: »Übrigens, Engel, Ihr Geschreibsel in Ehren. Aber vergessen Sie darüber nicht, wir beide sind Mordbereitschaft diesen Monat!« (Schlimm genug. Fehlte nur noch ein Einsatz heute, am frühen Sonnabend.)

Der Engel hob leicht den Kopf und blickte ihn mit diesen irritierenden, weit auseinanderstehenden Vogelaugen ruhig an. »Aber ich schreibe doch den Bericht über die Vermisstensache Langenfeld, Herr von Schmöckwitz.«

»Die Langenfeld-Sache. So.«

»Ja.«

Der Junge sah ihn erstaunt an, so als hätte er ihm erst vorhin davon erzählt. – Tatsächlich? Dann hatte er, Schmöckwitz, das etwa schon wieder vergessen? Nun, das machte das schwüle Wetter, das war ja gar kein richtiges Septemberwetter mehr, so ein Wetter hätte es früher um diese Jahreszeit nicht gegeben. So viel stand fest, er musste etwas trinken, das Blut ein wenig in Schwung bringen, damit es leichter ins Hirn sprudelte und wieder zurück.

»Diese Langenfeld, ja, hm, so …« Wenn ihm nur einfallen würde, worum es dabei ging. Bestimmt hatte der vertrackte Junge ihm das bis ins kleinste überflüssige Detail erzählt, aber man konnte sich doch nun wirklich nicht alles merken.

Dieser schwarze Engelsteufel blickte ihn weiter ruhig und aufmerksam an, er schien sich sogar seine eigenen Gedanken zu machen (was nun wirklich keiner verlangte) und sagte schließlich: »Sie wissen doch, Herr von Schmöckwitz, die Langenfeld ist die vermisste Schneiderin bei Baruch, dem Theater-Ausstatter in der Lindenstraße. Kommissar von Spirow bearbeitet vertretungsweise den Fall für Kommissar von Selchow.«

»Ja, ja, die Vertretungen, richtig, richtig.« Gustav von Schmöckwitz nickte ungeduldig, das Kribbeln in seinem Körper nahm zu, die Finger zitterten immer stärker, und er versenkte die Hände in den tiefen Taschen seines langen dunklen Jacketts. Er versuchte, seinem Gesicht einen halb tadelnden, halb bedauernden Ausdruck zu geben. »Der arme Selchow hat uns ganz schön reingeritten, was? Lässt sich von so einer Schickse das Gesicht zerkratzen und dabei 's Blut vergiften. Bums« Er machte eine äußerst anschauliche Bewegung mit der flachen Hand, die steil von der Senkrechten in die Waagrechte kippte, und schüttelte dabei verständnislos den Kopf. Ausgerechnet von Selchow, so ein alter, erfahrener Kriminalbeamter vom Vermisstendezernat, war dumm genug gewesen, sich beim Verhör von einer Verdächtigen attackieren zu lassen und sich anschließend die Blutstropfen nur mit einem feuchten Taschentuch abzuwischen. Blutvergiftung. Was tat's, er musste ersetzt werden. Kollege von Spirow spuckte schon Gift und Galle, dass es ihn getroffen hatte, da er doch eigentlich ebenfalls der Inspektion für direkte Ermittlungen und in diesem Monat der Mordbereitschaft zugeordnet war. Riskantes Spiel von Jagows, des Chefs der Burg. Alles in Ordnung, solange kein Mord gemeldet wurde. Aber Berlin war in dieser Hinsicht unberechenbar geworden. Früher, da hatten sie im Jahr höchstens, na, vielleicht sieben oder acht Fälle …

»Herr von Schmöckwitz?«

»Was denn, Engel?« Widerwillig kehrte er von seinem kleinen Gedankenspaziergang in eine vergangene bessere Zeit zurück.

»Herr Kommissar, wenn ich Ihnen vielleicht kurz vorlesen dürfte, was ich in der Vermisstensache soeben zusammengefasst habe? Ich bin mir nämlich, mit Verlaub, gar nicht so sicher wie Herr von Spirow, dass die Dame … also das verschwundene Fräulein Langenfeld bloß mit ihrem Bekannten … oder ihrem … ihrem Verehrer über alle Berge …«

Na, so weit kam's noch! Was hatte er mit Vermissten zu tun? Der Kommissar machte mit der rechten Hand ein Stoppzeichen wie ein Schutzmann. »Wie spät ist es?«, unterbrach er ihn rüde. Und noch ehe der Engel seinerseits seine Taschenuhr zücken konnte, rief er ihm zu: »Ich komme zu spät, Engel. Bei Bedarf (der doch wohl hoffentlich nicht eintrat) finden Sie mich beim Prälaten. Vigilantenkontrolle. Polizeispitzel sind ein windiges Völkchen, denen muss man regelmäßig die Segel aufziehen. Na, das lernen Sie noch.« Gustav von Schmöckwitz war Hanseate, gebürtiger Lübecker, und liebte es, dies gelegentlich mit maritimen Vergleichen in Erinnerung zu bringen.

Seine zitternden Hände riefen inzwischen aber zur Revolte auf, unterstützt von seinem Magen, zu alledem erfasste das Kribbeln nun auch die Füße. Er machte auf dem Absatz kehrt und watschelte schnell hinaus.

Um ein Haar wäre der flüchtende Kommissar mit Fräulein Steppke zusammengestoßen, die aus ihrem Puppenstubenbüro nebenan kam, um die Herren (eher pflichtgemäß als überzeugt) nach etwaigen Kaffee- oder Kuchen- oder sonstigen leiblichen Wünschen zu fragen. Zusammen mit dem jungen Herrn Engel blickte sie staunend dem hinauseilenden Kriminalkommissar nach. Mit den wirren, grauen Haarresten, den dicken Koteletten, dem hohen Stehkragen und den Schlauchhosen sah er aus wie eine Figur aus dem letzten Jahrhundert. Und das war er ja auch.

Sie wandte sich dem Engel zu, verzog leicht den Mund und flötete: »Zum Prälaten? Vigilantengespräch?«

Plötzlich brach der junge Kommissarsanwärter in ein herzliches Lachen aus, das sie ihm gar nicht zugetraut hätte. Sie wusste nicht recht, was sie von ihm halten sollte. Ein schöner, großer, imposanter Mann, nein, das war der Engel nun wirklich nicht, eher blass und schmächtig. Und dann diese großen himmelblauen, etwas vorstehenden Augen in dem runden Gesichtchen, mit denen er ein wenig dem Gecko glich, wie sie erst kürzlich im Zoo einen gesehen hatte. Aber wenn er einen dann so offen anblickte, konnte man in diesen Augen versinken, ohne dass man es sich versah. Und wie der junge Engel dann manchmal wie eingefroren dasaß und grübelte und spekulierte – ein Mörder müsste sich vor dem sicher verdammt in Acht nehmen. Und, wer weiß, eine Frau vielleicht ebenso …

Dennoch hatte sie das dringende Bedürfnis, ihm, da sie ihn gerade wieder so eifrig schreiben sah, gleich zu Anfang einen guten Rat zu geben. In aller Freundschaft, die vielleicht noch zwischen ihnen werden konnte.

»Übrigens, Herr Engel«, begann sie forsch, »immerzu diese Schreibsachen für die Kommissare. Wissen Sie, wie Sie in der Burg schon genannt werden?«

Er schaute sie gespannt und etwas bang an.

»Der Schriftgelehrte.«

Der Engel erbleichte. Jetzt tat es ihr fast leid, dass sie sich so weit vorgewagt hatte, aber nun war es heraus.

»Hör'n Sie«, versuchte sie, ihm klar zu machen, »wenn Sie weiter alles haarklein aufschreiben, in Ihren Protokollen und so weiter, dann müssen Sie bald auf jeden dummen Einsatz mit. In allen Abteilungen.«

Der Engel entspannte sich wieder und schüttelte lächelnd

den Gecko-Kopf. »Das macht nichts, Fräulein Steppke. Ich will ja bei möglichst vielen Einsätzen mitmachen!«

Das ging nun wirklich über ihren Verstand. Über den sie reichlich verfügte, vor allem im Fach Kosten-Nutzenrechnung.

»Naja«, sagte sie – ein wahres Arbeitstier im Wortschatz der Berliner übrigens, dieses ›Naja‹, mit dem sich Zustimmung, Ablehnung, beides zusammen oder keines davon ausdrücken ließ. »Naja«, wiederholte sie und blickte ihren neu gewonnenen Schützling skeptisch an. Im Geiste sah sie bereits die Unzahl unnützer Botengänge und überflüssiger Dienstleistungen sowie den unermesslichen Berg an Papieren vor sich, den der grüne Junge in Zukunft für seine Vorgesetzten zu bewältigen haben würde. Es konnte jedenfalls nicht schaden, weiter ein Auge auf ihn zu haben.

Um fünf vor elf an diesem Sonnabend erhielt die Mordbereitschaft am Alexanderplatz eine Eilmeldung von Kopisch, Vorsteher des Polizeireviers 41 in der Alexandrinenstraße 134. Edmund Engel nahm den Anruf entgegen. Kriminalkommissar von Schmöckwitz befand sich noch immer im ›Vigilantengespräch‹; auf alle Fälle nicht im Raum.

»Engel?«, klang es harsch vom anderen Ende der Leitung her. »Ich dachte, die Herren Kriminalkommissare Tausch und von Spirow hätten Bereitschaft. Laut meiner Liste hier …«

»Die Kommissare sind beim Vermisstendezernat eingesetzt«, beeilte sich Edmund zu erklären. »Herr von Spirow vorübergehend und Herr Tausch endgültig.« ›Endgültig‹, war das richtig ausgedrückt? Die Stimme des Reviervorstehers klang gewichtig und ernst. Edmund spürte, wie ihm plötzlich der Schweiß auf die Stirn trat.

»Was ist denn mit Kommissar von Schmöckwitz? Der steht auch noch auf meiner Liste für diesen Monat«, erklärte Kopisch mit hörbarem Misstrauen in der Stimme.

»Wissen Sie, Herr Revier … Herr Kopisch, ich bin zur Zeit noch Hilfskommissar in der Abteilung und … aber …« Er verlor den Faden.

In diesem Moment fegte Emma Steppke in den Raum und nahm ihm mit entschlossener Miene den Hörer aus der Hand.

»Herr Kopisch? Steppke hier. Du, pass auf, das geht schon in Ordnung. Der Engel schmeißt den Laden momentan in der Bereitschaft. – Der?« Sie schnaufte kurz und heftig durch die Nase. »Vigilantengespräch.« Sie zerlegte das Wort in seine Bestandteile, als sie es aussprach. »Nee, nicht im Aschinger. Im Prälaten.« Sogar Edmund hörte, wie der Reviervorsteher laut auflachte. »Ich schick 'nen Laufburschen, der findet ihn sicher bald.« Fräulein Steppke fegte mit einer eleganten Bewegung ihres Zeigefingers eine ihrer dicken, butterblonden Locken aus der Stirn.

Ihr Kopf fuhr plötzlich hoch. »Ach, herrje.« Die hellen Augen in ihrem angespannt aufmerksamen Gesicht weiteten sich erschrocken. Sie zog rasch einen Block auf dem Schreibtisch zu sich heran und notierte mit dem Stift, den sie schon in der Hand hielt, was der Vorsteher ihr diktierte; zur Kontrolle sprach sie laut mit: »Alexandrinenstraße 124, ja. Mach' ich. Kommt alles, na klar. Danke. Wiederhörn.«

Sie legte den Hörer zurück auf die Gabel des blitzblank polierten Nussbaumgehäuses und streckte dabei ihren straffen Körper. Die Sanftheit ihrer Rundungen überraschte Edmund beinahe und berührte ihn eigentümlich.

Doch als sie wieder aufgerichtet vor ihm stand, war

ihr Gesicht sehr blass und ihre Stimme dunkel und ernst. »Drei Tote in der Alexandrinenstraße, Nähe Belle-Alliance-Platz. Zwei Frauen, ein Mann. Der Kopisch, der Reviervorsteher eben«, sie nickte knapp zum Tischtelefon hinüber, »er meint, es sieht nach Raubmord aus. Er hat die Beamten im Revier natürlich schon losgeschickt, um den Tatort zu sichern. Ich alarmiere jetzt den Erkennungsdienst, und Sie fahren schon mal in die Alexandrinen.« Sie machte einen kleinen Schritt auf ihn zu und er sog den Blumenduft ihrer Haare ein. »Den Schluckwitz treiben wir dann auch noch auf und schicken ihn hinterher«, versprach sie kühn.

Sein Herz fing plötzlich an zu hämmern. Er realisierte erst jetzt, dass er am Tatort ganz auf sich gestellt sein würde, und augenblicklich wurde ihm die volle Größe der Aufgabe, die nun unmittelbar vor ihm lag, bewusst: Mord, Raub, Tatortsicherung, Spurensuche, Ermittlungen … das waren doch die magischen Worte, die ihn zur Kriminalpolizei getrieben hatten! Noch wohnte er bei seinem Onkel in der Steglitzer Straße. Aber wenn er erst einmal Kommissar war, und das konnte schon im nächsten Jahr soweit sein, dann würde er eine eigene Wohnung beziehen und wie die anderen Kommissare Zuschüsse und ein eigenes Telefon gestellt bekommen und dort auch Beratungsstunden halten und …

Fräulein Steppke unterbrach seinen geistigen Karrieresprung, indem sie ihm mit der flachen Hand keineswegs zartfühlend auf die Schulter klapste und ausrief: »Worauf warten Sie noch? Abmarsch zu den Fahrzeugen im Hof. Die Mordtasche kommt dann mit dem Fotografen und dem Erkennungsdienst!«

Kriminalkommissar Gustav von Schmöckwitz saß um diese Zeit an einem der zahlreichen Tische im Prälaten und hatte inzwischen zwei Pilsener zu je fünfzig Pfennige das Glas und dazu (auf einem Bein kann man nicht stehen) Weinbrand zu je dreißig Pfennig das Glas niedergekämpft. Es war wie Medizin, und da das Kribbeln nun nachgelassen hatte und auch seine Finger wieder Ruhe gaben, meldete der Magen Bedarf an.

Kein Wunder, es ging auf den Mittag zu, das Lokal war bis auf den letzten Stehplatz gefüllt, es herrschte Hochstimmung im Saal und ziemlicher Lärm, und wenn du all den Faulenzern beim Essen zusehen musstest, dann kriegtest du das natürliche Bedürfnis, dich für den weiteren Dienst zu stärken. Doch wenn du dir nicht allein mit mageren Schrippen den Bauch verkleistern wolltest, dann hattest du die Qual der Wahl, und die hieß heute: Rotwurst mit grünen Speckbohnen zu neunzig Pfennig, Hühnerleber mit Champignonsauce zu einsfünfundachtzig oder Eisbein mit Erbsbrei und Sauerkohl zu zwei Mark.

Er hatte sich soeben für das Eisbein entschieden und beim Kellner auch schon bestellt, als plötzlich der kleine Kummer, der dreiste Laufbursche von Abteilung II A hereinschneite, sich suchend umsah – doch wohl nicht schon wieder nach ihm! – und schließlich, als er ihn entdeckte, schnurstracks auf ihn zusegelte.

Der kleine Kummer hieß wohl eigentlich Kumerow oder Kumow oder so ähnlich. Aber ein Bengel, der einen regelmäßig beim Vigilantengespräch störte (mochten die Herren Polizeispione nun anwesend sein oder nicht), was machte der einem anderes als Kummer?

»Herr von Schmöckwitz!« Das Gesicht des Jungen

strahlte bis weit hinter seine Segelohren, weil er den Kommissar so rasch gefunden hatte. »Sie solln sofort in die Burg, ick meene, uff Präsidium kommen!«

Gustav von Schmöckwitz hämmerte seine schmal geratene Faust auf die Tischplatte, dass das bereitgestellte Besteck in seiner Halterung klapperte. »Was, zum Donner, fällt dir ein, Kummer!«, schimpfte er. »Guten Tag, heißt das, Herr Kriminalkommissar von Schmöckwitz, wünsche gut zu speisen. Ich habe Ihnen eine Mitteilung zu machen. Für nach dem Essen. So heißt das.«

»Aber et ...« Von Schmöckwitz funkelte ihn an. »Tach, Herr von Schmöckwitz, wünsche ... Herr Kommissar, würklich, et eilt. Mord in der Alexandrinen. Und Frollein Steppke schickt mir, ick soll Sie holen, und zwar mittenmang raus aus'm Prälaten, hat se jesagt. Sie jibt mir 'ne Kopfnuss, hat se jesagt, wenn ick Sie nich sofort anschleppe.«

»So, hat sie das gesagt?« Gustav von Schmöckwitz kam ins Grübeln. Resolutes Fräulein, die kleine Steppke, dabei noch so jung. Fatal.

Der Kellner kam mit dem Essen und knallte den Teller achtlos auf die Tischplatte. »Mahlzeit.« Und er verschwand wieder.

Das rosa Fleisch des Eisbeins dampfte verlockend, das Erbspüree lockte, der Sauerkohl sah appetitlich aus und gab wohl den Ausschlag. Dem Jungen liefen bei dem Anblick die Augen über.

Der Kommissar schnalzte mit der Zunge, um den Kellner noch einmal herbeizurufen. »Noch mal das Gleiche, Kurt. Auf meinen Zettel.« Er blickte den überraschten Jungen listig an. »Molle dazu, Kummer?«

Der nickte mechanisch mit offenem Mund (die Zähne

sahen nicht gut aus, weiß Gott nicht) und ließ sich auf dem Stuhl neben dem Kommissar nieder.

»Zwei Helle, Kurt. Und noch einen Cognac. Aber original von Pfau, keinen Verschnitt, ja!«

Der Kellner grummelte finster und verschwand. Jetzt kam der Junge wieder zur Besinnung. Er kratzte sich verlegen am Kopf (vermutlich an der Stelle, die das Fräulein später bearbeiten würde). »Einklich sollte ick Sie aber nun würklich …«

»Ja, ja, das wissen wir ja nun. Der Engel macht das schon.«

Der kleine Kummer blickte ihn blöde an. »Welscher Engel jetze?«

»Na, mein junger Kollege doch!« Der Kommissar fischte wieder bester Laune Besteck und Serviette aus der gläsernen Halterung in der Tischmitte und reichte dem Jungen ebenfalls einen Satz mit Messer und Gabel. »Der Engel schreibt alles schön auf, und dann kommt Papa Schmöckwitz und löst den Fall, was!«, erklärte er dem Jungen. Er klopfte ihm herzhaft auf die Schulter und lachte.

Beim Schmausen kamen sich die beiden näher. Kummer wollte wissen, warum so viele der Kommissare und die meisten Inspektoren »Vons« seien, so wie er, der Herr Kriminalkommissar von Schmöckwitz.

Der Kommissar lehnte sich genüsslich zurück und nahm einen kräftigen Schluck von seinem Hellen. »Tja, mein Junge«, erläuterte er ihm schließlich, indem er versuchte, gegen den steigenden Lärmpegel im Saal anzubrüllen. »Das ist von wegen der Disziplin, weißt du. Der alte Adel hat früher das Militär auf Vordermann gebracht. Und heute eben die Kripo.« Dass einigen seiner Kollegen der Abschied von der Truppe mehr als nur unverbindlich nahe gelegt worden war, erwähnte er jetzt nicht, von Spielschulden und anderen Ehrverletzungen verstand der Junge denn doch nichts.

»Charakter und Disziplin, Kummer«, erklärte er abschließend, »das kriegst du doch immer nur aus gutem Hause mit.« Der Junge grinste schief, und der Kommissar bestellte noch zwei Helle.

Gegen halb zwölf erreichten sie den Tatort mit drei Wagen. In der ersten Droschke befand sich der Hilfskommissar Edmund Engel, mit einem schwergewichtigen, alten Kriminalwachtmeister an der Seite, der den Mund hinter seinem buschigen Knebelbart nur auftat, um sich Edmund vorzustellen und ihm den Grund seiner Anwesenheit zu erläutern:

»Wendt. Vorsitzender des 3. Ulanenvereins und Oberkriminalwachtmeister in der ständigen Suite Seiner Majestät. Wir sind sechs Beamte zum Schutze Seiner Majestät. Aber Majestät betrauen uns auch mit Sonderaufträgen. Und als Majestät heute Vormittag von dem scheußlichen Verbrechen erfuhren, haben Majestät den Wunsch geäußert, auf dem Laufenden gehalten zu werden. Zu dem Zweck wurde ich ins Präsidium kommandiert. Von dort kam ja auch der Anruf für Majestät.«

»Aus dem Präsidium?«, rief Edmund verblüfft aus.

Der Oberkommissar und Vorsitzende des 3. Ulanenvereins nickte gewichtig und verbarg seine schwere Pranke in Herzhöhe unter der Uniformjacke wie ein später Erbe Napoleons. »Jawohl, vom Polizeipräsidenten von Jagow persönlich. Er informiert Seine Majestät regelmäßig. Und unregelmäßig in einem besonderen Fall wie diesem.«

Den Rest der Fahrt atmete er nur noch keuchend,

schwitzte und verströmte einen intensiven Geruch wie von ranziger Butter. Wehmütig dachte Edmund an den frischen Fahrtwind, der ihm um die Nase geweht hätte, wenn er stattdessen mit seinem neuen Nordmark-Fahrrad in die Alexandrinenstraße hätte fahren können. Er behalf sich damit, möglichst lange die Luft anzuhalten.

Im zweiten Wagen fuhr der Fotograf mit gleich zwei Apparaten für den Fall, dass einer davon versagte, und den eventuell nötigen Leiterstativen. Im dritten Wagen schließlich befand sich die eigentliche Ausrüstung der Mordbereitschaft zur Aufnahme des Tatbestands: Klapptisch und Klappstühle zur Protokollierung der Mordsache, Acetylen-Handlampen zur Ausleuchtung auch kleinster Ecken des Tatorts sowie ausreichend Gips zur Sicherung von Fußspuren. Irgendeiner der Beamten vor Ort sei immer mit Sicherheit ein großer Könner im Gipsgießen, hatten die älteren Kollegen Edmund erst kürzlich noch versichert. – Oder war das als Witz gemeint gewesen?

Das wichtigste Instrument aber war sicherlich die Mordtasche. Dummerweise kannte Edmund ihren geheimnisvollen Inhalt bislang noch nicht, niemand hatte ihn ihm erklärt, da anscheinend alle davon ausgingen, dass er darüber im Bilde wäre. Und deshalb hatte er sich gar nicht mehr getraut, danach zu fragen. Erst vorhin beim Einpacken der Instrumente und Apparate im Innenhof der Burg hatte er zum erstenmal überhaupt einen kurzen Blick darauf werfen können. Die Mordtasche sah aus wie eine ganz gewöhnliche lederne Reisetasche mit Leinenüberzug, doch genau das ließ sie ihm nun noch verheißungsvoller erscheinen.

Am Tatort angekommen, drückte Edmund seinen Hut fester in die Stirn, rückte den Halsbinder unter seinem straff sitzenden Jackett zurecht, stieß die Seitentür des Coupés schwungvoll auf und sprang hinaus. Viermal Pickelhaube, Schnauzbart, blaue Uniform und Säbel stürzten auf ihn zu – und ignorierten ihn. Die Schutzmänner schlugen dagegen vor dem stummen alten Kriminalwachtmeister kräftig die Hacken zusammen, der hinter ihm in aller Gemütsruhe, wenngleich schwer ächzend, aus der Kutsche kletterte.

Die Respektsperson in Uniform hob müde die Hand, und das Quartett lockerte prompt seine Haltung, soweit es ihm möglich war.

Der Alte deutete ihnen gegenüber nun mit seinen zwei bis drei Kinnen zu Edmund hinüber und erklärte: »Der jungsche Kollege jehört mit bei.«

Die vier Beamten nickten und beachteten Edmund ab jetzt nicht mehr.

Edmund kümmerte das nicht weiter, es gab Wichtigeres für ihn zu tun. Während aus den beiden hinteren Wagen die Gerätschaften hervorgeholt wurden, machte er sich schnell ein erstes Bild von der Örtlichkeit. Um sie herum auf dem Bürgersteig befand sich ein dichtes Gedränge von Schaulustigen jeden Alters und beiderlei Geschlechts, hübsch ausgewogen; im Wesentlichen sahen die Leute nach Kleinbürgern mit gesunder Neugier aus, aber auch einige verwegener wirkende Gestalten waren darunter. Das Tatort-Publikum redete durcheinander und schrie sich teilweise an, aber das gehörte ja zur Berliner Lebensart. Edmund war gebürtiger Pfälzer und wegen des Berufs seines Vaters, eines Kriminalbeamten mit Spezialaufgaben im Aufbau der Polizeiverwaltungen, an verschiedenen Orten Deutschlands aufgewachsen, zuletzt in Straßburg. Der Unterschied zwischen dem eroberten Elsass, das zwar einen deutschen

Dialekt sprach, aber französisch fühlte, und der deutschen Reichshauptstadt konnte nicht größer sein. In Berlin wurde das gegenseitige Anblaffen als eine Sympathiebekundung empfunden, und die ungewohnte Höflichkeit von Ausländern hielt man in der ›Weltstadt‹ nur für eine besonders raffinierte Form von Verschlagenheit.

Seine Gedanken schweiften ab! Und er tadelte sich sogleich dafür, denn er würde versagen, wenn er sich nicht mit allen Sinnen auf den Tatort konzentrierte. Von der Straße aus gab es freilich nichts weiter zu sehen als ein Wohnungsfenster im Parterre, vor dem die Jalousien heruntergelassen worden waren, und daneben ein längliches Schaufenster, das von innen, schien's, mit einem dunklen Tuch oder etwas Ähnlichem verhängt war. Darüber prangte an der grauen Hauswand das Firmenschild ›Juwelier Stoltze‹ in großen schwarzen Lettern.

Die Tatsache, dass vor allem das Schaufenster verhängt war, wirkte angesichts der Mittagszeit und auch angesichts der vielen, wegen der Schwüle sogar geöffneten Fenster ringsum ein wenig befremdlich.

Ein glubschäugiger uniformierter Beamter von vielleicht fünfzig Jahren kämpfte sich jetzt durch die Menge zu ihnen durch, salutierte und begrüßte mit Handschlag den alten Haudegen in Uniform.

»Hat Majestät Se also mitjeschickt, Wendt, ja?«, sprach er mit einem deutlich ostpreußischen Einschlag seinen Kollegen an. »Wo sind denn de Kriminalkommissare vom Alex?«

Der Angesprochene, Wendt, nickte auch diesmal nur kurz zu Edmund hinüber, und der Beamte wandte sich ihm leutselig zu.

»Haertel, mit A E. Zuständiger Kriminalwachtmeister

im Revier. Morjen«, stellte er sich Edmund vor, der ihm dankend ebenfalls seinen Namen nannte.

Die Augen des Wachtmeisters hellten sich auf: »Ach, Se sind der Schriftjelehrte der Abteilung, richtig? Hab schon Erstaunliches von Ihnen jehärt. Na, nichts für unjut, junger Mann.« Er lächelte zufrieden.

Edmund gab sich geschlagen und sagte mit einem Seufzer: »Lassen Sie uns hineingehen.« Und flankiert von den zwei uniformierten Beamten, öffnete sich die Menge jetzt vor ihnen wie das Rote Meer vorm Volk der Israeliten. Auch der Fotograf und zwei Kriminalschutzmänner mit ihren Apparaturen waren inzwischen soweit und folgten ihnen dicht auf; beinahe zu dicht. Man konnte fast annehmen, Edmund sei es, der abgeführt werde.

Durch einen schmucklosen Hausflur betraten sie rechter Hand die mit dem Juwelierladen verbundene Wohnung der Stoltzes. Schon dieser Umstand irritierte Edmund: Ein Juwelier, der gleich im Parterre neben seinem Laden wohnte? Konnte ein solcher Geschäftsmann sich nicht eine Wohnung in der Beletage leisten?

Sie betraten den engen, dunklen Flur der Wohnung, den ein Gaslicht nur spärlich erleuchtete. Gleich links befand sich die Küche, durch das Fenster zum engen Hinterhof sickerte das Licht des schwülen Tages nur wie durch ein graues Tuch gefiltert. Tisch, Stühle, Büfett, an der Wand gegenüber ein weiterer Schrank und ein Gaskochofen. Nichts Besonderes.

Mit einer Ausnahme: In einer extrem gekrümmten Haltung, eingezwängt zwischen Ofen und Schrank, lag der Körper eines kleinen Mannes in Hemd und Weste. Sein dunkler Rock hing nur halb über der Lehne eines Küchenstuhls, als hätte er ihn vorhin erst abgelegt.

In diesem Moment zwängte sich plötzlich S. M. Sonderbeauftragter Wendt an Edmund vorbei und schritt forsch auf den Toten zu.

»Obacht!«, rief sein Revierkollege Haertel ihm vom Flur aus nach. »Alles voller Blut da drinnen.«

Doch zu spät, der Oberkriminalwachtmeister trat quatschend mitten hinein in eine zähe, matt schimmernde, bordeauxrote Lache rund um den Toten, er rutschte ein wenig, seine mächtige Gestalt taumelte und wankte bedenklich, fiel aber nicht. Als er sich wieder gefangen hatte und zur Tür zurückglitschte, war sein großes Gesicht weiß wie ein nächtlicher Vollmond hinter einem dunklen Wolkenbart, und sein Körper roch scharf und stechend wie ein Eber beim Anblick des Schlachtermessers.

Von Spurensicherung konnte nun nicht mehr die Rede sein. Edmund betrat jetzt selbst die Küche, nahm die Streichholzschachtel, die in einer Schale auf dem Tisch lag, und entzündete die kugelige Gaslampe darüber. Es gab einen leichten Knall, und im nächsten Moment legte sich ein milchiges Licht auf die gespenstische Szene. Der Engel sah auf den ersten Blick die klaffende Wunde am Hals des Juweliers, das kragenlose Hemd und die Leinenweste waren blutgetränkt. Saubere Arbeit, wenn man es aus der Sicht des Mörders betrachtete.

Vorerst hatte er genug gesehen. Die Wunde musste der Arzt begutachten. Er verließ die Küche und wandte sich an den Kriminalwachtmeister des Reviers: »Was ist eigentlich mit dem Arzt? Schon fertig mit allem?«

Haertel zuckte die Achseln. Das sei eigentlich nicht seine Aufgabe, den Arzt zu bestellen, besagte sein Gesichtsausdruck. »Das misste in de Weje jeleitet haben der Reviervorsteher. Wird schon noch auftauchen, der Doktor.«

Edmund wies einen der Beamten, die sich im Flur drängten, an, die Acetylen-Handlampen zu entzünden. Dem Fotografen empfahl er, nicht länger zu warten und mit seinen Aufnahmen in der Küche zu beginnen. Eigentlich fühlte er sich inzwischen recht wohl in seiner Rolle. Zumal der Sonderbeauftragte Seiner Majestät unterdessen die Wohnung verlassen hatte und mehr tot als lebendig in den Hausflur hinaus gewankt war.

Im grellweißen Lichtkegel der Handlampen zeigten sich nicht nur in der Küche, sondern auch auf den rauen Dielen im Flur die braunrot verfärbten, gallertartigen Pfützen geronnenen Bluts. Edmund schauderte, der Täter hatte sein Opfer also schon im Flur erwischt, es in die Küche gezerrt oder sogar absichtlich entkommen lassen und ihm dort endgültig den Todesstoß gegeben.

»De Frauen sind drieben im Laden«, deutete Haertel nun mit dem ausgestreckten Finger auf eine halb geöffnete Tür am Ende des Flurs.

Edmund ließ die Beamten mit den Handlampen vorangehen und folgte ihnen in den angrenzenden Laden, der durch Gaslicht erleuchtet war. Das große anthrazitfarbene Tuch, mit dem das Schaufenster notdürftig von innen verhängt worden war, erfuhr er gleich als erstes von Haertel, als sie den Raum betraten, war von der Bezirkspolizei angebracht worden.

»Von wejen de Schaulustijen.«

Edmund sah sich nach den Leichen um und bekam so einen ersten Eindruck von diesem Teil des Tatorts. Von einem hochwertigen Juweliergeschäft konnte hier wohl nicht die Rede sein. Sicher, in den Glaskästen hinter der eichenen Theke befanden sich zahlreiche Schmuckstücke – Ringe, Broschen, Halsketten, Armbänder –, aber nicht mal im Licht der Handlampen brachten sie es fertig zu glänzen. Billigware, wohin man blickte, das galt auch für die Sachen in den umliegend aufgestellten Kästen, in denen sich neben anspruchslosen Taschenuhren auch bronzene Kerzenständer, plump oder geschmacklos verzierte Messer und jede Menge Nippes aus Metall und Glas befanden. Einzig die Stücke auf dem schwarzen Samtstoff in der Schaufensterauslage blitzten und blinkten ein wenig und mochten einen gewissen Wert haben. Umso erstaunlicher, dass sie noch vorhanden waren, wie anscheinend alles andere auch! War der Reviervorsteher nach Lage der Dinge nicht von einem Raubmord ausgegangen?

Hinter der Theke stand die wuchtige Ladenkasse. Der aufmerksame Haertel erriet sogleich Edmunds fragenden Blick. »Haben wir schon ieberprieft«, erklärte er nicht ohne Stolz »Noch Hartgeld und gut hundert Mark in Scheinen drinne.«

»So viel noch?«, wunderte sich Edmund. Auch das sprach nicht eben dafür, dass überhaupt Kassengeld geraubt worden war.

»Die haben jewollt was anderes. Kein besseres Kneipengeld«, glaubte Haertel. Und damit mochte er Recht haben.

Edmund blickte sich weiter um. Wo waren nun aber die Leichen? Er fasste zwei Stühle ins Auge, direkt hinter dem Schaufenster, die in einem See aus Blut standen, in dem bereits die Fliegen badeten.

Der Wachtmeister fing seinen suchenden Blick auf und wies auf eine weitere, kleinere Theke im hinteren, durch einen Mauervorsprung leicht abgeteilten Bereich des Ladens.

»Wir haben de Frauen dort abjelegt«, erklärte der Wachtmeister wie nebenbei.

»Sie haben …?« Edmund starrte ihn fassungslos an. »Die Lage der Opfer wurde verändert?«, fuhr er ihn an. »Welcher …«, er konnte sich einfach nicht mehr zusammenreißen, »welcher Idiot hat das veranlasst?« Selbst ein Anfänger als Kriminalist wie er wusste doch, dass jede Veränderung der Opferlage unbedingt zu vermeiden war!

Haertel erbleichte. »Wer das veranlasst hat?«, wiederholte er. »Aber doch Seine Majestät heechstperseenlich, Herr Kommissar!«

»Seine … der Kaiser?«

Der Wachtmeister nickte bekräftigend. »Der Polizeipräsident hat Majestät ieber das Detail enformiert, dass de toten Frauen durchs Schaufenster zu sehen waren. Nu, und Majestät haben via unser Revier sogleich anordnen lassen, dass zur Wahrung der Totenwirde de Kärper der Opfer zu korrigieren und der Tatort dem Anblick der Äffentlichkeit zu entziehen seien.«

»Und das hieß …«

»Opfer von den Stiehlen fortnehmen. Schaufenster verhängen.«

Edmund seufzte leise, umrundete den Tisch und näherte sich den Leichen langsam und respektvoll. Es waren zwar die ersten Mordopfer, die er untersuchte. Aber nicht die ersten Toten, die er vor sich sah. Er hatte vor einigen Jahren zuerst seinen Vater tot in seinem Sessel gefunden, Schlaganfall. Dann, nur wenige Monate später, seine Mutter in ihrem Bett, Herztod. Nach diesen beiden Schockerlebnissen, davon war er überzeugt, konnte ihn der Anblick von Toten nicht mehr schrecken.

Er ging in die Hocke. Der unmittelbare Eindruck

erschütterte ihn dennoch, führte jedoch dazu, dass sich seine Sinne mit einem Mal schärften. Er nahm überdeutlich wahr, wie das Gaslicht im Laden flackerte und unangenehm knatterte, es roch muffig nach Feuchtigkeit und zugleich süßlich nach geronnenem Blut, das Karbid der Handlampen verpestete die Luft zusätzlich.

Er versuchte die Fassung zurückzugewinnen, indem er sich auf die puren Fakten konzentrierte. Zwei Frauen, Mutter und Tochter, die Ähnlichkeit der Gesichter erschien ihm sofort augenfällig. Oder lag es daran, dass beide so grell weiß geschminkt waren? Die ältere, etwa fünfzigjährige Frau, war korpulent und hatte graumeliertes Haar. Die jüngere war mittelblond und schlank wie eine junge Tanne, ein sehr schönes Mädchen. Auf den ersten Blick sahen sie beinahe unverletzt aus, die tödlichen Wunden mussten sich im Rücken befinden. Überhaupt hätte man meinen können, die beiden Frauen schliefen, denn sie hatten die Augen scheinbar friedlich geschlossen. Doch von Haertel erfuhr er, dass auch dies das Werk der Polizei war. Allmählich durfte man froh sein, dass den Opfern nicht bereits die Haare und Nägel geschnitten und die Leichenhemden angezogen worden waren.

Denn insbesondere die Kleidung der beiden Frauen war höchst ungewöhnlich. Was sie auf dem Leib trugen, waren knöchellange Kleider, halbärmelig, weiß, mit dicken schwarzen Längsstreifen. Sie schienen nicht wirklich genau zu passen, bei der Mutter ein wenig zu eng, bei der Tochter etwas kurz an den Ärmeln, sie erinnerten ihn entfernt an Sträflingskleider, wenngleich natürlich … Eine Fliege näherte sich brummend, und er schlug sie wütend mit der Hand fort.

Der Fotograf trat auf einmal neben ihn und berichtete,

er sei fertig mit dem Vater, ob er jetzt Mutter und Tochter ablichten solle.

»Zuerst die beiden Stühle drüben. Darauf haben sie gesessen.« Edmund wies mit dem Daumen in Richtung des Schaufensters.

Der Fotograf blickte ihn verblüfft an. »Soll das heißen …?«

»Genau«, nickte Edmund und wandte sich den Frauenleichen wieder zu. Er winkte zwei Beamte heran und bat sie, die Körper vorsichtig auf die Seite zu drehen. Den beiden Schutzmännern stand das Grauen ins Gesicht geschrieben, aber sie gehorchten.

Die Kleider der Opfer waren zwar im Rücken blutverschmiert, aber zu Edmunds Überraschung sonst unversehrt. Er knöpfte nun behutsam nacheinander im Rücken jeder Frau das Kleid auf, und es wurde sichtbar, was er bereits vermutet hatte: je eine klaffende Wunde im Rücken der Opfer, exakte Stiche und so tief, dass sie das Herz nicht verfehlen konnten.

Die steifen kalten Körper der Frauen wurden wieder in ihre ursprüngliche Lage zurückgelegt. Edmund erhob sich und trat einen Schritt zurück, er spürte, wie seine Knie zu zittern begannen und stützte die Hand auf den kleinen Thekentisch. Nach einigen Sekunden erholte er sich wieder.

Was um Himmels willen hatte sich in der letzten Nacht hier abgespielt? In seinem Kopf jagte eine grauenvolle Vorstellung die nächste.

»Haertel!« Er winkte den Wachtmeister, der sich ein wenig entfernt hatte, wieder zu sich heran. »Sagen Sie, hatten die Frauen noch weitere Kleidungsstücke an, als Sie sie fanden?« Der Polizist nickte knapp und wies mit seinem Schnurrbart auf einen gepolsterten Sessel in der hinteren Ecke des Ladens. Darauf lagen zwei seltsame kleine Hüte, eher Kappen, die aussahen wie tiefe Schalen aus Stoff, schwarzweiß gestreift wie die Kleider der toten Frauen. Einer der Hüte war am unteren Rand mit Blut verschmiert.

»Beim Umbetten vom Kopfe jefallen«, erläuterte Haertel. »In de Pfitze.«

Edmund ging zum Sessel und besah sich die Hüte genauer. Dabei fiel sein Blick auch auf zwei kleine Schachteln mit dünnen Tragebändern, gleich hinter dem Sessel. Die Kartons waren ebenso schwarz und weiß gestreift wie Kleider und Hüte. Edmund zog seinen Stift aus der Innenseite seines Jacketts und lüftete die Deckel der beiden Schachteln; sie waren leer.

Haertel, der neben ihn getreten war, beeilte sich zu erklären, dass die Kartons sich beim Auffinden der Leichen einen guten Meter hinter den beiden Stühlen befunden hätten. Die Kollegen hätten sie wie die Hüte aus dem Weg räumen und hinter den Sessel stellen müssen, um Platz für die Umbettung der Leichen zu schaffen.

»Und die eigentliche Kleidung der Frauen?«, fragte Edmund. Haertel schaute ihn verständnislos an. »Ich meine das, was die beiden vorher anhatten, Wachtmeister«, erläuterte er unwirsch.

Der Polizist zuckte die Achseln.

»Und mögliche Tatwaffen? Blutverschmiertes Messer, ein Dolch oder Ähnliches?«

»Nichts jefunden«, gab Haertel nahezu beiläufig zurück. Er rotierte etwas theatralisch mit dem Kopf im Halbkreis, zog die Brauen hoch, bis sie beinahe unter dem Vordach seiner Pickelhaube verschwanden, und riskierte ein verkniffenes Lächeln. »So ein Affentheater für drei Morde«, stellte er fest. Und ein Profil des Täters lieferte er gratis hinterher: »Ein Verrickter. Wenn nicht mehrere.«

In diesem Moment hörten sie, wie im Flur vorne die Tür geöffnet und wieder geschlossen wurde, und kurz darauf betrat Kriminalkommissar von Schmöckwitz den Ladenraum. Er machte ein süßsaures Gesicht, wie ein Gast, der sich zwar zu einer Geburtstagsfeier verspätet, aber das schönste Geschenk keineswegs vergessen hatte, nämlich sich selbst.

Gustav von Schmöckwitz gefiel es gar nicht, was er hier zu sehen bekam, all die Unordnung ringsum, die vielen Leute, mal zu wenig Licht (Küche), dann zu viel (Flur und Laden). Und zu alledem das dumpfe Brausen in seinem Kopf. Aber was nützte das? An die Arbeit, Gustav!

In der Küche genügte ihm ein kurzer Blick, damit ihm übel wurde. Männliche Leiche. Gut. »Fenster auf, Kollegen!« Weiter. Er kämpfte sich vorwärts durch den überfüllten, engen Flur. Was zum Donner taten alle diese Kollegen hier? Die machten ja mehr neue Spuren, als alte vorhanden waren. Und wer sollte die dann hinterher auswerten? Na, nicht sein Problem, darum sollte sich der Erkennungsdienst kümmern, die führten schließlich auch die Verbrecherliste mit den Fotos und Fingerabdrücken, wenn es denn was nützte, er glaubte ja nicht dran.

Und hier nun, im Laden? Mein Gott, alle diese grellen Lampen, waren wir hier in der Friedrichstraße oder was? Und da war ja auch der Engel, ganz blass und vogelig nickte der Junge ihm zu. Aber er stand dennoch tapfer seinen Mann, wie's aussah. Zusammen mit Haertel, der sogleich Haltung annahm, als er ihn eintreten sah und die Hacken zusammenschlug. Na, der wusste, worauf's ankam und worauf nicht.

Ach, du Schreck, und da hätten wir noch zwei weitere Leichen. Frauen. Alt und jung, dick und dünn. Bisschen eigenwillig gekleidet allerdings. War das nun die neueste Bademode? Als Junggeselle auf eingetretenen Dachspfaden kannte er sich, weiß Gott, nicht mehr aus in der modernen Welt. Aber wozu trugen sie Badesachen im eigenen Laden? Verrückt.

Der Engel stand bereits neben ihm und brannte darauf, Bericht zu erstatten. Doch der Kommissar gebot ihm mit einer knappen Handbewegung, still zu sein und rief laut in die Runde: »Karbidlampen aus, Herrschaftszeiten! Die Leichen sind ja gefunden, und Ostern hatten wir schon!«

Er erntete ein paar herzhafte Lacher, lachte selbst am lautesten über seinen Witz, und die quälgeisternden Lichter im Zimmer erstarben. Jetzt lag nur noch das weiche Licht der Gaslampe über der Szene, und man konnte sich beinahe einreden, dass gar kein Mord geschehen war.

Doch der Engel raubte ihm sogleich die Illusion, indem er ihm in knappen, kurzen Sätzen (ein Hirn hatte der wie ein Hammerwerk) erläuterte, worum es ging: Ladenbesitzer tot, seine Frau und Tochter ebenfalls ermordet. Gezielte, präzise Stiche in die Herzgegend, beim Mann die Kehle durch, glatter Schnitt. Im Laden offenbar nichts gestohlen, die Sachen zwar ohne großen Wert, dem Anschein nach. Aber offenbar nicht mal das Geld aus der Ladenkasse geraubt. Warum also das Ganze?

»Tja, Junge, warum?«

»Ich denke, entscheidend ist das, was mit Mutter und Tochter geschehen ist, Herr von Schmöckwitz. Sehen Sie sich an, wie sie gekleidet sind.«

Hatte er schon. »Weiter.«

»Na ja, in den gestreiften Kleidern und mit den Hüten, die sie trugen, als die Kollegen sie gefunden haben, sehen sie aus wie zurechtgemacht. Kostümiert.«

»Kostümiert? Als was?«

»Na ja, als Laufmädchen vielleicht. Für Damenhüte zum Beispiel. Hinter dem Sessel dort sind sogar zwei Hutkartons. Und dort drüben die Hüte. Aber winzig, verglichen mit der Damenmode momentan. Als wollte sich jemand darüber lustig machen.«

»So, mhm.« Erstaunlich, womit sich der Junge auskannte.

Jetzt trat Haertel zu ihnen, der noch mal kräftig die Hacken zusammenschlug. »Ein Wahnsinnjer, Herr Kriminalkommissar. Oder gleich mehrere. Vollkommen den Verstand verloren.«

Gustav von Schmöckwitz blickte sich um, nahm die Unordnung, das heillose Chaos atmosphärisch in sich auf und stimmte dem Kriminalwachtmeister vom Revier lebhaft zu.

»Wahnsinnig? Vielleicht. Aber dann auf eine spezielle Art!«, widersprach der Engel unerwartet. »Nach dem Augenschein der Toten und überhaupt des ganzen Tatorts denke ich, dass es sich um etwas ganz Besonderes handeln muss. Das mit Wahnsinn oder Raubmord nicht mehr zu erklären ist.«

»Wie kommen Sie darauf, Engel?«

»Die Kleider der Frauen sind zwar blutbesudelt, aber sonst unversehrt. Selbst im Rücken, wo die tödlichen Stiche geführt wurden, ist der Stoff nicht zerfetzt.«

»Aha. So.« Er verstand rein gar nichts. Worauf wollte der Schlaukopf hinaus? »Was schließen Sie daraus, Junge?«

»Ich weiß nicht recht, aber für mich sieht es aus, als sei es hier nur um den Mord an den beiden Frauen gegangen. Um ihre Leichen zu verkleiden und zur Schau zu stellen. Der Ladenbesitzer interessierte nicht. Mit ihm hat man sich keine Mühe gegeben.«

»Was heißt, keine Mühe gegeben, Engel? Der Mann wurde umgebracht! In der eigenen Wohnung. Wie Frau und Tochter. Der oder von mir aus auch die Mörder mussten doch damit rechnen, die ganze Bagage, ähm, also alle drei Opfer anzutreffen!«

»Wie es aussieht, ist nicht eingebrochen worden, Herr Kommissar«, hielt Edmund wieder vorsichtig dagegen.

»Na, und! Aus Leichtsinn den Tätern die Tür geöffnet. Wäre nicht das erste Mal. Nee, nee, Ihre Leichenschändung in Ehren, Engel, aber die Praxis spricht denn doch eine andere Sprache.«

»Ein Wahnsinnjer«, betonte Haertel nun schon zum dritten Mal. Langsam ging er dem Kommissar damit auf die Nerven. Außerdem setzten die Kopfschmerzen ein. Er fuhr plötzlich herum und brüllte in die Runde: »Die Mordtasche! Wer von euch hat die Mordtasche, verflixt?«

Ein Beamter vom Erkennungsdienst kam rasch herbeigeeilt und übergab sie ihm halb geöffnet. Der Kommissar fegte alles darin beiseite, was ihn nicht interessierte: Tinte, Federn, Papier für die Protokollaufnahme, eine Batterie Pinzetten zum Aufgreifen kleinster Beweisstücke, ferner die Sonden zur Untersuchung der Wunden (das sollte doch der Arzt machen, wo steckte der eigentlich?), Glasröhrchen für blutige Haarbüschel oder abgerissene Knöpfe und Ähnliches. – Ah, da war nun endlich, was er suchte! Erstens eine halbe Flasche vom besten Hennessy-Cognac, der schärfte die Sinne und stärkte die Nerven. Und zweitens, in einem gesonderten Fach, in das er jetzt endlich greifen konnte, nachdem der Rest beiseite geräumt war, fünf prächtige Henry Clays, das Stück zu fünfzig Pfennig. Für einen Raucher war die entspannende Wirkung einer Zigarre im Moment höchster nervlicher Beanspruchung von unschätzbarem Wert.

Er entkorkte den Hennessy, goss einen kräftigen Schluck in eines der Glasröhrchen und kippte ihn hinunter. Ach, wie das schön brannte und wohltat bis hinunter in die Magengrube. Er bot auch den beiden Kollegen davon an, doch nur Haertel genehmigte sich einen Schluck. Danach kam er selbst noch mal an die Reihe, und schließlich zündeten sie sich alle drei eine hübsche Henry Clay an. Allerdings machte der Engel den Eindruck, als hätte er zuvor noch nicht sehr viele Zigarren in grauen Dunst aufgelöst. Er hustete heftig, weil er den Qualm in den Rachen bekam, der dumme Junge. Na, das lernte der auch noch.

Der Kommissar erholte sich langsam wieder und er sagte gemütlich: »Mich wundert, dass die Presse noch nicht anwesend ist. Die Bluthunde kriegen doch sonst immer Wind von allem.«

»Presse?« Haertel winkte lässig ab und blies einen vollständig geschlossenen Kringel in die Luft. »De Schmierfinken waren längst da, sagen de Nachbarn im Haus. Noch vor uns. Morjenpost, Vossische, B.Z. natürlich, Tageblatt, alle. Haben sicher auch Fotos jemacht von draußen. Vom Schaufenster und allem.«

»Auch von den Leichen?«, entfuhr es Edmund.

Haertel nickte und setzte eine bedauernde Miene auf.

»Aber wer hat die Presse denn so früh informiert?«

»De Nachbarin vom Parterre gejenieber. Die hat doch de

Toten zuerst entdeckt. Wie se ihren Hund wollte reinholen, der die ganze Zeit vorm Schaufenster stand.« Er lachte kurz auf. »Das muss man sich mal vorstellen, steht da, der Köter, der lange Schlacks, und begafft sich scheinbar de Preziosen von Stoltzens. Interessiert sich aber nur fier de Toten, die dahinter halb im Dunkeln sitzen, hehe.«

»Und die Nachbarin hat also als Erstes die Presse alarmiert, ja? Noch vor der Polizei?«

Haertel schüttelte unwirsch den Kopf. »Nee, Herr Engel, se hat erst die halbe Nachbarschaft verrickt jemacht, rumgeschrien natierlich, nachdem se de beiden Frauen da im eijenen Schaufenster jesehen hat. Und dann ist sie zum Revier jerannt, zu uns oben in der Straße. Aber unterwegens muss se so haben krakeelt, dass es nicht schwer war fier de Presse, davon Wind zu kriejen.«

»Machen Sie sich drauf gefasst, dass heute noch, vielleicht jetzt schon, alles in den Zeitungen steht, Engel. Und denn belagern sie uns im Präsidium. Aasgeier – die.« Der Kommissar sog an seiner Zigarre und schüttelte angewidert den Kopf. »Übrigens, Ihre Clay ist ausgegangen, Junge«, sagte er dann und genehmigte sich noch einen Hennessy aus dem Glasröhrchen.

»Entschuldigung, bitte«, sagte Edmund und drückte den kalten Stummel der Henry Clay achtlos dem Kriminalwachtmeister in die Hand. Haertel und von Schmöckwitz blickten ihm erstaunt hinterher, als er wortlos und eilig hinausging, sich an den Kollegen im Flur vorbeikämpfte und die Wohnung verließ.

Edmund war ein wenig schlecht geworden, da er das Rauchen nicht vertrug. Doch ließ er sich diese unmännliche Schwäche möglichst nicht anmerken. Aber das war nicht der einzige Grund gewesen, weshalb er hinausgestürmt war.

Im milchigen Zwielicht des Hausflurs hielten zwei Schutzleute des Reviers die Stellung und starrten ihn überrascht an. Er ließ sie stehen und betätigte den Türklopfer an der Wohnung gegenüber. Es dauerte nicht lange, bis er hinter der Tür eine ältere weibliche Stimme vernahm.

»Jaadoch!«, krächzte sie barsch.

»Engel, Kriminalpolizei.«

»Ick hab allet jesagt.«

»Ich hätte nur noch eine kurze Frage, Frau ähm …«, er blickte sich rasch nach einem Namensschild neben der Tür um, es gab keines.

Die Tür öffnete sich nun aber einen Spalt breit, und vor ihm stand eine große korpulente Frau in ihren Sechzigern, die ihn mit eisblauen Augen kalt ins Visier nahm.

»Murow. Else Murow«, krächzte sie wieder wie ein rostiger Brunnenschwengel. »Wat wolln Se denn nu?«

Edmund blickte sie dankbar an, jedenfalls gab er sich Mühe, und kam gleich zur Sache: »Frau Murow, Sie haben Ihre ermordeten Nachbarn heute Morgen gefunden. Was haben Sie sonst noch beobachtet?«

»Nüscht.« Die Frau schloss kurz die Augen und bewegte ein wenig ihr von schwarzen Mitessern übersätes Kinn.

»Wirklich gar nichts?«

»Nüscht«, wiederholte sie tonlos. »Wenn ick schlafe, schlaf ick.«

»Und gestern? Gestern Nacht?«, setzte er nach.

»Jestern hab ick jeschlafen ab neune. Wie ümmer.«

»Nichts Ungewöhnliches, nein?«

»Nee. Kurz vor neune, wie ick in Bette jehn wollte, hör ick die Haustüre vorne zufallen.« Sie verschob ihr Kinn leicht Richtung Straßenausgang. »Det war sicher Stoltze, uffm Weg zu'n ›Breslauer‹, die Kneipe drüben. Da isser jeden Abend. – War er«, korrigierte sie sich lakonisch.

»Und die Damen?«, wollte Edmund wissen.

»Damen?« Sie machte ein erstauntes Gesicht. So, als könne sie mit dem Wort nicht allzuviel anfangen. Jedenfalls nicht in Zusammenhang mit den ermordeten Frauen der Nachbarwohnung. »Mutter Stoltze und die Emmi wollten ausjehen, so viel weeß ick. Die Emmi hat's mir jestern nebenbei erzählt.«

»Ausgehen? Allein? Vielmehr zu zweit?«

Sie nickte knapp. »Mit dem Alten war ja keen Staat nich zu machen. Abends ümmerzu bei'n Breslauer, und hinterher denn nüscht wie besoffen und Streit inne Familie.«

»Und da sind die beiden Da –, die Frauen also ausgegangen. Wissen Sie auch, wohin?«

»Revue. Ziemlich dollet Ding, sagte die Emmi. Linden ürgendwo.«

»Unter den Linden, meinen Sie?«

»Na, wat denn sonst?« Sie rollte entnervt mit den Augen. »Einjeladen sind se worn, alle beede. Von irgendnem vornehmen Herrn.« Sie zuckte die Achseln. »Wat sich heutzutage so ›vornehm‹ nennt.«

»Kennen Sie den Herrn?« Edmunds Herz begann plötzlich schneller zu schlagen.

»Pah! Nee.« Sie spuckte ihm die Worte ins Gesicht. »Aber Eener, der zwee Weibsleute zu 'ne Revue einlädt, det iss für mich jar keen Herr.« Sie sah ihn kalt an, ihre Weltverachtung füllte den ganzen Türrahmen. »Sonst noch wat?«

»Für den Augenblick war es das, Frau … Frau Murow.«

Sie wies mit ihrem Mitesserparadies auf die beiden Beamten im Flur. »Bleiben die jetze? Ick meene, zu 'n Schutz für unsereens. Die da drüben«, wieder das Kinn in Bewegung, »sind ja schon dot.«

»Ich bin sicher, dass der Täter sich hier nicht mehr blicken lässt«, versicherte er. »Deshalb werden die Schutzmänner wohl abgezogen werden.« Aber letztlich war das natürlich eine Entscheidung des Reviervorstands.

»Ach, der kommt nicht mehr, wie?«, entgegnete sie bissig. »Sie kennen den persönlich, der det jetan hat, ja?«

Er schaute sie verblüfft an, doch im nächsten Moment warf sie ihm die Tür vor seiner Nase zu, sodass er reflexartig zurückfuhr.

Die beiden Schutzleute schauten nicht weniger überrascht als er selbst, schwiegen jedoch eisern.

Er atmete zweimal tief durch und dachte kurz nach. ›Breslauer‹, die Kaschemme war vorhin von der Kutsche aus bereits an ihm vorbeigehuscht. Vielleicht wusste man dort noch, wann genau der Stoltze letzte Nacht das Lokal wieder verlassen hatte. Und eventuell, mit wem.

Plötzlich wurde die Wohnungstür der Tatortwohnung aufgerissen, und von Schmöckwitz trat laut lachend heraus. Flankiert (eher gestützt) von Haertel. Er schwenkte jovial den Arm mit der Zigarre in der Hand; seine Gestalt glich einem Fragezeichen, das vergeblich versuchte, ein Ausrufezeichen zu werden. Er rief: »Hier stecken Sie, Engel! Sehn ja ganz grün aus um den Vordersteven, Junge. Wie gerade erst kielgeholt, haha. Na, ist ja auch nicht gerade appetitlich da drinnen. Schon gar nicht für einen jungen Maat wie Sie.« Er winkte ihn zu sich und legte ihm väterlich den Arm auf die Schultern, die glimmende Henry Clay zwischen den Fingern. »Kommen Sie, Junge. Abmarsch ins Präsidium. Und da schreiben Sie mir ein schönes Protokoll.«

Edmund erstarrte.

Der Kommissar lachte und klopfte ihm freundlich auf die Schulter. »Schön kurz, versteht sich.«

Der Ulan und alleruntertänigste Berichterstatter Seiner Majestät, Wendt, saß bereits in der Kutsche, als sie hinaus traten. Er sah aus wie sein eigener Geist und schien sich für die Mordtaten, die sich hier abgespielt hatten, nicht im Geringsten mehr zu interessieren.

Edmund bekam das Würgen schon bei der Vorstellung, im Wagen neben Wendt und von Schmöckwitz in einem Dunst von Pferdepisse zurückzufahren.

Es war die lokale Presse, die ihn aus dieser Verlegenheit rettete. Eine Handvoll Reporter stürzte sich auf von Schmöckwitz, um ihn zur Mordtat zu befragen. Doch der Kommissar, die Zigarre schützend vor das Gesicht haltend, flüchtete erstaunlich behände zum Ulanen in die Kutsche und gab Zeichen, auf der Stelle loszufahren. Edmund ließ man einfach stehen.

Für ihn interessierten sich auch die Journalisten nicht. Sie erblickten in ihm wohl einen der Vigilanten, mit denen die Burg-Kommissare bekanntlich gern zusammenarbeiteten. Im Unterschied zu von Schmöckwitz hielten sie diese Spezies aber offensichtlich nicht für allzu vertrauenswürdig, denn außer scheelen Blicken hatten sie nichts für ihn übrig, ihre Schreibblöcke wanderten wieder zurück in die Taschen.

Edmund konnte das nur recht sein.

Der ›Breslauer‹ lag keine hundert Schritte vom Tatort entfernt auf der gegenüberliegenden Straßenseite. Eine gewundene Kellertreppe führte vom Trottoir zu einem kleinen Vorraum und weiter in die Schankwirtschaft hinunter, die aus einem großen, nahezu quadratischen Mittelraum mit Buffet und einem schmalen, länglichen Seitenraum bestand. Die Kneipe war niedrig und roch verräuchert, über dem offenen Feuer im Rauchfang dampfte ein Kessel mit einer deftigen Suppe. An den Wänden hingen verblasste Fotografien undefinierbarer Personen (der Kaiser befand sich vielleicht ebenfalls darunter), kolorierte Zeichnungen von Zootieren und Bilder von ›Pariser Kokotten‹.

Eine Kaschemme wie diese war Edmund durchaus vertraut. In den ersten anderthalb Jahren seiner Zeit in Berlin hatte er zunächst als ›Interimistischer Polizeileutnant‹ im 31. Polizeirevier in der Lichtenberger Straße, nahe dem Halleschen Tor, Dienst getan. Dort hatte er das gewöhnliche wie auch das ungewöhnliche Stadtleben einigermaßen kennengelernt. Er hatte Anzeigen aufgenommen, Auskünfte aller Art erteilt, Zeugen vernommen, Streite geschlichtet und in allen nur denkbaren Formen Beschimpfungen über sich ergehen lassen. Von seinen Vorgesetzten ebenso wie von den »einschlägigen Kreisen«.

Sein früherer Chef, ein etwas phlegmatischer Polizeihauptmann, hatte ihn des Öfteren als ›Bärenführer‹ engagiert. Besonders Journalisten und Schauspieler wollten Studien in einschlägigen Berliner Kneipen treiben. Für seinen Hauptmann fiel für jede vermittelte Tour ein saftiges Trinkgeld ab. Für Edmund, der sie führte, ein Dankeschön. Immerhin war er auf diese Weise selbst viel herumgekommen in der Halb- und Unterwelt und kannte sich am Ende in den meisten Kaschemmen so gut aus wie irgendein Lude oder Schieber.

Den ›Breslauer‹ in der Alexandrinenstraße kannte

Edmund jedoch noch nicht, das Lokal schien ihm auf den ersten Blick so ein Ort zu sein, für den man zwar den Revolver nicht einzustecken brauchte, Krakeelen war aber keineswegs angebracht. Und seine Herzdame brachte man besser auch nicht mit.

Das Lokal war leidlich gefüllt. Vorn im Buffetraum saßen ein paar Droschkenkutscher an ihrem Stammtisch, das übrige Publikum bestand offenbar aus kleinen Handwerkern, Ladenschwengeln und Studenten, die hier ihr letztes oder vorletztes Fünfgroschenstück verzehrten. Neben dem Eingang hing eine Tafel, auf der mit schon halb verwischter weißer Kreide das ewige Speisenangebot stand: ›Tiever Teller Erbsensupe mit Späck‹ und ›Könichsberger Fleck‹ oder als Spezialität beides zusammen, ›Halp und Halp‹, für dreißig Pfennig. Das Bier dazu für einen Groschen.

Niemand schien den Eintretenden zu beachten, doch hinter der Theke hatte ihn längst der Wirt in Augenschein genommen. Edmund ging unerschrocken auf den Mann zu, dessen massiger Oberkörper hinter dem Tresen wie ein in Stein gehauener Torso wirkte. Sein breites, fleischiges Gesicht war violettbraun, als wäre er lange zur See gefahren, und wurde dominiert von buschigen schwarzen Brauen und mahlenden Raubtier-Kiefern, die wohl gerade zwei Hamster zermalmten.

Was nicht ganz ins Bild passte, waren seine winzigen gelben Zähnchen, die er entblößte, als er den Mund aufmachte und Edmund nach seinen Wünschen fragte:

»Lichtenhainer oder ein Helles?«

Er sprach mit einem schlesischen Akzent, und seine tentakelnden Augen sagten Edmund, dass er ihn längst als Polizisten ausgemacht hatte.

»Keins von beiden, Herr …?« Edmund wies sich wie nebenbei mit seiner Marke aus.

»Stienek, Herr Polizeirat. Wieso? Was'n los? Einer gestorben?«

»Nur ein Gast von Ihnen, Herr Stienek«, konterte Edmund. »Nicht ganz freiwillig allerdings.«

Der Wirt zuckte sichtlich zusammen, die typische Reaktion bei harten Burschen wie ihm, wenn sie merkten, dass sie das vermeintliche Milchgesicht unterschätzt hatten. Stienek nahm ein Glas zur Hand, das er soeben erst gewienert hatte, und putzte es erneut. Er blickte dabei theatralisch in die Runde und sagte: »Kann nich' sein. Die sehen hier alle noch ganz lebendig aus.«

»Diese schon«, erwiderte Edmund ungerührt. »Aber der Stoltze nicht mehr.«

»Wieso?« Die Hamsterbacken des Wirts vibrierten einen Augenblick wie Wackelpudding auf einem Dessertteller. »Der Stoltze war doch gestern, das heißt heute Nacht noch hier!«

»Wie lange?«

»Wieso?« ›Wieso‹ war anscheinend sein Lieblingswort. »Was ist denn mit dem? Isser vor die Pferde gelaufen?«

»Sie haben keine Ahnung, was passiert ist? Die halbe Straße steht vor Stoltzes Laden und freut sich, was am Sonnabend in dem Kiez so los ist.«

Stienek gab sich jetzt ehrlich erschüttert: »Nee, wirklich, der Gregor? Gregor Stoltze von drüben über die Straße, ja?«

»Richtig. Wann ist er gegangen letzte Nacht? Und mit wem?«

»Also, gegangen ist der Stoltze, da muss ich gar nicht überlegen, er war ja der Letzte, gegangen ist der so um drei rum, kurz vor drei. Alleine natürlich. Nach ihm hab ich aufgeräumt und abgeschlossen.«

»Wie betrunken war er?«

»Nicht mehr als sonst.« Die Hamsterbacken weiteten sich für einen Moment auf Froschmaulbreite. »Aber auch nicht weniger. Die Treppe hab ich ihm noch rauf geholfen.«

»Hm. Und haben Sie den Stoltze noch über die Straße gehen sehen, nachdem Sie ihn so edel die Treppe hinaufgeführt hatten?«

Der Wirt sah ihn scheel an. »Hab ich«, sagte er dann. »Aber nur ein paar Meter. Der schlingerte so vor sich hin. Aber das tat der immer, ob er nun geladen hatte oder nicht.«

»Vielleicht hatte er immer geladen?«

»Möglich. So genau kannte ich ihn auch nicht. Ich bin der Kretschmer hier, nicht der Pfaff'.«

Womit er wiederum recht hatte. Edmund nickte schwach. »Trotzdem wissen Sie ja vielleicht, wie der Stoltze zu seiner Familie stand. Man erfährt doch auch als Wirt einiges.« Dass die beiden Frauen ebenfalls ermordet worden waren, erwähnte er nicht.

Stienek verdrehte seine Glubschaugen. »Familie? Pff. Die hat den Gregor einen Dreck interessiert. ›Meiner Tochter stellt jeder Kerl nach‹, hat er mal gesagt, ›und bei meiner Frau isses umgekehrt‹.« Er lachte und bleckte seine lückenlose Reihe Mausezähne.

Er zeigte inzwischen nicht mehr die Betroffenheit, die er kurzzeitig geheuchelt hatte. Dennoch klang es durchaus glaubwürdig, was er gesagt hatte und stimmte auch mit der Aussage der Nachbarin der Stoltzes überein. Stoltze hatte also gegen drei Uhr in der Nacht den ›Breslauer‹ verlassen. Allein. Er musste wenige Minuten später seine Wohnung erreicht haben. Seine Frau und seine Tochter waren zu diesem Zeitpunkt vielleicht schon tot. Auf den Hausherrn wartete nur noch der Mörder. Der sich dann aber, nach der Tat, mit ihm keine Mühe mehr machte, ihn einfach in der Küchenecke liegen ließ wie einen aufgeschlitzten Zuckersack.

Die unspektakulären Auskünfte des Wirts waren keineswegs nutzlos gewesen. Edmund war sich jetzt noch sicherer, dass der Schlüssel zur Aufklärung des Verbrechens nicht beim Vater der getöteten Familie lag. Sondern bei den Frauen, deren Leichen auf so höhnische Weise ins Schaufenster ihres Ladens gesetzt worden waren. Und die zuvor gemeinsam mit einem »besseren Herrn« das Theater besucht hatten. Eine Revue, Unter den Linden.

Er dankte dem Wirt und wandte sich zum Gehen, da fiel sein Blick wieder auf die Tafel neben der Tür. Und mit einem Mal spürte er, wie hungrig er inzwischen war. Kein Wunder, es war bereits nach zwei, wie er von seiner Taschenuhr ablas.

»Wissen Sie was, Herr Stienek«, sagte er zum Wirt. »Ich bekomme ein Helles und einen Teller ›Halb und Halb‹.«

Der Wirt nickte, als hätte er die ganze Zeit nichts anderes erwartet, und stellte ihm das Glas hin, das er nun wirklich lange genug geputzt hatte.

Nacht von Sonnabend auf Sonntag

Ein Massenschlafsaal in der ›Palme‹, Berlins größtem Obdachlosenasyl in der Fröbelstraße am Prenzelberg. Der kleine Rudi Wernicke wirft sich in schwerem Traum hin und her. Er träumt von zwei bösen Frauen, Hexen in Sträflingskleidern, die ihn mit bleichen Gesichtern aus hohlen Augen anstarren. In einer samtschwarzen Landschaft hocken sie inmitten blinkender Sterne und blitzender Lichter und strecken die braunfleckigen Hände nach ihm aus. Untote sind sie, Untote, das weiß er in seinem Traum, und sie werden nicht eher ruhen, bis sie ihn zu sich geholt haben. »Warte nur, Rudi, wir kriegen dich«, rufen sie ihm zu. »Dich und deine Schwester Else.«

Mit wieherndem Lachen zischen sie endlich davon, ihre zahnlosen Münder sind weit aufgerissene schwarze Höhlen.

Mit einem dünnen leisen Schrei, wie von einem verhungernden Kätzchen, wacht er auf. – Nein, auch das träumt er nur. Der Albtraum ballt sich um ihn wie eine geschlossene Faust und lässt ihn nicht los.

Montag, 4. September, kurz vor acht Uhr

NACH HALSBRECHERISCHER FAHRT mit seinem Rad durch die halbe Stadt erreichte Edmund durchgeschwitzt und gerade noch rechtzeitig die Burg. Kaum hatte er die schweren Portaltüren an der Ecke Gruner- und Dircksenstraße bewegt, stieß er in der Halle auf von Spirow. Der Kriminalkommissar hatte sich am einzigen für das Publikum geöffneten Eingang des Polizeipräsidiums aufgebaut. Die Hände in den Hosentaschen seines schwarzen Jacketts, die Batschari im Mundwinkel, beobachtete er auf seine echsenhaft ungerührte Weise das Kommen und Gehen am riesenhaften Portal.

Als er Edmund sah, nahm er seine halb gerauchte Zigarette aus dem Mund und grinste ihn breitmäulig an. »Mal gleich Abmarsch in den Verhörraum, Engel! Gibt 'ne Überraschung!«, rief er ihm zu.

Von Spirows Raubtierlächeln verhieß sicher nichts Gutes.

Edmund eilte durch die kasernenhaften Hallen des Gebäudes, vorbei an riesigen Fenstern, deren matte Lichtreflexe in den Messingbeschlägen der Türen aufleuchteten. Auf dem Flur der Abteilung IV segelte er an zwei Schutzleuten vorüber, die vor dem Verhörzimmer Posten standen. Zunächst steuerte er jedoch das Sekretariatszimmer an und drückte, ohne vorher zu klopfen, die altmodische Türklinke, auf Hochglanz poliert durch tausendfache Berührungen.

Emma Steppke zuckte zusammen, als er hereinbrauste, und warf ihm von ihrem Schreibtisch aus einen verwunderten Blick zu. Sie erkannte jedoch sofort seine Verwirrung und rief ihm zu, ohne sich mit einem Morgengruß aufzuhalten: »Verhörzimmer, Herr Engel! Der Schluckwitz …« Sie errötete leicht und korrigierte sich: »Herr von Schmöckwitz hat schon angefangen, einen Verdächtigen zu verhören. Hier, nehmen Sie den Block und da, den Stift«, sie drückte ihm beides in die Hände, »und nun gehen Sie mal rasch rüber. Ich glaube, wir haben ihn!«

»Wen?«

»Na, den Mörder von der Alexandrinenstraße!«

Edmund verstand rein gar nichts, doch sie erläuterte ihm knapp, was geschehen war. Ein Sittlichkeitsverbrechen konnte inzwischen ausgeschlossen werden, der Arzt habe keine Anzeichen dafür gefunden. »Wenigstens das ist den armen Frauen erspart geblieben«, seufzte sie. Und nachdem doch auch Edmunds Verhöre in der Kaschemme und so am Sonnabend Nachmittag nichts erbracht hätten, habe von Schmöckwitz übers Wochenende seinen Vigilantenapparat in Bewegung gesetzt. Alle Polizeispione, die er je geschmiert hatte in Berlin. Und tatsächlich, einer seiner neuen Informanten, ein gewisser Stankowski aus dem Norden irgendwo, hätte einen Verdächtigen angezeigt. Der Mann habe sich gerühmt, mit den Stoltzes gut bekannt gewesen zu sein und sich auch in dem Laden bestens auszukennen.

»Der Stankowski schwört Stein und Bein, dass er diesen … diesen Börne am Tag nach den Morden in einer Kneipe getroffen hat.«

»Wo sonst?«, entfuhr es Edmund.

»Richtig. Und von dem Blut hatte der noch Reste an den Händen, stellen Sie sich mal vor!«

»Nein, das stelle ich mir lieber nicht vor!« Edmund lachte laut auf und schüttelte den Kopf. »Alles, Emma, aber nicht das! Dem Mörder der Stoltzes würde so ein dummer Fehler niemals passieren.«

Ihm fiel auf, dass er sie im Eifer beim Vornamen genannt hatte. Ihr ebenfalls, sie strich sich verlegen übers weizenblonde Haar. »Na, nun gehen Sie schon rüber«, ermunterte sie ihn lächelnd. »Brauchen nicht anzuklopfen, Herr … Edmund!«

Er blickte sie offen an, ihre Augen waren bestürzend blau, er machte, dass er hinaus kam.

Die zwei Schutzleute vor dem Verhörzimmer hatten sich inzwischen etwas entfernt, um einige Meter weiter irgendeinen Tingeltangel in Tiergarten Revue passieren zu lassen, den sie am Wochenende offenbar mit ihren Familien besucht hatten. Edmund glitt unbeachtet an ihnen vorbei und öffnete sacht die schwere Tür.

Das Verhörzimmer unterschied sich im Grunde nicht von den übrigen gelbgrauen, kaltkahlen Räumen der Abteilung. Außer einem Schreibtisch, einigen Aktenschränken und einem kleinen Tisch mit drei harten gelben Stühlen daran konnte nichts den Blick einfangen. Abgesehen von dem Kaiserporträt an der sonst nackten Kopfwand: Seine Majestät mit stahlblauem Blick, in weißer Gardeuniform und vollendetem Es-ist-erreicht-Schnäuzer.

Der Verhörtisch stand isoliert in der Mitte des Raums. Daran saßen sich von Schmöckwitz, mit dem etwas schiefen Rücken zur Tür, und ein Mann von Ende dreißig gegenüber. Seine hervortretenden dunklen Augen funkelten koboldhaft, und seine zusammengepressten, schmalen Lippen schienen jedem sagen zu wollen: ›Bemüh dich nicht, ich kann dich sowieso nicht ausstehen.‹

Von Schmöckwitz drehte sich leicht verärgert wegen der Störung um, als Edmund eintrat, und bedeutete ihm mit seinem grauen, knittrigen Gesicht ungeduldig, das Verhör still vom Hintergrund aus zu verfolgen.

Kein Protokoll? Das wunderte ihn denn doch. Auch, dass der Kommissar so früh schon mit dem Verhör begonnen hatte. Aber er gehorchte und ließ Block und Stift in seiner Jackentasche verschwinden.

»Also, Wörne ...«, sagte der Kommissar beinahe schon väterlich: »Ich will Ihnen ja gerne glauben, was Sie bislang ...«

»Wörne?«, entfuhr es Edmund. Er war plötzlich wie elektrisiert. »Wörne ist Ihr Name? Nicht Börne?«

Der Mann mit den Koboldaugen fuhr zu ihm herum und kniff die Brauen zusammen, ohne ein Wort zu sagen. Edmund ließ sich dadurch nicht beeindrucken. »Sind Sie etwa Heinrich Wörne? Bekannt mit der Hildegard Langenfeld?«, fragte er eindringlich.

Der Mann verlor schlagartig die Beherrschung: »Die Hilde? Wat hat die jetze damit zu tun?«, kläffte er Edmund an.

»Moment mal, Engel!«, fuhr nun auch von Schmöckwitz auf seinem Stuhl herum. Zornesröte stand ihm plötzlich im Gesicht. »Hier führe ich das Verhör!«

Edmund entschuldigte sich kleinlaut beim Kommissar, was Wörne sogleich Oberwasser verschaffte. »Ick würde jerne mal wissen, worum's eijentlich jeht, Kollejen!«, versuchte er sich jetzt an einem kühl-herablassenden Tonfall. »Erst stellt ihr mir ne Falle durch euren Fünfgroschenjungen, den Stankowski da, den Spitzel, und nehmt mir mit wejen Stoltzes. Und nu löchert ihr mir wejen die Hilde. Wat kann ick dafür, det se wegjeloofen iss mit ihren feinen Pinkel oder wen, Herrjottnochmal?«

Von Schmöckwitz warf Edmund erneut einen tadelnden Blick zu und widmete sich dann wieder seinem Gegenüber.

Er seufzte übertrieben. »Wörne«, sagte er, und es klang beinahe tragisch. »Sie haben gegenüber einem meiner Informanten zugegeben, den Juwelier Stoltze und seine Familie in der Nacht zuvor umgebracht zu haben, um sich an ihnen zu bereichern.«

»Wat soll ick? Nüscht hab ick!« Ein flackerndes Entsetzen trat mit einem Mal in Wörnes Augen. »Det ick se kenne, die Stoltzes, hab ick jesagt. Wo doch alle Zeitungen am Sonnabendmittag schon über se jeschrieben ham.«

»Ach, so viel wissen Sie dann doch, ja?«, setzte von Schmöckwitz nach. »Sind ja ein ganz Schlauer. Großer Zeitungsleser, was?«

Der Alte war hellwach, zumindest noch nüchtern, dem Anschein nach, dachte Edmund. Die Zielstrebigkeit hätte er ihm gar nicht zugetraut.

»Sie geben an, Wörne, Milchfahrer bei Bolle zu sein …«, setzte von Spirow wieder den Hebel an.

»Ick sagte, ick war det jewesen, Bollefahrer. Jetze bin ick …«

»Stellungslos sind Sie«, fiel ihm von Spirow ins Wort.

»Stellung suchend bin ick!«

So viel war klar, Wörne war eine Kämpfernatur, dachte Edmund, der gab nicht so schnell klein bei.

»Sie brauchten Geld, Wörne«, gab von Schmöckwitz nun den Verständnisvollen, fast konnte man meinen, er bedauere ihn. »Sie kannten die Stoltzes.«

»Ja doch, ick kenne Stoltzes!« Wörne nickte erschöpft. »Über die Hilde aber doch! Die Hilde Langenfeld, wo ihr gerade schon nach jefragt habt.« Er blickte Edmund dabei nicht eine Sekunde lang an. »Die Hilde war mit Emmi Stoltze bisschen befreundet. Von früher her, Schulzeit, gloob ick. Und da war'n wir denn ooch mal zu Besuch an'n Sonntag. Schon länger her. So dicke war die Hilde nu ooch wieder nicht mit Stoltzes, det wir nu ständig zu Besuch bei die warn. Aber von daher kenn ick den Laden, weil der is ja mit bei hinten, iss ja ne Ladenwohnung.«

Von Schmöckwitz lächelte sanft und zufrieden. »Na, sehen Sie, wie gut Sie sich dort auskennen.« Er beugte sich ein wenig vor und fragte Wörne direkt ins Gesicht: »Wo waren Sie Freitagnacht bis Sonnabendmorgen, Wörne?«

Wörnes Gesicht nahm allmählich verzerrte Züge an. »Ick war … weeß ick nich mehr jenau, ick war blau, Herr Kriminaler, wie ne Haubitze. Inne Kneipe werd ick jewesen sein, im ›Erlanger‹, weeß icke. Irgendwo um die Elsässer rum vielleicht. Fragt doch euern Stankowski, den Misthund von Fünfgroschenjungen, der weeß doch sowieso allet.«

Von Schmöckwitz, leise, geduldig: »Unser Informant hat Sie im Erlanger Krug getroffen, das stimmt. Besoffen, auch richtig, Wörne.« Er setzte eine bedauernde Miene auf: »Aber erst um fünf Uhr am Sonnabendnachmittag, lieber Mann. Mit Blut an Ihren Händen.«

»Mit wat? Mit Blut?!« Seine Koboldaugen traten noch weiter vor, wenn das überhaupt möglich war. »Det war doch keen Blut, det wird Dreck jewesen sein. Janz jewöhnlicher Dreck. Weiter nüscht.«

»Dreck? Wo Sie doch stellungslos sind und Ihre Hände nicht schmutzig machen müssen wie normale Sterbliche? Wie soll da Dreck an Ihre Hände gekommen sein, Wörne?«

Auf einmal knickte Wörne buchstäblich ein. Er ließ seinen Kopf nach vorne auf die Brust fallen und dort pendelte er eine Weile hin und her wie bei einem Uhrwerk, nur deutlich zu schnell.

Von Schmöckwitz schenkte Edmund einen selbstzufriedenen und schon wieder versöhnten Blick: Siehst du, Junge, nichts für ungut, aber so wird das gemacht.

Er erhob sich gelassen und ging gemessenen Schrittes zur Tür, um den zwei Schutzleuten im Flur Befehl zu geben, den Verdächtigen abzuführen.

Offenbar hatten sie sich in der Zwischenzeit aber ein weiteres Stück entfernt, so dass von Schmöckwitz genötigt war, den Raum ganz zu verlassen und in den Flur hinauszugehen.

Die Tür in seinem Rücken stand halb offen.

In diesem Moment beging Heinrich Wörne seinen eigentlichen Fehler. Er sprang urplötzlich auf, stürzte, bevor Edmund auch nur ansatzweise reagieren konnte, zur Tür, schmetterte dem perplexen von Schmöckwitz, der sich erschrocken umgewandt hatte, die Faust in die Magengrube und verschwand nach links aus dem Sichtfeld.

Der Kommissar war wie ein Sack Kartoffeln zu Boden gegangen, und Edmund eilte zu ihm hin. Der Alte krümmte sich wie ein Wurm auf dem harten Boden, sein Gesicht war dunkelviolett und schmerzverzerrt. In dem Moment nahm Wörnes Fluchtversuch bereits ein klägliches Ende. Durch den entstandenen Lärm im Flur flogen die Türen von mindestens drei Zimmern fast gleichzeitig auf, und mit dem hinaustretenden Kriminalwachtmeister von Zimmer 28 stieß der Flüchtende frontal zusammen und ging, Arm in Arm mit ihm, zu Boden. Er wurde rasch von den hinzueilenden Beamten überwältigt. Von Spirow, der von seiner Inspektion des Publikumsverkehrs zurückkehrte und soeben um die Ecke bog, überblickte sofort die Lage und ordnete an, dass Wörne mit doppelter Bewachung in den Zellentrakt abgeführt wurde.

Inzwischen war natürlich auch Emma Steppke, alarmiert durch den Lärm im Flur, aus ihrer Schreibzelle geeilt. Sie half Edmund, von Schmöckwitz ein wenig aufzurichten. Im Sitzen atmete der Kommissar mehrfach tief durch und erholte sich langsam wieder. Einen Arzt kommen zu lassen, lehnte er ab. Er schüttelte den Kopf und sagte heiser: »Der Wörne … ist … noch gefährlicher, als ich dachte.«

Auf einmal tauchte auch von Spirow neben ihnen auf und blickte prüfend von sehr weit oben auf die drei herab.

»Alles noch heile, Gustav?«, fragte er seinen Kollegen.

Von Schmöckwitz schaute nicht mal zu ihm auf.

»Dein Verdächtiger hat's nicht weit geschafft. Sitzt im Zellentrakt.«

Von Schmöckwitz nickte schwach.

»An dem wirst du sicher noch deine Freude haben, Gustav«, spottete von Spirow mit einem kühlen Lächeln, warf mit einer leichten Kopfbewegung eine Strähne seines dünnen, sandfarbenen Haars aus der Stirn und schlenderte davon in Richtung seines verhassten neuen Büros in der Vermisstenabteilung.

Das spätestens war der Moment, als Edmund sich fragte, welches Spiel hier eigentlich gespielt wurde.

Zweites Bild: Berliner Nacht

Berlin ist unerreichbar
Bei Tag im Sonnenschein,
Doch völlig unvergleichbar
Ist's, wenn die Nacht bricht ein!

Donnerstag, 7. September

Es war kurz nach acht, das Lokal wie immer am Abend gut besucht, als Muesall es betrat. Döblin wartete schon auf ihn. Sein Freund und Kollege – denn das waren sie seit ihrer gemeinsamen Zeit als Ärzte am Urban – saß wie gewöhnlich, wenn sie sich im ›Gumpert‹ trafen, an einem der schmalen, ovalen Marmortische in dem schlauchartigen Durchgang zu den hinteren Räumen. Dort hatte man es nur zwei Armlängen weit zu den zweihundertfünfzig in- und ausländischen Zeitungen, die das ›Gumpert‹ für seine Gäste bereithielt. Döblin liebte das Café in der Königstraße, unweit des Schlosses. Das Publikum war angemessen zurückhaltend, so fand er die Ruhe, seine Texte zu schreiben. – Von denen Muesall freilich nichts verstand! Überhaupt begriff er nicht, wie ein praktizierender Arzt ernsthaft Dichtung betreiben konnte.

Sie begrüßten sich sehr herzlich mit Handschlag, und Döblin besaß die Freundlichkeit, den ›Sturm‹, ein Expressionisten-Blatt, in dem er selbst regelmäßig veröffentlichte, die Times und das Tageblatt zurücktragen zu lassen. Zu guter Letzt verstaute er auch seine frischen Notizen in einer Ledermappe. Seine Papiere ließ er gewöhnlich keinen Moment aus den Augen, und er lehnte die Mappe auch jetzt unmittelbar neben dem Tisch an die Wand, statt sie an der Garderobe abzugeben.

Dieser kleine bebrillte Mann mit dem Musketierbart und dem charakteristischen langen Hinterkopf, sein Freund Döblin, gefiel Muesall heute gar nicht. Döblins scharfliniges Gesicht mit dem auffällig zurückweichenden Unterkiefer erschien ihm noch magerer und farbloser als sonst.

Muesall kannte den Grund. Im Februar hatte Döblin

sich verlobt. Standesgemäß. Mit Erna Reiss, einer jungen, schönen Kollegin aus reichem Haus. Vorher hatte er versucht, Abschied von Frieda zu nehmen, einer früheren Liebe. Döblin liebte Frieda Kunke, eine Krankenschwester, seit sie sechzehn war. Jetzt war sie einundzwanzig. Und schwanger. Von Döblin. Die Nacht vor seiner offiziellen Verlobung mit Erna hatte er mit Frieda verbracht.

Erna wusste von seinem, wie sie glaubte ›früheren‹, Verhältnis mit Frieda. Nicht aber, dass diese bald ein Kind von Döblin bekam. Muesall war im Februar zur Verlobung eingeladen gewesen, er erinnerte sich nur zu gut an den Moment, als sein Freund sich auf Wunsch der fröhlichen Gesellschaft ans Klavier setzte, um ein Lied zu spielen. Er wählte Brahms: ›O Tod, wie süß bist du.‹

Doch Muesall sollte sich heute täuschen, es war nicht die bevorstehende heimliche Vaterschaft, die Döblin im Moment bedrückte. Sondern ein frisches, ihn aufwühlendes Erlebnis als Arzt am Urban-Krankenhaus.

»Weißt du, Muesall«, sagte Döblin, nachdem dieser sich einen Weißburgunder bestellt hatte, »manche Dinge lassen einen mitunter wirklich an Schicksal denken.«

»Entschuldige, Freund, aber ich verstehe kein Wort«, lachte Muesall.

Döblin wies mit einer leichten Kopfbewegung hinüber zu den Zeitungen, die wie geschlachtete weiße Hühner an ihren Haken hingen. »Ich las vorhin einen Bericht im Tageblatt. Über diese grässlichen Morde in der Alexandrinenstraße, du hast sicher davon gehört.«

Muesall nickte ernst. Selbstverständlich hatte auch er davon gelesen. Die ganze Stadt wusste davon. Zwei Frauen, Mutter und Tochter, sowie der Familienvater waren in ihrer eigenen Ladenwohnung bestialisch getötet worden, geradezu abgeschlachtet. Die beiden Frauen anschließend in merkwürdiger Bekleidung, Badesachen oder ähnlichem, im Schaufenster ausgestellt wie Puppen. Seit Tagen berichtete die Berliner Presse auf den ersten Seiten davon. Ein dringend Tatverdächtiger, hieß es, befinde sich bereits in Untersuchungshaft. Er war also vollständig im Bilde. Zumal der Fall ihm auch als forensischem Gutachter, der er ebenfalls war, bemerkenswert erschien.

Aber dass Döblin sich für die Morde interessierte, wunderte ihn.

Auf seine Frage hin schüttelte dieser den Kopf und gab zu, dass er sich tatsächlich unter normalen Umständen kaum mit der Tragödie befasst hätte. »Gar keine Zeit dafür. Du kennst den Klinikalltag. Und in meiner Freizeit will ich schreiben, nicht Mörder fangen oder ihre Opfer bedauern.«

»Alfred, du bist unausstehlich.«

»Danke, du ebenfalls, Alfred«, gab Döblin zurück.

Es kam selten vor, dass sie sich bei ihren Vornamen nannten, eben weil sie denselben hatten.

»Nein, die Sache ist die: Ich behandle den kleinen Rudi, er ist neun«, erklärte Döblin. »Die Familie ist seit langem exmittiert, lebt momentan in der ›Palme‹, dem Obdach, oben am Prenzlauer Berg. Aber was heißt lebt, der Junge vegetiert mehr dahin, wie die meisten in der ›Palme‹. Der Rudi somatisiert sein Leiden, Hautgeschichten, Infektionen, manchmal Chirurgisches infolge Selbstverletzungen. Na, das übliche Elend.« Er winkte mit der Hand ab.

Der Wein kam für Muesall, für Döblin ein weiterer Kaffee.

»Wir hatten in der Klinik die Sachen aber nach und nach ganz gut in den Griff gekriegt«, fuhr er fort. »Die Infektionen wurden weniger, die Selbstverletzungen auch. Na, die kleinen Erfolge in solchen Fällen, wo es ja mehr um Seelsorge oder Sozialfürsorge als um Medizin geht, wie du weißt.«

Muesall gab seinem Freund lebhaft Recht. Ganze Abhandlungen konnte man allein über die Auswirkungen des Wohnungselends in Berlin schreiben. Sie zerstörte Ehen, zwang Frauen zu massenhaften Abtreibungen, führte zum Suff und war eine große Einbahnstraße in die Kriminalität.

»Nun stell dir vor, da ist der Rudi mit seiner Mutter auf dem Weg zu uns in die Klinik am Sonnabend. Der Ort dieser scheußlichen Tragödie liegt ja nicht weit vom Urban. Und er kommt fatalerweise an dem furchtbaren Schaufenster vorbei, in dem die zwei ermordeten Frauen sitzen. Er schaut hinein, und da glotzen sie ihn aus ihren toten Augen an. In der Publikums-Sprechstunde anschließend erscheint er mir schon stark verändert. Stumm wie ein Fisch und mit stierem Blick. Ich frage die Mutter, aber sie erwähnt diese Mordsache zu dem Zeitpunkt mit keinem Wort. Ich behandle seine Mandeln, gebe Medikamente und will ihn Anfang der Woche wieder sehen. Doch statt am Montag bei mir landet der Junge heute auf der Neurologischen.«

»Was ist passiert?«

»In der Nacht zum Sonntag hatte er offenbar Albträume, schlug im Schlaf wild um sich. Und verhält sich seitdem, als könnte er daraus nicht mehr erwachen. Sitzt nur noch da, stocksteif und stumm, die Apokalypse vorm inneren Auge, da bin ich sicher.«

»Der Junge hat gewiss schon vorher viel Schlimmes gesehen.«

»Ja. Mehrere Todesfälle in der Familie.«

Muesall nahm einen Schluck von seinem Burgunder und ließ ihn die Zunge umschmeicheln. Er verstand vollkommen. Döblin war Arzt, und das keineswegs im Nebenberuf. Dass man ihn unter Kollegen scherzhaft Doktor Zynikus nannte, lag an seiner scharfen Zunge, nicht an seiner Berufsauffassung. Und diesen Jungen, den Rudi, hatte er wohl in besonderem Maß ins Herz geschlossen.

»Na, immerhin ist der Täter gefasst«, fügte Döblin mit sichtlicher Befriedigung hinzu.

Doch auch in diesem Punkt musste Muesall ihn enttäuschen. »Weißt du, Döblin, dieser Täter oder vielmehr der Tatverdächtige, den sie so schnell gefasst haben«, entgegnete er nachdenklich, »manches erscheint mir merkwürdig daran.«

»Was meinst du?« Döblin neigte den schmalen Vogelkopf ein wenig zur Seite, das Zeichen, dass er ihm mit großer Aufmerksamkeit zuhörte.

»Was ist das für ein Mann, dieser Festgenommene, der ominöse W., von dem die Zeitungen schreiben? Er ist stellungslos, scheint nicht besonders intelligent zu sein, hat ein paar Diebstähle auf dem Kerbholz. Ein entfernter Bekannter der ermordeten Familie, der sie um ihre paar Preziosen bringen will.«

»Richtig. Und? Kommt alle Tage vor.«

»Wirklich? Überleg doch mal: Weil er nichts Wertvolles findet, rächt er sich an den Frauenleichen. Er zieht ihnen Faschings- oder Badekleider an oder was immer. Und präsentiert sie im Schaufenster des Juweliers, gegen den sich seine Wut doch eigentlich richten müsste. Den Hausherrn aber bringt er um und lässt ihn am Boden liegen wie Fallobst.«

Döblin war nachdenklich geworden. »Hast recht«, gab

er zu. »Ziemlich exaltiertes Verhalten für ein schlichtes Räubergemüt. Aber vielleicht doch nicht ganz undenkbar?«

»Nein, ich sage dir, da stimmt etwas nicht. Und ich verstehe nicht, warum nicht mal die Presse diese überraschende Festnahme des unbekannten W. angreift. Im Gegenteil, für die Zeitungen ist der Mann schon so gut wie gehenkt!«

»Na, weil's dem Publikum so gefällt! Du hast ein zu idealistisches Bild von der Presse, mein Lieber. Was kann den Zeitungen Schöneres passieren als der bestialische Mord an einer kleinen ehrbaren Familie? Und der grobschlächtige, zynische Täter wird gleich hinterhergereicht. Im Geiste stellt man ihm schon mal den Korb hin. Für seinen Kopf, wenn der fällt.«

Muesall lehnte sich etwas zurück und sagte: »Du magst Recht haben mit Presse und Publikum. Davon verstehe ich nichts. Als Gutachter vor Gericht mache ich mir eher Gedanken über die Polizei und ihre Ermittlungen.« Er gab dem Kellner Zeichen, Döblins Einverständnis voraussetzend, eine Flasche von dem Burgunder, den er gekostet hatte, und zwei Gläser zu bringen.

»Siehst du, Döblin, unsere Polizei steckt mit ihren Methoden und Ansichten noch im alten Jahrhundert fest«, sagte er ärgerlich. »Was aber, wenn sie eines Tages auf einen Täter träfe, der auf fatale Weise, na, sagen wir ruhig: modern ist? Oder wie sagtest du vorhin: exaltiert? Ein nervöser Charakter, aber gefährlich?«

Döblin blickte ihn betroffen an. Doch plötzlich zuckte Muesall mit den Schultern und sagte: »Vielleicht irre ich mich auch. Und alles hat seine Richtigkeit.«

Der Wein kam. Und ihm lag daran, Döblin den Abend

nicht mit seinem Misstrauen zu versauern. Sie sprachen über andere Dinge. Vorzugsweise über Döblins geplante Praxiseröffnung im Herbst. Und über einen eher delikaten Fall aus seiner eigenen Praxis. Er betraf den Bankier Löhrmann und seine Geliebte, eine zweit- oder drittklassige Revue-Schauspielerin des Metropol-Theaters.

An diesem Abend, es war der 8. September, ein Freitag, traf sich Hedwig Zinnoweck mit Gustav Holm vorsichtshalber in der Union-Bar. Das Lokal lag an der Ecke Französische und Friedrichstraße, nur zwei Steinwürfe vom Metropol entfernt. Aber doch weit genug, um nicht zufällig einem der Stars der neuesten Revue, Giampietro, Guido Thielscher oder Else Kupfer, über den Weg zu laufen. Nicht mal der Maxeiner – der Glückliche spielte den ›Kaliske‹ in der aktuellen Revue – wäre ihr im Augenblick lieb gewesen. Es würde Holm nur noch mehr reizen, da er glaubte, sie hätte schon vor dem Löhrmann ein Verhältnis mit dem Maxeiner gehabt. Das stimmte zwar, im Grunde war es nicht einmal beendet. Aber sie hatte Holm gegenüber die Sache mit Maxeiner immer abgestritten. Die Situation, fürchtete sie, könnte außer Kontrolle geraten, wenn sie unvermittelt zu dritt aufeinander träfen. Denn der Maxeiner konnte hitzig werden, und in dem glutäugigen Gustav steckte sowieso ein Mörder. Das sagte sie ihm sogar manchmal, aber er lachte darüber.

Die Bar nahm Parterre und erste Etage eines schmalen Hauses ein, verbunden durch eine Wendeltreppe. Ein Dutzend Bardamen mixte unten und oben die Getränke für die Berliner Lebewelt, die die Enge und Intimität der Räumlichkeiten zu schätzen wusste.

Sie saßen auf gepolsterten Stühlen an einem Tisch mit

Marmorplatte in dem kleinen verspiegelten Raum links vom Eingang. Von den Kandelabern an den Wänden leckte gelbes Licht und zauberte eine erwartungsvolle orientalische Abendstimmung. Es war noch früh, kurz vor Mitternacht, an den Tischen um sie herum saß eine Galerie aufgeputzter Kokotten, die mit nervösen Gesichtern unter den Pfauenfedern und Wagenradhüten auf den passenden Galan warteten.

Einer war ja schon dort. Aber für diese Damen nicht der richtige. Gustav Holm war bloß die Zweit- oder Drittbesetzung (genau konnte man das bei Theaterdirektor Schultz niemals wissen) für den ›Rosenkavalier‹ in der aktuellen Produktion des Metropol-Theaters. Er war eine schlanke, hohe Erscheinung mit rot unterlaufenen Augen und dunklen Haaren, der sich trotz des notorischen Quengeltons in seiner Stimme als geborener Bonvivant fühlte. Derzeit war er allerdings nur als älteres Mitglied des männlichen Gesangsensembles besetzt. Die damit einhergehende Kränkung hatte ihn auf natürliche Weise mit Hedwig Zinnoweck zusammengebracht.

Hedwig betrachtete ihn mit ihren kleinen, schnellen, hellen Augen spöttisch von der Seite, während er nervös an seiner Zigarre sog. Sie trug ein vergleichsweise bescheidenes hellblaues Abendkleid mit rundem Ausschnitt, der ihren Busen vorteilhaft betonte, eine dekorative Abendfrisur mit Schleifenarrangement, helle Handschuhe, aber nicht mal eine Federstola. In Holms Gegenwart blieb sie derzeit lieber unauffällig, sie betrachtete ihre Verbindung mit ihm momentan als nicht existent. Zumindest solange sie den Löhrmann am Haken hatte. Der sich nun aber offensichtlich von ihr loskaufen wollte.

»Ich hab's dir immer gesagt, Herzerl, der Löhrmann

will dich loswerden. Bist ihm langweilig g'worden«, probierte Holm sich am Wiener Dialekt. In Wahrheit aber karikierte er, ein gebürtiger Uckermärker, den Josef Giampietro, seinen ewigen Konkurrenten am Metropol. Doch an dem Wiener würde er nie vorbeiziehen, dachte sie, Giampietro war der Stern des Ensembles, neben Thielscher und der Massary. Aber die war ja jetzt aus dem Weg, wie es schien.

Sie nippte wie ein Vögelchen an ihrem Glas Portwein und fiel dann unvermittelt ins Schlürfen.

Er dachte: Jetzt kopiert sie die Massary in ihrer Rolle als Unschuld vom Lande. Aber die Massary schafft es, selbst eine Landpomeranze frivol aussehen zu lassen, während bei der Hedwig noch die Große Kokokotte wie ein Bauerntrampel daherkommt.

»Du hast es immer noch nicht kapiert«, sagte sie barsch. »Ich bin es, die den Löhrmann loswerden will. Aber nicht für billige Tausend.«

»Tausend sind ein Vermögen, Spatzerl!«, protestierte er. Und meinte es auch so.

»Ein Vermögen? Für wen? Für dich vielleicht. Du kommst mit einem dunklen Jackett und zwei Monokeln durchs ganze Jahr. Aber wer zahlt mir die Garderobe, wenn der Löhrmann sich aus dem Staub macht? – Du etwa?« Er zuckte zusammen, verschluckte sich etwas am Qualm der Zigarre. »Gerade jetzt, wo die Massary ausfällt und ich die nächste hinter der Kupfer bin, werd ich mich doch nicht unter Preis verkaufen wie eine vom Potsdamer Platz.« Trotzig fügte sie hinzu: »Ich hab mir genau so ein Kostüm schneidern lassen wie die Kupferne. Inklusive Kapitänsmütze!«

Er dachte an die Massary. Und wie unerwartet ihr Ausfall

gekommen war. Keiner kannte den wahren Grund dafür, dass der weibliche Stern des Ensembles auf die Rolle als ›Berliner Nacht‹ verzichtete. Vor der Massary rollten die schniekesten Herren ihre hechelnden Zungen wie rote Teppiche aus, und an ihren neuesten Kostümen in den Metropol-Revuen richtete Berlins mondäne Damenwelt ihren Modekompass aus, es ging schließlich ums gesellschaftliche Überleben.

Gut, die Massary war fort, zumindest für diese Saison. Doch dass sich das im Falle ihrer Nachfolgerin, der kessen Kupfer, wiederholen würde, daran glaubte er nicht. Die Hedwig machte sich nur unnötige Hoffnungen, nichts als viehdumme Hirngespinste.

»Nimm Löhrmanns Geld und lass den Geldsack ziehen, Hedi. Tu's für mich. Für uns«, bettelte er in seiner gefühlten Rolle als ›Bettelstudent‹.

Sie schnaufte verächtlich. »Für dich? Wofür hältst du dich? Das mit uns, das war mal, Gustav. Geschichte.«

»Immerhin a Bettg'schicht', Hederl«, warf er ›wienerisch‹ ein.

Sie musste lachen, näherte ihr rundes, weißes Kieselsteinnäschen seinem langgezogenen Ziegenkopf und kraulte ihm die bartlose, schon etwas schlaff werdende Partie unterm Kinn.

»Na, schön«, sagte sie rauchig, »gelegentlich, wenn Not am Mann ist, können wir darauf zurückkommen.« Der Löhrmann, das hatte sie ihm schon des Öfteren zu verstehen gegeben, war in dieser Beziehung nicht eben eine Offenbarung. Dabei ließ er sich wegen seiner Impotenz inzwischen schon ärztlich behandeln. »Aber bevor ich ihn abserviere, soll er noch mal kräftig bluten.«

Er seufzte. Ein wenig getröstet zwar durch ihre zärtliche Zuwendung, kniff er dann aber seine strichdünnen, dunklen Brauen zusammen und sagte: »Pass aber auf, dass nicht du am Ende blutest. Mit einem Geldsack wie dem Löhrmann ist nicht zu spaßen. So einer hat seine Mittel und Wege. Und seine Leute.«

Sie lachte etwas zu laut und kippte ihren Portwein hinunter wie ein Bierkutscher seinen letzten Schluck Molle.

Anneliese blickte vom Bett aus versonnen auf die kleinen Rundungen seiner Hinterbacken, die sich unterm weißen, knielangen Nachthemd abzeichneten. Ihr »Doktor«, der Geheime Sanitätsrat Alfred Muesall, stand rauchend am Schlafzimmerfenster seiner Achtzimmerwohnung im obersten Stockwerk des Hauses Kurfürstendamm, Ecke Bleibtreustraße und schaute hinaus in den noch frühen Sonnabendmorgen. Sie hörte wie aus großer Ferne eine Elektrische vorbeizuckeln und stellte sich vor, wie sein Blick über das noch immer üppige grüne Blätterdach der Akazien schweifte, die den Reitweg in der Mitte des Kudamms säumten. Und wie seine Augen weiterglitten über die zahllosen Türmchen der Protzburgen des Geldes, die ihre Spitzen wie Finger in den Himmel reckten, als wollten sie ausrufen: Ich auch! Ich gehöre auch dazu, zum Club der Selbsterwählten, zu den Neureichen von Berlin W.

Nein, sie mochte die Gegend nicht, ihr hatte es am Belle Alliance-Platz gut gefallen, in dessen Nähe doch auch sein Kollege, der Doktor Döblin, im Oktober seine Praxis eröffnen würde. Aber hier am Kurfürstendamm, im Neuen Westen, lebte nun mal Muesalls Kundschaft, reich, mondän, dekadent, »nervös«, wie er sie gern bezeichnete.

Und sie gehörte zu ihm, auch wenn … Sie seufzte und

kam nicht mehr dazu, ihren Gedanken zu Ende zu führen, denn jetzt drehte er sich um und drückte die Manoli im Aschenbecher aus, der neben seinem achtlos auf dem Nachttisch abgelegten, goldumrandeten Zwicker stand. Er nahm die Gläser, die er nur zum Lesen brauchte, zwischen die Finger und glitt zu ihr zurück ins Bett, klemmte sich dann übertrieben umständlich die Brille auf seine überaus lange Nase, atmete einmal tief ein und befreite dann mit dem Zeigefinger geschickt eine Brust aus ihrem weißen Leinennachthemd. Er inspizierte theatralisch ihre rosafarbene Brustwarze von allen Seiten, küsste sie leicht und sog ein wenig daran. Sie lachte, es kitzelte.

»Lassen Sie das, Herr Doktor«, sagte sie mit gespielter Strenge.

»Das meinst du nicht wirklich, Anneliese.«

Sie lachte wieder anstelle einer Antwort. Plötzlich warf er sich herum, legte den Arm unter den Kopf und fragte in Richtung Stuckverzierung an der Decke: »Wann wirst du mich heiraten?«

Es war das alte, das ewige Spiel zwischen ihnen.

»Nie, Herr Doktor.«

»Wann wirst du endlich aufhören, mich Herr Doktor zu nennen?«

»Nie, Herr Doktor.«

Er wandte sich ihr wieder zu. »Eines Tages wirst du mich doch einmal duzen, Anneliese. Und Männe oder Dackel oder Schnuckel oder irgend so etwas zu mir sagen. Weil wir dann verheiratet sind.«

»Das wird nicht geschehen, Herr Doktor.«

»Aber …«

»Sie wissen, warum!«, schnitt sie ihm das Wort ab. »Weil Sie immer eine andere – ach was, mehrere andere von Ihren

Weibern haben werden. Vornehme, weniger vornehme, und dann diese Zirkusmädchen, Sie wissen schon.«

Er seufzte schuldbewusst. »Aber wir kennen uns nun schon wie lange, Anneliese?«, fragte er schmeichelnd und näherte sich wieder bedenklich der blassrosa Spitze ihrer freigelegten Brust. Sie zog resolut das Nachthemd darüber, und er verzog enttäuscht die schon gespitzten Lippen unter seinem schwarzen Schnauzbart.

»Sehen Sie, das ist der Unterschied zwischen uns beiden, Herr Doktor.«

»Was?« Er machte große böse Augen unter den buschigen Brauen, bedrohlich. »Was ist der Unterschied zwischen uns?«

»Sie müssen erst überlegen, wie lange wir uns kennen. Ich weiß es.« Sie wusste es wirklich: elf Jahre kannten sie sich jetzt. Sie hatte sich von der Haushaltshilfe des damals noch angestellten Arztes zur Praxishilfe des selbstständigen Nervenspezialisten gemausert und war schließlich die Geliebte des heute in ganz Berlin anerkannten Gerichtsgutachters und Sanitätsrats Doktor Muesall geworden. Alle wussten das, die Gesellschaft duldete es stillschweigend. Aber niemals würde man sie mit ihm zusammen ganz offiziell zu einem Jour einladen, zum Beispiel. Oder auch nur zum Tee. Unter diesen Umständen, nicht verheiratet, war ihr das ganz gleich, was kümmerte sie die Gesellschaft? Sie liebte ihn. Und er brauchte sie. Aber er brauchte auch alle die anderen Frauen. Das sei nur »der Trieb«, behauptete er. Unwichtig, kurzlebig. Aber sie litt Höllenqualen wegen jeder Neuen. Ihr Triumph war, dass sie kamen und gingen, sie am Ende jedoch blieb. – Aber ihn heiraten? Nein. Er müsste schon ein anderer werden. Doch würde sie ihn dann noch lieben? Manchmal fragte sie sich das allen Ernstes. So aber, als Anneliese Becker, ledig, Haus- und Büroangestellte des Doktor Alfred Muesall, war sie immer noch frei, auch wenn sie sich nicht so fühlte. Als seine Frau wäre sie stets nur die Betrogene.

Sie betrachtete den Druck an der Wand gegenüber, von diesem Engländer, Beardsley. Zugegeben, er war schön, der Junge auf dem Bild. Doch mit seinem absurden, mannshohen Penis und den prachtvollen, prallen Hoden, die er wie Goldeier durch die Gegend balancierte, war die Zeichnung natürlich unanständig. Aber eben deshalb auch wieder lustig. Wie die gesamte Erotika-Sammlung des Doktors.

»Erinnerst du dich an die kleine Zinnowitz, Anneliese?«, fragte er nachdenklich.

Sie nickte schwach. »Wenn Sie die Schauspielerin vom Metropol meinen, die heißt Zinnoweck.«

»Die meine ich.«

Anneliese war nur fünf Jahre jünger als ihr Herr Doktor, aber während er sich oft nicht mal mehr die Namen der Patienten richtig merken konnte, kannte sie beinahe deren Lebensgeschichten auswendig. Sie hielt sich darauf einiges zugute und rief sich jetzt rasch die Zusammenhänge ins Gedächtnis: Die Zinnoweck war dritte oder vierte Soubrette oder so etwas und spielte »Die Berliner Nacht« in der neuen Revue am Metropol-Theater. An den Werktagen, für die Touristen. Sie hatte ein Verhältnis mit einem Patienten des Doktors angefangen, dem Bankdirektor Löhrmann, einem verheirateten Mann, der gar nicht weit von ihnen, in dem protzigen Neubau Kudamm, Ecke Knesebeck, wohnte. Die Zinnoweck forderte nun auf einmal, dass der Direktor sie heiratete. Sie drohte, andernfalls die Liebschaft öffentlich zu machen. Seine Ehe, seine Familie, seine Reputation als seriöser Bankmann wären natürlich dahin! Er trug sich mit Selbstmordgedanken. Und mit Mordfantasien, in denen er sie in tausend kleine blutige Würfel zerhackte, die er anschließed genüsslich verspeiste. Er war mit den Nerven am Ende und hatte den Doktor Muesall um Rat gefragt. Der Doktor hatte ihm geraten, da er das Verhältnis nun mal angefangen habe, sich scheiden zu lassen und die Dame zu heiraten. Oder demonstrativ bei der Familie zu bleiben und die Schauspielerin auszubezahlen. Jedenfalls klar Schiff zu machen, bevor es noch ein Unglück gebe. Solche ungeklärten Verhältnisse führten oft zu Selbstmord oder gar Mord und Totschlag, das wusste sie inzwischen ebenso gut wie der Doktor.

Der Direktor entschied sich, wenig überraschend, fürs Geld und wollte die Dame ausbezahlen. Letztlich die billigste Lösung für ihn.

»Und«, fragte sie nun ohne wirkliches Interesse, da sie das Ergebnis schon zu kennen glaubte. »Nimmt sie es?«

»Nein.«

»Nein?!« Anneliese schoss in die Höhe, vollkommen perplex. »Sie hat seine Tausend abgelehnt?«

Er nickte genüsslich, während seine Augen bewundernd an Herrn Beardsleys Überpenis auf- und abwanderten.

»Wie schrecklich für Herrn Löhrmann!«, sagte sie.

»Ach, was.« Er schüttelte den Kopf. »Ich habe mit Döblin vorgestern noch drüber gesprochen. Im Gumpert. Wir waren uns einig: Es kommt auf die Summe an, die Löhrmann ihr anbietet. Er ist nur zu knauserig, typischer Geldsack.«

Sie wog skeptisch den Kopf hin und her. »Wenn das mal gut geht«, sagte sie.

Er kam ihr wieder nah und wollte sie an sich ziehen. Sie wehrte sich schwach. »Es ist schon neun, Herr Doktor.«

»Aber doch Sonnabend, Anneliese. Sprechstunde erst am Nachmittag. Zwischen vier und sechs.«

Sie lachte. »Aber das Mädchen …!«

»… ist brav und macht Frühstück.«

Sie wehrte sich nicht mehr und genoss es.

Es war bereits kurz vor acht, die Sonntagabend-Vorstellung musste gleich beginnen, als Muesall vor dem Theater aus der Kraftdroschke stieg und den Fahrer bezahlte, vielmehr mit fünf Mark für die Fahrt vom Kurfürstendamm deutlich überbezahlte.

Es war noch hell, und doch flammten schon die Lichter der Bogenlampen in der Behrenstraße als Vorboten der Nacht durch die laue Luft unter dem mattgrauen Abendhimmel. Der Verkehr stockte, vor dem Metropol drängten sich die Schaulustigen: das vornehme Publikum traf ein. Und nach neun würde es auch das weniger vornehme tun. Automobile hupten wütend, Taxameter-Droschken bremsten, Kutschen hielten, Wagenschläge wurden forsch aufgerissen und trocken zugeschlagen. Die typische, aufschäumende Champagnerstimmung eines Theaterabends in der Friedrichstadt nahm augenblicklich von ihm Besitz und vertrieb ihm die alltagsgrauen Gedanken, die während der Droschkenfahrt noch in ihm aufgestiegen waren wie die letzten Rauchfahnen über einem erlöschenden Feuer.

Im bibelschwarzen Smoking, mit hellgrauer Weste über dem schwanenweißen Kragen, den schimmernden, gebürsteten Zylinder schon in der Rechten, bahnte er sich geschmeidig seinen Weg zum strahlend erleuchteten Portal des Theaters. Vorbei an den Gruppen aufgekratzt lachender, erregend duftender, seidenknisternder Damen und ihrer vierschrötigen, schnurrbärtigen Begleiter in Pinguinfarben und -formen.

Er zückte sein Billett, das Löhrmann ihm hatte zustellen lassen, und zeigte es einem der livrierten Kontrolleure in der barocken, bahnhofshohen Eingangshalle. Nachdem er seinen Zylinder an der Hutablage abgegeben hatte, eilte er mit fließenden Bewegungen die breite, sich in der Mitte teilende Freitreppe zum Zuschauerraum hinauf. Löhrmann hatte einen Tisch für vier Personen bestellt. Nummer 23 auf der Balkon-Terrasse war leicht zu finden und trotz des Gedränges einfach zu erreichen.

Hier sowie im hinteren Teil des Parketts standen Tische, an denen man gastronomisch erstklassig versorgt wurde. Dort flossen Champagner und Rheinwein, aber auch Mosel, Flips und Schnaps wurden serviert. Überall durfte geraucht werden. Die Parkettlogen und Ränge fügten sich offen in das mahagonigetäfelte Promenoir ein. Hufeisenförmig zog sich der Wandelgang rings um den Theaterraum, ein Paradies für flirtende Blicke, für nackte Marmorschultern, rauschende Seide und blendend weiße Westen.

Größtenteils hatte das Publikum in den Fauteuils und an den Tischen bereits Platz genommen und blickte erwartungsvoll in die Runde. Zwicker wurden aufgesetzt, Monokel eingeklemmt, Operngläser gezückt. Die Damen präsentierten sich in Luxustoiletten, lichten Spitzenkleidern und Libertys, mit echten Brüsseler Spitzenschals und teuren Federboas. Sie waren eingehüllt in Wolken aus frischen, guten Parfums und bis unter die hochgetürmten Frisuren angefüllt mit Standesdünkel. Ihre feinen Gatten in den teuren Langen über den glänzenden Westen und blütenweißen Oberhemden waren es nicht minder. Das Tragen von Wagenrad-Hüten im Theater hatte Polizeipräsident von

Jagow den Damen erst kürzlich verboten, so bestand die Chance, gelegentlich auch das Geschehen auf der Bühne verfolgen zu können, wenn einem danach war.

Letztlich war das erlauchte Publikum der Grund gewesen, warum er Anneliese auch dieses Mal nicht hatte überreden können, ihn ins Metropol zu begleiten. Sie gehöre nun einmal nicht zur Damenwelt der besseren Gesellschaft von Berlin, befand sie, und daher schade es nur seinem Ruf und der Praxis, wenn er sie ins Theater führe.

In der Tat war ihm diese leichteste aller Theaterkost im Grunde herzlich egal, sein Besuch heute war bloß Teil des Geschäfts. Die Jahresrevuen im Metropol, die französischen Schwänke im Residenz-Theater, die Zirkus-Kunststückchen im Wintergarten halfen einem denkfaulen Publikum über einen Abend hinweg, nicht mehr, nicht weniger. Anderntags betrat es standesbewusst seine Praxis und wünschte, dass er der Tochter mittels Hypnose den Habenichts von Chauffeur aus dem verliebten Kopf trieb oder das eheliche Potenzproblem von Herrn Kommerzienrat fortzauberte. Dabei liebte der inzwischen seine Schwägerin, nicht seine Gattin, mit der er zur Behandlung erschien.

Ein Theaterabend in der Friedrichstadt und besonders im Metropol diente der Lebewelt Berlins als Ort des puren Vergnügens. Ebenso wie, meist wochentags, den Touristen (»Kaiser gesehen – Metropol besucht!«). Getrüffelte Wachteln zum Ballett, ein Spatenbräu zur Kabaretteinlage und einen Mumm zum Couplet! Gesehen werden und später sagen können, dass man gesehen hatte, darauf kam's an. Wem das Herz für die hohe Bühnenkunst schlug, der sollte doch bitteschön zu Reinhardt am Deutschen Theater gehen. Oder zum Teufel.

Nun, natürlich war auch er selbst ein Teil dieser feinen Gesellschaft. Muesall war Realist genug, das nicht zu verleugnen.

Er blickte sich um im Theatersaal. Löhrmann, der ihn eingeladen hatte, um damit (aus seiner Sicht) standesgemäß die Behandlung zu beenden, hatte einen Tisch weit hinten gewählt, unmittelbar dort, wo sich Theatersaal und Wandelgang zu einem glanzvollen, luxuriösen Ganzen in Weiß, Rot und Gold vereinten. Muesall entdeckte ihn in dem Moment, als der Büffettier sich devot vorbeugte, um ihm das Champagnerglas schäumend zu füllen. Die große, eckige Gestalt des Kellners wirkte auf den ersten Blick imposanter als der hagere kleine Mann am Tisch mit dem säuerlichen Ausdruck im Gesicht. Von Charakterkopf konnte wahrlich keine Rede sein, Löhrmanns auffälligstes äußeres Merkmal war das graue Resthaar, das den glänzenden weißen Schädel wie eine hohe, dünne Wolke umgab.

Muesall kannte seinen ehemaligen Patienten gut genug, um an seinem missmutigen Blick zu erkennen, dass ihm eine gehörige Laus über die Leber gelaufen sein musste. Und diese ›Laus‹ saß offenbar direkt neben ihm: ein hübsches, etwas blasiert wirkendes Mädchen in einem eleganten, pfirsichfarbenen Abendkleid und mit einem winzigen Diamantkrönchen im weizenblonden, welligen Haar.

Das blitzende Schmuckstück saß jedoch reichlich schief in der aufgeschäumten Frisur, und er konnte sich des Eindrucks nicht erwehren, dass dies die vergiftete Stimmung am Tisch recht gut widerspiegelte. Löhrmanns Idee, sich auf diese Weise von seiner Geliebten loszukaufen, war, so schien es, nicht allzu glücklich gewählt. Ein riskantes Spiel allemal.

Es war natürlich keineswegs ehrenrührig für den Bankdirektor, sich ganz offen als Verehrer einer jungen Künstlerin vor aller Welt zu zeigen. Zumal im Theater. Er signalisierte damit nur: Seht her, ich bin ein Liebhaber der Bühnenkunst. Und natürlich auch des schönen Geschlechts. Doch ich habe nichts zu verbergen, nicht mal vor meiner Frau! – Die hatte selber ein Verhältnis, was allerdings nur Muesall wusste. Er behandelte die Geliebte der Frau Löhrmann, die Gattin eines Offiziers, die ihre Affäre mit Frau Bankdirektor zwar leidenschaftlich auslebte, sich ihrer Homosexualität aber schämte.

Als goldene Regel galt, solange man in der guten Gesellschaft noch spekulieren musste, ob das Theater-Sternchen Hedwig Zinnoweck wirklich bloß Löhrmanns Schwarm und nicht auch sein ›Verhältnis‹ war, tat dies seinem Ruf keinen Abbruch. Wenn sie allerdings als seine »Geliebte« zur Presse rannte und »Details« ausplauderte (also alles), war er nicht nur als Gesellschaftstier unten durch, sondern vor allem auch als Bankier. Denn das Bankhaus, das seit Generationen seinen Familiennamen trug, lebte nicht zuletzt auch von dem untadeligen Ruf seines Generaldirektors, dem konservative Kreise ihr Geld anvertrauten. Nichts war tödlicher für das Geschäft als schlüpfrige Details, in aller Öffentlichkeit breitgetreten. Dafür sorgte allein schon die gefräßige und geschwätzige Presse, die zusammen mit der Hauptstadt inflationär gewachsen war.

Löhrmann hatte dem Mädchen zusätzlich zu den Tausend, die er schon geboten hatte, nun also noch das Diamantenkrönchen geschenkt. Es hatte jedoch den Anschein, als verliefe der Handel nicht nach seinem Plan. – Verlangte sie mehr? Und später immer noch mehr, womöglich? Anneliese hatte Recht behalten mit ihrer Skepsis: Die dumme Sache hatte sich eindeutig zugespitzt.

Löhrmann erhob sich jetzt mit gequälter Miene, begrüßte ihn einsilbig mit seiner ewig näselnden Stimme, so als wäre der Vorname seines Gastes nicht Alfred, sondern Flaute, und sein Nachname nicht Muesall, sondern An-der-Börse.

Er stellte ihn tonlos seiner Tischpartnerin vor. »Dr. Alfred Muesall – Fräulein Hedwig Zinnoweck.«

Sie reichte ihm ihr weiches, weißes, feuchtkaltes Pfötchen zum Handkuss und er erwies ihr den Dienst.

Sie setzten sich. Löhrmann bestellte neuen Sekt für alle und auf Muesalls speziellen Wunsch einen Calvados. Die Stimmung am Tisch war so frostig, dass Muesall sich wunderte, warum ihr Atem nicht gefror. Er war froh, als das Klingelzeichen ertönte, der Raum wurde dunkler, der Kapellmeister hob den Taktstock und der purpurne Vorhang wurde hochgezogen. Beifall rauschte durch den Saal, Hälse reckten sich im Parkett, die Gespräche ringsum – über die Börse vermutlich, über Hoppegarten, den Flottenbau oder die neueste Pariser Mode – ebbten ab, aber nicht sehr. Angesichts des Polarklimas am Tisch nahm Muesall den Theaterbesuch gewissermaßen wörtlich und richtete seine Aufmerksamkeit auf das Bühnengeschehen dort unten.

Es begann die gewohnte Mischung aus Pomp, Prunk, Kostümen und Klatsch aus den vergangenen zwölf Monaten, ein einziges, unter farbenprächtigem Bühnenlicht zum Singen, Klingen, Hüpfen und Wippen gebrachtes Satireblatt.

Er nahm das Programmheft zur Hand, das auf dem Tisch lag, und schlug es auf. Etwas irritiert durch die Tatsache, dass das hübsche Sternchen in Warteposition, diese Hedwig Zinnoweck, der Bühne geflissentlich den Rücken zukehrte, auf der ihre Kollegenschaft doch vermutlich ihr Bestes gab.

Sechs Szenenbilder bot »Die Nacht von Berlin«. Offenbar als Vorgeschmack auf die weiteren Darbietungen diente eine Schar Theaterpüppchen, die in den höchsten Tönen quietschte und wie eine vom Fuchs gejagte Herde junger Gänse über die Bühne stürmte. Sie flohen vor Morpheus, dem Beschützer der Schlafenden, der durch das Programm führte. Und während zahllose Herren in den Logen ringsum zu den Operngläsern griffen, um anatomische Studien zu treiben, verirrte sich Morpheus aus undurchsichtigen Gründen in einen Modesalon. Plötzlich war die ganze Bühne ein einziges Gehopse magerer junger Laufmädchen in stilisierten, schwarz-weiß gestreiften Kostümen, mit ebenso gemusterten kleinen Hüten über den zwangslächelnden Gesichtchen. Und an den zierlichen Handgelenken hingen an schmalen Bändern entsprechend gestreifte Hutkartons wie für Zwerginnen. Eine witzig gemeinte Verkehrung der aktuellen, ausladenden Mode in ihr winziges Gegenteil.

Das war lustig. Wenngleich unfreiwillig. Die Szenerie auf der Bühne erinnerte ihn weniger an einen Modesalon als an ein Zebra-Gehege im Zoo. Oder an ein Frauengefängnis. So wie er sich ein Frauengefängnis vorstellte.

Er musste lachen. Und doch rief die Szene irgendeine störende Assoziation in ihm wach, die in seinem Hinterkopf dunkel aufflackerte. Vielleicht deshalb, weil die kleine Zinnoweck ihn unentwegt kühl und aufmerksam musterte, als wäre sie die Ärztin, die ihn untersuchte. Seltsames Mädchen.

Wie auch immer, Giampietro und das Modistinnen-Ensemble heimsten den ersten Beifall ein, das Publikum zeigte sich amüsiert und klatschte sich begeistert heiße Hände. Gleich darauf kümmerte es sich wieder um sich selbst, trank, aß, rauchte, lachte, schnatterte, warf Blicke, fing welche auf, vertrat sich die Beine, kam und ging.

Er trank seinen Calvados und wandte sich an Löhrmann in der Hoffnung, das Eis ein wenig schmelzen zu können.

»Offen gesagt, Herr Direktor«, rief er ihm zu, »ich verstehe beim besten Willen nicht, was an dieser Modeszene aktuell sein soll.«

Löhrmann gab sich keine Mühe, den Ball aufzunehmen, er zuckte die Achseln und steckte sich eine Zigarre an, offenbar fest entschlossen, sich für die nächste Viertelstunde mit leerem Gesicht dahinter zu verkriechen.

Anders das schwierige ›Verhältnis‹ des Bankiers: »Es handelt sich um eine Anspielung auf Poiret«, warf sie etwas spröde ein, doch immerhin sagte überhaupt jemand am Tisch etwas.

Poiret? Wer, zum Teufel, war das nun wieder? Die Zinnoweck, inzwischen schon aufgeräumter, erklärte es ihm: »Poiret, der berühmte Damenschneider, Haute Couture aus Paris, wissen Sie?«

Nein, er wusste nicht und schüttelte den Kopf.

»Seine Abendroben sind ein Traum«, schwärmte sie. »Poiret schafft eine Taille, sage ich Ihnen …!« Sie vergaß nicht, auch Löhrmann einen Blick aus den Augenwinkeln zuzuwerfen, der ignorierte ihn jedoch, und sie fuhr ernüchtert fort: »Aber die Poiret-Sachen kann unsereins sich sowieso nicht leisten.« Sie packte ihren Sektkelch wie einen Tennisschläger und nahm auf recht rustikale Weise einen großen Schluck, Muesall hätte es nicht überrascht, wenn sie gerülpst hätte, als sie das Glas absetzte.

Er wandte sich wieder der Revue zu. Ein Bühnen-Poiret trat auf und bald wieder ab, mit Pauken und Trompeten im Rücken und dem ›französischen‹ Abgesang des Chors: »Derr Taschen voll mit deutsche Geld. Zugleisch eine Schneider und eine 'eld.«

Es folgte eine Ballettnummer, die im Programmheft als »Ein Farbentraum« angekündigt war. Die Bühne explodierte in allen Farben des Regenbogens, dargestellt durch die bunten Kostüme der wirbelnden Tänzerinnen.

Rhythmus, Musik und hundert junge Beine, die durch die Luft flogen, Dutzende erhitzte Gesichter auf der Bühne, Hunderte begehrliche Visagen im Publikum (dem männlichen).

Gegen Ende der Szene beugte sich überraschend Löhrmann zur Zinnoweck hinüber und tippte mit dem dünnen Zeigefinger auf das Programmheft. In einem gehässigen Unterton, der Muesall nicht entging, rief er ihr zu: »Jetzt käme dein Part, meine Liebe! ›Berliner Nacht‹. Ist doch deine Rolle?«

Sie blickte ihn kurz an, die hellen Augen voll schwarzem Hass. Dann wandte sie sich demonstrativ der Bühne zu. Zum ersten Mal an diesem Abend.

Doch ihr Blick, das fiel Muesall auf (und vielleicht auch Löhrmann, der sie scheel von der Seite beobachtete), galt nicht dem Mittelpunkt der Bühne. Dort sang und sprang die blutjunge, agile Else Kupfer als neue Erstbesetzung der ›Berliner Nacht‹ umher. Sie trug ein prachtvolles schwarzviolettes Trikot voller Silbersterne und einen goldblitzenden Tüllrock. Auf dem Kopf balancierte sie eine seltsame weiße Mütze, die Muesall entfernt an den Hut eines Fregattenkapitäns erinnerte.

Nein, das interessierte sie offensichtlich nicht. Hedwig

Zinnowecks Blick wanderte deutlich zum rechten Bühnenrand hinüber. Dort befand sich ein Chor verzückt lauschender Verehrer der ›Berliner Nacht‹ in hochseeblauen Fräcken, die ständig »Holla« oder »Hoppla« oder Ähnliches intonierten. Unter ihnen war ein keineswegs mehr jugendlicher, hoch gewachsener Stenz mit dunklem Pomadenhaar. Da seine Kollegen sämtlich die Kupfer in der Bühnenmitte anhimmelten, fiel Muesall der überreife Bühnenkavalier in dem Kreis seiner jüngeren Kollegen zusätzlich dadurch auf, dass er seinen heißen Blick wie einen Feuerstrahl durch den gesamten Theaterraum schoss, um sich schließlich mit dem von Hedwig Zinnoweck zu treffen. Zumindest hatte Muesall den Eindruck.

In diesem Moment geschah etwas, das einen Kenner des Metropol-Theaters zwar nicht überraschen konnte, am Tisch Nummer 23 aber für eine unerwartete Änderung im Abendprogramm sorgte.

Es war mittlerweile neun Uhr geworden, und einem freizügigen Arrangement mit der Theaterleitung entsprechend, mischten sich die ›Großen Kokotten‹, Berlins Edelhuren, gezielt unters Publikum. Der Eintritt betrug jetzt für sie nur noch eine Mark, und selbst diesen kleinen Obolus zahlten gewöhnlich die Freier, auf die sie es abgesehen hatten. Oder die es auf sie abgesehen hatten, wenn sie später mit ihnen das Theater wieder verließen.

Vor Löhrmann bauten sich zwei hochgewachsene, starken Moschusduft verströmende Grazien auf. Die eine brünett, die andere rothaarig, beide mit üppigem Dekolleté. Ihre Korallenlippen schenkten dem Herrn Bankier und seinem männlichen Gast ein perlweißes Lächeln. Den weiblichen Gast am Tisch übersahen sie geflissentlich.

Die Zinnoweck erbleichte und saß einige Sekunden steif

wie eine Wachspuppe auf ihrem Stuhl. Dann erhob sie sich langsam und leicht schwankend, presste mit beiden Händen ihr chamoisfarbenes Handtäschchen an sich, bedachte ihre Tischherrn mit einem verachtenden Blick und verschwand hinaus in den Wandelgang: grazil schlingernd, eine verstoßene Prinzessin, leicht angetrunken. Und tödlich verletzt.

Die beiden Kokotten glitten nun auf die freien Stühle, jeder Zentimeter an ihnen straffe, selbstbewusste Weiblichkeit. Den Triumph in den Augen, lachend, winkten sie den Büfettier heran, der im Hintergrund bereits auf ihr Zeichen gewartet hatte.

Löhrmann blickte seiner davonschleichenden Geliebten unschlüssig nach, sein Gesicht war kalkweiß. Er begriff wohl in diesem Moment die fatalen Folgen, die Hedwig Zinnowecks Demütigung nach sich ziehen konnten. Plötzlich sprang er auf, und während die beiden Frauen enttäuschte Laute von sich gaben, die einem Muhen nicht unähnlich waren, stürzte er ihr nach, hinaus in den Wandelgang.

Muesall wandte sich verwirrt an die beiden Nachtgewächse an seinem Tisch, die für den Zwischenfall verantwortlich waren: »Bitte, verraten Sie einem Ahnungslosen«, sagte er, »wie sind Sie nur auf die Idee gekommen, sich ausgerechnet unseren Tisch auszusuchen?«

Die Rothaarige zog die linke Braue hoch, ein vages Lächeln bewegte ihre Mundwinkel. »Sie meinen«, sagte sie, »weil Sie ja schon Unterhaltung hatten?«

Er nickte und blieb ernst. Das hier war kein Spaß.

»Wir wurden bestellt«, mischte sich die brünette Kollegin ein. »Tisch Nummer 23, Balkon-Terrasse. Stimmt doch?« Ihre dunkle, etwas raue Stimme vibrierte nach wie eine gerissene Saite.

»Von wem wurden Sie hierher bestellt?«

Beide zuckten die Achseln. »Keine Ahnung«, antwortete die Rothaarige. »So ein Puppenjunge, ein ganz süßer, junger, stürmte auf uns los, als wir mit der Droschke ankamen, und rief: ›Tisch 23, Balkon-Terrasse, todsicherer Tipp. Der Herr und sein Gast wünschen Ihre Unterhaltung.‹ Tja. Das Übliche eigentlich.«

»Kannten Sie den Jungen?«

»Nein«, schüttelte die Rothaarige den Kopf. »Tauchte auf und verschwand wieder wie ein geölter Blitz.«

»Eigentlich schade um den Kleinen«, seufzte ihre Freundin gespielt. Beide lachten.

Er musste sich sammeln, wandte sich von ihnen ab und ließ seinen Blick durch den Saal schweifen. An den Tischen herrschte Hochstimmung, der Lärm nahm zu, die Gesichtsröte der Gäste ebenso, während vorne auf der Bühne das nächste ›Bild‹ ausgepackt wurde: ein Rokoko-Schlösschen, sehr frei nach Sanssouci. Darin als hübsches Paradiesvogelpaar in bonbonbunten Barockkostümen: ein Rosenkavalier (der unvermeidliche Giampietro) und seine angebetete Marschallin (Madge Lessing mit ihrem drolligen englischen Akzent und diesen unglaublichen Tanzbeinen).

Er holte seine Augen von der Bühne zurück und blickte die beiden Kokotten nun ratlos an. Löhrmann war noch immer nicht zurückgekehrt. Sollte er ihm folgen? Nein, er war sein Arzt, nicht sein Aufpasser.

Die Damen schienen sich die gleiche Frage zu stellen. Sie hatten ihren Sekt getrunken, blinzelten sich kurz zu, und dann sagte die Rothaarige in beiläufigem Ton: »Es ist von uns aus nicht nötig, dass wir den Rest des Abends im Theater verbringen.«

»Nichts gegen die Kunst und so«, ergänzte ihre Kollegin, die Brünette mit der rauchigen Stimme. »Aber wir verstehen unser Handwerk genauso …« Ein Satz, sicher ebenso alt wie ihr Gewerbe. Doch sie sprach ihn aus, als handelte es sich um eine lebenswichtige Mission.

Er dachte kurz nach und sagte: »Ihr beide … zusammen?« Er ließ seinen fragenden Blick zwischen ihnen hin und her wandern.

Sie nickten und neigten sich ihm entgegen, zwei Augen- und Brustpaare sahen ihn herausfordernd an, letztere schienen kurz davor, über die Brüstung zu hüpfen.

Er lachte, rief den Kellner heran und zahlte die Getränke. In dem starken Duftschatten ihres Parfums verließ er den Saal.

Von Löhrmann war weder im Promenoir noch auf der Freitreppe noch im Foyer etwas zu sehen. Vermutlich hatte er die Zinnoweck eingeholt und war mit zu ihr nach Hause gefahren, um dort die Wogen ihrer Wut zu glätten. Oder sie waren nach nebenan gegangen, in einen der Ballsäle des Metropolpalasts, in den Pavillon Mascotte oder das Palais de danse.

Nun, der Patient würde sich schon noch melden. Vielleicht schon morgen …

Er zahlte am Ausgang den Obolus für die Damen, und sie verließen die Welt der Zylinder und Frackwesten, der dünnen Schuhchen und rauschenden Roben und traten hinaus in die Welt der Droschken und Equipagen, Automobile und Leuchtreklamen.

Durch den Verkehrslärm hindurch drangen die fiebrigen Stimmen und das klingelnde Lachen der Passanten, die in Massen das Trottoir bevölkerten. Drüben, auf der anderen Straßenseite, wo einige der Bankhäuser residierten, war es ruhiger. Dort strebte soeben ein Stadtstreicher auf eine

Ruhebank zu, sein Bettzeug (eine Zeitung) unter dem Arm. Die Nachtsterne über sich musste er später nicht mehr ausknipsen, die Bank stand etwas zurückgesetzt unter dem dichten, hohen Dach einer großen Kastanie. – Eine Sitzbank zwischen zwei Banksitzen … Muesall schüttelte den Kopf über diesen schlechten Witz der Millionenstadt.

Er legte die Arme um die schlanken Taillen seiner beiden Nachtkerzen und bestieg mit ihnen eine Droschke. Morgen würde es ihm wieder peinlich sein, wenn er Anneliese in die Augen blickte. Aber jetzt schwoll seine Lust gefährlich und unerbittlich an, er fühlte sich wie eine gespannte Stahlfeder.

Am Montagmorgen, dem 11. September, ging Kriminalkommissar Gustav von Schmöckwitz einer seiner Lieblingstätigkeiten nach. Er las Zeitung. Ein Kriminaler musste stets bestens informiert sein, daher erstens Vigilantengespräche, zweitens tägliches Zeitunglesen. Und er war sehr befriedigt darüber, dass die Presse nach dem »unerwartet raschen Fahndungserfolg im Mordfall Stoltze, Alexandrinenstraße« (Morgenpost) die Sache mittlerweile nur noch auf den hinteren Seiten erwähnte. »Der dringend tatverdächtige W.« – Wörnes Name war selbstverständlich noch nicht preisgegeben worden – war so gut wie gehängt, wenn man die »abschließenden Kommentare« der Lokalredakteure las.

Er schlug die Titelseite des Tageblatts auf. Politik. Arbeiter-Unruhen in Moabit, schon wieder. Das verdarb ihm die Laune. Aber dort auf der nächsten Seite stand ein kleiner Artikel über die neue Revue im Metropol: »Die Nacht von Berlin«. Na, der Theater-Schreiber durfte aber noch mal die Schulbank drücken, musste es denn nicht heißen:

»… in Berlin«, »Die Nacht in Berlin«? Oder noch besser, weil kürzer, prägnanter: »Die Berliner Nacht«, nein, jetzt hatte er's: »Berliner Nächte«, so hieß es am besten.

Zufrieden mit seinem Talent begann er zu lesen, nach seiner Gewohnheit den letzten Absatz zuerst: »An Stelle der Massary ist Else Kupfer getreten. Sie hat nicht die Anmut und Forschheit ihrer Vorgängerin, dafür aber besitzt sie eine ganz anders geartete, wirbelnde Berliner Drolligkeit und zeigt sehr viel Talent beim Vortrag ihrer Liedchen. Sie trug einen großen Erfolg und noch größere Blumensträuße davon.«

Na ja, er zuckte die Achseln, so wichtig war das nun auch wieder nicht. Er legte das Blatt zur Seite und schaute auf den verwaisten Platz seines jungen Kollegen Engel am Katzentisch drüben. Der Ärmste musste dem Hinweis auf eine Wasserleiche nachgehen, die im Schauhaus lag. Ein Weibsbild, und vermutlich wieder eine Selbstmörderin aus verlorener Ehre oder verlorener Unschuld, was auf dasselbe hinauskam. Diese gefallenen Mädchen gab es ja immer häufiger in den letzten Jahren. Arme Dinger eigentlich. Er schüttelte ein wenig traurig den Kopf. Irgendetwas stimmte mit diesem neuen Jahrhundert einfach nicht. Es war krank, da braute sich etwas zusammen in den Menschen, das er nicht verstand und vor dem er am liebsten davongelaufen wäre.

Vom lebhaften Verkehr und dem Getöse der Friedrichstraße bog Edmund mit seinem Rad in die vergleichsweise stille Hannoversche Straße ein. Links befand sich die Tierärztliche Hochschule mit ihren Instituten und Ställen, rechts, gleich gegenüber der Philippstraße, der mächtige rote Ziegelbau des Leichenschauhauses.

Vor dem Eingang erkannte er auch schon Lena Langenfelds unscheinbare, schmale Silhouette neben der hohen Gestalt eines Revierkollegen.

Sie tat ihm leid, die Aufgabe war natürlich eine Zumutung für sie. Aber da war nun mal dieser Leichenfund gemeldet worden, eine junge Frau, etwa dreißig Jahre alt, war am frühen Morgen aus dem Plötzensee gezogen worden. Die unbekannte, schon sehr weitgehend entstellte Frauenleiche war ohne Legitimationspapiere, aber vollständig bekleidet und ohne sichtbare Anzeichen von Gewaltanwendung aufgefunden worden. Der Leichnam war nach seinem Wiederauftauchen vermutlich abgetrieben und hatte sich im dichten Ufergestrüpp verfangen, wo ihn ein Fußgänger, der austreten wollte, entdeckt hatte. Wie üblich in solchen Fällen wurde die Leiche in die Schauhalle der Charité verbracht. Auf diese Weise wurde dem interessierten Publikum die Chance gegeben, die Tote wiederzuerkennen, falls sie denn vermisst wurde.

Routinemäßig war auch Meldung an die Burg gemacht worden. Von Spirow hatte dem Engel, als derzeitigem Mädchen für alles in der Burg, den Auftrag erteilt, sich um die Leichensache zu kümmern. Er für seine Person habe Wichtigeres zu tun, als sich nun auch noch »die Toten des Tages« anzusehen.

Edmund hatte indessen nichts dagegen einzuwenden, im Gegenteil. Er ließ sich umgehend mit den Revierkollegen verbinden und bat sie, Lena Langenfeld in die Hannoversche Straße zu begleiten, sie wohne nur ein paar Straßen entfernt in der Linienstraße. Sie solle am Eingang des Leichenschauhauses auf ihn warten.

Er stellte sein Rad neben dem Eingang des Mitteltrakts ab und ging verhalten auf sie zu. Ihr Gesicht war mehlweiß, sie schien zu zittern in ihrem hellgrauen Kleid und der dünnen dunklen Weste, die sie sich trotz der drückenden Schwüle über die Schultern geworfen hatte. Es war ihm, das wusste er, nicht gestattet, ihr von Wörnes »Gewahrsam« oder gar dem Zwischenfall beim Verhör im Polizeipräsidium zu berichten. Doch es hätte ihn brennend interessiert, wie sie die überraschende Verbindung zwischen dem Wörne, und damit auch ihrer vermissten Schwester, und den ermordeten Stoltzes sah.

Er gab ihr die Hand, dankte auch dem Revierkollegen, einem schlaksigen Schutzmann um die fünfzig mit freundlichen Augen, für den erwiesenen Dienst und bat ihn, am Eingang auf sie zu warten. Der Polizist atmete erleichtert auf, dass er nicht mit hinein musste. Er legte den Kopf ein wenig in den Nacken und blinzelte in den stark bewölkten Himmel, der den Deckel über der schwitzenden Stadt fest geschlossen hielt.

Edmund nickte Lena Langenfeld zu, und sie gingen hinein. Sie fragte nichts, ihr Gesicht war konzentriert und ernst. Sie wusste, worum es nun ging.

Er kannte das Institut für Rechtsmedizin bereits aus seiner Zeit als Polizeileutnant im 31. Revier. Daran war jedoch nichts Besonderes, fast jeder in Berlin kannte das Leichenschauhaus. Die Schauhalle konnte täglich besucht werden. Sie befand sich sinnigerweise auf dem ehemaligen Friedhof der Charité. Passanten, die zufällig vorbeikamen, Touristen, die den Nervenkitzel suchten, Droschkenkutscher in der Mittagspause, Paare, die einen Ausflug machten, – sie alle zog es zur Leichenschau. Selbst Schulkinder probierten immer mal wieder hineinzugelangen, klagten die Aufseher.

Im Mitteltrakt, den sie jetzt durchschritten, gab es sieben

oder acht Ausstellungsräume, an denen ein breiter Korridor für das Publikum vorbeiführte. Unter dem Glasdach, durch das schmutziggraues Licht fiel, schlichen sie die lang gestreckte Halle entlang, die ganze Szenerie erinnerte Edmund immer ein wenig an das Raubtierhaus im Zoologischen Garten.

Lena Langenfeld mied jeden Blick zur Seite, auf die namenlosen Toten in ihren Glashäusern. Dort lagen sie aufgebahrt, in eisiger Luft, auf schrägen Brettern, bedeckt mit ihren Kleidern oder den Resten davon, mit Zetteln versehen, die Auskunft über ihren Fundort gaben: »im Westhafen aus dem Wasser gezogen«, »geborgen am Kottbusser Ufer«, »Fundort Schleusenufer«.

Die kleine Frau an seiner Seite schwankte, und Edmund stützte sie an ihrem Ellbogen, er fühlte den dünnen, spitzen Knochen unter ihrer Weste, zerbrechlich wie Porzellan.

Am Ende der Halle erreichten sie den Leichenfund von heute früh: »aus dem Plötzensee gezogen«. Ein grässlich aufgedunsener Frauenkörper in einem hellbraunen, jetzt sehr verdreckten Sommerkleid, lag in seinem Glasgehäuse wie ein teuflisches Zerrbild von Schneewittchen. Die dünnen Haare mittelblond, verklebt und nackenlang. Die Haut im Gesicht und an den nackten Armen und Beinen violett-bräunlich. Ein Paar auffallend große Ohrringe, hellgrüner Stein in mattsilberner Fassung, hing traurig herab, an ihrem linken Ringfinger steckte ein schmaler Bernstein im gedunsenen Fleisch, wie damit verwachsen.

Die Leiche musste tagelang im Wasser gelegen haben, es war fraglich, ob die Tote in diesem Zustand überhaupt von jemandem erkannt werden konnte.

Lena Langenfeld, die ihren Blick bis jetzt starr auf die Karoreihen der nackten, schwarz und weiß gemusterten

Bodenkacheln gerichtet hatte, hob den Kopf so langsam, als wöge er Tonnen, trat einen halben Schritt vor, ergriff mit zitternder Hand das Metallgeländer und zwang sich hinzuschauen.

Ihr Blick wanderte ruckend über den aufgeblähten Frauenleib und fixierte dann die Ohrringe und den Bernstein am Finger. Ihre Augen weiteten sich immer mehr, als würde ihr jemand ganz langsam ein Messer ins Herz stoßen. Dann sackte sie zusammen.

Edmund fing ihren dünnen Körper mit den schmalen Schultern eben noch auf. Sie war federleicht. Ihr Schmerz brach sich jetzt Bahn in einem langgezogenen, hohen dünnen Ton, wie die Klage eines verendenden Tiers, weit weg in der Wildnis.

Nacht von Dienstag auf Mittwoch, 13. September

Die Nacht war blauschwarz wie die tiefe See, und der halbvolle Mond schwamm wie eine leuchtende Boje darin. Die große Stadt dampfte warm unter dem schwerfeuchten Himmelsdach. Dunkle Menschenströme und Gedränge, Wortgeklingel und Lichterfahnen in den Schlagadern der Friedrichstadt. Und mittendrin er – mit ihr. Die Masse schützte.

Für Hedwig hatte die Nacht schon früher begonnen. Die endlose Nacht. Seit achtundvierzig Stunden war die Starre in ihrem toten Körper gewachsen wie eine Geschwulst, aber jetzt begann sie an den Extremitäten bereits nachzulassen, ihre knochenbleichen Finger wurden biegsam wie feuchte Zigaretten.

Gesunde Nerven brauchtest du in so einer kranken Nacht. Diesmal war es nur ein Einzelobjekt, aber er musste es erst umständlich durch die Stadt fahren, um ans Ziel zu kommen. Die Ruhebank unter der großen Kastanie, etwas zurückgesetzt von der Straße, war der ideale Ort, um sie zu platzieren.

Dass er aber nicht an den Pennbruder gedacht hatte! Das Stinktier betrachtete die Bank offenbar als sein Privatquartier. Letzte Nacht hatte er seinetwegen daran vorbeifahren müssen, aber diesmal hatte er mehr Glück, die Bank war frei, und er fuhr nur deshalb weiter, um wenige Häuserblöcke entfernt, in der Kanonierstraße, die letzten Vorbereitungen für ihren »Auftritt« zu treffen. Es gab dort eine Baustelle, um die die Fußgänger einen weiten Bogen machten, das Haus stand leer, bald würde es wohl abgerissen werden und einem Neubau Platz machen. Die breite Hofdurchfahrt war zugänglich, das Tor nicht verschlossen, hatte er herausgefunden.

Kein Licht im Hinterhof, keine Menschenseele, nur er und Hedwig in ihrem Sternenkostüm, jedoch verborgen unter dem knöchellangen Kapuzenumhang, den er ihr zuletzt übergestreift und unterm Hals festgebunden hatte.

Der Rückweg mit ihr, zu Fuß, war natürlich das Riskanteste. Doch das war eben ein weiterer Vorteil der Millionenstadt: niemand kümmerte sich um dich. Es gab Bordsteinschwalben und Ballbesucher zur nächtlichen Stunde in Berlin, die weit auffälliger über das Trottoir torkelten als er mit Hedwig in ihrer unfreiwilligen Rolle als »leicht beschwipstes Mädchen an der Seite ihres nicht minder angeheiterten Kavaliers«.

So erreichte er problemlos wieder die Sitzbank unter der Kastanie, bevor seine Kräfte erlahmten.

Ja, hier war es dunkel genug. Er betrachtete sie ein letztes Mal. Ihr Gesicht war schön wie nie, es leuchtete klar und ruhig wie eine weiße nächtliche Blume.

Plötzlich packte ihn die Panik, denn von der Friedrichstraße her sah er aus dem Augenwinkel das Stinktier heranwanken. Doch auf einmal begriff er, dass das nur gut war, ihm sogar in die Hände spielte, und so setzte er sie nieder.

Er schlug energisch die Kapuze zurück und setzte ihr die weiße Mütze zurecht. Den Umhang? Zu riskant, ihn ihr jetzt noch auszuziehen. Nun, sie mochte ihn behalten.

»Adieu, Berliner Nacht.«

Dann entfernte er sich rasch, sicher, dass er niemandem aufgefallen war.

Alois Niedermeier, vor fünfundfünfzig Jahren oder so in Ingelheim, Bayern, geboren, aber seit vielen Jahren Weltbürger (manche sagten auch Tippelbruder zu ihm oder schlimmere Ausdrücke) – Alois Niedermayer wurde nun aber ernsthaft böse. Die Sitzbank zwischen dem Schaaffhausen'schen Bankverein und der Löhrmann'schen gehörte ihm, solange es draußen warm war. Darauf bestand er. Spätestens in der Zeit nach Mitternacht, streng genommen schon zwei Stunden früher. Alle respektierten das. Sogar die Schutzleute, wenigstens die älteren mit Familie, ließen ihn hier in Ruhe. Die Bank stand außerdem so weit von der Straße zurückgesetzt, unter dem Dach einer großen Kastanie, dass nicht mal das hochherrschaftliche Publikum sich von ihm gestört fühlen konnte.

Also was hatte diese seltsam verkleidete Weibsperson auf seiner Bank verloren, Herrschaftszeiten? Er hatte sie nun schon dreimal aufgefordert, sich zu schleichen. Ihr bodenlanger schwarzer Mantel hing weit offen. In dem komischen schwarzen, violett schimmernden Leibchen, das sie darunter trug, mit den albernen Sternen drauf und dem Tüllfetzen um die Hüfte, vor allem aber mit der weißen Kapitänsmütze auf dem Kopf sah sie nun wirklich aus, als gehörte sie eher ins Metropol gegenüber ... Na, was scherte ihn das, die sollte fortgehen, die Pute, sich hier nicht breit machen und ihn in Ruhe seinen Platz einnehmen lassen.

Doch sie reagierte nicht auf seinen Fluch, blieb stumm wie im Kintopp. Ihr Gesicht, fiel ihm jetzt auf, leuchtete unnatürlich weiß im spärlichen Mondlicht, das durch das Blätterdach sickerte. Ihre Augen waren wie in weite Ferne gerichtet, als existierte er für sie gar nicht.

Das war es, was ihn am meisten aufbrachte: dass sie ihn nicht mal ansah, ihn behandelte wie Abschaum, wo sie doch selbst bestimmt nichts Besseres war als er. – Na, woll'n doch mal sehen, Schwester! Er klemmte seinen Sack und die Zeitung fester unter die Achsel und stampfte auf sie los, riss wütend an ihrem dummen Umhang, der ihr nun von den Schultern glitt. So berührte er ihren nackten Arm.

Gott, war der kalt!

Und da fiel sie ihm plötzlich entgegen. Neigte sich in ganzer Länge und lag plötzlich komplett auf der Seite, rutschte dann weiter ab, befand sich nur halb noch auf seiner Bank, mit dem Unterkörper aber schon im Staub.

Er erschrak tödlich und machte einen Satz zurück, wäre beinahe selbst zu Boden gegangen, fing sich jedoch wieder und starrte die Frau sekundenlang an.

Er war hin und wieder schon neben einem Bruder oder einer Schwester auf der Walz morgens aufgewacht und wusste, wie sie aussahen, wenn sie über Nacht gestorben waren. Doch diese Frau hier, so wächsern, so weiß, so kalt, war nicht erst in dieser Nacht gestorben.

Er konnte förmlich spüren, wie sich seine Nackenhaare aufstellten und wandte sich mit Grausen ab, der Straße zu, die unter den grellen Bogenlampen und im blitzenden Reklamelicht der Tanzpaläste in Helligkeit zu ertrinken schien. Und dann schritt er so schnell und aufrecht, wie es ihm nach diesem Griff ins Unglück und der halben Flasche Wermuth vorher noch möglich war, auf einen der Lakaien vor dem Metropol zu, der soeben hinter zwei mondänen Damen und ihren befrackten Begleitern die Droschkentür zuwarf.

Drittes Bild: Rosenkavalier

Den Strauss – o nimm ihn hier –
Vom Rosenkavalier!
Kein Strauss war je so teuer auf der Welt!

Mittwoch, 13. September

WEDER EDMUND NOCH Kommissar von Schmöckwitz waren in der vergangenen Nacht zum Tatort gerufen worden. Stattdessen hatte man die ›Vermissten‹-Kommissare von Spirow und Tausch aus den Betten gerissen und in die Behrenstrasse, vis à vis dem Metropol-Theater, gefahren. Später sollte sich dann aber herausstellen, dass man von Schmöckwitz durchaus nicht übersehen hatte. Er war nur eben nicht aufzufinden gewesen, nicht einmal seine Haushälterin hatte Auskunft geben können, wo er sich aufhielt; sie grunzte jedoch einige Andeutungen heraus, die es nicht sonderlich Erfolg versprechend erscheinen ließen, ihn in dieser Nacht noch zu finden.

Nur an Edmund, den ›Schriftgelehrten‹, hatte wohl wirklich niemand gedacht. Und am Tatort hatten ihn von Spirow und Tausch offenbar nicht vermisst. Erst am Vormittag heute nötigten sie ihm missmutig und unausgeschlafen ihre unsystematischen und teilweise sogar widersprüchlichen Eindrücke auf. Edmund gelang es nicht, daraus ein Protokoll zu formen, das auch nur halbwegs echt wirkte.

Gegen Mittag wurden sie alle zum Präsidenten gerufen. In ein Büro, das die gediegene Atmosphäre eines Herrenzimmers mit schweren Eichenmöbeln und dunklen Samtvorhängen verströmte.

Edmund war Polizeipräsident von Jagow nach seiner Anstellung als Hilfskommissar in der Burg nur noch wenige Male begegnet und deshalb jetzt gebührend aufgeregt.

Traugott von Jagow war ein gutgenährter Mann in seinen Fünfzigern, der mit seinem erdbeerroten Gesicht hinter der dekorativen Fülle seines graumelierten Backenbarts, dem zurückhaltenden Luxus seiner dunklen Anzüge, hellen Westen und silbergrauen Krawatten ein Höchstmaß an adeliger Mittelmäßigkeit verkörperte. Dennoch lag etwas Lauerndes in seinem Wesen, wie bei einem Krokodil, das scheinbar arglos mit halb geschlossenen Augen in der Sonne döst.

Von Jagow empfing die Herren Kommissare und den jungen Anwärter mit einem dünnen Lächeln zwischen seinen vollen Lippen, während er an dem korallenrosa Mundstück seiner Zigarette sog. Er ließ sie wie Schulkinder vor seinem mächtigen Schreibtisch stehen, ohne ihnen einen der sechs Stühle anzubieten, die etwas fantasielos entlang der Fensterwand gereiht waren.

Edmund betrachtete die gepflegten weißen Hände des ›Alten‹. Die freie Linke spielte mit einer Zigarettendose der Marke Garbáty, die mit einem orientalischen Motiv und dem Aufdruck ›Königin von Saba‹ hübsch verziert war. Sie lag neben einem flach geformten, beinfarbenen Etwas, das wie ein Knochen aussah. Und ein Knochen war – Teil des Schulterblatts eines Gehenkten, den von Jagow vor Jahren der Gerechtigkeit zugeführt haben wollte und dem er auf diese Weise ein erstaunlich abgeschmacktes Andenken bewahrte. Emma Steppke hatte Edmund mit Grausen in der Stimme schon vorher auf »den Knochen« vorbereitet.

Neben den Rauchutensilien auf dem Schreibtisch türmte sich ein Stapel Zeitungen, die aktuellen Mittagsausgaben der örtlichen Presse, wie's schien. Ein Teil ihrer Schlagzeilen auf den ersten Seiten war zu erkennen: »Mord in der Friedrichs…«, »…agödie vor dem Lustspielhaus«, »Bluttat in der Behrenstr…«.

Von Jagow betrachtete den Stapel mit halb geschlossenen Augenlidern und sagte, ohne aufzublicken, mit leise schnurrender Stimme: »Ich entnehme diesen Blättern Folgendes, meine Herren: Erstens, eine Tänzerin oder Sängerin oder Schauspielerin oder Ge-sell-schafts-dame (er sezierte jede Silbe) eines wohlbekannten Herrn der Finanzwirtschaft, der Hotelwirtschaft, der Bauwirtschaft wurde ermordet. Sie wurde erwürgt, erstochen, erschlagen. Mal das eine, mal das andere, mal alles zusammen. Der Mordfall ist bereits aufgeklärt, der Täter ist ein Stadtstreicher namens Niedermayer. Der Mordfall ist völlig unerklärlich, der Niedermayer gehört zum Nachtpersonal des Bankinstituts Löhrmann in unmittelbarer Nähe und ist bloßer Zeuge. Der Stadtstreicher Niedermayer ist ein notorischer Absinthsäufer, infolgedessen kann er gar nichts bezeugen, im Gegenteil hat er krakeelend und randalierend die Untersuchung des Tatorts durch die ermittelnden Beamten erheblich behindert.«

Von Jagow machte eine Pause, was Tausch, ein wortkarger, schwergewichtiger, etwas kurzatmiger Kommissar in seinen Vierzigern, dazu nutzte, die Beinstellung zu lockern. Und von Spirow konnte erleichtert darauf verweisen, dass der Stadtstreicher Niedermayer bereits von ihm verhört worden sei und sich, obwohl harmlos, zwecks erneuter Einvernehmung und für alle Fälle in Gewahrsam befinde.

Es gab jedoch keinen Anlass zur Entspannung, von Jagow winkte nur unwirsch mit der Hand ab.

»Dem Protokoll Ihrer Untersuchung«, fuhr der Polizeipräsident in seinem unheimlichen, leisen Tonfall fort, »entnehme ich alles in allem – das gleiche Durcheinander von Fakten und Fiktionen wie in der Presse!«, schrie er plötzlich und schlug mit der freien Hand auf den Zeitungsstapel. Feiner, heller Staub wirbelte auf und schwebte eine Weile in der mattweißen Lichtbahn, die durch das Fenster hereinfiel.

Von Jagow wandte sich nun an Edmund: »Ich muss sagen, Engel, nach Ihren Zeugnissen und unserem Vorgespräch hätte ich gedacht, dass Sie besser in der Lage wären, die Untersuchungsergebnisse zu dem Fall zu fixieren, als Sie es in diesem wirren Papier getan haben, das ich lesen musste!« Er warf einen vernichtenden Blick auf den dünnen Stoß beschriebener Blätter, die Edmund, der seinem Blick folgte, leicht als sein Protokoll erkannte. »Sie waren doch immerhin selbst mit am Tatort und hätten angesichts der Erfahrungen, die Sie schon sammeln konnten, einen eigenen, sagen wir, zusammenhängenden Eindruck verfassen können.«

Edmund öffnete bereits den Mund, um den Irrtum des Präsidenten aufzuklären. Doch in diesem Moment fing er von der Seite den drohenden Blick aus von Spirows wütenden Augenschlitzen auf. Er war es also gewesen, der Edmunds Gegenwart am Tatort für überflüssig gehalten oder sogar aktiv verhindert hatte. Edmund zögerte kurz, und im nächsten Moment wandte sich von Jagow bereits von ihm ab und den Kommissaren zu.

»Aber Sie, Tausch, Spirow, Sie hätten doch erkennen müssen, dass es sich hier um einen Mordfall handelt, dem wir von Beginn an –«, er wiederholte: »von Beginn an allerhöchste Sorgfalt schenken müssen. Denn schließlich, nicht wahr, der Leichenfundort liegt im Herzen der Stadt, nicht in irgendeinem Vorort Zehlendorf oder Tempelhof. Das Opfer stand in ungeklärter, aber offenbar näherer Beziehung zu höheren Gesellschaftskreisen. Seine Majestät zeigten sich über diesen Umstand durchaus beunruhigt bei meinem Rapport heute. Welcher –« und hier begann er wieder scharf zu werden: »welcher auf der Basis eines sogenannten Untersuchungsprotokolls von unsäglicher Qualität meiner Behörde naturgemäß mehr aus Lücken und Halbwissen denn aus systematischen Klarstellungen bestand!«

Mitten in seinem Wutanfall brach er plötzlich ab, beugte sich vor, drückte seine Garbáty auf dem Schulterstück des Gehenkten aus und wandte sich dann mit erstaunlicher Sanftheit in der Stimme an von Schmöckwitz.

»Übrigens, Schmöckwitz, Sie waren nicht anzutreffen letzte Nacht.«

Gustav von Schmöckwitz, graugesichtig, knittrig und beinahe beschränkt wirkend, wurde scheinbar nur von seinem steifen Gehrock aufrecht gehalten. Doch bei Nennung seines Namens zuckte er nun doch merklich zusammen, so als würde er jetzt erst aufwachen.

»Ich nehme an«, fuhr von Jagow dünn lächelnd fort, »Sie waren in wichtigen Geschäften. Nun, Tausch und Spirow werden bis auf weiteres der Mordbereitschaft wieder schwerpunktmäßig zugeordnet sein, um Sie zu entlasten.« Er senkte ein wenig die Stimme und wurde noch leiser, ohne dadurch einen Deut weniger eindringlich zu wirken. »Sie werden mit den aktuellen Innendienstaufgaben vollauf beschäftigt sein, Kommissar.«

Gustav von Schmöckwitz schüttelte sich in seinem Gehrock wie von einem Insekt gequält und ließ dann den Kopf ergeben auf die Brust sinken.

Der Polizeipräsident fixierte nun wieder Edmund. »In einer Stunde«, sagte er scharf, »erwarte ich einen neuen Bericht von Ihnen, Engel. Mit allen uns vorliegenden Erkenntnissen. Dazu die nachvollziehbaren Rekonstruktionen und Hypothesen zu Tatort, Tatzeitpunkt, Zeugenschaften, Verdächtigen, Beweisen oder Indizien.«

Er nahm mit kurzen, weißen Fingern eine neue Zigarette aus der Garbáty-Dose, steckte sie an und lehnte sich damit zurück in seinem Stuhl. Er hatte sein Pulver offenbar verschossen. »Kürzlich las ich wieder einen Klassiker. Wie hieß er gleich?«, sagte er gemütlich und kratzte sich mit dem Zeigefinger an der Stirn. »Na, der Name tut nichts zur Sache«, winkte er ab und sog genüsslich am Mundstück seiner Zigarette, indem er einen lächelnden Blick über die Herren gleiten ließ, die steif und stumm wie Wachsnachbildungen ihrer selbst vor seinem Schreibtisch standen. »Jedenfalls, wenn ich Sie so ansehe, meine Herren, fällt mir ein Satz daraus ein: Manche, schreibt er, sind geboren, um Weltreiche zu gründen. Andere, um bei ihrem Untergang Däumchen zu drehen.«

Dieser angebliche Satz aus der Feder eines Klassikers, mit dem von Jagow sie nun entließ, kränkte Edmund besonders tief. Er bezog ihn in der Hauptsache auf sich selbst, und es tröstete ihn wenig, dass ihm von Spirow beim Hinausgehen leicht mürrisch zunickte, als zweifelhaften Dank für sein erzwungenes Schweigen. Im Grunde bloß eine weitere Demütigung für ihn nach der Blamage beim Präsidenten.

Emma Steppke, die spürte, dass dem jungen Aspiranten der Auftritt beim Alten ziemlich an die Nieren gegangen sein musste, warf ihm einen mitfühlenden Blick zu, als sie ihm wortlos einen Becher Kaffee auf seinen Katzentisch stellte. Er nickte zum Dank, lächelte schief und errötete wieder ein wenig, als ihm ihre vitale Gegenwart – das Gesamtkunstwerk ihres kurvigen Körpers – bewusst wurde. Doch von Spirow, der wieder ins angrenzende Zimmer, sein angestammtes Büro, eingezogen war, rief nach ihr und sie schwebte hinüber, anders ließ sich ihr schwereloses Gleiten an diesem Morgen kaum bezeichnen.

Edmund fasste nun die Fakten (und diesmal nur die Fakten) penibel für von Jagow zusammen. Das Ergebnis war mager genug: Die Hedwig Zinnoweck war in der Nacht vom Dienstag auf den Mittwoch in der Behrenstrasse, gegenüber dem Metropol-Theater, tot aufgefunden worden. Durch den Stadtstreicher Alois Niedermayer. Dieser hatte einen Angestellten des Metropols, den Türsteher Fritz Krawczik, alarmiert.

Krawczik war der erste, der das Opfer zweifelsfrei als das Mitglied des Metropol-Ensembles, Hedwig Zinnoweck, identifizierte.

Die Bezirkspolizei wurde verständigt, das Polizeirevier 2 in der Georgenstraße unter dem Vorsteher Schulze II. Zuständiger Kriminalkommissar vor Ort war Fritsch. In Absprache mit Kriminal-Inspektor Zillmann von der Kriminal-Inspektion A I wurde der Tatort abgesperrt und gesichert sowie die Mordbereitschaft alarmiert. Auf diese Weise waren von Spirow und Tausch hinzugezogen und ein Vertragsarzt, Doktor Siebel, verständigt worden.

Die Tote war zunächst mit einem stumpfen Gegenstand gegen die Schläfe niedergeschlagen worden und hatte dadurch mit Sicherheit das Bewusstsein verloren. Anschließend war das Opfer, zum Beispiel mittels eines dünnen Drahts oder einer gewachsten Schnur, erdrosselt worden. Doktor Siebel datierte nach dem ersten Augenschein, aufgrund der bereits wieder nachlassenden Totenstarre an den äußeren Extremitäten, den Eintritt des Todes auf mindestens achtundvierzig Stunden vorher. Sie war also bereits in der Nacht vom Sonntag auf den Montag ermordet worden. Es ließen sich jedoch keinerlei Kampfspuren oder Ähnliches nachweisen. Der Leichenfundort in der Behrenstrasse war ohnehin nicht der Tatort. Das konnte festgehalten werden, ohne als Spekulation zu gelten. Die Behrenstrasse erlebte tagsüber den lebhaften Publikumsverkehr der Großbanken und Geldinstitute und in der Nacht die Besucherströme des Metropol-Theaters. Unmöglich, dort jemanden auf offener Szene niederzuschlagen und zu erdrosseln.

Hedwig Zinnoweck war in ihrem Theaterkostüm aufgefunden worden, gewissermaßen in ihrer Berufskleidung; sie hatte ein Tanztrikot getragen und darüber einen Tüllrock. Eine weiße Schirmmütze lag neben der Leiche, ebenso ein leichter, dunkler Kapuzenmantel.

Edmund empfand angesichts der Tatumstände eine geradezu unheimliche Parallele zum Mordfall Stoltze und erlaubte sich von Spirow gegenüber den Hinweis, dass auch hier das Opfer nach seiner Ermordung gleichsam kostümiert der Öffentlichkeit präsentiert worden war. – »Wie für einen makabren Bal paré, einen Kostümball der Toten!«

Von Spirow richtete die Augen zur Decke, als flehe er um himmlischen Beistand. »Erstens mal, Engel«, sagte er gewissermaßen von dort oben herab, »ist der Fall Stoltze so gut wie abgeschlossen. Der Tatverdächtige heißt Wörne. Ich sehe seinen Schafskopf schon in den Korb plumpsen. Bomms.« Sein Kopf vollzog die Fallrichtung theatralisch nach. »Zweitens haben wir's im Fall Zinnoweck mit einem vollkommen anderen Milieu zu tun. Ich sag Ihnen, was hier vermutlich passiert ist, Engel, damit Sie in dieser Abteilung zur Abwechslung mal was lernen: Dem toten Theatervögelchen wurde mit Sicherheit von einem eifersüchtigen Casanova, irgendeinem Kollegen oder Verehrer, der

Hals umgedreht. Nachdem er ihr in seiner Wut über die Hörner, die sie ihm vermutlich aufgesetzt hatte, die Zinnvase über den süßen Schädel gezogen hat. Irgendwas in der Art. Wäre, weiß Gott, nicht das erste Mal.

Dass der Täter sie dann nächtens auf die Straße geschafft hat, in Theaterröckchen und -mützchen unter dem Kapuzenmantel, ist ja nun wirklich nicht überraschend bei einer Tänzerin. Und etwas ganz anderes als die Stoltze-Frauen in Badekostümen, oder was auch immer sie anhatten.

Vielleicht war der Theaterrock der Zinnoweck bloß ein letzter Scherz auf Kosten seines toten Liebchens. Und mal ehrlich, es hat ihr ja nicht mehr weh getan.« In seiner rechten Mundpartie zuckte etwas, das vielleicht ein Lächeln sein sollte.

»Aber es war doch ein ziemliches Risiko, die Leiche mitten in der Stadt auf die Bank zu setzen!«, widersprach Edmund.

Von Spirow schüttelte unwirsch den Kopf. »Nein. Nicht in der Friedrichstadt. Dort können Sie quer über die Behrenstraße eine Leine spannen und einen ganzen Sack voll Leichen dran aufhängen, trotzdem würden die Passanten lachend drunter durch laufen! Würden es bloß für einen makabren Scherz halten. Nein, nein, Engel, das Gesamtrisiko für den Täter war letztlich gering. Weil diese Stadt ganz einfach krank ist. Verstehen Sie, Engel? Krank. Nichts für ungut, Junge, aber Sie müssen noch viel lernen. Fangen Sie damit an, jeden Fall hübsch für sich zu betrachten. Und hören Sie auf, in jede Kleinigkeit Ihr Bücherwissen hineinzulesen.«

Mit dem unveräußerlichen Recht des Vorgesetzten, alles stets besser zu wissen, meißelte von Spirow ihm abschließend den ausgestreckten Zeigefinger zweimal knochenhart gegen die Stirn. Um ihm dann achtlos das Protokoll aus den Händen zu nehmen, damit Emma Steppke es für von Jagow in die Maschine tippte.

Seit Löhrmanns überstürztem Verschwinden aus dem Metropol-Theater am Sonntagabend, der jungen Schauspielerin hinterher, hatte Anneliese mehrfach versucht, den Bankier für Muesall ans Telefon zu bekommen. Doch weder zu Hause noch in seinem Büro in der Behrenstraße war Löhrmann erreichbar gewesen. Entweder bedauerte der Diener in Löhrmanns Wohnung am Kurfürstendamm, oder sein Sekretariat im Bankhaus tat es auf ebenso unnahbare Weise.

Muesall beließ es bei diesen Versuchen. Wohl war ihm dabei freilich nicht. Allerdings erreichte das ungute Gefühl nicht annähernd die Qualität des schlechten Gewissens, das er Anneliese gegenüber empfand, wenn er an die mit den beiden Theaterkokotten verbrachte Nacht in einem Etablissement unweit des Tiergartens dachte.

Am Mittwoch hatte er jedoch beides einigermaßen überwunden. Er fühlte sich wieder freier gegenüber Anneliese, die ihrerseits ihre Frostigkeit ihm gegenüber allmählich ablegte. Und er dachte nicht mehr an Löhrmann, dessen Behandlung schließlich dieser selbst mit dem Theaterbesuch offiziell beendet hatte. Andere Patienten warteten und forderten ihr Recht. Vorhin erst hatte er das Aufnahmegespräch für die Behandlung einer unerklärlichen Armlähmung bei einem jungen Offizier beendet.

Leutnant von Kampen litt daran, dass er plötzlich nicht mehr in der Lage war, seinen linken Arm auch nur zentimeterweise anzuheben. Außerhalb des Dienstes müsse ihm sein Bursche den Arm zur Zeit soweit wie möglich ersetzen. Doch im Dienst war das selbstverständlich ausgeschlossen. Die körperliche Untersuchung zeigte keine Verletzungen, der neurologische Befund war unauffällig.

Muesall ging in Ermangelung von alternativen Erklärungen vorerst von einer Neurose aus, von einem (für einen Mann, zumal einen Soldaten) ungewöhnlichen Fall hysterischer Lähmung.

Überraschend hatte von Kampen in dem Gespräch die Meinung geäußert, dass es bald unweigerlich zum Krieg kommen werde. Umso mehr leide er unter der unerklärlichen Bewegungsunfähigkeit seines Arms, die seinen Einsatz selbstredend unmöglich mache.

Das Seltsame daran, dachte Muesall jetzt, war aber doch, dass sie sich mitten im Frieden befanden! Und das seit vierzig Jahren. Wilhelm, wenngleich nicht unumstritten in der Welt, aber welcher Monarch war das schon, wurde im Reich als der ›Friedenskaiser‹ gefeiert. Muesall begriff nicht viel von großer Politik. Sie interessierte ihn auch kaum. Selbstverständlich war ihm nicht entgangen, dass erst kürzlich zweihunderttausend Menschen in Berlin gegen den Krieg protestiert hatten. Aber dass nun sogar ein junger Offizier, sein neuer Patient, an der Kanonenbootpolitik der Regierung erkennen wollte, Deutschland steuere geradewegs auf einen Krieg zu, hielt er denn doch für bedenklich. Denn von Kampen war schon jetzt Feuer und Flamme für diesen zukünftigen Krieg. In dem zu kämpfen und womöglich für den Kaiser zu fallen, er für seine Pflicht und eine Ehre halte. Jedoch, der vermaledeite Arm, zu dumm aber auch.

Er war in Gedanken noch ganz mit dem Fall beschäftigt, als Anneliese ihm plötzlich signalisierte, dass Löhrmann ihn am Telefon zu sprechen wünsche.

Muesall ging rasch hinüber ins Kabinett, nahm den Hörer auf und blickte dabei zum Fenster hinaus. Die Septembersonne stand milchig hinter einem hellgrauen Wolkenfeld über den Dächern.

»Muesall«, meldete er sich mit der betonten Routine des Arztes.

Sekundenlang nichts. Keine Antwort.

»Direktor Löhrmann? Muesall hier.«

»Doktor! Ja, ich bin es«, antwortete endlich eine spröde Stimme, die er kaum als die von Löhrmann erkannte.

»Was ist mit Ihnen, Löhrmann?«, rief er.

»Haben Sie denn heute gar keine ... keine Zeitung gelesen, Doktor?«

Muesall lachte irritiert. »Direktor, ich hatte heute den ganzen Tag noch keine Sekunde Zeit zur Lektüre. Das Tageblatt liegt unangetastet im Salon. – Löhrmann!«, rief er ungeduldig, »heraus mit der Sprache. Was ist geschehen?«

Für einige Sekunden trat eine lastende Stille zwischen ihnen ein. Dann sagte Löhrmann mit knirschender Stimme, als spräche er mit Sand zwischen den Zähnen: »Sie ist tot, Muesall. Die Hedwig. Tot. Ermordet.«

Diesmal war es Muesall, der nach Luft schnappen musste. Er spürte, wie ihm das Blut plötzlich aus dem Kopf wich und ein eiskaltes Gefühl auf der Haut hinterließ. »Was sagen Sie da, Löhrmann?« Er brauchte weitere Sekunden, um die Nachricht in ihrer ganzen Tragweite zu erfassen.

»Es steht mittlerweile in allen Blättern.« Löhrmann fasste sich ein wenig, die Stimme wurde kräftiger. »Hedwig wurde letzte Nacht auf... aufgefunden. Vor dem Theater.«

»Vor welchem Theater? Dem Metropol etwa?«

»Richtig. Vis-a-vis.«

»Verstehe ich Sie richtig? Sie wollen ernsthaft sagen, Löhrmann, dass Hedwig Zinnoweck heute Nacht unmittelbar neben Ihrem Bankhaus getötet wurde?«

»Nein, nicht heute Nacht. Der Mord – denn es war ein Mord, wie jedenfalls die Presse schreibt – alle schreiben sie es, dass es Mord war, meine ich, und …«

Er verlor den Faden und seine anfängliche Verwirrung kehrte anscheinend vollends zurück. Das weckte augenblicklich den Arzt in Muesall.

»Löhrmann!«, sprach er ihn streng an. So wie er alle seine männlichen Patienten oftmals anzureden pflegte, ohne Titel, nur mit ihren Familiennamen. Mochten sie nun den Rang eines Generaldirektors, Ministerial- oder Regierungsrats vor sich hertragen. Nur so verschaffte er sich den Respekt in ihren Augen, der nötig war, damit überhaupt irgendeine Art von Behandlung Früchte trug. »Löhrmann, sind Sie in irgendeiner Weise in die Sache verwickelt? Haben Sie sich schuldig gemacht?«

»Ich …«, er quetschte einige unverständliche Laute heraus, die wie verzweifeltes Stöhnen klangen, bevor er wieder klarer wurde. »Ich habe mich schuldig gemacht, ja. Sie wissen es doch selbst. Gegenüber Hedwig, gegenüber meiner Familie, meiner … Aber an ihrem Tod, an Hedwigs Ermordung bin ich unschuldig, Doktor.«

»Am Sonntag, Löhrmann«, versuchte Muesall ihn auf die Erinnerungsspur zu setzen. »Am Sonntagabend im Theater rannten sie hinaus, Ihrer … der Dame hinterher.«

»Ja. Natürlich.«

»Und haben Sie sie eingeholt?«

»J-ja. Ja. Ich habe sie eingeholt. Noch im Vestibül des

Metropols. Ich … schaffte es, sie dazu zu bewegen, mit mir ins Palais de danse zu gehen. Sie wissen …«

»Ja, ja, gleich nebenan, ich verstehe. Und?«

»Ich entschuldigte mich bei ihr wegen des unglücklichen Verlaufs des Abends. Und ich beteuerte, dass ich mit dem Auftreten dieser beiden … Damen an unserem Tisch nichts zu tun hätte.«

»Hm. Und?«

»Nun, sie glaubte mir nicht. Und wir stritten eine Weile. Tranken einiges. Viel, wir tranken viel. Sie war wütend. Verständlicherweise. Ich war verwirrt. Hatte Angst. Was, wenn es ihr einfiel, unser Verhältnis nun doch öffentlich zu machen? Sie wissen, Doktor …«

»Ja, ich weiß.« Es hatte keinen Sinn, das Thema noch weiter zu vertiefen. Es war mit dem Tod der Schauspielerin gestorben. »Was geschah weiter, Löhrmann?«

»Irgendwann stand sie plötzlich auf und verschwand. Ich war inzwischen so … betrunken, dass ich zuerst gar nicht begriff, dass sie endgültig fort war. Ich ließ einen Kellner nach ihr suchen, aber … sie blieb verschwunden.«

»Und Sie? Was taten Sie?«

»Nun, ich … trank weiter. Dann, es war spät geworden, nach Mitternacht, denke ich. Und …«

»Was taten Sie also, Löhrmann?«

»Ich ließ mich natürlich nach Hause fahren. Mit der Droschke. Oder doch nicht ganz nach Hause. Ich ging wohl noch auf einen Abstecher ins … na, mir will der Name des Lokals jetzt nicht einfallen.«

»Und seitdem?«

»Ich habe versucht, sie zu erreichen. Vorgestern. Gestern. Ihr Nachrichten nach Hause und ins Theater schicken lassen. Aber …«

Muesall schwieg und fasste sich in den Nacken, der nass und kalt war wie eine Hundeschnauze, aber nicht von der Schwüle allein.

»Ich muss darüber nachdenken, Löhrmann«, sagte er. »Wünschen Sie einen neuen Termin?«

»Deshalb rufe ich an, Doktor. Meine Nerven sind wieder …«

»Gut. Anneliese wird Sie deshalb zurückrufen im Laufe des Tages. Seien Sie erreichbar.« Er legte auf und blickte hinaus, blinzelte in den Lichtkeil, der jetzt die Wolken schlitzte. Die Sonne zog ihre Bahn. Sie würde es immer tun. Was auch geschehen würde. Dort unten.

Gegen drei an diesem Mittwochnachmittag rollte der Wagen vom Präsidium am Alexanderplatz her kommend die breite Königstraße entlang, am belebten Schlossplatz sowie am Festungsgraben vorbei, und bog schließlich in das östliche Ende der Behrenstrasse ein.

Edmund saß seinen Vorgesetzten, den Kommissaren von Spirow und Tausch, auf dem heruntergeklappten Sitz gegenüber. Die beiden hatten sich offensichtlich wenig zu sagen und schwiegen in alle Richtungen. Edmund war das nur recht. Er blickte aus dem Fenster.

Die Straße war um diese Zeit sicher nicht belebter als sonst. Droschken, Fuhrwerke, einige Automobile, Omnibusse waren auf dem Fahrdamm unterwegs, und zwischen diesen allen schlingerten die Radfahrer. Auf den breiten Bürgersteigen bewegte sich ein stetiger Strom Fußgänger an den großen Bankhäusern entlang, an der Dresdner, Bleichröder, der Nationalbank oder, bereits jenseits der kreuzenden Friedrichstraße, am Löhrmann'schen Bankhaus vorbei.

Zwischen diesem und dem Schaaffhausen'schen Bankverein befand sich ein freier Platz, dominiert von einer großen Kastanie, unter der eine Ruhebank stand. Gleich gegenüber, etwa in der Mitte der Behrenstrasse, unweit der abzweigenden Kanonierstraße, befand sich die monumentale Prunkfassade des Metropol-Theaters.

Dort unter der Kastanie, das musste nach den Beschreibungen der Kommissare der Leichenfundort sein, doch von einer entsprechenden Markierung durch die Polizei war nichts mehr zu erkennen. Edmund fehlte die Erfahrung, um darüber zu urteilen, wie voreilig das Entfernen der Markierung eventuell war. Und er gab sich nicht die Blöße, von Spirow und Tausch danach zu fragen, die mit ihrem stumpfsinnigen Schweigen vollauf beschäftigt waren.

Eine riesige Menschentraube hatte sich vor dem Metropol gebildet, die einem gigantischen, beängstigenden Wespennest glich. Als sie nun der Kutsche entstiegen, stellte sich heraus, dass die Traube nur das dicke Ende einer Menschenschlange war, die vor dem Hofdurchgang wartete, um zum Billetschalter im Innenhof des Theaters vorgelassen zu werden. Der Mord an der Metropol-Soubrette Zinnoweck schien das Publikum vom Besuch des Theaters nicht eben abzuschrecken, wie man jetzt sehen konnte. Ganz im Gegenteil.

Edmund erinnerte sich an eine Aufführung des Metropol-Theaters, die er vor einem Jahr mit seinem Onkel besucht hatte. Tante Agda hatte wegen einer leichten Grippe die Männer nicht begleiten können. Vielleicht hatte sie die Krankheit auch nur vorgeschoben, denn sie hielt nicht viel »von dem geschmacklosen Tingeltangel«. Die damals aktuelle Revue des Jahres 1910 hieß »Hurra, wir leben noch«, und so fühlte er sich denn auch nach der Vorstellung. Sie hatten Seitenfauteuils zu drei Mark fünfzig bekommen und ›Deutschen Champagner‹ genossen. Nach einer Stunde fürchterlichen Magendrückens musste Edmund die Waffen strecken. Sein Onkel ließ ihn mit einer Droschke nach Hause fahren; der Onkel selbst erschien erst im Morgengrauen wieder in der Steglitzer Straße. Was eine Woche lang für Verstimmung im Hause Engel gesorgt hatte …

Von Spirow übernahm jetzt ganz selbstverständlich das Kommando. Er steuerte geradewegs auf einen Mann in einem etwas abgetragenen Straßenanzug zu, der an der Warteschlange vorbei sein Dreirad aus der Durchfahrt schob.

»He, guter Mann!«, rief von Spirow ihn an. »Sie sehen mir ganz so aus, als würden Sie sich hier auskennen!«

Der Angesprochene blieb stehen und runzelte die Stirn unter seinem Bowler, der eher den Namen Zerbeulter verdient gehabt hätte.

»Tut mir leid, mein Herr«, sagte er bedauernd mit einem leichten Achselzucken, »mit dem Billetverkauf habe ich nichts zu tun.« Er fasste den Lenker seines Rades fester, als kleines Zeichen, dass er seinen Weg gerne fortsetzen würde.

Von Spirow aber baute sich breitbeinig vor ihm auf und starrte dem Mann ins Gesicht, als hätten sich seine Brauen schuldig gemacht.

Die Menschen in der Schlange warfen den vermeintlichen Dränglern, von Spirow, Edmund und dem dicken Tausch, misstrauische Blicke zu. Es würde nicht lange dauern, dann hagelte es Proteste, dachte Edmund. Man befand sich in Berlin, da kamen die Beschwerden schnell und lustvoll wie Peitschenschläge.

»Billets? Die brauchen wir nicht«, sagte von Spirow und hielt dem Mann mit dem Fahrrad seine Marke kaum zwei Finger breit vor die Augen. »Wo finden wir den Direktor des Hauses?«

Der Mann, sichtlich eingeschüchtert durch von Spirows Auftreten, sagte: »Direktor Schultz befindet sich wohl noch im Büro von Herrn Freund.« Er wandte sich halb um und wies mit einer Hand in Richtung Innenhof. »Sie gehen die Glaspassage entlang, ganz am Theatergebäude vorbei, dann im Innenhof rechts herum, den kleinen Treppenaufgang hoch. Im Flur drinnen links halten, nicht rechts. Sonst stehen Sie in einem Ankleidezimmer der Mädchen.«

Er sagte das mit vollkommen ernster Miene, doch von Spirow stieß ein fettes Lachen heraus, und auch Tausch zeigte keine Hemmungen, den Umstehenden seinen Rachen beinahe bis zum Zäpfchen zu offenbaren.

Der Mann war sichtlich unangenehm berührt und dankte mit einem knappen Kopfnicken, als von Spirow endlich den Weg frei machte, damit er sein Rad mit der Transportkiste zwischen den Hinterrädern auf die Straße schieben und fortfahren konnte.

Als sie sich nun an den Wartenden vorbei drängten und scheinbar strikt auf den Billetschalter zuschritten, ernteten sie wütende Blicke und die Kommentare aus der Menge, die Edmund erwartet hatte: »Ick gloob's ja nich!«, »Dit darf ja nich wahr sinn!« – »Drängler, bayerische!« und ein ironisches: »Ick kieke, staune, wund're mir!«, rief man ihnen nach.

Die Glaspassage erstreckte sich über mindestens hundert Meter von der Behrenstraße bis zu den Linden am hinteren Ende. Sie war flankiert durch eine Phalanx ausgesuchter Kübelpflanzen und schluckte zunehmend alle Geräusche, je weiter sie gingen. Der verglaste Himmel über ihnen war grau, sein Licht wirkte wie eingefroren, was in einem seltsamen Gegensatz dazu stand, dass die Luft unter dem Glasdach natürlich noch stickiger und schwüler war als unter freiem Himmel.

Ziemlich genau in der Mitte der Passage öffnete sich rechts der Innenhof. Man blickte auf die Kehrseite des vornehmen Café Ronacher, über dem sich die vier Stockwerke des Hotels Lindenhof erhoben.

Von Spirow wandte sich nun energisch der kleinen Steintreppe zu, die sich ihnen rechter Hand zeigte. Eine schwere eichene Doppeltür öffnete sich zäh wie ein Kirchenportal und schloss sich hinter ihnen mit einem trockenen Klicken. Sie standen im Innern einer Vorhalle, von der verschiedene Gänge abzweigten. Grauer Granitboden, nackte, gelbe Wände, nur ein einziger riesiger, goldgefasster Spiegel halbrechts vor ihnen. Sie befanden sich im unspektakulären hinteren Teil des Gebäudekomplexes. Oder wie Tausch plötzlich grunzte: »Am unbescheidenen Arsch vons Janze.«

Eine Äußerung, nur deshalb bemerkenswert, weil sie so ziemlich das erste war, was er in Edmunds Gegenwart seit der Besprechung bei von Jagow von sich gegeben hatte. Tausch simulierte das Sprechen offenbar lieber, indem er von Zeit zu Zeit seine wulstigen Lippen zurückzog, auf diese Weise seine gewaltigen gelben Nussknackerzähne entblößte und mit der fleischigen Zunge darüber fuhr, als müsse er überprüfen, ob sie noch alle korrekt in Reih und Glied standen.

Es war still hier, nur aus der Tiefe des Gebäudes waren einzelne Geräusche und Stimmen zu hören. Es war eine seltsame, träge Stille. Sie wandten sich nach links einem schmalen Gang zu und fanden auch gleich das Büro, auf dem außen unübersehbar ein großes Messingschild mit dem Namen ›Freund‹ angebracht war. Von Spirow klopfte energisch in seiner gewohnten Weise, und plötzlich öffneten sich gleich zwei Türen: die von Freund und die gegenüberliegende Tür.

Eine junge Frau, fast noch ein Mädchen, mit hochgesteckten, rötlichen Haaren, streckte drüben ihr schmales, blasses Gesicht (und nur dieses) heraus. Sie blickte sich erstaunt um. Für eine Sekunde lag der Blick ihrer graublauen Augen auch auf Edmund. Sie öffnete schon die schmalen, korallenrot bemalten Lippen, als sie von dem Mann, der zeitgleich in der Tür gegenüber erschienen war, angeherrscht wurde: »Ja, wos! Bekümmern Sie sich nicht um dös, Christine! Probe iss eh aus. Umziehen, um acht iss Aufführung!«

Unverkennbar der breite, etwas schleppende Tonfall des Wienerischen.

Das Mädchengesicht zuckte erschrocken zusammen und verschwand aus dem Türspalt wie von einem unsichtbaren Puppenspieler hineingezogen, der im nächsten Augenblick auch die Tür hinter ihr zufliegen ließ.

Der Mann, der sich gegenüber dem Mädchen wie ein Dompteur in der Manege aufgeführt hatte, war kräftig und untersetzt, sein dunkelblondes Haar in der Mitte penibel gescheitelt. Er war etwa fünfzig Jahre alt und trug einen grauen Anzug von feinem Tuch, wie man sofort erkennen konnte (und sicher auch sollte, dachte Edmund). Brillantknöpfe blitzten in seinem Vorhemd und Brillantringe an den Händen. Der Mann sagte reichlich ungehalten: »Wenn die Herrn bittschön mein Sekretariat am Ende des Ganges bemühen wollen. Ich befinde mich in einer wichtigen Angelegenheit mit …«

Von Spirow trat demonstrativ nasendicht an ihn heran, sie atmeten jetzt die gleiche Luft. »Nein«, sagte er langsam, »wollen die Herren nicht. Die Herren sind von der Polizei, guter Freund, und wollen den Direktor sprechen, bitteschön. Der war nämlich heute früh nicht zugegen. Mordfall Zinnoweck, wenn's recht ist.«

Es war das erste Mal, dass Edmund mit von Spirows hochmütigem Tonfall einverstanden war.

Der Mann in der Tür erbleichte und sagte, indem er einen Schritt zurück trat, hinaus aus von Spirows Atem: »Ich bin der Direktor Schultz. Ich sprach aber bereits mit der Polizei wegen der … nun, der störenden Markierung des schrecklichen Orts, an dem die Zinnoweck gefunden wurde, gleich gegenüber meinem Theater, Sie verstehen. Ich dachte eigentlich, dass vorerst …«

»Das waren die Bezirkskollegen vor Ort«, sagte von Spirow mit kampflustiger Miene. »Aufschlussreich, wie Sie sich in deren Arbeit einmischen. Aber das geht uns jetzt nichts an. Wir wollen mit Ihnen über das Opfer, Ihre Angestellte immerhin, reden.«

»Selbst … selbstverständlich. Bittschön, treten S' ein, meine Herrn.« Er war sichtlich überrumpelt und komplimentierte sie mit dem stramm ausgestreckten Arm auf etwas verunglückte soldatische Weise hinein.

Die drei Polizisten nahmen ihre Hüte ab und traten ein. Und das war beinahe schon mehr, als der winzige Raum verkraften konnte, in dem sich außer dem Direktor noch zwei weitere Herren befanden. Wie Schultz waren sie um fünfzig Jahre alt, der eine klein, dunkelhaarig und korpulent, der andere mittelblond und schlank, mit dunklen Halbmonden unter den Augen.

Der Theaterdirektor stellte ihnen zuerst den kleinen

korpulenten Herrn als seinen Hauskomponisten Victor Hollaender vor und dann den schlanken als den Theaterdichter Julius Freund.

Edmund blickte sich weiter um. Das Büro war eng, vollgestopft und stickig. Durch das geschlossene Fenster zum Innenhof fiel getüpfeltes Licht durch eine Spitzengardine, die dringend eine Wäsche vertragen konnte. Auf einem schmalen Tisch standen kleine, dekorierte Puppenbühnen mit einer unüberschaubaren Zahl winziger bunter Theaterfigurinen. Die Wände des Zimmers waren gespickt mit kleinen gerahmten Fotografien von Landschaften und Personen, mit vergilbten Stichen von Schlachten und Gebäuden, mit Gold- und Silberbändern unter Gipsmasken, deren Gesichter Edmund zwar irgendwie bekannt vorkamen, ohne dass er sie jedoch hätte zuordnen können. Der Kopf über dem dunkel gebeizten Schreibtisch war vielleicht Goethe, das Gipsgesicht daneben mit der langen Nase war womöglich Schiller … oder Friedrich der Große. Auch Tausch, bemerkte Edmund, musterte die Totenmasken an den Wänden, und zwar so intensiv, als handelte es sich um verstorbene Verwandte von ihm.

Es waren nur zwei Stühle vorhanden, die Schultz und Hollaender von Spirow und Tausch anboten. Die beiden lehnten jedoch pikiert ab, als sei es unter ihrer Würde, in fremden Büros Platz zu nehmen.

Das Ganze begann also einigermaßen umständlich, die Gefechtsordnung war zögerlich und misstrauisch ausgehandelt worden. Die anschließende Vernehmung der Theaterleute verlief dann aber beeindruckend geradlinig. Das war vor allem von Spirows ruppiger Gangart zu verdanken, wie Edmund nicht erst feststellte, als er später seine Mitschrift durchblätterte.

»Direktor Schultz, in der letzten Nacht ist die Angestellte Ihres Hauses, Hedwig Zinnoweck, ermordet aufgefunden worden. Was können Sie uns dazu sagen?«

Der Direktor blickte ihn erstaunt an. »Was soll ich dazu sagen? Schrecklich. Wir haben's natürlich vermisst, das Fräulein Zinnoweck.«

»Seit wann?«

»Seit Montag … Montag früh. Seitdem fehlte sie bei den täglichen Proben.«

»Wann finden die statt?«

»Von neun bis drei.«

»Wer hat Sie davon unterrichtet?«

»Was heißt, unterrichtet? Ich überwache die Anwesenheit bei den Proben persönlich. Da ist es mir sogleich aufgefallen.«

»Das Fräulein Zinnoweck?«

»Dass sie fehlte, ja.«

»Was taten Sie also?«

»Wie bitte?«

»Was unternahmen Sie, nachdem Sie die Zinnoweck bei der Arbeit vermisst hatten?«, präzisierte von Spirow.

»Er nahm sich vor, sie deswegen zu ermorden«, warf der Theaterautor knurrig ein. Seine Miene blieb ernst und undurchdringlich, so wie die des Direktors; niemand lachte über den Scherz.

»Ich fragte einige der anderen Ensemble-Mitglieder, was mit ihr sein könnte«, nahm Schultz von Spirows Frage auf.

»Und?«, warf Tausch plötzlich ein. Das Wort war anscheinend kurz genug, dass er sich damit abgab.

»Nichts«, gab Schultz zurück. »Niemand wusste etwas von ihr. Nicht einmal … nicht mal der Holm.«

»Holm?« Ein weiteres Wort, knapp genug, dass Tausch es ausspuckte.

»Gustav Holm«, präzisierte der Theaterdirektor. »Ebenfalls Mitglied in unserem Ensemble. Als ›Rosenkavalier‹ vorgesehen. Ursprünglich mal. Holm ist jedenfalls recht gut bekannt … gewesen mit der Hedwig Zinnoweck.«

»Ah, ein Verehrer?«, setzte von Spirow nach.

»Gewissermaßen«, gab der Direktor zu und beeilte sich zu erklären: »Aber bittschön, im Theater, nicht wahr, bei den Proben, bei der Aufführung dulde ich keinerlei Privatheiten!«

»Chrr«, gurgelte Tausch.

»Verstehe«, sagte von Spirow und warf dabei Edmund einen triumphierenden Blick zu, der besagen sollte: Hab ich's nicht gesagt, eine Eifersuchtsgeschichte! Das Übliche eben.

»Wo ist dieser Holm zur Zeit? Ist er anwesend im Theater?«, wandte von Spirow sich wieder an den Direktor.

Doch an seiner Stelle antwortete Victor Hollaender, der Komponist. Er schlug die Beine übereinander und schüttelte den Kopf. »Nein, ich hab Gustav Holm nach Hause geschickt, als er heute früh zu den Proben kam. Er war ja völlig … nun, wie zerstört.«

»Ach, du hast ihn fortgeschickt, Victor?«, wandte sich Schultz etwas irritiert an den Komponisten. Die Nachricht war auch für ihn neu. Hollaender antwortete nur mit einem betonten Schließen und Öffnen der fast wimpernlosen Augenlider.

»Gut. Um den Herrn Holm kümmern wir uns noch«, sagte von Spirow. »Sie haben die Güte, uns noch seine Adresse zu nennen, Direktor.«

Schultz nickte. »Meine Sekretärin wird sie Ihnen geben.«

»Was für eine Position hatte die Ermordete innerhalb des Theaters?«, wollte von Spirow nun wissen.

Das Wort ›Ermordete‹ stand plötzlich hart, schockierend nackt im Raum.

»Sie war Sängerin, natürlich! Tänzerin«, antwortete Schultz gereizt. »Als Soubrette vorgesehen zumeist. Nicht in vorderster Linie versteht sich. Dort stehen andere, Madge Lessing selbstverständlich, Else Kupfer, selbst Fritzi Schenke. Die Zinnoweck in Nebenrollen eben und als Zweit- oder Drittbesetzung für die größeren Rollen. Momentan für die ›Berliner Nacht‹.«

Von Spirows Gesicht sagte, dass er es so genau denn auch wieder nicht wissen wollte. »Gab es Zank zwischen den … Damen? Konkurrenz?«

»Wo am Theater gibt es das nicht?«, warf Julius Freund wieder ein.

Schultz zuckte dazu nur die Achseln.

»Was ist mit ihrem Verehrer? Holm?«, fragte von Spirow stur weiter. »War er der einzige im Ensemble mit entsprechenden … Interessen an ihr?«

Der Direktor starrte ihn fassungslos an. »Mein Herr, was denken Sie sich eigentlich über dieses Haus? Wir sind ein ernsthafter Unterhaltungsbetrieb. Ich sagte Ihnen vorhin schon …«

»Halten Sie besser die Luft an. Sie könnten sie noch brauchen«, fuhr Tausch auf einmal dazwischen. Seine Verachtung für die Theaterwelt im Allgemeinen und das Metropol im Besonderen war spätestens jetzt jedem Anwesenden eingebrannt.

Er befand sich damit in jedem Fall auf der sicheren Seite,

dachte Edmund. Majestät höchstpersönlich hatte seinem Offizierskorps offiziell den Besuch des Metropol-Theaters verboten, nachdem ihr Hauptdarsteller Giampietro sich erdreistet hatte, den preußischen Offizier als Weibergecken und hohlköpfige Witzfigur zu veralbern. Das Verbot »von allerhöchster Stelle«, wie es hieß, war jedoch ins Gegenteil ausgeschlagen und wirkte statt abschreckend vielmehr wie eines dieser unverkennbaren, grellen, bunten Werbeplakate Edmund Edels auf das Berliner Publikum. Dabei hatte das Metropol frecherdings auch noch die ständige Redewendung des Kaisers: »Donnerwetter, tadellos!«, zum Titel einer früheren Revue gemacht. Der Andrang des Publikums war nun erst recht ungeheuer groß, es zahlte, soweit Edmund sich erinnerte, für die verruchten Metropol-Karten daraufhin bis zu hundert Mark und mehr, hieß es in der Presse. So viel wie für ein Caruso-Konzert. Oder wie ein Arbeiter im ganzen Monat nicht verdiente. Selbst der Kronprinz wurde in einer Vorstellung ertappt und musste mittels vier Wochen Stubenarrest vom Vater wieder zur Vernunft gebracht werden. Jeder in Berlin kannte diese Vorgeschichte ihres heutigen Besuchs, auch Tausch, wie man jetzt feststellen konnte.

Das Gesicht des Theatermanns flammte zwar scharlachrot auf. Doch er schluckte die Beleidigung des Polizisten hinunter. Vermutlich ahnte er, dass das Gespräch damit sein grobes Ende gefunden hatte, und das dürfte den Ausschlag gegeben haben.

Von Spirow warf Edmund denn auch einen auffordernden Blick zu, und der klappte bereits sein Notizbuch zu.

Doch Tausch hatte jetzt Blut geleckt. Er wandte sich unbestimmt an den Komponisten und an den Autor zugleich. »Und Sie, meine Herren?«, warf er seine Kinnlade nach vorn; Edmund hätte mühelos seinen Stift darauf ablegen können. »Was tun Sie eigentlich?«, wollte er wissen. Oder vielleicht wollte er nicht einmal das.

Der Musiker und der Theaterdichter, Hollaender und Freund, sahen ihn fragend an.

»Was meinen Sie?«, gab der Komponist in gereiztem Ton zurück.

Tausch ließ nun hörbar Dampfdruck durch die Nüstern ab. »Na, den lieben langen Tag«, er fuchtelte vage mit der Hand in der Luft herum, »was arbeiten Sie da?« Sein großes leeres Gesicht sah aus, als meinte er die Frage wirklich ernst.

Freund räusperte sich kurz, fuhr sich mit Daumen und Zeigefinger über die leberdunklen Augenringe und erwiderte mit einem Kreidelächeln: »Nun, unser Musikus hier, früher Kapellmeister im Zirkus, wissen Sie, er wirbelt gewöhnlich ein paar Noten durcheinander, fängt sie auf und schmiert sie aufs Papier. Das ist sein Tag, sehr musikalisch. Ich kritzle in der Zwischenzeit ein paar Texte dazu. Das sind Worte, verstehen Sie, hintereinander gehängt und Personen in den Mund gelegt. Die es aber nicht wirklich gibt. Nur auf der Bühne. Dann schütteln wir das Ganze kräftig, der sitzende Hollaender hier und ich, wie bei einem guten Flip an der Bar, nicht wahr, und verwirbeln es so lange, bis es endlich so schlecht ist, dass es gut ist.«

Er blickte den Polizisten herausfordernd an.

Tausch sah ein, dass er dieses Duell nicht gewinnen konnte. Nicht auf diesem Feld. Mit den falschen Waffen: Worten. Er schnaufte stattdessen seine Missachtung durch die Nase und machte ein bärbeißiges Gesicht, das besagte: Geh besser gleich in die Spree und ersauf, Bursche. Weil mir sonst was Schlimmeres für dich einfällt!

Edmund mühte sich vergeblich, ein Grinsen zu unterdrücken, von Spirow dagegen tat sich keinen Zwang an und lachte. Dann aber gab er, mit der Batschari wedelnd, die er sich soeben angezündet hatte, endgültig das Signal zum Aufbruch. Schultz atmete erleichtert auf, und Hollaender und Freund erhoben sich dankbar.

In diesem Moment fiel Edmund auf dem Schreibtisch vorne ein großer Zettel auf, der für ihn bisher durch Freund verdeckt gewesen war. Eine Notiz neben der luftig hingeworfenen Skizze eines Automobils: »Chauffeur, ins Metropol!«, und darunter, allerdings in einer anderen Handschrift, zackiger, größer: »Baruch!«

Edmund konnte sich jetzt nicht zurückhalten und wandte sich unvermittelt an den Autor: »Bitte, sagen Sie, Herr Freund, nur eine private Frage, interessehalber. Ich sehe diesen Zettel dort mit dem Automobil, auf dem Baruch steht. Damit ist nicht zufällig die bekannte Ausstattungsfirma gemeint?«

»Aber natürlich ist sie das!«, mischte sich der Direktor ein. »Die Notiz dazu stammt von mir. Herr Freund hat da eine Idee zu einer neuen Revue im nächsten Jahr, die jedoch gewisse Ausstattungsprobleme nach sich ziehen könnte. Aber ich denke, Baruch wird sie lösen. Wie immer. Wir arbeiten sehr erfolgreich mit der Firma Baruch zusammen. Seit Jahren.«

»Aha, danke«, sagte Edmund. Dieser Direktor war wirklich sehr auskunftsfreudig. Sofern es nicht um den Mordfall Zinnoweck oder die Verhältnisse unter seinen Angestellten ging.

»Und beziehen Sie denn auch Ihre Kostüme und Bühnenstoffe von Baruch, Herr Direktor?«

»Gewiss doch«, antwortete Schultz. »Die Stoffe sowieso.

Und die meisten Kostüme für unsere Akteure …«, er zögerte etwas, »nun, die stammen wohl auch von Baruch.«

»Das heißt, Sie wissen es nicht genau?«, stutzte Edmund.

Schultz zuckte etwas unwirsch die Achseln, Hollaender und Freund wirkten pikiert.

»Ihr Privatinteresse in Ehren, Engel«, ging in diesem Moment von Spirow, der seine Zigarette beinahe zu Ende geraucht hatte, ungeduldig dazwischen. »Aber dafür ist jetzt wirklich keine Zeit.«

Edmund nickte folgsam und registrierte, dass seinem Vorgesetzten der Name Baruch offenbar nichts sagte. Ihm dagegen schon. Hildegard Langenfeld, die tote Schneiderin, hatte für Baruch gearbeitet. Und sie hatte einen »besseren Herrn vom Theater« – warum nicht vom Metropol-Theater? – gekannt. Wie auch die Stoltze-Frauen.

Und eben jetzt, beim Verlassen von Freunds winzigem Arbeitszimmer (es sackte vor Erleichterung zusammen), streifte ihn mit einem Mal die Erkenntnis, dass gerade er durch seine unrühmliche Stellung als »Schriftgelehrter« Einblick in alle aktuellen Ermittlungen der vergangenen Tage hatte. Über die jeweils zuständigen Arbeitsgruppen hinweg. Als Einziger in der Abteilung.

Seine Vorgesetzten freilich interpretierten seine Sonderstellung jetzt wieder mal auf ihre Weise. Im Flur vor dem Büro wies von Spirow ihn an, sich im Sekretariat des Theaters um die Adresse »des Verehrers« zu kümmern.

»Warten Sie auf uns vor dem Theater. Der Holm soll uns heute noch kennenlernen. Aber Tausch und ich machen zuvor eine kurze Lagebesprechung.« Er nickte zweimal mit dem Kopf zur Seite wie ein Idiot und fügte hinzu: »Nebenan in der Restauration.«

Tausch nickte stumpf und präzisierte: »Im Siechen.«

Edmund verstand. Die Lage, die im Bierhaus Siechen besprochen werden sollte, passte auf ein hübsches Tablett und wurde gewöhnlich mithilfe von Halblitergläsern studiert. Viele Worte musste man dabei nicht machen. In derartigen Lokalen gab es genügend andere Gäste, die laut genug redeten, sodass man sich das sparen konnte.

Tausch und von Spirow gingen hinaus, und Edmund trottete ohne große Eile den Flur entlang, bis er hinten rechts das Sekretariat des Direktors fand. Er betrat einen großen, fast quadratischen, schmucklosen Raum und stellte sich als der Kriminalkommissar zur Anstellung Engel vor. Eine der beiden Sekretärinnen, eine Frau in mittleren Jahren mit einem deutlich sichtbaren grauen Star auf dem rechten Auge, blickte ihn erstaunt mit ihrem gesunden Auge an und zögerte, als er um die Wohnadresse von Gustav Holm bat. Doch beinahe im selben Moment stürmte Schultz, der Theaterdirektor, durch die Tür und machte ein Gesicht, als hätte er die Szene vorhergesehen.

»Geben S' dem Herrn Kommissär die Adressn, Fräulein Marga«, wies er die Sekretärin an. »Es ist wegen der … wegen dem Fräulein Zinnoweck.«

Fräulein Marga wurde bleich, als sie den Namen der ermordeten Schauspielerin hörte, fasste sich aber schnell wieder und brauchte nicht lange, um Edmund Holms Adresse herauszusuchen. Telefon besitze der Schaupieler aber nicht, erfuhr er auf Nachfrage.

»So gefragt ist der Mann denn auch wieder nicht«, kommentierte Schultz mit einem Reptilienlächeln. Er blieb steif neben dem Schreibtisch seiner Sekretärin stehen, als müsse er ihn bewachen, und Edmund fragte sich auf einmal, ob der Direktor nicht einfach nur sichergehen wollte, dass

Fräulein Marga oder ihre mit einer Art Registratur beschäftigte Kollegin keine unerwünschten Bemerkungen machten.

Das brachte ihn spontan auf einen Gedanken. »Übrigens, Herr Direktor«, sagte er wie nebenbei, als er von der Sekretärin mit einem Kopfnicken die Adresse in Empfang nahm, »wenn Sie mit der Firma Baruch in so engem Kontakt stehen, dann kennen Sie beiläufig vielleicht auch einige der Angestellten dieser Firma? Dekorateure, Schneiderinnen und so weiter.«

Schultz lachte laut auf. »Was stellen Sie sich vor, junger Mann! Die Firma Baruch hat unzählige Angestellte, was weiß denn ich, wie viele Dekorateure, Schneiderinnen et cetera dort arbeiten. Ich trete grundsätzlich nicht mit diesem Personenkreis in Kontakt. Ausschließlich mit der Geschäftsleitung. Warum fragen Sie?« Ein wenig misstrauisch wurde er nun doch. »Ganz privat war Ihr Interesse an der Firma wohl nicht, wie Sie vorhin behauptet haben?«

»Doch, doch, Herr Direktor. Oder sagen wir, halb und halb«, gab er jetzt zu. Zum Beispiel fragte er sich durchaus, ob nicht etwa der Theaterautor Freund oder eben doch der Direktor selbst die Schneiderin Langenfeld hätten kennen können. Aber er wollte auf keinen Fall Anlass zu Misstrauen gegen sich erwecken und am Ende noch eine Beschwerde des Direktors bei von Spirow oder gar von Jagow riskieren. In einem Fall, der für seine Vorgesetzten mit dem Auffinden von Hildegard Langenfelds »tadelloser« Wasserleiche nie einer war.

Er bedankte sich höflich und verließ das Büro.

Als er draußen über die kleine Steintreppe wieder hinaus in den Innenhof trat, wurde er bereits erwartet. Jedoch nicht von seinen Vorgesetzten. Die wünschten ihn ja vorerst nicht zu sehen. Sondern von dem Mädchen, das vorhin im Flur seinen Puppenkopf durch die Türöffnung gesteckt hatte.

Jetzt stand sie vor ihm, in einem leichten, fliederfarben schimmernden Mantel, dazu passenden Leinenhandschuhen, einen kleinen Laufhut auf dem Kopf (der sicher schon zwei, drei neuere Hutmodelle an sich hatte vorbeiziehen sehen), einen einfachen, hellen Sonnenschirm in der einen Hand und eine kleine, hellbraune Lederhandtasche in der anderen.

Es war offensichtlich, dass sie auf ihn wartete. Und wie nervös sie war. Mit großen Augen, die blassblau flackerten wie kleine Gasflammen, starrte sie ihn an, die Finger wrangen ihren Schirm, und ihre Wangen waren nicht mehr blass, sondern leuchteten jetzt wie die Reklamelichter vorm Maxim.

Edmund machte zögerlich ein paar Schritte auf sie zu, während er höflich den Bowler lüftete – und schon platzte sie heraus: »Entschuldigen Sie, Herr … Herr Kriminaler. Ick hab man bloß nebenbei mitjekriegt vorhin, det Sie von der Kripo sind.«

Edmund nickte, unnötigerweise.

»Ick weeß … oder nee, ick weeß et jar nich, aber ick denke mir, Sie sind hier wejen die arme Hedwig. Wo doch ooch so viel Presse heute Morjen im Haus war und allet. Aber nicht, det Sie nu denken, ick könnte dazu wat sagn. Kann ick nich. Kannte die Zinnoweck jar nich. Oder kaum. Wir sind so ville im Engsambel. Ick wollte bloß …«

Sie brach ab und wischte sich mit dem Handrücken über die Wange, eine kleine verlegene Geste, die Edmund plötzlich rührte. Weil sie ihn an die Verlegenheit erinnerte, die ihn selbst so oft überkam. Im nächsten Moment holte sie etwas aus ihrer Handtasche und hielt es ihm hin.

Es war ein Brief in einem weißen Umschlag, adressiert, aber unfrankiert und noch unverschlossen. Er nahm ihn nur zögerlich entgegen, erst recht, als er den Empfänger las: »Herrn Polizeipräsidenten von Berlin«.

Sie bemerkte sein Zögern und seine Verwirrung und sagte: »Sie dürfen ihn jerne lesen, den Brief. Sie sollen et sojar. Sollen wissen, wat drinne steht. Weil ... ick will ja sicher jehn, und wenn een Kriminaler den Brief dem Herrn Polizeipräsi...«

»Warum bringen Sie den Brief nicht einfach zur Post oder geben ihn persönlich im Polizeipräsidium an der Pforte ab, Fräulein?«, entfuhr es ihm strenger, als er beabsichtigt hatte.

»Stiewe. Christine Stiewe bin ick. Entschuldigung.« Ihre Wimpern zitterten vor Aufregung wie die Flügel einer sterbenden Fliege. »Ick möchte, det der Herr Präsident den Brief ooch wirklich zu lesen kriegt. Ick hab'n schon länger jeschrieben. Bloß noch nich abschicken jetraut. Aber ümmer bei mir. Er soll mir nich irgendwo in nem Vorzimmer von nem Vorzimmer hängen bleiben. Ick weeß doch, wie so wat looft, wenn unsereens an die Behörden schreibt. Et jeht um ... die Zustände hier. Hier am Theater. – Bitte, Herr Kriminaler!« Sie legte plötzlich ihre kleine Hand auf seinen Arm und drückte überraschend fest zu. »Bitte, lesen Sie den Brief. Und jeben Sie ihn persönlich Herrn Präsidenten!«

Sie zog ihre Hand wieder zurück und schaute ihn von unten herauf so eindringlich und bang an wie einen Richter, der über Leben und Tod zu entscheiden hat. Ihr Leben und ihren Tod.

Edmund lachte unsicher, schlug mit dem Brief leicht gegen seinen Handrücken und hörte sich zu seiner eigenen Überraschung sagen: »Einverstanden, Fräulein Stiewe.«

Ihre hellen Gasflammen über den leicht gewölbten Wangen flackerten wieder freudig auf. Sie sagte: »Wenn Sie noch wat wissen wollen … dazu«, sie wies mit dem gekrümmten Zeigefinger auf ihren Brief zwischen seinen Fingern, »dann kommen Sie wieder her. Um diese Zeit, halb viere rum, finden Sie mich leicht. Denn sind die Vormittagsproben rum, und ick mache Pause bis um sechse.«

Er schüttelte verwirrt den Kopf. »Aber warum ich, Fräulein? Warum wenden Sie sich ausgerechnet an mich?«

Sie blickte ihm gerade und ernst in die Augen. »Weil Sie mal ehrlich aussehen. Richtig ehrlich. Sie schickt der Hümmel.« Sie lachte plötzlich auf. »Und Sie heißen ooch noch Engel, wa? – Hab ick mitjehört, wie det Ihr Vorjesetzter im Flur vorhin jesagt hat. Entschuldjung.«

Er fühlte das Blut wie eine heiße Welle von überall her in sein Gesicht fluten.

Sie lächelte wieder und nickte dabei etwas merkwürdig. Als würde sie ein glückliches Huhn auf der Bühne darstellen. Es war aber bloß ihre Art, sich zu bedanken und gleichzeitig zu verabschieden. Denn im nächsten Moment machte sie auf dem Absatz kehrt, und mit schnellen kleinen Schritten trippelte sie auf klappernden Absätzen ihrer hellbraunen Schnürstiefel über den Hof davon, durch die Glaspassage in Richtung Linden.

Er betrachtete den Brief in seiner Hand, schüttelte den Kopf und fing auf einmal laut an zu lachen. Er wusste selbst nicht, ob mehr über sich, weil er sich auf eine so dumme Sache einließ, oder über Fräulein Christine Stiewe. Sie hatte sicher hundert Talente, aber gewiss keines, sich mit dem

Innenleben einer Polizeibehörde auszukennen. Wenn sie wirklich wollte, dass der Polizeipräsident sich mit ihrer Sache befasste (worin auch immer diese bestand), dann war das gewiss der falsche Weg. Von Jagow würde den Brief nicht einmal zur Kenntnis nehmen, wenn er ihn ihm denn tatsächlich aufdrängen wollte. Was er nicht vorhatte.

Sie kam ihm jetzt im Rückblick noch naiver und mädchenhafter vor. Ein wenig wie seine kleine Schwester. Wenn er das Glück gehabt hätte, sie aufwachsen zu sehen. Seine Schwester wäre jetzt zwanzig. Etwa im gleichen Alter wie Fräulein Stiewe. Doch Christine, ja, sie hieß ebenfalls Christine, war mit zehn an Leukämie gestorben.

Er steckte den Brief in die Tasche seines Jacketts und beschloss, ihn später kurz zu überfliegen, um ihn ihr bei nächster Gelegenheit mit ein paar erklärenden, ehrlichen Worten zurückzugeben. Es würde sich schon eine Gelegenheit dazu finden, sie würden im Mordfall Zinnoweck in den nächsten Tagen gewiss noch häufiger das Metropol-Theater besuchen.

Gustav Holm besuchte das Siechen an der Ecke zur Friedrichstraße sonst nur selten. Es war allzu beliebt beim »guten«, in seiner Lesart also bloß durchschnittlichen Berliner Bürgertum. Heute aber, nach der Nachricht von Hedwigs Tod, hatte es ihn hineingezogen, und seit dem frühen Nachmittag hockte er wie betäubt in der Ecke eines der alten, hohen Räume und bestellte mechanisch das hauseigene Bier.

Die Hedwig war tot. Das Geschrei war groß gewesen, als er heute früh das Theater betreten hatte. Vor dem Haus lagerte die Pressemeute wie ein vielköpfiges gefräßiges Raubtier, und er dachte schon, die Massary hätte es sich anders überlegt und sei reumütig zum Metropol zurückgekehrt. Oder vielleicht hatte sich ja auch der Giampietro den Hals gebrochen ... Sensation, Sensation! Beides falsch. Er wusste jetzt schon nicht mehr, wer es ihm eigentlich mitgeteilt hatte, dass die Hedwig, nach der er auch heute wieder nervös Ausschau gehalten hatte, tot war. Ermordet aufgefunden. Vis-à-vis dem Theater. In ihrem Bühnenkostüm. Unmittelbar neben Löhrmanns Bankhaus! Die Chormädchen brüllten aufgeregt durcheinander, die Tänzerinnen hatten sich in die Garderobe zurückgezogen, doch von den Stars – na ja, Stars! – zeigte sich niemand. Er erinnerte sich jetzt nur noch daran, dass Hollaender, der irgendwie dazugekommen war, ihn beiseite genommen und gesagt hatte: »Gehen Sie nach Hause, Holm. Ist besser für Sie. Die nächste Probe wird erst wieder am Nachmittag stattfinden. Die dürfen Sie auch mal ausfallen lassen. Ich sag's dem Direktor.«

Der Hollaender hatte mal ein Herz. Ein Musikerherz. Der einzige wirkliche Künstler in diesem Haus voller Ignoranten und Karriere-Hengste, seiner Meinung nach.

Er war zurück nach Hause gefahren, in seine Wohnung in der Geisbergstraße. Doch die Aussicht von seinem Fenster auf das triste Gemäuer der Gasanstalt gegenüber trieb ihn schon bald wieder hinaus, und er versuchte nun doch, zur Nachmittagsprobe zu erscheinen.

Um sich mit allen Mitteln abzulenken von der schrecklichen Wahrheit. Dass sie tot war.

Am Bahnhof Friedrichstraße aber hatten ihn plötzlich die Kräfte verlassen, und er hatte es nur noch bis zur Kreuzung Behrenstrasse geschafft, um in Siechens Bierschwemme zu stranden. Und warum denn auch nicht, zum Teufel!

Der Kellner erschien wieder einmal an seinem Tisch, nahm das leere Glas, betrachtete ihn stirnrunzelnd und empfahl ihm Rollmops. »Sehr schmackhaft.«

Er nickte mit tonnenschwerem Kopf und sagte: »Ja, bringen Sie den.«

Er hatte natürlich schon seit Sonntagnacht geahnt, dass etwas Schlimmes geschehen sein musste. In der Vorstellung hatte er sie noch gesehen. Von der Bühne aus. Oben auf der Balkon-Terrasse, am Tisch mit ihrem Kavalier, diesem Löhrmann, dem kalten Fisch, sowie weiteren Personen, er erinnerte sich nicht mehr genau. Irgendwann dann war Hedwig verschwunden, der Löhrmann ebenfalls.

Nach der Vorstellung ging er sie suchen. Hedwig hatte doch gesagt, dass sie den Löhrmann bluten lassen wolle. Wie konnte es sein, dass sie sich nun mit ihm ohne weiteres wieder einließ? Er durchkämmte den angrenzenden Metropol-Palast und musste zwischen den schrillen Fürstinnen der Nacht in ihrem vollen Brillantschmuck und den kostbaren Toiletten nicht lange suchen. Er fand sie im Palais de danse mit Löhrmann an einem Tisch, gleich am Kopfende der meerweiten Tanzfläche. Unter dem himmelhohen, barock geschmückten Gewölbe des gigantischen Tanzsaals stritten sie sich kleinlich und verbissen, das war unübersehbar. Hass blitzte in Hedwigs Augen, und der explosive Ausdruck kaum noch beherrschbarer Wut verzerrte Löhrmanns Gesichtszüge.

In jenem Augenblick hatte er den süßen Geschmack der Genugtuung auf der Zunge geschmeckt. Er hatte genug gesehen und mehr als zufrieden die Bar verlassen. Auf der Straße ließ er sich im sanften Strom der Massen treiben, hierhin, dorthin, er wusste es nicht mehr genau, letztlich aber in die Jägerstraße, in die Palast-

Bar. Dort hatte er sich behaglich in einem Peddigrohrsessel niedergelassen und buchstäblich von oben herab, vom Balkon im zweiten Stock aus, dem Wackeltanz und Twostep auf der Tanzfläche der Rosensäle unten zugesehen. Hier thronten nicht die Kokotten, die Lebedamen in vollem Ornat, sondern es tanzten die einfachen Mädchen in Rock und Bluse. Auch Frack und Smoking waren kaum zu sehen, die meisten Herren trugen, wie er, dunklen Jackettanzug.

Er ließ sich von zarter Hand, aber ohne abgeschmacktes Animiergehabe, die Cobblers servieren und verstand auf einmal die Kenner, welche die Rosensäle allemal dem Palais de danse oder dem Moulin Rouge, dem »Treffpunkt aller Fremden«, bevorzugten. Dort, im gehobenen Ambiente, herrschte das allseits geheuchelte Interesse am anderen, hier aber ganz unverstellt das Vergnügen.

Er hatte es für klüger gehalten, Hedwig in dieser Nacht zu Hause nicht mehr aufzusuchen. Wahrscheinlich hätte sie ihm auch nicht geöffnet. Doch dann war sie am Montag nicht zur Probe erschienen, auch in ihrer Wohnung in der Winterfeldtstraße nicht anzutreffen gewesen, nicht mal das Mädchen hatte eine Ahnung, wo sie sich befand; es wirkte allerdings auch nicht sonderlich besorgt, da dergleichen beim Fräulein ja häufiger vorkam.

Am Dienstag aber erschien Hedwig ebenfalls nicht zu den Proben, und er begann sich zu fragen, ob sie mit dem Bankier am Ende doch noch ein lukrativeres Arrangement ihres Verhältnisses getroffen hatte. Mit neuer Wohnung, einem »Liebesnest« für sie beide, und regelmäßigen Zuwendungen für ihre Dienste …

Das war gestern. Da lebte sie immerhin noch. Aber nur in seinem Kopf. Was hatten die anderen behauptet: Hedwig sei bereits seit Tagen tot? Spekulation, Gerücht? Oder war sie wirklich schon Sonntagnacht getötet worden? Und von wem denn? Von ihm natürlich: Löhrmann! Oder einem, den er gedungen hatte. Er hatte sie vor Löhrmann gewarnt. Aber sie hatte ihn nur ausgelacht.

Der Kellner kam und brachte den Rollmops, schlaff und tot neben einem Vorgebirge aus Kartoffelsalat. Er starrte eine Weile auf das grau-blau-gelbe Ensemble auf seinem Teller, und plötzlich wurde ihm schlecht. Er sprang auf, kämpfte bereits mit dem Würgen im Hals und hastete zu den Toiletten-Räumen. Im Zimmer vor dem Büfett stieß er mit zwei Männern zusammen, der eine mittelgroß, mittelblond, mittelalt, der andere ein Trumm von Brauereipferdmaßen. Sie wollten wohl soeben das Lokal verlassen und starrten ihn wegen des unbeabsichtigten Remplers sogleich sprungbereit an.

Er entschuldigte sich mit einem bedauernden Achselzucken und machte, dass er zu den Waschräumen kam. Er entleerte seinen Magen über dem Abort und hielt anschließend seinen Kopf unter den kalten Wasserstrahl über dem Waschbecken. Er trocknete sein Gesicht und kämmte notdürftig sein Haar. Er war noch nicht ganz damit fertig, als ein bekanntes, rundes, wurstrotes Gesicht neben ihm im Spiegel auftauchte.

»Ach, Holm«, sagte Maxeiner tonlos. »Sie also auch.«

Maxeiner starrte ihn unverhohlen über die Schulter hinweg an. Gustav Holm fühlte fröstelnd die kalte Verachtung, die im Blick des Kollegen und Konkurrenten lag.

Edmund las den Brief an »Herrn Präsidenten« bereits in der Zeit, die er wartend vor dem Metropol verbrachte. In gebührender Entfernung zu der Menge Wartender, die mit kampfbereiten Gesichtern eisern darauf hofften, noch ein Billet am Schalter zu erhaschen – sonst …

Er schwitzte in der Schwüle, die unter dem gräulich-gelben Darmschlingen-Himmel noch immer in den Straßen brütete und gewiss das Schlechteste aus jedem Einzelnen hervorholte. Er zog das sauber mit blauer Tinte beschriebene Schriftstück aus dem Kuvert und las:

»Hochgeehrter Herr Polizeipräsident! Verzeihen Sie gütigst, wenn ich mit einer Art Notschrei Ihre Aufmerksamkeit auf die Zustände im Metropol-Theater lenke. Ich spreche nicht von Verhältnissen, die allein mich betreffen, sondern an denen alle Mitglieder des Chors notwendig zugrunde gehen müssen. Gewöhnlich ist der Chor von 9–3½ Uhr mit Proben beschäftigt. Von 8–11 Uhr abends findet die Aufführung statt, und von 11½–2 Uhr nachts sind wir abermals mit Proben zu einem neuen Stück beschäftigt. Das sind zwölf Stunden bei hoher Temperatur!! Wir müssen in der Nacht einen oft sehr weiten Weg machen, kommen vor 3 Uhr nicht nach Haus und haben kaum 4 Stunden zu schlafen, ehe wir wieder aufstehen müssen, um die morgendlichen Proben nicht zu versäumen. Ist das nicht geradezu unmenschlich?

Könnte die obrigkeitliche Fürsorge uns an sich schon nicht beneidenswerte Chormädchen nicht vor der abscheulichen Ausnutzung durch einen so rücksichtslosen und gefühllosen Direktor schützen? Wäre es nicht möglich, dass die Nachtproben im gesundheitlichen Interesse von uns Mädchen polizeilicherseits verboten werden?

Hochachtungsvoll, im Namen aller Chormädchen des Metropol-Theaters, Christine Stiewe, Berlin, Cuvrystraße 24.«

Edmund faltete den Brief betroffen zusammen und

schob ihn zurück ins Kuvert. Das Mädchen hatte ihr Anliegen klar, einfach und bewegend geschildert. Oder vielleicht hatte es auch jemand anderer für sie getan, sie sprach ja für alle Chormädchen. Er fragte sich, wie er es nun noch übers Herz bringen konnte, ihr den Brief zurückzugeben. Mit der dürren, wenngleich wahrheitsgemäßen Begründung etwa, er könne leider nichts für sie tun?

Es war nur gut, dass ihm in diesem Moment der Direktor Schultz nicht über den Weg lief. Denn er hätte es unmöglich fertig gebracht, ihm nicht ins Gesicht zu schlagen.

Holm blieb an diesem Mittwoch für die Polizei den ganzen Tag unauffindbar. Die Kommissare von Spirow und Tausch, und der Engel an ihrem Gängelband, trafen ihn in seiner Wohnung in der Geisbergstraße nicht an. Die Tür war verschlossen. Sofern es eine Aufwartefrau gab, war sie jedenfalls nicht anwesend. Tausch machte den Hausbesorger in seiner Parterrewohnung ausfindig und hetzte ihn wie zum Almauftrieb die Treppe in den dritten Stock hinauf, wo er ihn aufforderte, die Wohnungstür mit dem Zweitschlüssel zu öffnen. Er stierte den Mann an, als sei er entschlossen, andernfalls den Schädel des Hausbesorgers als Rammbock zu benützen.

Holm war fort, und in der Wohnung fand sich kein brauchbarer Hinweis auf den möglichen Verbleib des Schauspielers. Kein Adressbuch, keine Notizzettel auf der Schreibplatte seines altersschwachen, an verschiedenen Stellen angestoßenen Sekretärs, oder irgendetwas anderes, das von Nutzen gewesen wäre.

Sie fuhren zurück zum Alex und hatten sogleich von Jagow Rapport zu erstatten. Die Zeitungen legten bereits Holz aufs Feuer, um ihn kräftig durchzubraten, erklärte er grimmig, sie erwarteten natürlich die schnelle Aufklärung eines so ungewöhnlichen Mordfalls mitten im Berliner Vergnügungsviertel.

Von Spirow konnte ihn selbst unter Hinweis auf den flüchtigen Holm als Hauptverdächtigen nur halb beruhigen. Von Jagow kniff die Brauen zusammen und entgegnete: »Warum hätte der Holm das tun sollen? Aus welchem Motiv?«

»Eifersucht und Rache«, antwortete von Spirow lapidar.

»Eifersucht? Auf wen? Den Bankier?«

Von Spirow zuckte die Schultern. »Den Bankier oder irgendeinen anderen Kavalier der Zinnoweck.«

»Gut denn. Finden Sie mir den Holm. Schnell. Was glauben Sie, wie die Presse zetert, wenn die mitkriegt, dass der mutmaßliche Zinnoweck-Mörder in der Stadt frei umherspaziert!«

»Den haben wir bald, Herr Präsident«, versicherte von Spirow und lehnte sich mit dieser Äußerung weit aus dem Fenster.

»Umso besser«, sagte von Jagow, etwas beruhigt. »Aber vernachlässigen Sie darüber nicht den Tathergang. Lückenlos rekonstruieren. Was hat die Zinnoweck am fraglichen Tag beziehungsweise in der Nacht gemacht? Wer hat sie gesehen? Wo ist sie hingegangen? Wann und wo wurde der Holm zuletzt gesehen? Die Beweislage muss wasserdicht sein. Wir wollen ihn doch gleich überführen können, sobald wir ihn haben, Spirow, nicht wahr.«

Doch Holm zu fassen, das eben erwies sich als sehr viel schwieriger, als von Spirow es sich vorgestellt hatte. Selbstverständlich wurde das gesamte Vigilantennetz für die

Fahndung nach dem Schauspieler über die Stadt ausgespannt. Doch Holm blieb verschwunden. – Bis er tief in der Nacht zum Donnerstag plötzlich auftauchte. So jedenfalls deutete man später die Beschwerden von Anwohnern, die sich telefonisch bei der Revierpolizei gemeldet hatten. Ihre Klagen betrafen einen betrunkenen Mann, der vor dem Haus Kurfürstendamm, Ecke Knesebeckstraße krakeelt und den Besitzer des Hauses, Bankdirektor Löhrmann, als »Mörder«, »Sittenstrolch«, »verdorbenen Geldsack« und Ähnliches beschimpft hatte. Direktor Löhrmann selbst hatte übrigens nicht bei der zuständigen Dienststelle anrufen lassen. Das sollte später (in der Presse) noch eine gewisse Bedeutung erlangen.

Als kurz darauf zwei Schutzleute vor dem Haus auftauchten, war der lärmende Mann bereits wieder verschwunden.

Ab diesem Zeitpunkt verlor sich erneut jede Spur von Holm, sofern er es denn tatsächlich gewesen war, der vor Direktor Löhrmanns Wohnhaus randaliert hatte. Sein erfolgreiches Verschwinden war umso erstaunlicher, als er nicht im Verdacht stand, Verbindungen zur Unterwelt zu haben, die ihm Unterschlupf hätte gewähren können.

»Wenn nicht zur Unterwelt, dann eben zur Halbwelt! Wir kriegen ihn«, polterte von Spirow trotzig, früh am Donnerstagmorgen. »Dieser verfluchte Theatersumpf. Den werden wir jetzt trockenlegen.«

Er hatte, wie alle in der Burg, die höhnischen Kommentare in irgendeiner der Morgenzeitungen gelesen. Die Journaille der Hauptstadt belustigte sich auf den vorderen Seiten darüber, wie sich Berlins Kriminalpolizei von einem Schmierenkomödianten vorführen lasse. Besonders ein gewisser Kisch, Korrespondent für das Prager Tagblatt, tat sich mit beißendem Spott hervor: »Ein vielseitiges Talent, dieser Gustav Holm«, schrieb er sarkastisch. »Der Mann ist Sänger, Tänzer, zwischendurch Mörder und am Ende gar ein Zauberkünstler. Schaffte er es gestern doch, sich vor den waidwunden Augen der Kripo gleich ganz unsichtbar zu machen.«

Eine einzige Plage, dieses Pressegeschmeiß, dachte von Spirow, das mit seinen Schmutzblättern zu allem Überfluss gleich mehrfach am Tag über die Stadt kam.

Die Aufgaben wurden verteilt. Von Spirow übernahm es, den »stadtbekannten Bewunderer und Förderer der Bein- und Bühnenkunst Helga Zinnowecks, Bankvorstand Löhrmann« (wieder dieser Kisch), aufzusuchen, um mit ihm ein informelles Gespräch über »die Natur seines Verhältnisses zum Opfer« (noch mal Kisch) zu führen. Von Jagow hatte keinen Zweifel daran gelassen, dass es gerade diese Verbindung der ermordeten Schauspielerin in die höchsten Kreise war, die Seiner Majestät nicht schmeckte. Man musste also Sorge tragen, am besten in Absprache mit dem bewussten Bankdirektor, dass die Sache im Sinne der öffentlichen Ordnung nun nicht unnötig aufgewirbelt wurde. Zumal der mutmaßliche Täter, Holm, durch sein Abtauchen den Mord so gut wie gestanden hatte.

Tausch und Edmund Engel nahmen unterdessen zu Beweiszwecken die Aussagen aller Personen zu Protokoll, die die Zinnoweck am Sonntagabend sowohl im Metropol-Theater als auch danach im Palais de danse gesehen hatten. Tausch übernahm die Türsteher, Garderobieren, Kellner und Platzanweiser. Mit den Schauspielern zu sprechen, lehnte er ab, so dass diese entehrende Aufgabe Edmund zufiel.

Das Ensemble probte wie jeden Tag ab neun Uhr vormittags. Derzeit wurde eine Operette einstudiert, die im Frühjahr 1912 zur Aufführung kommen sollte. Doch es waren nicht immer sämtliche Ensemblemitglieder im Einsatz, sodass Edmund versuchte, sie im rückwärtigen Gebäudetrakt, den er ja schon kannte, auf ihrem Weg in die Garderoberäume anzusprechen und zu befragen. Von Spirow hätte sicherlich keine derartige Zurückhaltung an den Tag gelegt, sondern wäre wahrscheinlich mitten in die Bühnenprobe hineingeplatzt, um die anwesenden Künstler seinem verschärften Verhör zu unterziehen.

Edmund bezweifelte jedoch, dass ein rüder Kasernenhofton die bekanntermaßen empfindsamen Bühnenkünstler zu hilfreichen Hinweisen bewegen konnte.

Nein, das war seine Sache nicht. Und der Erfolg gab ihm recht. Von den rund zwei Dutzend Personen, die er ansprach, gaben alle bereitwillig Auskunft. Gustav Holm, erfuhr er auf diese Weise, hatte wegen seines mehrfachen (wenn auch nicht allzu bedeutenden) Einsatzes in der Revue natürlich erst nach dem Ende der Vorstellung das Theater verlassen können. Wohin genau er gegangen war, das wusste jedoch niemand zu sagen, er hatte es keinem mitgeteilt. Gustav Holm galt bei den anderen als ein sehr verschlossener Kollege, nur die Zinnoweck hatte einen Draht zu ihm gefunden. Vielleicht, vermuteten manche, war es gerade sein fortgeschrittenes Alter, das die Kollegin angezogen hatte. – »Bevor sie sich für ihn auszog.«

Dennoch achteten die beiden darauf, ihr Verhältnis nicht an die große Glocke zu hängen, betonten alle. Und dass der Holm vor Wut gekocht haben müsse, als dann der Löhrmann begann, ihr öffentlich Avancen zu machen, vermuteten viele. Wie auch immer Holm auf der Bühne wirken mochte, im Alltagsleben war er wohl ein eher schlechter Schauspieler, der über seine wahre Gefühlslage nicht hinwegspielen konnte.

Holm also. Von Spirow hatte am Ende doch richtig gelegen. Das stieß Edmund jetzt bitter auf. Aber kein Zweifel, an einem Motiv für einen Mord mangelte es dem Holm wahrlich nicht. Und durch seine Flucht hatte er sich selbst stark in Verdacht gebracht. Jetzt mussten sie ihn nur noch finden.

Edmund zog seine Taschenuhr hervor und stellte mit einem leichten Schrecken fest, dass es bereits auf halb vier zuging. Um diese Zeit würde auch Christine Stiewe bei den Garderoberäumen anzutreffen sein, wenn es stimmte, was sie ihm gestern gesagt hatte.

Ihr Brief an von Jagow steckte in seiner Jacketttasche. Die halbe Nacht hatte er deswegen wach gelegen, aber jetzt war er wieder fest entschlossen, ihn ihr zurückzugeben. Letztlich war ihr Anliegen – es blieb dabei – in ganz falschen Händen bei ihm. Ja, er war sich sicher, dass er der Sache nur schaden konnte: Er war in der Burg vollkommen unbedeutend, ein Wurm auf der untersten Stufe der Pyramide. Und die Arbeitsbedingungen am Theater fielen nun ganz gewiss nicht in sein Ressort.

Nein, die Sache war entschieden, er musste ihr den Brief zurückgeben. Zu dumm, dass sie jetzt nicht kam.

Doch das tat sie! Eben in dem Moment, als er sich bereits entschlossen hatte zu gehen, um sich vorne, im Foyer des Theaters, nach Tausch umzusehen. Sie rauschte heran in einer wirbelnden Wolke von mindestens einem Dutzend Chormädchen, die alle zugleich dem Garderobenraum zustrebten.

Kaum zu glauben, dass diese quirlige Gruppe junger Mädchen, die unablässig einen Schwall schriller, an den Wänden widerhallender Silben ausstießen, soeben eine Theaterprobe von mehr als sechs Stunden hinter sich hatte. Aber vielleicht war das nur der Ausdruck ihrer Freude darüber, dass es endlich, endlich vorüber war. Bevor um acht die Vorstellung begann. Und danach die Marter der Nachtproben für das Stück im Frühjahr, wie er ja nun aus Christine Stiewes Beschwerdebrief wusste.

Christine entdeckte ihn jetzt, flankte locker aus dem Pulk heraus und lief strahlend auf ihn zu. Auf einmal war sie ihm ganz nah, und er sah, dass ihr schmales, kalkweißes (nicht weiß geschminktes!) Gesicht von einem Schweißfilm überzogen war, die rötlichen Haare umflatterten es zerzaust wie nach einem heftigen Sturm. Sie roch scharfsüß nach einer Mischung aus Körperschweiß und Parfüm. Und in seinem Kopf nistete sich plötzlich der Gedanke ein, dass sie vielleicht genauso schmeckte.

Sie senkte ihre Stimme wie zu einem Souffleusenflüstern und fragte unverblümt, mit hungrigem Blick: »Und? Ham Se ihm den Brief schon jejeben?«

»N-nein.« In seiner Brust begann es mit einem Mal so heftig zu schlagen, als wäre dort drinnen jemand eingesperrt, der mit aller Macht heraus wollte, und er hörte sich sagen: »Nein, noch nicht. Leider.«

Sie sah mit einem kurzen Seitenblick ihren Kolleginnen nach, die lachend und johlend an ihnen vorbeizischten wie Neujahrsraketen, und wandte sich ihm wieder zu, stellte sich sogar auf die Spitzen ihrer Goldschuhe: »Wann?«, hauchte sie, und er schmeckte ihren körperwarmen Atem.

Er sagte: »Morgen.« – Hatte er das jetzt wirklich gesagt?

»Versprochen?« Ihre Augen glitzerten wie winzige Tümpel, in denen sich ein blassblauer Himmel spiegelte.

Er nickte, oder vielmehr irgendetwas, das hämmernde Ding in seiner Brust wahrscheinlich, sorgte dafür, dass sein Kopf mechanisch gehorchte. Ihr gehorchte, nicht ihm. Sodass er noch hastig herausquetschte: »Wann kann ich … Wo treffe ich Sie?«

Ihr Mund öffnete sich unter dem dünnen Schweißbärtchen zu einem breiten Lächeln, und sie sagte bestimmt: »Na, hier. Wochentags immer selbe Zeit. Wann Sie wollen!« Sie schenkte ihm das bühnenreife Hühnernicken zum Abschied wie gestern und rauschte davon, ihren Chorschwestern hinterher.

Er blickte ihr verwirrt nach und kam sich plötzlich vor wie ein Taschenspieler, der die Trumpfkarte gezogen hatte, jedoch für das falsche Spiel. Er griff sich an die Stirn, sie war immerhin noch vorhanden. Er war drauf und dran, sich mit einem Chormädchen gemein zu machen. – Aber mit was für einem Chormädchen doch!

»Guten Tag, entschuldigen Sie.«

Er wandte sich erschrocken um. Direkt hinter ihm stand auf einmal ein Mann in waschblauem Hemd und dunkler Arbeitshose, der ihn zurückhaltend freundlich anblickte.

Er hatte ihn gar nicht bemerkt und brauchte ein paar Sekunden, um zu erkennen, dass es sich um den Mann mit dem Fahrrad handelte, den von Spirow im Durchgang zur Glaspassage gestern gestellt hatte wie einen feindlichen Soldaten. Der Mann trug jetzt keinen Hut und wegen der

Hitze wohl auch keine Mütze. Er war höchstens dreißig, und doch fochten seine spärlichen weißblonden Strähnen schon einen hoffnungslosen Kampf gegen seine voranschreitende Glatze.

»Sie sind doch der Herr Engel?«, sagte der Mann. »Baudewin, mein Name, ich gehöre zum technischen Personal. Mich schickt der Herr … ähm, Ihr Herr Kollege, der Kommissar, zu Ihnen.« Er hatte sich Tauschs Namen offenbar nicht merken können. Oder wollen.

»Ja?« Edmund schaute ihn erwartungsvoll an.

»Der Herr Kommissar hätte seine Vernehmungen im Theater abgeschlossen, soll ich ausrichten. Und Sie fänden ihn im Metropolpalast nebenan.«

»Aha, danke.« Tausch führte dort seine Befragung offenbar weiter. »Und können Sie mir vielleicht auch sagen, wie ich dorthin finde?«

»Am besten von vorne, also von der Straßenseite aus«, erklärte ihm der Techniker. »Durch das Mascotte, Pavillon Mascotte. Dort via Garderobe, und wenn Sie ihn im Mascotte nicht finden, einfach weitergehen, ins Palais, also das Palais de danse (er sprach den Namen aus wie Danzig). Der Palast öffnet zwar erst heute Nacht. Die Portiers werden Sie aber bestimmt nicht aufhalten. Die wissen ja, dass Sie wegen … also wegen der … armen Zinnoweck da sind.«

»Kannten Sie denn die Hedwig Zinnoweck, Herr, ähm, Baudewin?«, nahm Edmund die Gelegenheit, auch ihn zu fragen, gleich wahr.

Der Mann zuckte schwach die Achseln. »Kennen ist zu viel gesagt. Aber sie hatte doch gelegentlich ein freundliches Wort für unsereins. Was man nicht von allen hier sagen kann.«

»Zum Beispiel vom Direktor Schultz, wie?« Der Satz war ihm ganz unbedacht entschlüpft, und Baudewin zog es vor, nicht darauf zu antworten. Sein zerknirschtes Gesicht sprach allerdings Bände. So viel war klar, wenn es eine Person gab, der viele in diesem Haus am liebsten den Kragen umgedreht hätten wie einem Huhn, das längst überfällig war, dann war es Direktor Schultz.

»Es geht mich ja nichts an«, sagte der Mann jetzt. »Aber stimmt es denn, was man so hört, dass der Holm, Gustav Holm sie …?«

»Sie klingen, als hätten Sie Zweifel daran«, gab Edmund spontan zurück.

»Ja, wissen Sie …« Der Mann senkte ein wenig den Kopf und schüttelte ihn, als säße er schief auf dem Hals und müsse nachjustiert werden. »Ich kann mir das einfach nicht vorstellen, dass der Holm sie ermordet haben soll.« Er hob plötzlich den Kopf und blickte Edmund direkt in die Augen: »Beim besten Willen nicht, Herr Engel. Gustav Holm, der hat die Hedwig Zinnoweck wirklich … also, der hat die … geliebt, ja. Das konnte jeder sehen.« Wieder schüttelte er den Kopf. »Der hätte sich eher selbst den Hals durchgeschnitten, als ihr was anzutun.«

Edmund sah den Mann betroffen an. Das war nun gewiss die freimütigste Aussage des ganzen Tages. Die Meinung eines einfachen Mannes, der aus seinem Herzen keine Mördergrube machte.

Edmund bedankte sich bei dem Techniker, verließ das Gebäude und ging Tausch suchen, der ihm sicher eine Standpauke halten würde, weil er nicht schon längst, Gewehr bei Fuß, vor ihm stand. Wie Baudewin angekündigt hatte, bekam er von der Behrenstrasse her problemlos Zugang zum Metropolpalast im Nebengebäude. Es war mit dem eigentlichen Theaterhaus verbunden wie ein steinerner siamesischer Zwilling. Im Pavillon Mascotte fand er zwar nicht Tausch, aber schon in der von Baudewin erwähnten Garderobe bekam er einen Vorgeschmack auf das prickelnde Nachtleben, das sich hier zwischen zwei und fünf Uhr morgens abspielen musste. Diese sogenannte ›Garderobe‹ des Mascotte war in Wahrheit ein raffiniert ausgestatteter Wandelgang. Nicht allzu hoch über seinem Kopf wölbte sich ein mitternachtsblauer, von kleinen gelben Sternen übersäter Glashimmel, der ein stark gedämpftes Zwielicht spendete. In der Mitte stand ein künstlicher Apfelbaum, der seine schweren Blütenzweige in alle Richtungen, bis zu den Wänden hin, ausstreckte. Knöcheltiefe Teppiche schluckten jeden Laut, zwei Angestellte, die vorbeiliefen und sich unterhielten, klangen, als flüsterten sie sich geheime Dinge zu.

Er ging weiter und kam in einen barock ausgestatteten Tanzsaal, auf dem Platz für eine Zeppelinlandung gewesen wäre, mit einer umlaufenden Galerie. Noch hatte der Vergnügungstempel für das Publikum natürlich nicht geöffnet, doch der süßliche Veilchenduft, der durch die Weite des Saals strich, gab einen Vorgeschmack auf die klebrige Atmosphäre von Luxus und Lues, ein schlüpfriges Versprechen auf hochgeschürzte Röcke, tiefe Dekolletés, pralle Brieftaschen und überschäumende Sektflaschen.

Ein Mann mit geschniegeltem, dunklem Haar, in einem schneeweißen Hemd, Kellner vermutlich, glitt jetzt wie ein Geist quer durch den Saal auf ihn zu.

»Hilfskommissar Engel?«

»Richtig.«

»Eine Nachricht von Herrn Kommissar Tausch für Sie, die ich Ihnen wörtlich mitzuteilen habe: Er könne nicht eine Ewigkeit auf Sie warten. Sie möchten sich ins Präsidium zurückbegeben oder …« Der Kellner räusperte sich. Und schwieg.

»Oder was?«

»Oder … nein, nichts.«

»Oder was?«, wiederholte Edmund beharrlich.

»Oder Sie sollen sich zum Teufel scheren.«

Die Suche nach Gustav Holm blieb auch an den beiden folgenden Tagen erfolglos. Und das brachte die Mordermittler in eine merkwürdige Situation.

Einerseits schwollen Hohn und Spott in der Öffentlichkeit über die Unfähigkeit der Kriminalpolizei immer mehr an. Besonders als durchsickerte, dass sich der tatverdächtige Stadtstreicher Alois Niedermayer noch in Polizeigewahrsam befand, obwohl man doch längst nach Holm als Täter fahndete.

Der Fehler wurde nun rasch korrigiert, Niedermayer unspektakulär entlassen.

Andererseits war die Ermittlungsgruppe durchaus erfolgreich gewesen. Alle inzwischen vorliegenden Erkenntnisse der letzten Tage wiesen auf Gustav Holm als Täter hin. Um ihn vor Gericht zu bringen, wäre man auf seine Überführung im Verhör nicht mal mehr angewiesen.

Sein Tatmotiv war Eifersucht, dafür sprachen nicht nur Edmunds Vernehmungen, sondern auch Äußerungen, die Hedwig Zinnoweck selbst mehrfach gegenüber ihrem Förderer, dem Bankier Löhrmann, gemacht hatte. So das Ergebnis des »zwanglosen Gesprächs«, das von Spirow mit dem Direktor in seinem Bankhaus geführt hatte. Holm war dem späteren Opfer nach seinem Bühnenauftritt ins Palais de danse gefolgt, das hatten Tauschs Vernehmungen der Portiers und Kellner im Theater und im angrenzenden Metropolpalast ergeben.

Und Holm hatte sich auch danach noch in der Umgebung der Behrenstraße aufgehalten. Eine Getränkemixerin in der Palast-Bar, die ihn als Metropol-Schauspieler vage erkannt hatte, erinnerte sich und hatte dies der Polizei inzwischen auch mitgeteilt. Er schien ihr in jener Nacht einen recht selbstzufriedenen Eindruck gemacht zu haben, was allgemein als Bestätigung dafür gewertet wurde, dass er um diese Zeit das Opfer bereits getötet hatte.

Einzig die Frage, wo er seine Geliebte ermordet und ihre Leiche zwischenzeitlich deponiert haben könnte – denn seine Wohnung kam dafür keinesfalls in Frage –, blieb zunächst noch offen. Doch eine Untersuchung in einem größeren Radius um den Leichenfundort herum ergab, dass ganz in der Nähe, in der Kanonierstraße, schon seit geraumer Zeit eine Baustelle existierte. Das Wohnhaus dort stand leer und wartete darauf, abgerissen zu werden, um einem Neubau Platz zu machen.

Der Investorengruppe (»Renommiert, wer's macht – Bauen mit Pracht«) war zwischenzeitlich das Geld ausgegangen, sodass bis auf weiteres die Bauarbeiten ruhten. Vor einiger Zeit hatte das noch als ein mäßig interessantes Debattenthema in der örtlichen Presse herhalten müssen. Inzwischen sprach kein Mensch mehr davon.

Die Hofdurchfahrt war anfangs versperrt gewesen, das Tor aber in den letzten Monaten immer wieder, von Obdachlosen vermutlich, gewaltsam aufgebrochen worden, so dass man es irgendwann aufgegeben hatte, den Zustand des Abbruchgeländes zu kontrollieren.

Das verlassene Gelände im von Bauschutt überwucherten Hinterhof wäre ideal gewesen, um hier eine Leiche einige Tage und Nächte zu deponieren. Und trotz des Risikos war es doch denkbar, die Leiche in dem knöchellangen Kapuzenumhang, den man bei ihr gefunden hatte, einige Häuserblocks weit im Schutz der Nacht zu schleppen wie eine Betrunkene.

Mitten in der Besprechung schweiften Edmunds Gedanken immer mehr ab. Eben jetzt, da alle Indizien gegen Holm zusammengefasst wurden, keimten in ihm wieder die Zweifel. Und zwar, je intensiver er sich den enormen Aufwand des Täters vor Augen führte: Da war die Mordtat selbst. Ihre Vorbereitung. Dann das Verstecken der Leiche. Ihre Kostümierung. Und schließlich der aufwändige Transport durch die nächtlichen Straßen, selbst wenn es nur ein paar Häuserblocks waren.

Agierte so ein Mann, der, wie von Spirow annahm, aus Eifersucht im Affekt getötet hatte? Mit so viel Umsicht und kalter Durchführung, nachdem er vorher angeblich die Nerven verloren hatte? Nein, Edmunds ganzer Verstand wehrte sich gegen die Vorstellung, dass es sich so abgespielt hatte!

Seine Vorgesetzten, die Kommissare, und ebenso von Jagow legten einzelne Indizien nebeneinander, um jedes getrennt für sich zu betrachten. Dann wurde zusammengerechnet: »Eins und eins und eins gleich Mord«, das war die Devise, nach der die Kommissare vermutlich seit Jahrzehnten verfuhren. Und was früher richtig war, das konnte doch heute nicht falsch sein.

16. September, Nacht von Sonnabend auf Sonntag

Die Nacht war vollkommen, der Tiergarten still und feucht wie ein krankes Tier. Fahles Mondlicht sickerte durch die Baumwipfel. Er betrachtete amüsiert Holms dürren, langen Körper, der nur noch ein eiskalter, blutleerer Haufen Leblosigkeit war, auf dem nichts als die Ewigkeit lastete.

Er hatte jetzt ausgedient, Schauspieler – der! Bekam zum Dank für sein Opfer noch die Rose tief ins Herz gesenkt. Das schwanenweiße Vorhemd, durch das sie herausschaute, und der schwarze Lange als Totengewand standen ihm gut. – Der vollendete Rosenkavalier! Die Rolle, nach der er doch stets gegiert hatte.

Ihm fiel plötzlich auf, dass Holm keine Schuhe und Strümpfe trug. Am Ende vergessen. Ärgerlich. Er überlegte kurz, ob er es machen sollte wie in früheren Jahrhunderten, als man den Gehenkten hübsche Dinge in ihre Fußsohlen ritzte. Das Lachen bei dieser Vorstellung gurgelte von ganz tief in seiner Kehle aus ihm heraus. – Aber nein, kein überflüssiges Beiwerk jetzt.

Holm hätte ihm eigentlich dankbar dafür sein müssen, dass er ihn so kunstvoll von der Bühne seines leichtfertigen Lebens gewischt hatte. In dem er gewiss, ebenso wie im Theater, die Knallcharge gewesen war.

Er richtete sich jetzt auf und lugte über die mannshohe Hecke, die rund um die monumentale, knochenweiß schimmernde Marmorgruppe lief. Die Siegesallee lag da wie ein Fluss ins Jenseits, breit und schiefergrau und scheinbar endlos. Die ›Puppen‹, tagsüber bloß lachhafte Standbilder verstorbener Hohenzollern, im silberkalten Mondlicht leuchteten sie erhaben wie antike Götter, schienen dem Toten das letzte Geleit zu geben. Fast schon zu viel der Ehre. Für einen wie Holm.

In den Sträuchern hinter der Bank aus Marmor raschelte es unwirklich, und der feuchtwarme Wind fuhr sachte wie ein leise atmender Faun durch die hohen Wipfel, die gesamte Allee entlang, bis zur Siegessäule vor dem Reichstag.

Kein Mensch zu sehen – kein lebendiger jedenfalls. (Wieder sein Lachreiz, lästig manchmal.)

Holm war jetzt fertig für die Nachwelt. Lehnte schwarz und weiß und rot mit dem Rücken an der Marmorbrüstung. Weiches, totes Fleisch zwischen den harten Marmorkörpern der ›Figurengruppe 22‹: Kurfürst Joachim Friedrich und seine Getreuen.

Leise lachend stolperte er wieder in die Nacht hinaus.

Früh am Sonntagmorgen wurde Holm gefunden. Im Tiergarten. Halb sitzend, halb liegend auf einer der halbrunden Marmorbänke, die die Statuen der Siegesallee umgaben. Mit einem tiefen Stich ins Herz. Mitten in der klaffenden Wunde, die der Arzt unter schwarzem Frack und weißem Hemd freilegte, steckte eine einzelne Rose, blassrot, offenbar frisch geschnitten in einem Zierrosenbeet unweit der Figurengruppe 22 der ›Puppenallee‹.

Der Tod war laut erster Diagnose schon vor Tagen eingetreten. Holm war dem Arzt zufolge vermutlich bereits am Donnerstag, vielleicht schon Mittwochnacht, ermordet worden.

Viertes Bild: Der bessere Herr

Ich hab' ein Leiden, ein sehr böses,
Erscheint die Nacht, so wird mir schwül,
Und mich beschleicht ein mysteriöses,
Ein unbeschreibliches Gefühl

Der Montagmorgen fand Gustav von Schmöckwitz in leicht verdrießlicher Laune. Mit auf dem Rücken verschränkten Händen stand er am Fenster und blickte sehnsuchtsvoll hinüber zum Prälaten. Es war jetzt halb zehn, bis zur vollen Stunde hatte er sich fest vorgenommen durchzuhalten, um einen Imbiss einzunehmen. Flankiert von einer kleinen Molle vielleicht.

An Gesellschaft fehlte es ihm freilich auch hier im Zimmer nicht. Er teilte sich das Büro wieder mit dem jungen Engel, der die ganze Zeit Löcher in die Luft starrte, weil er strafversetzt worden war. Engel, Engel, der muss wandern, von einem Katzentisch zum andern … Weg jedenfalls von der Mitarbeit an von Spirows Theatermorden.

Aber die Stoltze-Sache hatte keine Eile mehr. Sitzfleisch hatte einer wie der Wörne mehr als genug. Nicht mal die Nachricht, dass seine Braut, die vermisste Langenfeld, tot aus dem Plötzensee gefischt worden war, hatte ihn merklich berührt. Er hatte dem Halunken persönlich Mitteilung davon gemacht, dass seine Bekannte ertrunken sei, weil Wörne »sein« Tatverdächtiger war und er sich diesbezüglich in der Pflicht sah. Aber nichts, nur mit den Schultern gezuckt hatte der Mistkerl, und nicht mal die Hände aus den Taschen genommen.

Nein, er konnte es nicht leugnen, von Anfang an hatte er den Radaubruder nicht leiden können. Und nach seinem tölpelhaften Fluchtversuch, der rüden Attacke im Präsidium und vor allem nach dem bösen Schlag in die Magengrube, den Wörne ihm versetzt hatte, verabscheute er ihn geradezu.

Der sollte ruhig noch schmoren. Es traf gewiss keinen Unschuldigen, auch wenn er nicht der Stoltze-Mörder gewesen wäre. Irgendwann in nächster Zeit würde ihm einer seiner Informanten schon noch den entscheidenden Hinweis zuspielen. Oder ein Zeuge tauchte unerwartet auf, dem gewisse Dinge oder Personen aufgefallen waren. So lief das doch meistens. Dann hatten sie die absonderliche Bande am Schlafittchen, die Stoltzes auf dem Gewissen und sich zudem diesen bösen Scherz mit den toten Frauen in Badekleidung erlaubt hatte.

Der Wörne hatte in diesem Fall ausgesessen und konnte gehen. Das waren seine Erfahrungen aus jahrzehntelanger Polizeiarbeit. Das Wichtigste dabei: Geduld. Warten können. Und er konnte warten. Der Wörne musste es.

Die Presse stürzte sich ja inzwischen ausschließlich auf die Theatermorde. Die Bluttat von heute jagte die gestrige von den Titelseiten. Man lebte schnell und starb schrill.

Wie dieser dumme Schauspieler, Tänzer, Sänger oder was er nun genau war. Hatte der Mörder den toten Holm doch mitten in der stillen Nacht auf einer Marmorbank in der Puppenallee platziert. Na, der Kaiser soll entsprechend getobt haben, ließ von Jagow anschließend wissen, aber der Fleck war nun drin, sozusagen. Eine Spreewälder Amme war's, die den Holm in der Frühe angesprochen hatte. Wenn man so sagen konnte, da er ja schon mausetot war. Waren schon etliche Personen, krankhafte Frühaufsteher am Sonntagmorgen, an dem Toten vorbeigezogen. Mussten sich doch ihr Teil dabei gedacht haben, dass ein höchst zweifelhafter Kavalier ohne Schuh' und Strümpf' wie ein Schluck Wasser in der Kurve hing. Im langen Schwarzen und einem Hemd, aus dem eine traurige Rose ihren hellblutroten Kopf hinausstreckte.

Die Spreewälderin war die erste, die den Spinner (sie sagte später aus, dass sie ihn für einen »Spinner« hielt) ansprach und fragte, was denn mit ihm sei und ob er Hilfe bräuchte. Und als sie noch ein Stück näher ran geht an den Holm, den Kinderwagen mit schlafendem Säugling hinter sich in gebührender Entfernung, versteht sich, na, da merkt sie doch, dass auf den starren, glasigen Augen des Herrn die Fliegen kriechen. Und was der ausdünstet, ist keine Alkoholfahne, nee, ganz andere Gase sind das. »Roch wie'n Kohl vom letzten Monat«, soll sie ausgesagt haben. Einen Humor hatte die Dame, handfest wie Kernseife. Die hätte er gerne mal kennen gelernt …

Aber wie, zum Teufel, die Reporter, diese Windhunde, so schnell spitz gekriegt haben, dass schon wieder ein Schauspieler vom Metropol ermordet worden war, das begreif' einer. Und ausgerechnet die polizeilich gesuchte Knallcharge Gustav Holm. ›Metropol-Schauspieler gibt im Tod den Rosenkavalier‹ oder so ähnlich lauteten die Schlagzeilen. Von Jagow hatte Seine Majestät selbstverständlich schon in Kenntnis gesetzt. Was nicht verhinderte, dass Majestät vor Zorn getobt haben soll, wie dergleichen habe geschehen können. In seiner prächtigen Siegesallee im schönen Tiergarten, am heiligen Sonntagmorgen et cetera p.p.

Tja, wie hatte das wieder passieren können, das war nun genau die Frage. Von Jagow hatte die Mordbereitschaft in seinem Zimmer zusammengetrommelt. Auch er, von Schmöckwitz, war in die Burg zitiert worden. Und hin war der freie Sonntag. Verfluchtes Diensttelefon, das sie als Kommissare in ihren Wohnungen zu dulden hatten. Wäre er doch gar nicht erst an den Apparat gegangen!

Und die Sache war kitzlig. Holm hatte bekanntlich Mittwochnacht den Direktor Löhrmann vor seinem Haus am Kudamm öffentlich beschimpft, dafür gab es Zeugen. Aber danach, keine Spur mehr von ihm. Ffft, wie ausgelöscht, der Holm. Und das war er ja auch. Wer hätte das gedacht?

Diese unerwartete Entwicklung des Falls rückte auf einmal wieder den Bankier ins Bild. Zumindest für einen Teil der Presse war er nun gleich ein Doppelmörder oder, was näher lag, der Auftraggeber eines Doppelmords aus gekränkter Eitelkeit und Eifersucht auf den Nebenbuhler.

Unsinn, das alles. Der Holm war doch als Mörder der Zinnoweck schon vor seiner Flucht höchst verdächtig gewesen. So gut wie überführt.

In der Runde bei von Jagow rauchten dennoch die Schädel. Denn in der Tat, irgendetwas stimmte an der ganzen Sache nicht! Warum eigentlich hatte der Holm sich mit dem Krakeelen, nächtens vor Löhrmanns Haus, in die Gefahr gebracht, gefasst zu werden, statt schnellstmöglich zu türmen, wie er es anfangs doch wohl vorgehabt hatte? Ein Gedanke tauchte in der Runde auf, den man nach Holms vermeintlich gelungener Flucht und vor dem Auffinden seiner Leiche noch weggewischt hatte: War Holm vielleicht wirklich der Überzeugung gewesen, dass Löhrmann, sein Konkurrent um die Gunst (und verschiedenes andere) der Zinnoweck, auch ihr Mörder war? Dann selbstverständlich kam Holm als Täter nicht in Frage.

Andererseits hatte der Schauspieler vielleicht nur öffentlich ein Schmierentheater aufgeführt, um Direktor Löhrmann zu be- und sich selbst zu entlasten. Wie konnte er aber so naiv sein, anzunehmen, die Polizei würde darauf hereinfallen?

Von Jagow hatte in die Runde gefragt, ob irgendjemand für Holms Verhalten eine schlüssige Erklärung habe. Schweigen. Alle sahen plötzlich aus, als hätten sie von Haus aus nur zwei Gramm Hirnmasse mit auf den Weg bekommen. Nur von Spirow nicht, der Wichtigtuer.

Er war überzeugt, der Holm sei schlicht verrückt gewesen. Dafür spreche allein schon seine Art der Mordausführung, die alberne Verkleidung seines Liebchens, das er gerade erst ins Jenseits befördert hatte. Dafür hatte er nun die Quittung bekommen. Von einem Dritten. Das leuchtete allgemein ein.

Doch dann hatte sich der Engel zu Wort gemeldet. Und was der Junge vorgetragen hatte, war nun wirklich abenteuerlich gewesen.

Gustav von Schmöckwitz schüttelte auch jetzt wieder, bei der Erinnerung an die gestrige Szene, heftig den Kopf und wandte sich vom Fenster ab, seinem jungen Kollegen zu. Der stierte noch immer mit leerem Gecko-Blick vor sich hin. Der Junge konnte einem schon leid tun.

»Mein Gott, Engel«, durchbrach der Kommissar die Stille, die lastend zwischen den Wänden hing, »warum haben Sie denn bloß vor von Jagow den Mund nicht gehalten? Das kann Sie am Ende noch Ihre Karriere als Kommissar kosten, wissen Sie das?«

Der Engel seufzte vernehmlich. »Es war …«, krächzte er heiser und brach ab.

»Ihre dumme Theorie aber auch«, stocherte von Schmöckwitz weiter. Das Kribbeln im Körper begann stärker zu werden, es reichte inzwischen wieder bis in die Südpolspitzen seiner großen Zehen; das machte ihn angriffslustig. »Ihre Idee, dass alle Mordfälle der jüngsten Zeit zusammenhängen könnten!« Er sagte nicht: Schwachsinn. Dachte es aber.

»Herr von Schmöckwitz, ich glaube einfach …«

»Was Sie glauben, ist unerheblich, Engel. In diesem speziellen Punkte gebe ich Spirow sogar recht. Beweisen müssen Sie es, mein Junge. Das gilt für Ihr gesamtes, wildes Gedankengebilde von Serienmord und so weiter.«

»Das will ich ja«, rief der Engel heftig. »Aber …«

»Man lässt Sie nicht, so viel ist richtig, ja.«

»Herr von Schmöckwitz, schon der Wörne hat die Stoltzes nicht ermordet. Das wissen Sie so gut wie ich!«

»Ja, schreien Sie's nur laut heraus. Soll ich ein Fenster öffnen, dass draußen alle mithören können, was?«

Der Engel entschuldigte sich kleinlaut. Gab jedoch nicht nach: »Herr von Schmöckwitz, ich bin mir ebenfalls sicher, dass auch der Holm kein Mörder ist. Dass er seine Geliebte nicht ermordet hat. Ebenso wenig wie Direktor Löhrmann den Holm umgebracht hat.«

»Das ist mal ein vernünftiger Gedanke von Ihnen, Engel. Ich meine, was den Löhrmann betrifft.« Man musste den Jungen auch mal loben. »Aber wieso soll der Holm seine Geliebte nicht ermordet haben? Bloß, weil Holm inzwischen selbst auf die Bank gesetzt wurde, mausetot? Von einem weiteren Kavalier zum Beispiel. Ein Wort gibt das andere, es kommt zu Händeln, die Klinge blitzt, Stich, bumms, dot! Messer machen Mörder. Wer wüsste das nicht? Wäre nicht das erste Mal, dass dergleichen geschieht.«

»Bitte um Entschuldigung, Herr von Schmöckwitz«, widersprach der Engel. »Aber meines Wissens ist in ganz Berlin dergleichen bisher nicht geschehen. Wer hätte je seinem toten Opfer noch eine Rose ins Herz gepfropft? Nein, dahinter muss mehr stecken. Irgendeine … eine Aussage des Mörders! Wir verstehen sie nur nicht.«

Gustav von Schmöckwitz wog vorsichtig den Kopf. Er war innerlich hin und her gerissen. Einerseits gab der Junge doch ziemlich freche Antworten, wenn man bedachte, dass er bloß Hilfskommissar zur Anstellung war.

Andererseits spürte er dunkel das Faszinierende, das Edmunds Eingebungen anhaftete. Das war wirklich neu, so quasi um die Ecke herum dachte bisher keiner in der Burg über die Zusammenhänge eines Verbrechens – oder gleich mehrerer Verbrechen nach. Aber die Vorstellung von einem einzigen Täter, der durch Berlin zog und sinnlose Morde beging, hatte selbst etwas Krankhaftes. Und darüber hinaus den Nachteil, viel zu kompliziert zu sein. Buchstäblich unfassbar, vollkommen unpraktikabel für das polizeiliche Vorgehen. Das mit gutem Grund bewährten Regeln, unumgänglichen Vorschriften und profunden Erfahrungen folgte.

Entsprechend eisig war von Jagows Reaktion auf die unaufgeforderten, dazu reichlich wirr vorgetragenen Einlassungen vom Engel gewesen. Ein Wunder, dass ihm seine rosafarbene Zigarettenspitze nicht an den Froschlippen festgefroren war. Von Jagow hatte einfach ignoriert, was der Hilfskommissar da eben gesagt hatte, als hätte der nie den Mund aufgemacht. Typisch für den Alten, wenn ihm etwas ganz und gar nicht passte.

Zur Orientierung für das weitere Vorgehen diente dagegen von Spirows Annahme, dass Holm weiterhin als der Mörder Hedwig Zinnowecks zu gelten habe. Motiv: Eifersucht. Und nun hatte der Dritte im Liebesbunde, Holms Konkurrent, seinerseits Rache an dem Schauspieler genommen. Auf die gleiche geschmacklose, öffentliche Weise, wie es Holm zuvor mit der Zinnoweck gemacht hatte. Und es war ja gerade die verräterische Rose in der Herzwunde, die für das Eifersuchtsmotiv sprach.

Mit Sicherheit, behauptete von Spirow, handle es sich bei dem Täter um einen Konkurrenten um die Gunst der Schauspielerin, und damit um einen ebenso überspannten Kollegen der beiden. Man kannte das ja sattsam aus Künstlerkreisen.

Die Eifersuchtsthese, hatte von Spirow noch süffisant hinzugefügt, sei sicher auch bestens geeignet, um sie der Presse zum Fraß vorzuwerfen. Liebe, Eifersucht, Mord und der ganze Kokolores – die Schmierfinken liebten solche Geschichten über alles. Ein Aspekt, dessen Nutzen von Jagow besonders einleuchtete.

Ergo musste als nächster Schritt Holms Bekannten- und Kollegenkreis durchgekämmt und vernommen werden. Das Schauspielermilieu, hatte Tausch an dieser Stelle eingeworfen, sei ohnehin ein trüber Teich, in dem zu fischen sich für die Polizei immer verlohne.

»Eines verstehe ich am allerwenigsten, Engel«, wandte von Schmöckwitz sich nun wieder an den jungen Kollegen. »Warum sind Sie bloß nach dem Ende der Sitzung nochmals auf von Jagow zugegangen? Er liebt das gar nicht. Und dann auch noch mit einem Zettel oder sogar Brief, den Sie da plötzlich aus der Tasche gezaubert haben?«

Der Engel starrte ihn überrascht an.

»Tja, dem alten Schmöckwitz können Sie nichts vormachen, junger Mann! Der sieht alles. Warum mussten Sie dem Alten denn Ihre Serienmordtheorie auch noch schriftlich in die Hand drücken? Kein Wunder, dass er Sie endgültig von dem Holm-Fall abgezogen hat. Konnten Sie sich das denn gar nicht denken?«

Edmund senkte den Blick und sagte nichts. Auf seine krause Art hatte Kommissar von Schmöckwitz natürlich recht. Statt sich mit unbewiesenen Behauptungen vor von Jagow und der ganzen Mordbereitschaft bis auf die Knochen zu blamieren, hätte er besser den Mund gehalten. Aber noch unverzeihlicher war es, dass er dem Alten anschließend Christine Stiewes Brief überreicht hatte, als hätte der irgendetwas mit den Theatermorden zu tun.

Dabei hatte er zu dem Zeitpunkt schon gar nicht mehr daran gedacht. Die dramatische Entwicklung im Fall Holm hatte seine Gedanken voll in Anspruch genommen. Bis er das Kuvert, mitten in der Sitzung, auf einmal wieder in seiner Jacketttasche fühlte. Und auf diese Weise an sein Versprechen gegenüber dem Mädchen erinnert wurde. Er hatte sich innerlich dagegen gewehrt es zu tun, aber wie von einer fremden Macht genötigt, war er am Ende der Besprechung mit dem Brief in der Hand auf »den Polizeipräsidenten persönlich« zugesteuert.

Von Jagow blickte ihn unwirsch an, seine hellen Reptilienaugen sagten: Was denn noch? Er sah den Brief, und im nächsten Moment hatte er ihn an sich genommen und auch gleich aufgerissen, ohne auf die Absenderangaben zu achten.

Nie würde er den Blick vergessen, mit dem von Jagow ihn auf Wurmgröße hatte schrumpfen lassen, nachdem er höchstens drei Zeilen gelesen haben konnte. Wortlos gab er ihm den Brief zurück, während die Kommissare sein Allerheiligstes bereits zügig verließen. Und dann teilte der Alte ihm in einem beinahe belanglosen Ton – als bestünde nicht der geringste Zusammenhang zu dem Bittschreiben – mit, dass er ab sofort nur noch Kommissar von Schmöckwitz im Innendienst zu unterstützen habe.

»Sie hatten bisher zwar erst ein Leben von zweiundzwanzig Jahren zu kommandieren, Engel. Da sehe ich Ihnen das eine oder andere Manko in Sachen Reife und Persönlichkeit durchaus nach. Auch um Ihres Vaters willen, dessen außerordentliche Leistungen im Reichsland ja bekannt sind.«

Reichsland. Das Elsass war erst im Mai, vierzig Jahre nach der Annektierung, zum gleichberechtigten Bundesland des Deutschen Reichs erklärt geworden. Doch von Jagow sprach unverdrossen weiter vom »Reichsland«, vermutlich, weil ihm der Status des Elsass als Kriegsbeute allzu gut gefiel.

»Vergessen Sie niemals, Engel«, hatte er ihn schließlich mit erhobener Zigarette ermahnt, »Sie befinden sich im Polizeidienst. Das verlangt erstens Disziplin, zweitens Gehorsam, drittens Loyalität gegenüber Ihren Vorgesetzten. Ganz wie gegenüber Ihrem Kaiser! Das Denken überlassen Sie also gefälligst den Herren Kommissaren. Bis Sie selbst mal einer sind. Vorausgesetzt, Sie halten sich an meinen Rat: Machen Sie sich niemals gemein mit den Anliegen von Personen aus dem Theater- oder einem ähnlich zwielichtigen Milieu. Geschweige, dass Sie dergleichen an mich oder irgendeinen anderen Ihrer Vorgesetzten weiterleiten. Und, Engel –!« Er legte eine Pause von schluchtentiefer Bedeutung ein: »Halten Sie sich zurück mit Theo-rien.« Er zerbiss das Wort voller Verachtung zwischen seinen kräftigen bräunlichen Pferdezähnen. »Polizeiarbeit«, hielt er ihm weiter vor, »ist Praxis und nichts als Praxis. Darüber verfügen reichlich Ihre Vorgesetzten, Engel. Nicht aber Sie. Bei denen schauen Sie ab, dann wird was aus Ihnen. Nur dann. Verstanden? Und nun«, er wedelte ungeduldig, beinahe schon angewidert, mit der Hand, »fort mit Ihnen.«

Und ob er verstanden hatte. Es hätte dazu jetzt nicht noch der zusätzlichen Gardinenpredigt durch Kommissar von Schmöckwitz bedurft. Der hatte sich inzwischen aus dem Zimmer verabschiedet und bekämpfte das Verbrechen zur Stunde sicher wieder im Prälaten oder in Aschingers

9ter Bierquelle drüben oder einer anderen Bierschwemme am Alex.

Sein Blick wanderte ohne bewusste Absicht über die Regale und blieb hängen an den Ordnern der aktuellen Fälle des Monats September. Wie ferngesteuert näherte er sich der Ablage. Die Akten Zinnoweck und Holm fand er nicht, sie befanden sich gewiss in von Spirows Zimmer. Aber in einem der unteren Fächer lagen die Akten zum Stoltze-Fall. Er nahm den Ordner an sich und begann, ihn durchzublättern. Ihn interessierten vor allem die Zeugenaussagen aus den vergangenen Tagen. Unter anderem stieß er so auf die Aussage eines Omnibusfahrers der Linie, die am Tatort in der Alexandrinenstraße vorbeiführte.

Friedhelm Globzow, so hieß der Fahrer, den von Schmöckwitz vernommen hatte, war erst einige Tage nach den Morden ins Präsidium gekommen, um eine Aussage zu machen. Er wollte früh am Sonnabendmorgen des 2. September eine verdächtige Gestalt in seinem Omnibus befördert haben. Schwor Stein und Bein, dass der Tatverdächtige die Fahrt mit blutverschmierten Geldmünzen bezahlt hätte. Warum Globzow dann diese Aussage nicht schon viel früher gemacht habe, wurde er gefragt. Und er antwortete, dass er doch erst in der Zeitung von der Bluttat gelesen habe. – Ein typischer Fall von Einbildung aufgrund der aufwühlenden Ereignisse, die an »seiner« Omnibuslinie geschehen waren. Vollkommen unbrauchbar.

Solche Aussagen vermeintlicher Zeugen waren es wohl nicht zuletzt, die von Schmöckwitz dazu verleiteten, weiter stur an seinem Wörne als Täter festzuhalten.

Edmund blätterte weiter, doch da flatterte plötzlich Emma Steppke zur Tür herein.

Ihre Aufregung war ebenso offensichtlich wie untypisch

für sie, die selten die Übersicht und nie die Fassung verlor. Mit hochroten Wangen flüsterte sie ihm zu, dass nebenan in ihrem Zimmer eine vornehme, sogar berühmte Dame in Begleitung eines Herrn erschienen sei, die wünsche, zum Polizeipräsidenten vorgelassen zu werden.

»Und jetzt raten Sie mal, wer die Dame ist, Herr Engel! Da kommen Sie niemals drauf.«

Edmund zuckte missmutig die Schultern. Was ging ihn hoher Besuch für Präsident von Jagow an?

»Es handelt sich … da draußen wartet Fritzi Massary!« Ihre hellen Augen fraßen ihn beinahe auf vor Begeisterung.

Er wurde plötzlich hellhörig. Der Name Massary klingelte in seinen Ohren wie Silbergeld. Aber er fand, dass ihn von Jagows prominenter Besuch nun mal nichts anging und machte keine Anstalten, sich um die Sache zu kümmern. Und wenn der Kaiser persönlich im Nebenzimmer wartete!

»Herr … Edmund, verstehen Sie denn nicht: Fritzi Massary vom Metropol-Theater wartet nebenan. Mit einem Herrn. Einem sehr vornehmen Herrn. Sie möchten mit Präsident von Jagow reden. Aber er ist im Haus unterwegs. Ich finde ihn einfach nicht! Und die Herren Kommissare sind aushäusig. Also bleiben nur Sie, um sie anzuhören.« Emma Steppkes Gesicht lief vor Spannung gefährlich rot an.

Immer wieder das Metropol, stöhnte Edmund. Aber hatte er nicht kürzlich noch in der Zeitung gelesen, dass die Massary ihr Engagement am Metropol-Theater beendet hatte? Was konnte ein Bühnenstar wie sie so plötzlich und dringlich von der Polizei wollen?

Seine Neugier gewann, und Emma konnte erleichtert

wieder Luft holen, als er sie bat, die Massary zusammen mit ihrem Begleiter hereinzuführen.

Fritzi Massary, die er nie auf der Bühne gesehen hatte, war eine überraschend kleine, grazile Frau von Ende zwanzig. Sie hatte große, dunkle, ausdrucksstarke Augen in einem bräunlichen, ovalen Gesicht; volle Locken quollen pechschwarz unter ihrem ausladenden marineblauen Hut hervor. Sie war auf dezente Weise elegant gekleidet. Das im Matrosenstil mit diversen Knopfleisten und Ziermanschetten versehene Kostüm kaschierte durch den leicht asymmetrischen Schnitt der Jacke geschickt ihre ausgeprägten Hüften und die keineswegs schlanke Taille. Jedenfalls soweit er sich damit auskannte.

War Fritzi Massary von schlichter, so war der etwa gleichaltrige Mann an ihrer Seite von deutlich betonter Eleganz. Heller Anzug, goldfarbene Weste, schwarzes, glattes, stark pomadisiertes und streng nach hinten gekämmtes Haar, den hellen Strohhut in der Hand. Sein rundes Gesicht war blass, mit ein wenig traurigen, nach unten fließenden Zügen, die an einen Hund erinnerten, den man schon mehrfach ausgesetzt hatte, und der nichts mehr fürchtete, als dass sich diese Tragödie wiederholte.

Edmund erhob sich und war einen Moment unsicher, wie er die Herrschaften zu begrüßen hatte. Doch schon ergriff, mit einer kleinen Verbeugung, der Herr das Wort und stellte »die Bühnenkünstlerin Fritzi Massary« vor. Dann sich selbst als »Alexander Graf von Talleyrand-Périgord, Angehöriger des 6. Husarenregiments in Leobschütz und Schriftsteller.«

Edmund wies mit dem ausgestreckten Arm auf die beiden Besucherstühle neben von Schmöckwitz' Schreibtisch und zog seinen eigenen Stuhl hinzu.

»Guten Tag«, sagte er brav. »Ich bin Hilfskommissar Engel. Der Herr Polizeipräsident ist derzeit nicht, ähm, leider nicht abkömmlich, nicht erreichbar«, begann er etwas zerfahren. »Und die Herren Kommissare, das heißt die, die die Bereitschaft haben, sind zur Zeit mit … also die sind nicht anwesend«, erklärte er noch umständlicher und wurde rot, weil er das Gefühl hatte, mindestens ein halbes Dutzend Mal das Wort ›die‹ in einem einzigen Satz untergebracht zu haben. »Wenn ich vielleicht etwas für Sie tun kann …«, bot er freundlich an und hoffte, damit die Scharte auszuwetzen.

Fritzi Massary lächelte dankbar und blickte ihren Begleiter auffordernd an.

Der junge Graf zuckte angedeutet mit den Schultern und sagte in einem Ton, dessen Herablassung Edmund nicht entging: »Fräulein Massary möchte ein dringliches Anliegen vorbringen. Wenn Sie so gut sind, es dem Präsidenten von Jagow weiterzuleiten, wären wir Ihnen sehr dankbar, Herr, ähm, Engel.«

»Was für ein schöner Name übrigens«, sagte Fritzi Massary scheu lächelnd in diesem Moment. In einem geglätteten, aber immer noch hörbaren Wiener Akzent.

Edmund bedankte sich artig und wurde innerlich ruhiger. »Worum handelt es sich denn?«, sprach er die berühmte Frau jetzt direkt an.

Sie legte ihren hellen Sonnenschirm auf dem Schoß ab und faltete ihre schmalen Hände darüber. Edmund entging nicht, dass sie zitterten.

»Ich werde bedroht, Herr Engel«, sagte sie unvermittelt mit beinahe wegbrechender, wie poröser Stimme. »Mit dem Tode bedroht.«

Edmund war sekundenlang wie vor den Kopf geschlagen, ehe er herausbrachte: »Von wem werden Sie bedroht, Fräulein Massary?« Und sofort fragte er sich, ob es korrekterweise nicht ›gnädiges Fräulein‹ hieß.

»Von einem jungen Mann. Er ist Österreicher, ich erkenne es an seinem Dialekt. Er droht, mich zu erschießen, wenn …« Sie brach ab und senkte den Blick unter ihren weit geschnittenen, gewölbten Lidern.

»Ja?«

»Wenn ich nicht seine Frau werde.«

»Wenn Sie nicht seine Frau werden?«

»Der Wahnsinnige hat sich nämlich in Fräulein Massary verliebt. Man stelle sich vor!«, fiel der Graf mit sarkastischem Lachen ein. »Er ist Stammgast im Metropol-Theater und bedrängt Fräulein Massary schon seit langem mit seinem Hirngespinst, das er für Liebe hält. Und mit seiner verrückten Eifersucht auf jeden, der ihr zu nahe kommt. Aber er ist unbelehrbar. Und er steigert seine Verrücktheit inzwischen zur Besessenheit.«

»Dieser … Herr ist kein so außergewöhnliches Phänomen, wie Sie vielleicht meinen könnten, Herr Engel«, übernahm die Massary jetzt wieder. »Es kommt häufig vor, dass sich Herren in mich – oder sagen wir allgemein«, korrigierte sie sich, »in eine Frau auf der Bühne, eine Schauspielerin, Sängerin, Tänzerin, verlieben.«

Edmund nickte betroffen. Er dachte plötzlich an Christine Stiewe. Und sich.

»Aber dieser Herr ist denn doch zu aufdringlich«, warf Talleyrand-Périgord ärgerlich ein. »Seitdem Fräulein Massary ihr Engagement am Metropol aufgekündigt hat, fühlt er sich persönlich verletzt und zurückgestoßen. Abgewiesen in seinem krankhaften Liebeswerben. Und nun droht er ihr mit Erschießen!«

»Bei welcher Gelegenheit hat er die Drohung ausgesprochen?«, wollte Edmund wissen.

»Erst gestern«, antwortete Fritzi Massary erregt. »Ich war mit Direktor Schultz verabredet. Wegen der Auflösung … wegen verschiedener Vertragsfragen. Und da stand er plötzlich vor mir. Wie der Teufel aus dem Kasten. Und drohte mir. Es klang alles ganz wirr und wild und …«

»Gefährlich!«, fiel der Graf ein. »Ich war bereits kurz davor, ihn zu fordern. Aber …«

Fritzi Massary warf ihm von der Seite einen schnellen Blick zu, der ihn zum Schweigen brachte. Sie sagte: »Das ist selbstverständlich eine Sache für die Polizei. Niemand soll meinetwegen Schwierigkeiten bekommen.« Sie richtete ihre schwarzen Augen wieder voll auf Edmund. »Ich kann mich doch darauf verlassen, dass die Polizei mir Schutz gewährt? Wissen Sie, ich probe derzeit eine Operette mit Reinhardt, einem Regisseur, der allerhöchste Ansprüche stellt. Ich werde sicher versagen, wenn diese Drohungen nicht aufhören.«

Edmund stellte verblüfft fest, dass es ihr mehr um die Ungestörtheit ihrer Bühnenarbeit als um ihr nacktes Leben zu gehen schien. Er fragte sie, ob ihr Name und Adresse des jungen Mannes bekannt seien, was aus irgendeinem Grund eine gewisse Irritation in ihrem Gesicht hervorrief, bevor sie heftig den Kopf schüttelte.

Edmund hatte bereits den Impuls, ihr zu versichern, dass er selbstverständlich dem Polizeipräsidenten die Sache umgehend berichten werde. Doch auf einmal fielen ihm von Jagows mahnende Worte wieder ein. Wie lästige Ameisen krochen sie ihm den Nacken hoch und nisteten sich in seinem Kopf ein: ›Machen Sie sich niemals gemein mit den

Privatinteressen von Theaterleuten!‹ Die Beschwerde der Massary richtete sich zudem noch gegen einen verliebten jungen Mann, der offenbar eher in ärztliche Behandlung gehörte als in Polizeigewahrsam.

Während er noch an seinen Skrupeln nagte, flog mit einemmal wieder die Tür auf, und herein segelte von Jagow. Er scharwenzelte auf die Massary zu, die sich überrascht umwandte, begrüßte sie mit Handkuss und warf Edmund nebenbei einen wütenden Blick zu. Dann entführte er sie mitsamt ihrem Kavalier, den er kaum beachtete, aus dem Zimmer.

Zurück blieb nur der feine, herbsüße Duft ihres Parfums, der noch eine Weile in der Luft hing.

Kurz darauf stahl sich Emma Steppke ins Zimmer.

»Ich hab ihn nun doch gefunden, den Alten!«, flüsterte sie, als befänden sie sich nicht allein im Raum. »Er war im Sitzungszimmer drüben. Zusammen mit Herrn von Baring von Abteilung I und anderen hohen Tieren.« Sie spitzte süffisant die Lippen. »Um ein Haar wäre der auch noch mit hergekommen.«

»Wer? Herr von Baring? Wieso das?«

»Na, wegen Fritzi Massary! Abteilung I kümmert sich doch um Theaterangelegenheiten.« Sie schüttelte verständnislos den Kopf über seine Ahnungslosigkeit und senkte die Stimme: »Aber von Jagow wollte die Dame wohl für sich alleine haben. Hätten mal sehen sollen, wie der Alte durch die Flure geschossen ist. Wie ein Kugelblitz!« Sie lachte leise. »Wissen Sie eigentlich, was für einen Narren unser Herr Präsident an der Massary gefressen hat?«, fuhr sie mit leiser Stimme fort.

»Von Jagow?«

»Wenn ich es doch sage. Und seine Frau erst. Er hat's

mir selbst erzählt.« Sie lehnte sich an den Schreibtisch an, der Stoff ihres hellen Rocks spannte sich straff um ihre Hüfte, sodass ihr Körper der Form eines Notenschlüssels ziemlich nahe kam. »Frau Polizeipräsident, hat er gesagt, müsste immer schon am Tag, nachdem sie das neue Bühnenkostüm der Massary im Theater gesehen hätte, ein eigenes, ganz gleiches Kleid haben!« Sie blickte ihn mit heiter funkelnden Augen an. Und nach einer winzigen, aber effektvollen Pause fügte sie mit steil abfallender Stimme hinzu: »Was natürlich alle Damen in der Stadt wollen. Die es sich leisten können, versteht sich.« Damit schwirrte sie unvermittelt wieder ab.

Keine zehn Minuten später platzte von Jagow erneut ins Zimmer und stampfte ärgerlich auf ihn zu. Edmund schoss vor Schreck von seinem Stuhl auf wie eine Feuerwerksrakete.

»Ja, warum haben Sie denn die Herrschaften nicht sogleich in mein Zimmer geführt und mich holen lassen, Engel?«, polterte der Alte los. »Wissen Sie denn gar nicht, um wen es sich bei der Dame handelt?«

»Doch, selbstverständlich, Herr Präsident. Außerdem hat Fräulein …«

»Still jetzt! Diese brisante Sache genießt höchste Priorität, Engel. Alle Kräfte sind zur Zeit gebunden, daher sind Sie ab sofort dafür zuständig. Ziehen Sie diesen Verrückten, diesen Österreicher, aus dem Verkehr. Ganz gleich, wie. Notfalls ausweisen lassen. In dem Fall an Abteilung VII wenden, die politische.«

»Und … aber meine Unterstützung für Kommissar von Schmöckwitz, Herr Präsident?«

»Nachrangig.« Er blickte sich kurz irritiert um. »Wo ist er eigentlich?«

Edmund zuckte die Schultern, und von Jagows feucht glänzende Stirn wurde rot wie ein rohes Steak.

»Ich verlasse mich auf Sie, Engel«, sagte er ärgerlich, als er sich zum Gehen wandte. Bereits wieder an der Tür, legte er mit dem Finger am ausgestreckten Arm auf ihn an und fügte hinzu: »Wenn Sie das schnell und gut machen, haben Sie sich mehr als rehabilitiert. Vermasseln Sie's aber, dann laufen Sie für den Rest Ihres Lebens Streife, das verspreche ich Ihnen!«

Eine Sekunde, nachdem von Jagow polternd das Zimmer verlassen hatte, schlüpfte Emma Stepppke herein. Wie bei einem Wetterhäuschen, von Jagow stand für Regen, Emma war der Sonnenschein.

»Machen Sie sich nichts draus!«, versuchte sie ihn zu trösten. »Er wird ganz meschugge, wenn's um die Massary geht.« Sie legte eine kleine effektvolle Pause ein, und fügte hinzu: »Um diese oder eine andere ›Massary‹.«

Er sah sie verblüfft an.

Sie erwiderte seinen unverblümten Blick unerschrocken und rief plötzlich mit heller Stimme: »Na, los, Herr Engel: Auf ins Metropol!«

Er zuckte zusammen, aber sie hatte ja recht, es galt, keine Zeit zu verlieren. Während er rasch das Nötigste zusammenraffte, blieb sie in der Tür zu ihrem Zimmer stehen und beobachtete ihn, die Arme unter der Brust verschränkt. Büro- und Flurtür lagen unmittelbar nebeneinander, er musste also dicht an ihr vorbei, um hinauszugelangen. Sie wich jedoch keinen Zentimeter, unverrückbar wie eine Statue. Aber Emma Steppke war alles andere als eine Statue, und mit Sicherheit keine Frau, an der man einfach vorbeigehen konnte.

Es war ein gewöhnlicher Montag, und doch war das Metropol schon gegen Mittag ausverkauft. Davon konnte sich Edmund überzeugen, als er kurz darauf das Theater mit seinem Fahrrad erreichte. In Doppelreihe stand das Publikum vor dem Durchlass zum Billettverkauf, obwohl außen bereits das Hinweisschild »Ausverkauft« angebracht war. Seltsam auch, dass die Leute bis zum Schalter vordrangen, dort von der Billettverkäuferin irgendeine Auskunft erhielten, um sogleich mit hoffnungsschwangerem Blick davonzulaufen, als sei ihnen der Soforteintritt in den Theaterhimmel versprochen worden.

Ein livrierter Portier im Eingangsbereich zu den ständig geöffneten Restaurants im Parterre des Theaters erkannte Edmund als Kriminalpolizisten wieder. Mit einem Augenzwinkern klärte er für ihn das Rätsel auf. In der Behrenstrasse befand sich in Wurfweite des Metropols das Friseurgeschäft Friedländer. Der Portier wies mit dem langen spitzen Kinn in die Richtung. Beim Friseur konnte, wer bereit war, das Doppelte bis Vierfache des üblichen Preises zu zahlen, noch Eintrittskarten bekommen. William Friedländer nämlich war dem Portier zufolge zwar ein miserabler Friseur, jedoch ein rühriger Geschäftsmann. Schon am frühen Morgen kaufe er dem Metropol ein großes Kontingent Karten ab, die er dann auf eigenes Risiko bis zum Abend vertreibe. Für das Publikum sei es klug, sich bei »Ausverkauft« umgehend in Friedländers Laden zu begeben. Denn am späten Nachmittag und frühen Abend würden die bei ihm noch vorhandenen Karten mit einem weiteren Preisaufschlag von einer Schar Schlepper verhökert. Mit freundlicher Unterstützung etwa der Portiers des Metropols und der großen Hotels in Berlin.

Die spürbar gute Laune des auskunftsfreudigen Portiers speiste sich also daraus, dass er ebenfalls an dem einträglichen Kartenverkauf beteiligt war. Obendrein war das kleine Geschäft polizeilich erlaubt und von der Theaterleitung durchaus erwünscht.

Edmund lachte innerlich darüber. Die Wege des Geldes waren unergründlich. Selbst die des Eintrittsgeldes.

Der hilfreiche Portier empfahl Edmund, seinen »Knochenschüttler«, gemeint war sein robustes Nordmark-Fahrrad, auf der östlichen Seite des Gebäudes in den Wirtschaftshof des Theaters zu schieben, falls er sich im Metropol aufzuhalten gedenke. »Da hab ick meen' Esel ooch zu stehen.«

Auf Edmunds Frage, bei wem er sich für die freundlichen Hinweise zu bedanken hätte, stellte sich der Mann als eben jener Portier Krawczik heraus, dem der Obdachlose Niedermayer die tote Hedwig Zinnoweck als erstem gemeldet hatte.

Krawczik hatte üblicherweise Tagdienst. »Bloß, ausjerechnet die Mordnacht hatt ick Nachtschicht!« Er verfluche diesen bösen Zufall. Und den Trunkenbold von Niedermayer. Denn seitdem bekomme er das bleiche Gesicht der toten Zinnoweck nicht mehr aus dem Kopf heraus.

Er begleitete Edmund, während er noch weiter darüber klagte, zum Durchgang, öffnete ihm mit einem klobigen Schlüssel die schwere Portaltür, und Edmund schob unter erneutem Dank sein Rad in den Innenhof.

Der Wirtschaftshof war mit groben Steinen gepflastert und bildete den tief verschatteten Durchgang zwischen den grauen Steilwänden des Theaters linkerhand und des angrenzenden Metropolpalasts gegenüber. Er schob seinen Knochenschüttler, der auf dem groben Pflaster sein Handgelenk jetzt in der Tat gehörig durchrüttelte, zu einer kleinen Gruppe von Fahrrädern, die beiderseits einer schmalen Kellertreppe an der Wand aufgereiht standen.

Über den Hof kam ein Mann in blauem Arbeitshemd und dunkler Drillichhose auf ihn zu. Es war Baudewin, der Bühnenarbeiter, Edmund erkannte ihn gleich. Baudewin trug eine kleine Werkzeugkiste, die er zum Gruß leicht anhob, als er näher kam.

»Na, dass Sie sich nun auch noch her trauen, Herr, ähm …«

»Engel«, grüßte Edmund ihn, indem er seinen Bowler lüftete. Erst jetzt bemerkte er, dass das Schweißband nach der Tour durch die Mittagshitze der Stadt triefnass war, so behielt er den Hut in der Hand.

»Wie meinen Sie das, Herr Baudewin: dass ich mich her traue? Warum sollte ich nicht?«

Baudewin lachte kurz auf und blieb direkt vor Edmund stehen; er war einen Kopf kleiner und musste zu Edmund aufblicken. »Na, Ihre Kollegen, die Herren Kommissare«, sagte er, »die haben schon den ganzen Vormittag die Proben gestört. Jeder Schauspieler im Haus, der jemals mit Holm ein Bier getrunken hat, ist mit einem Mal verdächtig, den Ärmsten umgebracht zu haben.« Er lachte nicht mehr, sondern blickte ernst. »Dabei steht doch in der Zeitung, dass der Lehmann, der Bankier, verdächtig ist.«

»Sie meinen den Bankdirektor Löhrmann, Herr Baudewin«, erwiderte Edmund.

»Na, den von gegenüber«, gab Baudewin zurück und deutete mit dem leicht fliehenden Kinn in die Richtung des Bankhauses. »Jedenfalls, die Stimmung im Haus können Sie sich denken.«

Edmund schüttelte leicht den Kopf. »Ich komme wegen einer anderen Sache, Herr Baudewin.«

Baudewins Kopf ruckte nach hinten wie der einer Taube. »Was denn, schon wieder was passiert?!«

»Nein, nein«, winkte Edmund ab. »Zum Glück nicht. Noch nicht. Es geht …« Er überlegte kurz, ob er Baudewin eigentlich einweihen sollte. Aber warum denn nicht? »Es geht um einen Verehrer von Fräulein Massary. Einen ganz besonderen Verehrer, der ihr inzwischen arg zusetzt. Sie kennen ihn nicht zufällig?«

Baudewin hob kurz die blonden Brauen, als wolle er eine Fliege darauf verscheuchen. »Also, wenn Sie diesen jungschen Herrn meinen, jeder hier im Haus kennt ihn. Mindestens vom Sehen. Einer unserer Stammgäste. Leider. Hat immer zu meckern, was an der Bühnentechnik angeblich wieder nicht funktioniert. Die Beschwerden landen dann natürlich bei mir. Als gäb's nur mich, verstehen Sie?«

Edmund nickte verständnisvoll. Obwohl er nicht die geringste Vorstellung davon hatte, was in den Verantwortungsbereich eines Bühnenarbeiters, oder gar -vorarbeiters fiel.

»Sie haben den Mann nicht zufällig heute schon gesehen?«

»Nein. Aber heute Abend zur Vorstellung taucht er bestimmt wieder auf. Der hofft immer noch, dass die Massary plötzlich wieder auf der Bühne steht. Na, und wer weiß, vielleicht tut sie's ja wirklich, man weiß doch nie.«

»Können Sie mir sagen, Herr Baudewin, wo ich den Direktor Schultz finde? Ich würde ihn in der Sache gerne sprechen.«

Baudewin blickte zu Boden und wog leicht ungeduldig seinen Werkzeugkasten in der Hand. »Direktor Schultz ist mit den Herren Freund und Hollaender fortgegangen, glaube ich. Hab sie jedenfalls vorhin das Gelände verlassen sehen. Durch die Passage, Richtung Linden.« Er wandte sich jetzt ab und nahm bereits die erste der flachen Stufen zum Keller hinunter. »Am besten«, drehte er sich noch einmal zu Edmund um und blinzelte gegen die Sonne, »Sie wenden sich ans Sekretariat. Die Damen wissen vielleicht, wann er zurückkommt.«

Damit stampfte er in seinen klobigen Arbeitsschuhen die Steintreppe hinunter, schloss unten die Kellertür auf und verschwand im Dunkel.

Edmund überlegte rasch. Der Direktor war fort, fraglich, wann er zurückkam. Und dieser Baudewin schien über eine recht gute Beobachtungsgabe zu verfügen. In jeder großen Einrichtung, ob Behörde, Theater, Krankenhaus oder was immer, gab es solche Leute, die, ohne neugierig zu sein, vieles ganz nebenbei registrierten. Emma Steppke war so eine in der Burg. Und Baudewin vielleicht ebenso einer im Metropol-Theater. Es war gewiss keine Zeitverschwendung, sich eingehender mit ihm zu unterhalten.

So stieg Edmund ihm nun einfach hinterher und hielt schützend die Hand vor, als Baudewin die Kellertür eben hinter sich zuwerfen wollte.

Er blickte Edmund überrascht über die Schulter hinweg an. »War noch was?«

Edmund nahm den Hut fester in die Hand und schüttelte beschwichtigend den Kopf. »Schön kühl haben Sie's hier«, sagte er. »Bestimmt ganz angenehm bei dem Wetter, was?«

»Na ja«, verzog Baudewin ein wenig das Gesicht. »Angenehm ist es nur zur Zeit, bei der Schwüle draußen. Sonst ist es kalt. Nichts für'n gemütliches Kaffeekränzchen.«

Der Raum war groß, beinahe quadratisch, hatte jedoch

nur winzige, dreckverschmierte Fenster. Es war dunkel, obwohl die offenstehende Tür einen breiten Lichtkeil auf den nackten Steinfliesenboden warf. An der Rückwand, die schon halb im Finstern lag, zog sich ein grobes Holzregal mit Reihen unterschiedlich großer Fächer. Linkerhand ein tiefes, rechteckiges Waschbecken unter einem groben Wasserhahn, rechts eine Hobel- oder Werkbank.

Baudewin stellte den Werkzeugkasten in eines der unteren Regalfächer und wies mit der Hand auf einen der beiden Stühle am Tisch. Mit einer zerbeulten, blechernen Brotdose, die er aus einer braunen Ledertasche hervorholte, setzte er sich zu Edmund.

»Also, was wollen Sie denn nun wissen, Herr Engel?«, sagte er, indem er herzhaft in sein Schwarzbrot biss.

Edmund schmunzelte, er hatte sich in Baudewins wachem Geist also nicht getäuscht.

»Ich muss Ihnen aber gleich sagen, über diesen Massary-Verehrer kann ich Ihnen bestimmt nicht mehr sagen, als Sie schon wissen«, schränkte der Techniker vorsorglich ein. »Früher war er nur an den Wochenenden in den Vorstellungen. Weil dann das Fräulein Massary auftrat. Ich bin nun seit drei Jahren hier am Theater, da fällt so einer mit der Zeit natürlich auf, wenn er stundenlang am Eingang nach seinem Augenstern giert. Seit die Massary fort ist – oder jedenfalls fort vom Metropol –, sehe ich ihn sogar täglich am Billettschalter drüben. Lauert dort wie'n Hund ohne Schwanz.«

Er biss wieder in sein Butterbrot und kaute mit Appetit.

»Das muss doch sehr teuer sein für den Herrn, täglich Eintritt zu zahlen?«, wunderte sich Edmund.

Baudewin zuckte die Achseln und schluckte den Bissen

hinunter. »Kommt drauf an. Das Stehparkett kostet eins fünfzig. Eigentlich erschwinglich.«

»Und sonst? Am Theater wird doch sicher allerhand gemunkelt über einen wie den?«

»Sicher, gemunkelt wird viel. Er soll der Massary schon halbe Romane geschrieben haben. Aber ob das nun wieder stimmt? Na, was geht's mich an.« Er winkte müde ab.

Die Bemerkung brachte Edmund aber auf einen Gedanken. »Dieser junge Mann, Herr Baudewin, hat man ihn je in Begleitung gesehen? Von Damen? Oder auch nur einer Dame?«

Baudewin stutzte kurz und blickte Edmund über die Reste seiner Stulle hinweg sinnend an. Dann schüttelte er leicht den Kopf, vielmehr sah es aus, als wackle nur sein Kinn. »Nicht dass ich wüsste. Aber das will nichts heißen, ich steh ja nicht an der Kasse herum. Und so wichtig ist die Sorte junger Herr für unsereinen nun auch …«

Baudewin unterbrach sich, denn in diesem Moment waren schwere Schritte auf der Treppe zu hören, und gleich darauf traten zwei weitere Arbeiter ein. Sie grüßten stumm und warfen Edmund misstrauische Blicke zu. Einer trug eine riesige Metallzange, die er in ein Regalfach legte, der andere wusch sich seine verschmierten Hände am Waschbecken.

»Sagt mal«, sprach Baudewin die beiden an, »habt ihr unseren speziellen Freund – ihr wisst schon, den jungschen Kavalier der Massary, der immer alles besser weiß über Bühnentechnik und so –, habt ihr den mal mit einer zusammen gesehen, also mit ner Dame?«

Die beiden zuckten die Achseln und blickten ihn und Edmund einigermaßen verständnislos an. Es gab in ihrem Leben Wichtigeres als den Klatsch übers Theater-Publikum, sagten ihre Blicke. Wortlos verließen sie den Keller wieder.

»Wir sind hier nicht die Richtigen für Sie, Herr Engel«, erklärte Baudewin ein wenig entschuldigend das abweisende Verhalten seiner Kollegen und schob sich beinahe anmutig mit dem kleinen Finger den letzten Rest Brot in den Mund. »Fragen Sie die Portiers«, schlug er mit halb vollem Mund vor. »Die wissen alles. Alles«, wiederholte er lachend. »Sogar, in wen Sie gerade verliebt sind.«

Edmund spürte, wie ihm plötzlich das Blut ins Gesicht schoss, obwohl Baudewin nur arglos ins Blaue hinein gesprochen hatte. Und dass er ihn immer noch freundlich anblinzelte, ermutigte ihn nun zu einer weiteren Frage, die Fritzi Massarys ständigen Begleiter, den Grafen Talleyrand, betraf.

»Können Sie mir über ihn irgendetwas sagen? – Stimmt es zum Beispiel, dass er Schriftsteller ist?«

»Weiß ich nicht. Aber dieser Graf –« Er unterbrach sich plötzlich und rief aus: »Aber das haben Sie jetzt nicht von mir, ja!«

»Nein, nein«, versicherte Edmund ihm. »Sie bleiben da ganz aus dem Spiel. Versprochen.«

»Gut, also wenn Sie mich schon fragen, der Graf ist ein ziemlicher Windhund«, äußerte Baudewin jetzt rundheraus seine Meinung. »Gibt den Kavalier der Massary. Und poussiert hinter ihrem Rücken mit den Weibern im Theater. Jeder hier weiß das. Nur das Fräulein Massary anscheinend nicht.«

»Sie meinen, Graf Talleyrand trifft sich mit den üblichen Kokotten im Theater?«

Baudewin schloss seine Brotdose wieder sorgfältig. »Nein, nicht mit denen. Er lädt sich wohl mehr so die einfachen Mädchen ein, wie man hört. Landpomeranzen oder was weiß ich, wo sie herkommen. Man erzählt sich so dies und das.«

Er schüttelte unmerklich den Kopf. »Ich verstehe die Fritzi Massary nicht. Die müsste doch längst Wind davon bekommen haben. Na ja«, winkte er wieder mit der Hand ab und stand auf. »Soll nicht mein Problem sein.« Er ging zum Regal hinten, legte die Brotdose zurück in die Ledertasche, nahm einen Becher heraus, vielmehr eine kaputte Tasse ohne Henkel, und füllte sie mehrfach am Wasserhahn, um zu trinken.

Damit war sein spartanisches Mittagsmahl beendet, und Edmund verließ mit einem herzlichen Dank für die Unterhaltung die dunkle Kühle des Kellers, um hinauf ins gleißende Tageslicht zu steigen, das ihm im Hof oben unbarmherzig in die Augen biss.

Im Sekretariat, das er nun ansteuerte, indem er im Bogen um das Theatergebäude herumschlenderte, wusste man nichts darüber, wann der Direktor zurückkehren würde. Er nahm seine ganze gefühlte Autorität als Polizeibeamter (viel war das nicht) zusammen und wies Fräulein Marga, die Sekretärin mit dem grauen Star, an, »für die Kriminalpolizei« einen Platz im Stehparterre freizuhalten. Und Herr Direktor Schultz solle sich um Viertel vor acht im Theater bereit halten, »um den Hilfskommissar Edmund Engel zu treffen«. Ein Portier, der Krawczik am besten, solle ihn zu ihm führen, denn sie dürften sich auf keinen Fall verpassen.

»Dies ist eine Anordnung!«

Sie kritzelte achtlos, ohne aufzublicken, eine Notiz auf ihren Schreibblock, die aus seiner Warte ebenso gut »Waschtag« oder »Zigarren kaufen« heißen konnte.

Mit einem winzigen Lächeln, das an seinen schmalen Lippen hing, legte Döblin das 8-Uhr-Abendblatt zur Seite. »Dein Löhrmann steckt ziemlich in der Tinte, mein Lieber. Oder täusche ich mich?«

Muesall stieß das Thema sauer auf und er trank sein Glas Burgunder, das ihm der Kellner soeben erst gebracht hatte, fast zur Hälfte aus. Sie hatten ihren üblichen Abendtermin im Gumpert auf Döblins Wunsch um zwei Tage auf den heutigen Montag vorgezogen. Er habe ein spezielles Anliegen, das er mit Muesall besprechen wolle, hatte er Anneliese gegenüber am Telefon bereits angekündigt.

Es ging, wie sich jetzt herausstellte, um den jungen Rudi Wernicke und seine Familie. Döblin wusste um Muesalls gesellschaftliche Kontakte zu einigen Hausbesitzern und bat ihn eindringlich (eindringlicher, als notwendig gewesen wäre), ein Wort für die Wernickes einzulegen.

»Beinahe alles ist besser für den Jungen als die ›Palme‹. Sicher hat der eine oder andere von deinen Hausbesitzern eine freie Parterrewohnung oder wenigstens etwas im Souterrain. Die Wernicke hat eine Arbeit bei Osram in Aussicht, sagt sie, und könnte die Bleibe bezahlen!«

Muesall versprach, sich darum zu kümmern. Die Verhältnisse wurden von Menschen gemacht. Menschen, auf die man Einfluss nehmen konnte. Jedenfalls musste man es versuchen.

Döblin verließ sich auf sein Wort, und damit war die Sache für heute beendet. Seitdem sprachen sie nur noch über das, was Muesall auf den Nägeln brannte. Den Fall Löhrmann. Der ja eigentlich gar keiner war.

Doch das sah die Presse anders. Das druckfrische Abendblatt war symptomatisch für die aufgekratzte Hauptstadtjournaille. Die »Theater-Morde«, wie sie jetzt allgemein genannt wurden, schlugen hohe Wellen. Kein Blatt in Berlin, das nicht darüber berichtete. Und die linke Presse, aber keineswegs nur diese, drosch auf die Polizei ein. Die Kripo ignoriere die »dubiose Rolle des Bankiers Löhrmann«, obwohl er doch eines der Opfer persönlich gekannt (»und wie man hört, mehr als gekannt«) hätte. Es gab radikalere Blätter, die Löhrmann sogar in Untersuchungshaft sehen wollten. Und sie stellten diese Forderung umso lauter, je deutlicher wurde, dass anscheinend der Kaiser selbst im Hintergrund seinen Schutzschirm über den Bankdirektor aufspannte. Löhrmann gehörte bekanntlich zu den wichtigsten Finanziers der Schwerindustrie und den Förderern von Wilhelms Kriegsflottenbau.

Unerquicklich wurde es für Muesall zusätzlich durch den Umstand, dass in einigen Zeitungen auch sein Name im hautengen Zusammenhang mit den Morden an Hedwig Zinnoweck und Gustav Holm genannt wurde. Als »der stadtbekannte Arzt, Sanitätsrat Doktor Alfred Muesall«, der dem ins Zwielicht geratenen Bankdirektor Löhrmann durchaus nahe stehe. Und zugleich als »eine der letzten Personen, die die Gesellschaft der Revue-Schauspielerin Zinnoweck am Abend ihrer Ermordung noch genossen« haben.

Von Genuss freilich konnte seiner Erinnerung nach nicht die Rede sein. Aber in seinem Fall mochte, ähnlich wie bei Löhrmann, allein schon die gehäufte Erwähnung seiner Person im Zusammenhang mit den Theater-Morden geschäftsschädigende Auswirkungen haben. Für den Bankier wie für den frei praktizierenden Psychiater waren das persönliche Vertrauen und der untadelige Ruf die Basis des Erfolgs. Waren die erst einmal dahin, dann gute Nacht, Marie!

»Du solltest das öffentliche Gerede über diesen Löhrmann und deine eigene Rolle in der Geschichte beenden, Muesall, indem du der Polizei einmal auf die Sprünge hilfst«, sagte Döblin jetzt mit listigem Blick hinter seiner Brille. »Auch in meinem Interesse. Andernfalls müsste ich dich bald als Teilhaber in meiner neuen Praxis aufnehmen. Dabei wollen wir doch Freunde bleiben.«

Muesall lächelte schwach. Er erinnerte sich an ihre gemeinsame Zeit als Assistenzärzte. Aber nicht daran, dass sie sich immer gut verstanden hätten. Döblin war ein Tyrann in der Arbeit. Und er auch.

Muesall trank sein Bier. Döblin zündete sich eine Zigarre an und ließ graue Rauchwölkchen zur holzgetäfelten Decke aufsteigen.

»Weißt du, Alfred«, begann Muesall wieder, »die Verbindung, die ich zwischen den Fällen sehe, ist so bizarr, dass ich meinen guten Ruf riskiere, wenn ich damit zur Polizei gehe. Oder gar an die Öffentlichkeit.«

»Was meinst du?« Döblin rückte auf seinem Stuhl etwas unruhig hin und her. »Sprichst du von der, na, sagen wir ruhig, theatralischen Note der Morde?«

»Richtig. Die seltsame Inszenierung seiner Taten ist die makabere Visitenkarte des Mörders. Und eben sie deutet auf das Profil nur eines Täters hin. Wenn wir einmal von ihr ausgehen, und eben nicht vom Milieu der Mordfälle, dem Umfeld der Opfer und so weiter, dann haben wir es keineswegs mehr mit einer tragisch geendeten Dreiecksgeschichte zu tun, von der nur der Dritte im Bunde noch fehlt.«

»Sondern?«

»Mit einer Mordserie. Die bereits in der Alexandrinenstraße begonnen hat. Dem Dreifachmord, von dem mittelbar ja leider auch dein kleiner Rudi betroffen war.«

Döblin blickte ihn erstaunt an. »Du meinst«, sagte er mit plötzlich heiser gewordener Stimme, »du gehst auch bei der Juweliersfamilie vom selben Täter aus wie bei den sogenannten Theatermorden?«

»Ein klares Muster in allen Fällen!«, rief Muesall aus. »Die Handschrift des Täters findest du bei Mutter und Tochter Stoltze, exotisch ausstaffiert und ausgestellt im eigenen Schaufenster. Dann beim nächsten Opfer, Hedwig Zinnoweck. In ihrem Theaterkostüm der Öffentlichkeit präsentiert. Und nun ihr Liebhaber im Ensemble, der Holm. In der Siegesallee als Verlierer auf die Bank gesetzt.«

»Gespenstisch, ja«, sagte Döblin.

»Vor allem, wenn man bedenkt, dass die Polizei den Zusammenhang offenbar nicht sieht, die Serie nicht erkennt. Sie hat erstens, wie du ja weißt, ihren Täter im Fall der Juweliersfamilie. Ein gewöhnlicher Räuber mit niederen Instinkten angeblich. Sie glaubt zweitens an Holm als Eifersuchtsmörder seiner Geliebten. Das Übliche vermeintlich. Und jetzt sucht sie drittens den Mörder, der Holm auf dem Gewissen haben soll.«

»Wenn du recht hast, mein Lieber«, sagte Döblin mit immer noch belegter Stimme, »und es handelt sich in Wahrheit nicht um drei, sondern nur um einen einzigen Täter, dann … wird er womöglich weiter morden.«

»Aber gewiss wird er das. Ich verstehe nur nicht, was ihn antreibt. Dazu reichen meine Informationen eben doch nicht aus.«

Döblin zog nachdenklich die Oberlippe zurück und entblößte so seine vorstehenden Schneidezähne. »Du denkst vermutlich an einen nervösen Charakter, nehme ich an? ›Künstlerisch ambitioniert‹« – er setzte die Worte mit zwei

Fingern in Anführungszeichen – »vermutlich vornehmes Auftreten, eventuell reizbar, zwanghafte Note in Denken und Verhalten?«

»So in etwa, ja. Worauf willst du hinaus?«

Döblin schüttelte leicht den Kopf, es sah aus, als würde er mit seiner Adlernase unsichtbare Zeichen in die Luft schreiben. »Die letzten Patienten, Muesall, die ich wegen ›der Nerven‹ behandelt habe«, sagte er und malte wieder Anführungszeichen in die Luft, »waren keine Feingeister, sondern mehr unruhige Geister. Keine Dichter und Denker, sondern Zwangsdenker. Ganz normale Verrückte. Aus allen Schichten. Ein Finanzbeamter zum Beispiel, der sich zu ›Höherem‹ berufen fühlt und in wenigen Wochen sein väterliches Erbteil von fünfzehnhundert Mark durchbringt. Mit Konzert- und Theaterabenden und teurem Klimbim für seine Braut und ihre gesamte Familie. Jetzt hat er Gewaltphantasien gegen seine Verlobte, erwürgt sie hundertmal am Tag. Und traut sich nicht mehr, sie zu treffen. Aus Angst, er könnte tatsächlich über sie herfallen und ihr den Hals auf links drehen. – Demgegenüber ein Kollege, Arzt, Chirurg, rate nicht, du kennst ihn nicht. Hat keinen Spaß mehr an seiner Arbeit, seitdem er das Gefühl hat, ein brillanter Sänger ginge an ihm verloren. War mal sein Traumberuf. Steht im OP vorm aufgeschnittenen Leib und kann sich kaum zurückhalten, jetzt ein Lied anzustimmen. Überhaupt die Angst, auch sonst die Kontrolle zu verlieren, was peinlicherweise aber bereits eingetreten ist, du verstehst?«

»Oh.« Muesall verstand. »Urinabgänge, ja?«

»Richtig. Ich will sagen, Muesall, das Profil deines Täters ist möglicherweise sehr viel variabler, als wir beide uns das hier beim Wein ausmalen können. Es könnte am Ende sogar ein Arzt sein, der lieber Schriftsteller wäre.« An dieser Stelle erschien das unvergleichliche, kleine diabolische Lächeln in Döblins Mundwinkeln, das sogleich wieder verschwand. »Oder er ist Polizist, einer, der sich zu Höherem berufen fühlt – nur eben auf der anderen Seite des Gesetzes. Du weißt, mein Lieber, Menschen mit zwei Seelen in der Brust gab es auch schon zu Goethes Zeiten.«

»Ja. Aber heute wohnt die eine Seele neben der anderen und bekämpft sie. Oder sie weiß gar nichts von der anderen. Eine Art Zielverwirrung. Verstehst du, dieses quälende Gefühl, für das Eine zu gelten, aber etwas Anderes, viel Großartigeres natürlich, in sich zu spüren, das raus will aus seinem Käfig.«

Muesall fiel plötzlich wieder Löhrmann ein. Dieser mächtige Bankier. Den er wegen seiner Schlaflosigkeit, Impotenz und allgemeinen Ruhelosigkeit behandelte. Und der, als er ihn fragte, wann er das Gefühl habe, Glück in seinem Leben zu empfinden, antwortete: »Wenn ich Shakespeares Sonette lese. Im Original.« Doch die Demut, die darin zum Ausdruck kam, war nur scheinbar. Gleich dahinter lauerte die Überzeugung, selbst der größere Shakespeare zu sein, wenn er denn nur etwas mehr Zeit zum Dichten hätte: »Wissen Sie, Muesall, ich schreibe auch selbst gern solche kleinen Sachen. Widme sie … na, der Damenwelt eben. Was, vom moralischen Standpunkt betrachtet, im Grunde doch über Shakespeare steht, der seine Sonette ja nun leider einem Vertreter des eigenen Geschlechts gewidmet hat.«

»Rede mit der Polizei, Alfred, bevor die Serie weitergeht«, riss Döblin ihn aus seinen Gedanken. »Du bist Arzt, sogar Gutachter, trägst Verantwortung. Und du hast die nötige Distanz für ein Profil vom Täter, das ihnen weiterhelfen kann. – Übrigens, kennst du nicht sogar den Polizeipräsidenten persönlich?«, fiel ihm jetzt ein.

»Ja, aber nur sehr oberflächlich«, wiegelte Muesall ab. »Ich treffe Jagow gelegentlich in Gesellschaft. Lässt sich nicht vermeiden. Ein äußerst unangenehmer Zeitgenosse, kann ich dir versichern. Ein rechter Großkotz, Schwadroneur, aggressiver Politiseur. Und bereit, jedem Mann die Frau auszuspannen, von dem er glaubt, sein Monatsgehalt übersteige sein eigenes Polizistensalär.«

»Ich weiß«, schmunzelte Döblin. »Kürzlich hat er noch versucht, unter den Rock von Tilla Durieux zu kriechen.«

»Der Schauspielerin?«

»Richtig. Angeblich wusste er nicht, dass sie mit Cassirer, dem Verleger, verheiratet ist. Ich bin mir jedoch sicher, es ging Jagow nur darum, Cassirer zu demütigen und die Durieux zu beleidigen.«

»Schon möglich. Ich fürchte, in ein paar Tagen, auf der nächsten Gesellschaft, sehe ich ihn bereits wieder.«

»Na, bitte! Leg ihm deine Theorie dar, male ihm dein Täter-Profil in den blutrünstigsten Farben, und seinem Polizistenhirn wird ein Licht aufgehen!«, ermunterte Döblin ihn.

»Er wird denken, dass *mir* eines aufgegangen ist: ein Irrlicht!« Muesall schüttelte müde den Kopf. Doch er nahm sich vor, darüber noch mal nachzudenken. »Und nun, ich bitt' dich, Döblin, lassen wir das Thema fallen. Weshalb sitzen wir denn heute Abend zusammen? Doch nicht, um über Mord zu reden!« Er winkte den Kellner heran und bestellte zwei Hennessy.

Etwa zur gleichen Zeit, da Alfred Muesall und Alfred Döblin sich unweit des Schlosses im Gumpert trafen, betrat

Edmund Engel das Foyer des Metropol-Theaters in der Behrenstraße. Er hatte sich für den Anlass umgezogen, trug seinen schwarzen Anzug und das Weihnachtsgeschenk seiner Tante, den grauen Homburg, – vor allem aber ein Herz in der Brust, das ihm vor Aufregung bis in den Hals hinauf schlug.

Der Ansturm des Publikums war unfassbar. Das Haus war wie üblich ausverkauft. Aber es gab ein Gedränge vor dem Einlassportal, wie bei den armen Seelen vor dem Himmelstor (vermutlich). Das Metropol versprach nicht nur ein Mordstheater, mittlerweile war es eines! Und das elektrisierte die Massen, lockte noch den letzten Berliner Theatermuffel aus dem Haus.

Es dominierten am heutigen Abend jedoch nicht die Zylinder und Fracks und eleganten Abendroben. Sondern die Bowler und Strohhüte und schlichten Jacketts bei den Herren. Und die glatten, einfachen Kostüme in hellen Farben bei den Damen. Nicht die Bankiers und Direktoren mit ihren Gattinnen oder mutmaßlichen Mätressen stürmten heran, sondern ihre Kassenwarte und Angestellten mit dem Familienanhang. Die vergnügungssüchtige, aber sparsame Berliner Mittelklasse, die im Metropol einen Hauch des verruchten Paris suchte, ohne hinfahren zu müssen. Dazu das kreuzfidele Provinzpublikum aus Schlesien und Vorpommern, Bayern und Westfalen. Und selbstverständlich die ausländischen Touristen, von denen manche kaum mehr von dem Theater wussten (oder wissen wollten), als dass das Metropol die bei weitem teuerste und spektakulärste Bühnenausstattung Berlins bot.

Edmund hatte sich gleich an Krawczik gewandt, und der Portier war denn auch angewiesen worden, ihn zum Direktor zu führen.

»Det iss aber meene letzte Amtshandlung für heute, Herr Kriminaler«, bemerkte er zähneknirschend und blickte Edmund schräg von der Seite her an. Denn ihm hatte er es zu verdanken, dass er seinen Dienst hatte verlängern müssen.

Beim Thema des penetranten Massary-Verehrers taute er jedoch rasch wieder auf. Auch Krawczik war der gesuchte junge Österreicher ein Begriff, erfuhr Edmund, während sie durch die seitlich vom Eingang gelegene Restauration und eine Vorhalle dem Foyer zustrebten, wo der Direktor warten wollte. Zwar kannte der Portier nicht den Namen des Österreichers, doch hatte er, wie einige andere Kollegen, schon schwülstige Huldigungen für dessen Herzdame entgegennehmen müssen. Sie hatten Anweisung, irgendwie auffällige, womöglich obszöne Briefe an die Schauspielerinnen vorher zu öffnen.

»Keene kleenen Billets war'n det«, versicherte der Portier. »Nee, nee, ümmer richtje Briefe. Mit Maschine jeschrieben, janze Romane. Aber harmlos. Da hab ick meene Ida schon janz andere Sachen jesagt.«

»Haben Sie ihn je in Begleitung einer Frau gesehen? Oder kürzlich sogar mit zwei Frauen, die Mutter und Tochter sein konnten?«

»Sie meenen, hier bei uns im Metropol? N-nee. Ick gloobe nich. Aber beschwörn könnt ick det jetzt nich.«

Im Foyer wartete bereits Direktor Schultz auf ihn, in tadellosem Frack, eine glimmende Importzigarre im Mund, ungeduldig in seinen spiegelblanken schwarzen Lackschuhen vor und zurück wippend. Seine matte Begrüßung ging in dem Lärm der heranstürmenden Besucher unter, und Edmunds ausgestreckte Hand übersah der Direktor vermutlich wirklich.

Schultz war spürbar gereizt, er schickte Krawczik mit einer wedelnden Handbewegung in den Feierabend und bedeutete Edmund mit einer herrischen Geste, ihm zu folgen. Sie bahnten sich ihren Weg über den daumendicken, roten Teppichboden zum Parkett des Theatersaals. Schultz reagierte währenddessen kaum auf die Grüße, die ihm von allen Seiten zugerufen oder gezeigt wurden. Er war nervös wie ein Boxer vor dem Kampf.

Im von gigantischen Kristallleuchtern strahlend illuminierten Wandelgang fanden sie eine etwas ruhigere, auch weniger lichtgetränkte Ecke. Neben der Herrentoilette.

»Mein lieber junger Kommissär!«, presste Schultz heraus, spürbar erregt und verärgert. »Ich habe in den letzten Tagen alle möglichen Störungen meines Theaterbetriebs erdulden müssen. Aber dass Sie nun die Stirn besitzen, auch noch in meine Vorstellungen hineinzudrängen, ist wirklich der Gipfel! Sie schulden mir eine Erklärung.«

Edmund wedelte den Zigarrenrauch, den der Direktor ihm beim Sprechen ins Gesicht geblasen hatte, zur Seite und erwiderte ruhig: »Wir suchen eine männliche Person, Herr Direktor, die Fräulein Fritzi Massary mit dem Tode bedroht. Sie sollen sogar Zeuge dieser Drohung geworden sein.«

Schultz schaute ihn verblüfft an, während ein ganzer Pulk Besucher an ihnen vorbeiströmte, dem Kleidergelass zu.

»Ach, darum geht's! Und ich dachte ... Na, also, ja, richtig. Aber was heißt Zeuge. I hab's g'sehn, ja!« Er winkte verärgert mit seiner Zigarre hin und her und machte ein entsprechend verdrießliches Gesicht. »Der junge Mann, das ist ein armer Irrer, Sie. Eine verliebte Poetenseele, weiter nix. – Und so was wie den nimmt die Massary ernst?«

»Zumindest seine Drohung. Und der Polizeipräsident, der mich schickt, tut es ebenfalls.«

Das rosige Gesicht des Direktors veränderte sich plötzlich und wurde mit einem Mal lachsrot. »So, war's also bei von Jagow, das Fritzerl?«

Edmund blickte ihn ausdruckslos an.

»Gut, kommen Sie«, winkte Schultz, ihm zu folgen. »Ich führ' Sie zu dem Platz im Stehparterre, wo er normalerweise zu finden ist.« Nach einigen Schritten blieb er jedoch plötzlich stehen und wandte sich mit besorgtem Gesicht zu Edmund um. »Aber bitte, wenn Sie den Mann schon in meinem Theater festnehmen wollen, dann ...«

»Ich will ihn nicht festnehmen, Herr Direktor, ich will nur mit ihm sprechen. Vorerst. Ich verspreche, ich werde diskret sein. Im Interesse aller.«

»Hm. Na, schön.« Schultz schien etwas besänftigt. »Vielleicht ist er schon dort.«

Sie fanden ihn neben dem Buffet unterhalb der hinteren Logenplätze. Einen unscheinbaren, blassen jungen Mann von Mitte zwanzig, in schwarzem Sakko, weißem Hemd und ebenfalls schwarzer Krawatte. Sein tieftrauriger Blick, ja, seine ganze eingesunkene Erscheinung passten zu der perlenden Schaumweinstimmung und dem stetig zunehmenden Lärm des hereinströmenden Metropol-Publikums wie ein Trauermarsch zu einer Neujahrsfeier.

Edmund bedeutete Schultz zurückzubleiben und ging auf den Mann zu. Als er ihm dezent seine Polizeimarke zeigte, zuckte nur leicht seine Wange, im Übrigen wirkte er kaum überrascht. Edmund wies ihn an, ihn an einen Ort im Theater zu begleiten, wo es ruhiger sei. Der Mann ließ sich bereitwillig an seinem Jackettärmel durch das Gedränge der Menschen führen. Edmund ließ den Direktor, der ihm einen fragenden Blick zuwarf, neben dem Büffet stehen und strebte mit dem jungen Österreicher dem Platz neben den Toiletten zu, wo er zuvor schon mit Schultz gesprochen hatte. Die Masse der hereinströmenden Besucher, all die lachenden, schwatzenden, erwartungsfrohen, wohlgenährten Gesichter, nahm so wenig von ihnen Notiz, dass sie ihr permanent ausweichen mussten wie einer sturen Schafherde. Seit den Theatermorden herrschten im Metropol anscheinend Sitten wie beim Preisboxen.

»Wie heißen Sie mit vollständigem Namen, mein Herr?«, war Edmunds erste Frage, nachdem er mit wichtiger Geste sein Notizbuch und mit einer gezirkelten Bewegung den Stift hervorgeholt hatte.

»Auckenthaler, Josef Maria Antonius«, antwortete der junge Mann mit einem eher schwachen österreichischen Akzent; viel auffälliger war sein seltsames Blinzeln mit den Augen. Es sollte sich herausstellen, dass er bei jeder folgenden Antwort blinzelte. Er schwitzte offenbar stark, Schweiß glänzte auf seiner Stirn, und ein seltsamer, brackiger Geruch ging von ihm aus.

»Nationalität? Beschäftigung? Profession?«

»Österreicher. Student der Musikwissenschaft.«

»Wohnadresse? Gegebenenfalls wohnhaft bei wem?«

»Alte Jakobstraße. Bei Hoffmanns.«

Edmund stutzte kurz. »Alte Jakobstraße? Die ist lang. Wo genau dort?«

»Nummer 145. Nähe Belle Alliance-Platz.«

Und damit Nähe Tatort Alexandrinenstraße, blitzte es Edmund plötzlich durchs Hirn. Doch während er sich die sauber gefalteten Legitimationspapiere ansah, die Auckenthaler devot, ohne weitere Aufforderung, aus der Reverstasche hervorgeholt hatte, beschloss er, den Gedanken an die ermordeten Stoltzes in der Alexandrinenstraße im Moment nicht weiter zu verfolgen. Er durfte jetzt nicht wieder alles durcheinandermengen. Das hatte ihn schon einmal in Misskredit gebracht.

»Sie werden eines schweren Vergehens beschuldigt, Auckenthaler«, sagte er und versuchte, streng auszusehen, zumindest älter, als er war. Und reifer, als er sich fühlte. Er klopfte zur Bekräftigung mit dem Stift auf seinen Schreibblock. »Sie haben gestern Fräulein Fritzi Massary …«

»Ja, ja, ich geb's zu!«, fiel ihm der Student ins Wort. Er ließ sein Kinn auf die Brust sinken. »Ich hab' gesagt, ich würde sie erschießen, wenn …. wenn sie mich nicht heiraten würde. Ich …« Er brach ab. Mit einem verzweifelten Blick, der einem ans Herz gehen konnte, wenn man noch eins hatte, dachte Edmund.

»Sie stellen eine Gefahr für Fräulein Massary dar, Auckenthaler. Und möglicherweise für die Öffentlichkeit.«

»Nein, nein!«, protestierte der Student. »Ich … ich liebe Fritzi Massary!«

»Das tun gewiss viele Männer.«

»Nicht so wie ich!«

»Zum Glück!«

»Sie verstehen nicht, Herr Kommissär, ich … liebe sie wirklich. Aber sie …«

»Liebt Sie nicht.«

»Sie kennt mich aber auch gar nicht!«, schaute Auckenthaler ihm plötzlich wieder kämpferisch ins Gesicht. Seine gelbgrünen Augen funkelten leidenschaftlich.

»Wenn Sie so reden, Auckenthaler, bleibt mir nichts anderes übrig, als Sie in Gewahrsam zu nehmen«, sagte Edmund ruhig, beinahe wie zu sich selbst.

Auckenthaler ließ nun wieder resigniert den Kopf sinken. »Ich werde Fräulein Massary nicht mehr belästigen«, versprach er dem bordeauxroten Teppichboden. »Weder hier, wenn sie denn je wieder im Metropol auftreten sollte. Noch an ihrer neuen Wirkungsstätte, wo immer die sein wird.«

Das klang hübsch pathetisch. Aber doch so, als sei es ihm ernst damit. Auckenthaler hatte anscheinend ein besonderes Talent, immer den falschen Ton zu treffen. Man musste auf seine Zwischentöne achten, um zu beurteilen, was er in Wahrheit sagen wollte, dachte Edmund. Ein empfindsamer Mann. Verliebt. In eine Frau, so unerreichbar wie der Mond. Aber vielleicht war nicht einmal das sicher (dass der Mond unerreichbar war).

»Na, schön«, sagte Edmund. »Ich ermahne Sie hiermit kraft meines Amtes in aller Form, Fräulein Massary nie wieder anzusprechen. Und sich ihr in keiner Weise zu nähern. Ihr auch keine Briefe mehr zukommen zu lassen.«

»Nicht mal schreiben, nein?« Auckenthaler blickte ihn verstört an.

»Warum liegt Ihnen so viel daran, ihr noch zu schreiben?«, fasste Edmund nach.

Auckenthaler versuchte sich an einem Lächeln, aber mit so schiefem Mund, dass es ihm gleich darauf aus dem Gesicht rutschte. Auf der Stirn stand ihm der Schweiß in dicken Tropfen.

»Ich schreibe ausschließlich Fritzi Massary hin und wieder ein paar Zeilen«, versuchte er zu erklären. »Ich liebe nur Fräulein Massary. Nur sie!« Sein schriller Ausruf erregte kurz die Aufmerksamkeit zweier dickleibiger Theaterbesucher, die in diesem Augenblick die Herrentoilette verließen.

Doch Edmund blieb ruhig. Und inzwischen besann sich auch Auckenthaler wieder auf die Rolle des Zerknirschten und Reumütigen. »Ich verspreche es«, sagte er mit gebrochener Stimme. »Ich werde Fräulein Massary mit meiner Person nicht wieder belästigen. In keiner Form, weder mündlich noch schriftlich«, versicherte er mit einem traurigen Hundeblick.

»Andernfalls, Auckenthaler«, mahnte Edmund ihn mit erhobenem Stift in der Hand, »droht Ihnen sofortige Inhaftierung und schwere Bestrafung.«

Auckenthaler blickte wieder stumm und devot zu Boden.

»Sie können jetzt gehen«, sagte Edmund streng. Und der junge Mann schlich davon, ein kastrierter Don Juan, ein geschlagener Don Quijote. Doch sein Weg führte nicht zurück in den Theatersaal, sondern gegen den Besucherstrom in Richtung Ausgang.

Edmund stand noch eine Weile nachdenklich an seinem Platz. Er hatte wenig Zweifel daran, dass Auckenthaler sich zukünftig am Riemen riss. Diese Sorte schüchterner, unglücklicher Verehrer war ihm gelegentlich schon begegnet, sie schäumten kurzfristig auf, erschossen sich aber eher selbst als ihren Nebenbuhler oder gar die Angebetete. Und was seine Wohnadresse in der Nähe des Tatorts Alexandrinenstraße betraf, er konnte sich diesen blassen Hering beim besten Willen nicht als dreifachen Mörder vorstellen. Ihm fehlte jedes Motiv dazu. Und das Verfassen distanzloser Liebesbriefe an eine berühmte Schauspielerin deutete noch lange nicht auf die Gemütslage eines Serienmörders hin. Sondern nur auf das Liebesleid eines unglücklichen Studenten. Edmund konnte eigentlich gut mit ihm fühlen. Nein, Auckenthaler war vollkommen harmlos und ungefährlich. Edmund war sich jetzt vollkommen sicher, dass er sich an seine Auflagen halten würde, und damit war der Fall erledigt.

Plötzlich stand Schultz neben ihm, vielleicht hatte er ihn sogar die ganze Zeit beobachtet.

»Der Kerl ist gegangen!«, freute er sich. »Kompliment, Herr Kommissär.«

Edmund ging nicht darauf ein. »Was dagegen, Herr Direktor, wenn ich mir Ihre Vorstellung ansehe?«, sagte er.

Schultz sah ihn auf einmal wieder misstrauisch an.

»Bloß zu meinem persönlichen Vergnügen«, versuchte Edmud ihn zu beruhigen. »Vom Stehparkett aus. Wo Sie den Platz doch schon für die Polizei reserviert haben. Selbstverständlich zahle ich ihn noch nachträglich«, bot er rasch an, um sich Schultz gegenüber in keiner Weise verpflichtet zu fühlen.

Der Direktor entspannte sich wieder und gab sich entrüstet: »Aber das kommt ja gar nicht in Frage, Herr Engel. Selbstverständlich verfolgen Sie die Vorstellung. Kostenlos. Viel Vergnügen!« Er klopfte ihm auf die Schulter, und man konnte die Erleichterung an seinem Gesicht darüber ablesen, dass die Sache so glimpflich und ohne Aufsehen aus der Welt geschafft worden war. Er verabschiedete sich flüchtig und verschwand in Richtung Proszeniumsloge. Zur Hautevolee unter den Nobelgästen.

Edmund ließ sich nun, bevor die Vorstellung begann, mit den letzten Gästen wieder in den Theatersaal hineinziehen. Und wenn man ihn später (viel später) fragte, was er anschließend erlebt hatte, so kam ihm stets nur das Bild einer gigantischen, lichtgetränkten, lärmerfüllten Glasglocke in den Sinn, die man über ihn gestülpt hatte. Um ihn herum das ausgelassene, speisende, trinkende, flirtende, teilweise sogar mitsingende Publikum, das keine Ahnung von dem Schock hatte, der ihn schon beim ersten Bühnenakt getroffen und ihn bis zum Schluss nicht mehr aus seinen Klauen gelassen hatte.

Im »ersten Bild« der Revue stürmte eine Tanzgruppe junger Mädchen als »Berliner Laufmädchen« die Bühne. Rings um ihn im Saal griffen die Herren im plötzlichen Hormonrausch reflexartig nach ihren Theatergläsern, um sich die Stellen vergrößert zu betrachten, die die Kleidung freiließ. Vermeintlich freiließ. Denn wer genau hinsah, erkannte, dass die Schauspielerinnen hauchfeine fleischfarbene Trikots trugen.

Edmunds Sinne aber wurden von etwas anderem gefangen. Er starrte auf die stilisierten, schwarz-weiß gestreiften Kleider, die kleinen Hüte und Hutschachteln der Laufmädchen des dargestellten Modistinnensalons: Sie sahen aus wie die exakten Nachbildungen des makabren Aufzugs, in dem die ermordeten Stoltze-Frauen im Schaufenster des Juwelierladens ausgestellt worden waren. Die Muster und Schnitte der Kleider und Hüte sowie die Hutschachteln, die die Mädchen schwenkten, stimmten vollkommen mit denen am Stoltze-Tatort überein.

Es war, als sei ein Stromstoß durch ihn hindurch gefahren. Und das Gefühl, elektrisiert zu sein, nahm noch zu, als ihm klar wurde, dass auch die beiden folgenden Bühnenbilder, die »Berliner Nacht« und der »Rosenkavalier«, nichts als Anspielungen auf die Morde an Hedwig Zinnoweck und Gustav Holm waren. Zinnowecks Nachfolgerin als »Berliner Nacht« (für das Wochentagspublikum) war eine blutjunge Schauspielerin namens Lori Leux, wie er dem korrigierten Programmheft entnahm, das er von einem der Tische entlieh. Sie trug das gleiche dunkelviolette, sternenbesetzte Bühnenkleid wie ihre Vorgängerin und eine ganz ähnliche (vollkommen deplatziert wirkende) weiße Schirmmütze. Wie das Mordopfer.

Im »dritten Bild« der Vorstellung trat der »Rosenkavalier« in türkis glänzenden Kniebundhosen, silbernem Seidenrock, weißem Rüschenhemd, ebenso weißen Strümpfen und goldenen Schnallenschuhen auf. An der etwas rundlichen Hüfte des Schauspielers steckte ein kleiner weißer Zierdegen. Eine silbern gepuderte Perücke bedeckte Kopf und Stirn bis hinunter zu den Augenbrauen, und mit den kurzen Fingern führte er unablässig eine blassrote Rose an seine Nase. Edmund brauchte eine Weile, um zu begreifen, dass der »Rosenkavalier« kein Mann, sondern eine Frau, eine Schauspielerin mit Namen Gussy Holl war.

Die Szene sollte, wie er verschiedenen Andeutungen entnahm, eine im Januar in Dresden uraufgeführte Strauss-Oper aufs Korn nehmen. Zwar entsprach der Stil der Verkleidung nicht dem des Mordopfers Gustav Holm, der in Hemd und Frack (seltsamerweise ohne Schuh' und Strümpf') gefunden worden war. Aber die Rose in der Herzwunde spielte eindeutig auf diese Szene an! Nicht auf ein Eifersuchtsdrama, wie von Spirow alle glauben machen wollte.

Die Erkenntnis der Parallele zu den Morden der vergangenen Wochen traf ihn wie ein Hammerschlag: erstes Bild, »Berliner Laufmädchen« – die Stoltze-Frauen. Zweites Bild, »Berliner Nacht« – Hedwig Zinnoweck, die diese Rolle sogar auf der Bühne verkörpert hatte. Und drittes Bild, der »Rosenkavalier« – Gustav Holm in der Rolle seines Lebens und Sterbens.

Das war nun doch der Beweis! Oder etwa nicht? Sie hatten es mit einem Serienmörder zu tun. Genau, wie er vermutet hatte. Der Täter mordete nach dem Muster der Metropolrevue und er hielt sich genau an die Abfolge der Bühnenbilder. »Die Nacht von Berlin« war so für die Juweliersfamilie Stoltze, für Hedwig Zinnoweck und Gustav Holm zur ewigen Nacht geworden.

Doch wen würde es als nächstes treffen? Denn die Revue zeigte nicht nur drei, sondern sechs »Bilder«. Der vierte Akt, den Edmund atemlos, mit rasendem Puls verfolgte, spielte in einem verbotenen Spielclub, in dem sich heimlich die besseren Herrschaften Berlins trafen. Kaliske, einer dieser besseren Herrn, geriet unversehens ins Politisieren: »Marokko macht mich nicht verdrießlich! / Ich hoffe, wer uns reizt, kriegt schließlich / trotz aller Schlauheit von Herrn Cambon (gemeint war der französische Botschafter Jules Cambon in Berlin) / Eens auf den sojenannten Jambon!«

Kurt Maxeiner, ein großer, dicker, sich gemütlich gebender Schauspieler, sang laut Programmheft diesen Part des Kaliske und erntete dafür riesigen, ohrenbetäubenden Applaus. Man hatte schließlich Interessen in Marokko, große deutsche Firmen saßen in Mogador und Agadir. Doch wenn Frankreich weiter so frech in Afrika auftrat, musste man ihm endlich einmal die deutschen Krallen zeigen! Die »eiserne« deutsche Einstellung brachte »Kaliske« genau auf den Punkt. Und während das Publikum seine Bravos brüllte, schoss Edmund die Frage durch den Kopf, welchen »besseren Herrn« sich der Mörder vielleicht schon ausgesucht hatte. Um ihn zu töten, zu verkleiden und auszustellen wie die anderen Opfer. Warum nicht gleich diesen Maxeiner dort auf der Bühne?

Ein Schauer überlief ihn, er griff sich mit eiskalter Hand an die Stirn.

Und dann trat im fünften Bild, das schlicht »Blumenmädchen« betitelt war, auch Christine Stiewe auf. Als eines von zwei Dutzend Chormädchen, die als Straßenverkäuferinnen den vorbeiflanierenden, dann zögernden, schließlich stehenbleibenden Herren Margeriten anboten. Die Mädchen sangen ein Lied dazu, das keinen Zweifel daran ließ, was sie in Wahrheit feilboten. Und die Herren feilschten um den Preis für ganz andere Knospen als denen von Margeriten.

Edmund wurde flau, er legte eine Hand auf den Magen. Wenn er recht hatte (und daran hatte er nicht den geringsten Zweifel mehr), dann war Christine Stiewe in tödlicher Gefahr. Sie oder eine ihrer Kolleginnen als »Blumenmädchen«. Oder irgendeine andere junge Frau, die der Täter zu seinem Margeritenmädchen bestimmte, indem er ihren toten Körper bühnenreif ausstaffierte wie die anderen Opfer vor ihr.

In der Auswahl seiner Opfer war der Mörder bisher durchaus kreativ gewesen, in der Wahl und Abfolge seiner makaberen Totenbilder jedoch nicht. Das verringerte das Risiko für Christine und die anderen »Margeritenmädchen« jedoch nicht wirklich.

Einziger Inhalt des sechsten und letzten Bildes war das »Lied der Heimarbeiterin«. Die Traurigkeit ihres Liedes inmitten des knallbunten, vor Lust und Vergnügen überschäumenden Revue-Theaters kam Edmund mindestens ebenso künstlich vor wie die Papier- und Seidenblumen, die die Arme herstellte.

Ein unscheinbares, gertenschlankes (aber keineswegs ausgezehrtes) Wesen namens Lydia Winter sang getragen und beinahe wie echt: »Weiter! Weiter!, flüstert der Wind/ Schaff für dein Leben – schaff für dein Kind!«

War auch sie ein zukünftiges Opfer? Dann trug sie ihre Totenkleidung, dunklen Rock und helle Bluse, womöglich schon am Leib.

Nach dem letzten Bild der Revue stand ihm das volle Ausmaß der Bedrohung vor Augen. Ebenso die Tatsache, dass er mit seiner Erkenntnis allein war. Und es vorerst auch bleiben würde. Niemand würde ihm Glauben schenken.

In dieser Nacht schlief Edmund lange nicht ein. Zum einen wegen der seltsamen, mal scharrenden, mal fast polternden Geräusche, die sein Onkel und seine Tante im Nebenzimmer (wie in jeder Nacht) verursachten. Zum andern, weil ihn die Ereignisse des Tages und des Abends so sehr beschäftigten. Wie ein Kintoppfilm hüpften die verwirrenden Bilder aus dem Metropol-Theater an seinem geistigen Auge vorbei. Nicht ein Mal, sondern Dutzende Male. Und als die bunten Theaterbilder langsam verblassten, beschäftigte ihn immer noch ein vages Detail, das für ihn buchstäblich im Dunkeln lag, denn ärgerlicherweise konnte er sich nicht mehr daran erinnern, so sehr er sich auch bemühte, es sich ins Gedächtnis zurückzurufen.

Schließlich glitt er in einen unruhigen Traum, von dem er am anderen Morgen ebenfalls nur Fetzen ins Bewusstsein heraufholen konnte. Da war ein Raum, lichtdurchflutet, aber kahl, unwirtlich, kalt. Niemand darin außer ihm. Dort gab es einen Gegenstand, der ihn irritierte, ein Gerät, kaum breiter als eine Zigarrenkiste, jedoch höher, schwarz glänzend, mit dem Namen Ultima in geschwungenen, goldenen Lettern darauf. Der Gegenstand war in einer dunklen Blase eingeschlossen, die frei durch den kahlen Raum schwebte. Ein finsterer Ballon, der alles Licht anzog und in sich selbst zum Verlöschen brachte, bis nach und nach der ganze lichte Raum darin verschwand, vollständig aufgesogen wie von einem Schwamm, der Licht in sich aufnahm. Und zurück blieb nur die absurde, frei schwebende dunkle Blase mit der gold schimmernden Ultima-Schrift darin, bis auch sie nach und nach ihre Konturen verlor und unsichtbar wurde. Doch das Gerät war noch vorhanden, nur unsichtbar, das stand fest in seinem Traumfetzen. Und ebenso, dass von Ultima eine tödliche Gefahr ausging. Die sich gegen niemand anderen als gegen ihn selbst richtete.

Luise Schedlinsky, die Frau des bekannten Börsenmaklers, lud an diesem Donnerstag wieder einmal zu einer Soiree. Und nach zwei früheren Absagen hätte Muesall sich der Einladung unmöglich ein weiteres Mal entziehen können, ohne dass es als Beleidigung aufgefasst worden wäre. Denn für heute hatte Frau Schedlinsky nicht einfach telephonisch geladen, sondern eigens eine Karte geschickt mit der höflichen Bitte auf gelblichem Büttenpapier, Herr Sanitätsrat Doktor Alfred Muesall möge Herrn und Frau Schedlinsky, Wielandstraße 17, Berlin W., die Ehre geben, am Donnerstag, 21. September um achteinhalb Uhr ein Souper in ihrem Hause einzunehmen.

Nun, er hatte eigene Gründe, die Einladung ernst zu nehmen. Nicht jedoch die angegebene Uhrzeit, zu der geladen wurde. In Berlin erschien man vor zehn zu keinem Souper, ganz gleich, was die Einladungskarte sagte. Nur ein einziges Mal, es war schon viele Jahre her, war er aus einer gewissen Gedankenlosigkeit (vielleicht auch aus Lust an einer kleinen Provokation) heraus bereits um acht auf einer Soiree erschienen. Die Hausfrau war beinahe gestorben vor Schreck, er war der erste Gast an jenem Abend, und sie hatte ihre Toilette noch nicht einmal beendet. Der Hausherr war noch aushäusig, die Lohndiener deckten soeben erst die Tische. Im Korridor hatten sich die unausgepackten Zigarrenkisten und Likörflaschen gestapelt, und im Salon waren die Lichter noch nicht angezündet.

Man liebte derartige Gesellschaften in Berlin. Jede Familie hatte ihren »Kreis«, von den Verwandten bis zu den Badebekanntschaften aus Heringsdorf. In den Luxuswohnungen des Westens war immer ein Zimmer für eine Festivität mit fünfzig bis sechzig Personen eingeplant. Für die gute (sprich: gut betuchte) Gesellschaft war es unabdingbar, sich in den eigenen prachtvollen vier Wänden zu präsentieren, ihr Silber, die »wertvollen« Bronzen und Bilder, die neuen teuren Nippsachen herzuzeigen, die man auf den letzten kunstgewerblichen Ausstellungen erworben hatte. In der Hoffnung, eine möglichst große Zahl Neider um sich versammelt zu haben. Und erkannte jemand nicht den künstlerischen Wert der zusammengekauften Objekte an, so bekam er den finanziellen Mehrwert vor Augen geführt: »Schöne Wertanlage für unsere Kinder«. Ob sie nun vorhanden waren oder nicht. Damit war jedem Nörgler das Maul gestopft, noch bevor überhaupt serviert worden war.

Eine richtige Abendgesellschaft – Muesalls Patientinnen sangen ein niemals endendes Klagelied davon – bedeutete für die Hausfrau nichts als Sorge und Aufregung. Wochen im Voraus wurden die Tischdekorationen beraten, das Souper wurde bei einem der bekannten Stadtköche bestellt. Doch außer Lachsforelle, Gans, Reh- oder Putenbraten und zum Abschluss Eis kam niemals etwas Überraschendes auf den Tisch. »Abfütterung« war die treffende Bezeichnung in Berlin für solche Abendgesellschaften, dem Sprachschatz des Zoologischen Gartens sehr plastisch entnommen. Das Wichtigste und damit Heikelste aber war der so genannte »Clou« am Ende einer Soiree. Denn jede Abendgesellschaft verlangte eine besondere »künstlerische« Überraschung, die den Clou früherer Gesellschaften anderer Gastgeber möglichst zu übertrumpfen hatte. Letztlich aber wurde der kulturelle Höhepunkt des Abends nach Größe und Inhalt des Geldbeutels des jeweiligen Hausherrn bestimmt. So wurde denn nach dem Dessert noch eine Sängerin der Hofoper gereicht oder aber eine kleine Kabarettkünstlerin (die Muesall in verschiedener Hinsicht besonders schätzte). Oft wurde auch ein mehr oder weniger bekannter Dichter oder eine Malerin (in letzter Zeit gerne auch Fotografinnen) engagiert, die für ihre schweigsame Anwesenheit genauso entlohnt wurden wie eine Pianistin, die sich am Flügel im Salon lautstark verausgabte. Am schmerzhaftesten empfand Muesall aber stets jene Zugaben von Cousine Adelheid oder Vetter Robert, die kühn Kostproben aus ihrer Verseschmiede zum Besten gaben. Nicht selten stockte in der Aufregung das Hammerwerk ihrer poetischen Begabung, und die Darbietung endete in einem Desaster, mit peinlichem Räuspern und rasch ersterbendem Beifall als Totengeleit für das junge Talent.

In den ersten Morgenstunden zwischen zwei und drei war alles überstanden, und man verabschiedete sich in der Gewissheit, sich schon bei der nächsten Abendgesellschaft wieder gehörig auf die Nerven zu gehen.

Doch es gab keine Alternative zu derlei Veranstaltungen für den, der auf eine gewisse Reputation nicht völlig verzichten konnte. So zersplitterte sich Berlins gute

Gesellschaft in zahllose Cliquen, die sich argwöhnisch beäugten und sich doch stets aufs Neue regenerierten. Und es war nicht abzusehen, was in aller Welt sie in Zukunft davon abbringen konnte. Man lebte im Frieden, man lebte im Wohlstand, und zumindest letzterer wollte demonstriert sein.

Es war bereits halb elf, als Muesall an der Wohnungstür klingelte und von dem Diener der Schedlinskys im dunklen Frack mit Goldknöpfen eingelassen wurde. Stumm und angemessen affektiert nahm er Muesall den weißen Schal und den Zylinder ab und geleitete ihn durch weit geöffnete Flügeltüren zum Salon, wo ihn die vollschlanke Hausherrin, heute in einem malvenfarbenen Seidenkleid, mit einem blitzenden Goldkronen-Lächeln herzlich empfing. Die Tafel war lang und voll besetzt und bot kulinarisch ebensowenige Überraschungen (Lachsforelle, Reh, Eis) wie die Gästeschar. Da war Professor Mohr zum Beispiel, der über Schliemanns Dilettantismus dozierte. Oder Kühn, ein angegrauter Privatier, über den der Künstler und Gelegenheitsfeuilletonist Edmund Edel (ebenfalls anwesend) spottete, er könne es sich leisten, bloß ein Millionenerbe zu sein und weiter nichts. Oder Fräulein Leibholz, jung, schlank, naiv und zukünftiges Opfer eines Mitgiftjägers. Vom Schlage eines Cornelsen etwa, des dicken, nicht mehr ganz taufrischen, aber allgemein als charmant geltenden »Humanisten«; mehr wusste man nicht von ihm.

Auch zwei Kollegen waren anwesend, denen Muesall tunlichst aus dem Weg ging: der alte Doktor Saum, seinerzeit Chirurg in der Charité, der heute damit aufschnitt, wen er früher angeblich alles aufgeschnitten hatte. Sowie der mit Schmissen übersäte Professor Maulheimer, der am

Grunewald eine Privatklinik für Neurastheniker führte, direkte Konkurrenz also.

Alle, alle waren sie geladen: die alte Gräfin von der Solm und Käthe Schleitner, die aufstrebende Soubrette, letztes Jahr war sie ›das Aprilwetter‹ im Metropol-Theater. Kunze, der höfliche Hof-Bildhauer, durfte nicht fehlen, und auch Hennigsdorfer, der ewig kränkliche Sohn aus gutem (also reichem) Hause. Dort unterm Lüster blitzte das Monokel im blasierten Gesicht des Börsenspekulanten Simmern, und Frau von Dingsda (der Name fiel ihm nicht ein), die Justizratswitwe, brachte neben Simmern ihre Sanduhrfigur in Stellung.

Einzige Überraschung: Miss Clemens, eine junge Amerikanerin in knöchellangen Pluderhosen unter ihrem orangefarbenen, knielangen Rock. Ihr ›Bloomer-Look‹ sorgte für neidvolle Blicke unter den Damen und für Lachen hinter vorgehaltener Hand bei den Herren. Es hieß, sie sei die extravagante Tochter eines kürzlich verstorbenen Schriftstellers, die in Berlin Gesangsunterricht nehme. Muesall sprach nur sehr schlecht Englisch und musste deshalb auf eine Unterhaltung mit ihr verzichten.

Unterhaltungswert besaßen für ihn an diesem Abend aber drei andere Personen. Jede auf höchst eigene Weise.

Da war erstens ein französischer Kunstmaler namens Huard, zugleich der versprochene ›Clou‹ der heutigen Gesellschaft. Einige der Gäste wussten, wie man seinen Namen buchstabierte, und zwei der Damen kannten ein paar Bilder mit Meermotiven von ihm und hatten danach immer das Gefühl, beichten zu müssen, bekannten sie.

Dieser Huard war wohl der glühendste Berlin-Verächter, dem Muesall jemals begegnet war. Zuerst amüsiert, dann jedoch zunehmend irritiert, verfolgte eine kleine Gruppe die ästhetischen Hinrichtungen, die der Künstler über die deutsche Hauptstadt fällte, ihre Bewohner eingeschlossen: Die Linden, den Tiergarten, die Architektur, die Straßen und Denkmäler, nichts mochte er gelten lassen. Nicht einmal die Mode in Berlin fand Gnade in seinen strengen Künstleraugen. Und am allerwenigsten der Kadavergehorsam der Deutschen gegenüber allem, was eine Uniform trug.

Muesall war amüsiert über das blanke Entsetzen, das den Franzosen schier zum Platzen brachte. Aber auch erschrocken, denn in vieler Hinsicht hatte er zweifellos recht.

Von ganz anderem Unterhaltungswert war seine Begegnung mit dem Polizeipräsidenten von Jagow, dessen Gegenwart er heute gezielt suchte, statt sie wie sonst zu meiden. Sie trafen sich nach dem Essen im Raucherzimmer, Muesall, eine Zigarre in der linken und einen Cognac in der rechten Hand, von Jagow, mit dem gleichen Getränk und einer Zigarette auf einer rosa Spitze bewaffnet. Der Polizeipräsident stand neben dem unvermeidlichen großen Gummibaum, der in den silbernen Rauchschwaden kubanischer Zigarren und deutscher und ägyptischer Zigaretten tapfer Haltung zu bewahren suchte. Von Jagow machte auf Muesall wie immer den Eindruck des unverbesserlichen Herrenreiters, der von seinem hohen Ross auf den Rest der Welt herabblickt, die nicht wert war, ihm auch nur den Steigbügel zu halten.

»Na, mein lieber Herr Doktor, Sie haben zur Zeit einiges zu erdulden, wie!«, prostete er ihm jovial, mit erhobenem Cognacschwenker zu. Damit schlug er genau jenes Thema an, das Muesall am Herzen lag.

»Sie müssen nicht denken, mein Bester, dass mich die

schmutzigen Kommentare in der Presse, auch Ihre Person betreffend, kalt ließen, Herr Sanitätsrat. Zumal Ihre Verdienste bis in höchste Kreise hinein bekannt sind, nicht wahr«, fuhr er lächelnd fort und sog an seiner Zigarettenspitze wie ein Kind an einem Strohhalm. »Sehen Sie, ich habe meine Ermittler angewiesen, Sie nicht einmal als Zeugen im Fall Zinnoweck einzuvernehmen. Völlig unnötig.«

Muesall bedankte sich matt, indem er sein Cognacglas leicht anhob. Es war ein ganz bestimmtes Gutachten, auf das von Jagow anspielte. Muesall hatte es im letzten Jahr einem jungen Offizier ausgestellt, der zufällig der kaiserlichen Familie nahe stand. Eine Beleidigungsklage gegen den Leutnant konnte wegen dessen »ausgeprägter Neurasthenie« als gegenstandslos bewertet, die Ausweitung des Skandals auf diese Weise verhindert werden, und allen Beteiligten war damit gedient. Das war ihm nun gewiss vom Polizeipräsidenten (und durchaus im Sinne Seiner Majestät) zugute gehalten worden.

»Darf man fragen, wie weit Sie mit der Aufklärung der aktuellen Mordfälle vorangekommen sind?«, erkundigte sich Muesall scheinbar unverbindlich.

»Sehr weit, sehr weit«, versicherte von Jagow. »Die Presse tut ja beinahe so, als sei der Holm als Täter im Fall Zinnoweck plötzlich fraglich geworden, bloß weil Holm nun seinerseits ermordet wurde.« Er kippte schwungvoll seinen Cognac und besah sich zufrieden die Schlieren an den Wänden des leeren Glases. »Das ist natürlich Unsinn. Wir untersuchen nunmehr das Umfeld der Theatermorde, insbesondere die sauberen Kollegen des Holm.« Er zog vielsagend eine seiner buschigen, graumelierten Brauen hoch.

»Sie sollten den Bogen nicht zu eng spannen, Herr Präsident«, sagte Muesall und entschloss sich damit, zum Frontalangriff überzugehen.

Von Jagow zuckte zusammen wie von einer Nadel gestochen, die in seinem Hemd vergessen worden war. »Wie meinen?« Er schaute Muesall irritiert an und vergaß sogar einen Augenblick an der Zigarettenspitze zu ziehen, die er schon an seine wulstigen Lippen geführt hatte.

»Wissen Sie, Herr von Jagow, ich verfolge die jüngsten Mordfälle in der Stadt ein wenig mit Sorge ...«

»Unnötig, unnötig, Herr Doktor«, winkte von Jagow ab.

»Mit Sorge«, fuhr Muesall unbeirrt fort, »und mit zunehmendem ärztlichen Interesse.«

Von Jagow beugte sich vor, erwürgte seine Zigarette auf dem Tischaschenbecher und wandte sich Muesall, hellhörig geworden, wieder zu. »Was interessiert Sie denn so sehr daran, Doktor?«

»Ich meine, dass die sogenannten Theatermorde, also die Morde an Zinnoweck und Holm, in Verbindung stehen könnten mit den schon zuvor verübten Morden an der Juweliersfamilie.«

»Sicher, sicher«, lachte von Jagow und nickte heftig zustimmend. »Oberflächlich betrachtet, könnte man auf den Gedanken kommen, wenn man gewisse Äußerlichkeiten zu stark gewichtet. Aber sehen Sie, Herr Doktor, als Kriminaler lernt man zu differenzieren. Und da fällt einem natürlich das deutlich unterschiedliche Milieu der Morde sofort auf. Keine Übereinstimmungen. Dem entsprechen nun auch die überführten Täter. Der von uns inhaftierte Stellungslose im Fall Stoltze, nicht wahr. Und

Holm im Fall Zinnoweck. Und ich sagen Ihnen, Muesall, ebenso wird Holms Mörder im Theatermilieu zu finden sein, nicht im Milieu der Raubmörder wie im Stoltze-Fall. Machen Sie sich also keine Sorgen, Herr Doktor. Wir sind auf dem richtigen Weg.«

Der Polizeipräsident klopfte ihm jovial auf den Ärmel und verschob seine gepflegten Bartmassen, sodass dahinter ein breites Grinsen zum Vorschein kam.

»Herr Präsident«, sagte Muesall eindringlich und spießte ihn förmlich auf mit seinen Blicken. »Ich bitte Sie eindringlich, die Hypothese wenigstens zu prüfen, ob es sich in allen diesen Mordfällen nicht um denselben Täter handeln könnte. Schließen Sie den Zufall bei den Übereinstimmungen – Äußerlichkeiten, wie Sie glauben – getrost aus. Wenn hier Nachahmung stattgefunden hat, dann nur, indem sich der Mörder selbst kopiert hat. Denken Sie nicht allein an die Verkleidung der Opfer. Sondern viel mehr noch an die öffentliche Zurschaustellung der Leichen schon im Stoltze-Fall. Diesem Täter sind die Opfer oder ihr Besitz vollkommen gleichgültig. Sie sind für ihn nur ein Mittel der Selbstdarstellung. Wir haben es hier mit einem Typus zu tun, Herr Präsident, den es in dieser Form noch nicht gegeben hat. Ein seelisch Gestörter, das gewiss. Aber hoch intelligent. Ambitioniert. Leicht kränkbar. Selbstverliebt, ein Narziss. Der Mann, den Sie als Holms Mörder in seinem Kollegenkreis suchen, müsste denn schon zwingend auch der Mörder der Stoltzes und von Hedwig Zinnoweck sein. Andernfalls haben Sie in allen Fällen den Falschen am Haken.«

Von Jagow blickte ihn stumm an, in seinem Hirn arbeitete es offenbar fieberhaft, die Adern an seinen Schläfen schwollen zu pulsierenden Würmern an. »Wissen Sie, das ist seltsam«, sagte er nachdenklicher, als Muesall erwartet hatte. »Sie sind nicht der erste, der von einem … einem Serienmord in allen Fällen, inklusive Stoltzes, spricht.«

»Nicht?« Muesall spürte im ersten Moment die Enttäuschung des Wissenschaftlers, den man um den Entdeckerstolz gebracht hatte. Doch dann überwog die Neugier. »Wer ist denn außer mir noch auf den Gedanken gekommen?«

»Nun«, sagte von Jagow kalt, »ein junger Anwärter, ein Hilfskommissar Engel, hat diese, mit Verlaub, denn doch abstruse Theorie, so ähnlich, ebenfalls vertreten.«

»Abstrus, Herr Präsident? Halten Sie meine Hypothese für derart abwegig?« Muesalls Verblüffung über von Jagows bloß gespielte Nachdenklichkeit schlug jetzt um in Empörung. Gehörten sie beide dem Offizierscorps an, müsste er ihn jetzt fordern, dachte er, so beleidigend herablassend waren Jagows Äußerungen.

Der Polizeipräsident lächelte gönnerhaft. »Nichts für ungut, Herr Sanitätsrat«, suchte er ihn zu besänftigen. »Diese abscheulichen Mordtaten können nun mal nicht von einer sensationslüsternen Presse gelöst werden. Und auch nicht von übereifrigen Kommissarsanwärtern. Ebensowenig von besorgten Nervenärzten. Besonders dann nicht, wenn sie durch ihre unglückliche persönliche Nähe zu einem der Opfer ihre Objektivität verloren haben. Nur erfahrene Kommissare, über welche meine Abteilung zum Glück zahlreich verfügt, sind hier gefragt. Niemand sonst.«

Muesall war sprachlos. Im Boxsport, den er gelegentlich im Lunapark am Halensee draußen besuchte, würde man von einem Leberhaken sprechen.

»Sie entschuldigen mich«, sagte von Jagow, mit Frost in der Stimme. »Ich habe der Dame des Hauses noch kaum meine Reverenz erwiesen, fürchte ich.«

Muesall verbeugte sich leicht und ließ den Präsidenten ziehen.

Er hatte verstanden.

Gott, wie naiv war er doch gewesen! Bis jetzt hatte er der Polizei in wahrer Herzenseinfalt unterstellt, sie sei schlicht nicht in der Lage, die Natur dieser Verbrechen zu erkennen. Dabei lag das gar nicht vornehmlich in ihrer Absicht. Es waren Morde geschehen. Die Öffentlichkeit erwartete, dass die Täter rasch gefunden wurden. Also präsentierte man diese pflichtgemäß in einem angemessenen Zeitraum. Damit war der öffentlichen Ordnung Genüge getan, der gefräßigen Presse das Maul gestopft, der Kaiser zufrieden gestellt, und Ruhe kehrte wieder ein ins städtische Leben.

Muesall musste über sich selbst den Kopf schütteln. Die Polizei war eben keineswegs zu dumm, die Spuren zu erkennen, die der Täter ausgelegt hatte. Sie »gefielen« ihr nur nicht. Ein einzelner Täter, der eine ganze Serie dunkel motivierter, spektakulär inszenierter Morde begehen konnte, in Seiner Majestät Hauptstadt, quasi unter den Augen der Polizei, ein so monströser Serienmörder stellte das Gefühl der öffentlichen Sicherheit weit mehr in Frage als verschiedene Einzeltäter, die aus den üblichen niederen Instinkten wie Eifersucht, Konkurrenz oder Habgier heraus ihre Untaten verübten.

Was die Polizei hier praktizierte, unterschied sich jedoch nicht wesentlich von dem, wie Seine Allerhöchste Majestät selbst verfuhr, wenn es die Staatsräson zu erfordern schien. Hatte nicht auch der Kaiser schon in laufende Verfahren eingegriffen, wenn es gerichtlich gegen Berater aus seiner Umgebung oder um Mitglieder der Hohenzollern-Familie ging? Wenn ihm die gefällten Urteile nicht passten, ließ er die Verfahren notfalls wiederholen, bis das Ergebnis stimmte. Es galt, das höchste Gut, die obrigkeitsstaatliche Ordnung um jeden Preis durchzusetzen. Wenn diese zufällig mit der Wahrheit übereinstimmte, umso besser. Wenn nicht, nun, dann eben nicht.

Die Bewahrung der Ordnung, das war das oberste Prinzip, nach dem natürlich auch ein von Jagow handelte. Und dem sich seine »Ermittler« verpflichtet fühlten; sie hatten es bis ins Mark hinein verinnerlicht.

Allerdings mit einer Ausnahme, wie es schien …

Engel, dachte er. Hilfskommissar Engel, ein Name, den man sich leicht merken konnte.

Er verließ das Rauchzimmer und schlenderte hinüber zu dem hell erleuchteten, großen Musikzimmer mit den Jugendstilmöbeln und dem schwarz glänzenden Flügel. Dort herrschte die Hochstimmung fröhlicher, gut riechender Menschen. Die Herren in ihren weiß leuchtenden Hemdbrüsten standen steif wie Säulen herum oder saßen betont leger in tiefen Sesseln. Und die dezent dekolletierten, goldblitzenden Damen sammelten sich mit Vorliebe, schien's, unter dem zusätzlich schmückenden Licht des Lüsters aus Bleikristall, der wie ein Wespennest aus geschliffenem Glas von der Decke funkelte.

Hier traf er wie erhofft (dritte Person mit Unterhaltungswert an diesem Abend) Clementine von Schwindt, Witwe eines Offiziers mit reichem Stammbaum, der ihr drei oder vier Miethäuser in der Stadt hinterlassen hatte. In ihrem Gründerzeit-Wohnhaus in der Bellevuestraße hatte Muesall einige Male mit ihr geschlafen, und zwar schon bevor ihr Mann an Herzversagen gestorben war. Clementine von Schwindt hatte pechschwarzes, von silbernen Strähnen durchzogenes Haar, schwermütige dunkle Augen und (daran erinnerte er sich jetzt besonders gern) eine weiche, weiße Haut mit einem leichten, unwiderstehlichen Geschmack von Meersalz.

Sie lächelte verschmitzt, als sie ihn im Türrahmen erblickte, und ihm war plötzlich, als leuchtete ihr weißes, perlengeschmücktes Dekolleté nur für ihn, und als umflösse ihr blumig ornamentiertes Libertykleid ihren Körper nur zu dem einen Zweck, ihm ihre sanft geschwungenen Hüften ins Gedächtnis zu rufen.

»Meine liebe Frau von Schwindt«, begrüßte er sie mit einem Handkuss. Ihre tief ausgeschnittene Abendtoilette sorgte für ein angenehmes Prickeln bis in seine Nervenspitzen hinein, und der blumige Duft ihres teuren französischen Parfüms stieg ihm in die Nase. »Sie ahnen nicht, wie sehr ich begehrt habe … begehrt habe, Sie endlich wiederzusehen.«

»Doch«, erwiderte sie leise und blickte ihn direkt an, auf der nussbraunen Iris ihrer Augen lag ein milchiger Schleier (der Arzt in ihm war unverbesserlich). »Doch, Herr Doktor, das ahnte ich. Deshalb bin ich heute da.«

Nacht von Sonnabend auf Sonntag, 24. September

DIE NACHT WAR noch schwül und voller Schatten, und er war einer davon. Er hatte lange vor dem Haus auf den Jungen gewartet. Geduldig wie eine Raubkatze, die ihrem Opfer auflauert. Als Auckenthaler endlich erschien und die Haustür aufschloss, schwebte er schnell und lautlos wie der Schatten eines Greifs über die mattgrau schimmernden Kopfsteine der menschenleeren Straße und schob sich unvermittelt hinter ihm in den Hausflur. Auckenthaler drehte sich nicht einmal um, so sehr war er anscheinend mit sich und seinem Schicksal beschäftigt. Die Alkoholfahne, die ihm hinauf in den ersten Stock folgte, erklärte den Rest.

Auckenthaler schloss die Tür zu seiner Wohnung auf und trat ein, doch als er sie schließen wollte, war es bereits zu spät.

Er hielt dem Jungen die Pistole vors Gesicht, ihre Mündung zielte genau zwischen seine Augen, und für eine Sekunde standen sie sich gegenüber wie zwei Statuen.

Auckenthaler würgte an einem Aufschrei.

»Ein Wort, Freundchen, und du bist tot.«

Der eiskalte Hauch von Todesangst griff Auckenthaler jetzt an, sein Gesicht sah plötzlich wie gefroren aus. Auf eine leichte Geste mit der Pistole hin stolperte er rückwärts, während die Tür ins Schloss fiel.

»Weiter. Ins Zimmer dort. Los!«

»Wollen Sie Geld? Ich habe …«

»Ich hab auch was.« Er stieß ihm die Pistole hart gegen die Brust. »Weitergehn, da rüber, mach schon!«

Mattes Licht der Gaslaterne vor dem Haus fiel ins Zimmer. Dem Anlass entsprechend. Völlig ausreichend, um alles zu erkennen. Sie befanden sich in einem kleinen Zimmer, schmaler Bücherschrank, ovaler Tisch, paar Stühle, Notenständer, Geigenkasten auf dem Sofa. Bisschen unordentlich alles, schien's. Der Schreibtisch voller Papiere. Eine Schreibmaschine, na bitte, das erleichterte den Abschiedsgruß an die Welt.

»Setz dich.«

Auckenthaler sank mit zitternden Knien, schwer keuchend auf den hölzernen Drehstuhl.

In der nächsten Sekunde glitt er wie eine Welle auf den Jungen zu, setzte ihm den Lauf der Pistole wieder direkt auf die Stirn und drückte ab.

Fünftes Bild: Blumenmädchen

Solch ein Blumentag ist schwer und heiß.
Aber was draus werden kann – wer weiß?

Berliner Tageblatt, Sonntagsausgabe, 24. September 1911.

CHARLOTTENBURG. ATTENTATSVERSUCH am Savignyplatz. Am gestrigen Sonnabend gegen sechseinhalb Uhr des frühen Abends wurde auf den Grafen Alexander von Talleyrand-Périgord, Angehöriger des 6. Husarenregiments in Leobschütz und nebenher Theaterdichter, vor seiner Wohnung am Savignyplatz ein Pistolenschuss abgegeben. Der Graf blieb unverletzt. Die Hintergründe des Attentatsversuchs sind bislang völlig ungeklärt. Die Polizeidienststelle Kantstraße sowie die Kriminalpolizei im Präsidium am Alexanderplatz nehmen Hinweise aus der Bevölkerung in jeder Form entgegen.

Der Graf war außer durch Einakter, denen der Erfolg jedoch bislang versagt blieb, zuletzt vor allem als Begleiter der Fritzi Massary aufgefallen. Die Massary hat, wie berichtet, ihr vielfach gefeiertes Engagement am Metropol-Theater aus ungeklärten Gründen aufgekündigt. Graf Talleyrand war in der Öffentlichkeit zu keiner Äußerung hinsichtlich des Mordversuchs gegen ihn bereit und befindet sich zwecks nervenärztlicher Behandlung in einer Privatklinik am Grunewald.

Lokalanzeiger, Spätausgabe, Sonntag 24. September.

BERLIN-LUISENSTADT, Tragischer Selbstmord in der Alten Jacobstraße. Joseph Auckenthaler, 22, österreichischer Student der Musikwissenschaften in Berlin, hat sich laut Polizeiangaben das Leben genommen. Der junge Mann wurde von seiner Wohnungswirtin, Agathe Hoffmann, 64, gegen dreieinhalb Uhr am Nachmittag tot in seiner Wohnung aufgefunden, nachdem er bei ihr weder zum Frühstück noch zum Mittagessen wie üblich erschienen war. Die Wirtin nahm an, er sei krank und suchte ihn in seiner Wohnung auf, um sich nach seinem Befinden zu erkundigen. Sie fand ihn tot in seinem Schreibtischstuhl, er hatte sich offenbar schon in der Nacht zum Sonntag mit einer Pistole in die Stirn geschossen. Die Tatwaffe lag am Boden, sie war dem tragischen Selbstmörder nach der Tat aus der Hand gefallen. Auf Befragen wollte keiner der unmittelbaren Nachbarn von dem tödlichen Schuss etwas vernommen haben. Notabene: In dem Haus wohnen vorwiegend Leute älteren Jahrgangs. Die Polizei fand eine Abschiedsnotiz, die unerwiderte Liebe als Grund für den Suizid des jungen Mannes vermuten lässt. Weitere Auskünfte waren nicht zu erhalten.«

Berliner Tageblatt, Montag, 25. September.

BERLIN-CHARLOTTENBURG UND LUISENSTADT. Theater, Mord und Selbstmord. Das Metropol-Theater ist ins Gerede gekommen. Anders freilich, als von der Theaterleitung gedacht und erhofft, nicht in erster Linie durch seine neueste Revue (›Die Nacht von Berlin‹), sondern durch die dunklen Verbindungen des Theaters mit Morden, Anschlägen und Selbsthinrichtungen bizarrster Art. Nach dem tödlich geendeten Eifersuchtsdrama unter den Revueschauspielern Hedwig Zinnoweck und Gustav Holm (dessen Mörder wiederum im Umfeld des Theaters gesucht wird), bildet eine ähnliche Motivlage anscheinend auch den Hintergrund für das glücklicherweise gescheiterte Attentat auf Graf Talleyrand-Périgord (wir berichteten) und den Selbstmord eines österreichischen Musikstudenten namens Joseph Auckenthaler.

Auf den Grafen, seines Zeichens Theaterdichter sowie Begleiter und Verehrer des ehemaligen Metropol-Stars Fritzi Massary, wurde vermutlich von eben jenem Auckenthaler geschossen, der sich wenige Stunden darauf selbst in seiner Wohnung das Leben nahm. Informationen zufolge, die unsere Zeitung erreichten, war Auckenthaler vom Ansehen her zahlreichen Personen als Dauergast des Metropol-Theaters bekannt. Ebenso wie seine überaus starke, geradezu krankhafte Verehrung für Fritzi Massary nicht unbemerkt geblieben war.

Den Hintergrund seines Attentatsversuchs gegen den Grafen Talleyrand-Périgord erhellt vollends eine Beobachtung, die die Wirtin des Studenten, Agathe Hoffmann, zu berichten weiß. Sie erinnert sich an einen Zettel, eine sehr kümmerliche Form von Abschiedsbrief, der in Auckenthalers Schreibmaschine steckte, mit dem ebenso kurzen wie befremdlich klingenden Inhalt: ›Ich bin der bessere Herr.‹ Auckenthaler starb folglich mit der papiernen Überzeugung, dass er selbst die bessere Wahl, mithin ›der bessere Herr‹ für seinen Augenstern Fritzi Massary gewesen wäre.«

Es war noch früh an diesem Dienstagmorgen, Kommissar von Schmöckwitz hatte sich noch nicht blicken lassen. Allein im Büro, hockte Edmund schief auf dem Stuhl an seinem Katzentisch und dachte darüber nach, wie er die letzten Tage verbringen sollte, die ihm in der Burg noch vergönnt waren, bevor er wieder in den Bezirksdienst abgeschoben wurde.

Doch im Grunde war ihm klar, dass ihm nach von Jagows vernichtender Kritik nur der Abschied vom Polizeidienst blieb. Aber was dann? Er hatte nicht die leiseste Vorstellung, wie es mit ihm weitergehen könnte.

Von Jagow hatte ihn gestern in sein Büro zitiert und ihm sein Versagen in der Sache Auckenthaler ohne Einleitung mit wütenden Worten vorgehalten. »Wie konnten Sie denn den Mann, nachdem Sie ihn doch immerhin aufgespürt hatten, einfach nach Hause gehen lassen? Obwohl Sie doch wussten, welche Gefahr von ihm ausging? Und was tut der natürlich? Schießt auf seinen verhassten Konkurrenten, den Grafen!«

Aus der Burg am Alex war am Sonnabend nur Kriminalkommissar Daubner von der Allgemeinen Sicherheitspolizei der Abteilung IV zum Charlottenburger Tatort beordert worden. Das versuchte Attentat auf Talleyrand-Périgord war ja letztlich glimpflich ausgegangen. Doch Daubner kannte ebenso wenig wie die Bezirkskollegen die Hintergründe, die sie auf die Spur von Auckenthaler hätten setzen können. Und Graf Talleyrand war aufgrund des Schocks, den er erlitten hatte, nicht einmal vernehmungsfähig gewesen.

Die Presse hatte aufgrund irgendeiner Indiskretion in der Polizeidienststelle vor Ort (vielleicht war es auch Daubner selbst, der sich auf diese Weise etwas hinzuverdiente) Wind von dem Anschlag bekommen. Als der Bericht am Sonntagmorgen im Tageblatt erschien, war Auckenthaler bereits tot. Diesmal war von Schmöckwitz am Morgen zum Tatort gerufen worden. Die Sache erschien ihm klar und eindeutig, und das war sie ja auch: Selbstmord. Edmund hatte später die hieroglyphenartigen Aufzeichnungen des Kommissars vom Tatort in ein lesbares Protokoll übersetzt. Eine seiner letzten Amtshandlungen.

Von Jagow erfuhr von dem Vorfall noch am Sonntag – aus dem Lokalanzeiger. Und er zählte eins und eins zusammen: Suizid nach dem fehlgeschlagenen Mordversuch am Grafen Talleyrand-Périgord, dem derzeitigen Favoriten der Massary und verhassten Konkurrenten Auckenthalers.

Und nun gab der Polizeipräsident Edmund alle Schuld an dem bösen Verlauf der Ereignisse. »Ich hatte Sie doch angewiesen, den Verrückten aus dem Verkehr zu ziehen! Egal, wie. Ihr Glück, Engel, dass dieser wahnsinnige Österreicher nicht noch mehr Unheil angerichtet hat, sondern am Ende nur sich selbst erschossen hat.«

Edmund hatte dem nichts entgegenzusetzen. Der Polizeipräsident hatte recht, er war wirklich »als Kriminaler ein Versager ersten Ranges«, und die natürliche Konsequenz war, seinen Dienst mit Ablauf des Monats zu quittieren. Die Dinge liefen ohne ihn am besten.

Passend zu dieser deprimierenden Erkenntnis schwoll im Haus auch noch das Gerücht an, ein Tatverdächtiger im Mordfall Holm, der Schauspieler Maxeiner, habe im Verhör so gut wie gestanden. Von Spirow war auf Maxeiner durch Andeutungen verschiedener Schauspielerkollegen aufmerksam geworden, die nach dem Mord an Holm offenbar kalte Füße bekommen hatten und fürchteten, sie könnten durch ihr Schweigen selbst in den Strudel der Verdächtigungen geraten. Womit sie nicht ganz falsch lagen.

Von Spirow hatte Maxeiner über Stunden zugesetzt. Mit Erfolg. Für den Mord an der Schauspielerin Zinnoweck konnte Maxeiner zwar ein wasserdichtes Alibi nachweisen – er hatte die fragliche Nacht mit Kollegen zuerst bei Toni Grünfeld in der Jägerstraße und anschließend, ab etwa vier Uhr morgens, im Rochus-Keller in der Französischen Straße verbracht. Doch er sicherte damit eine Verteidigungslinie, die von Spirow gar nicht angriff. Ins Schlingern geriet er, weil er anfangs sein Liebesverhältnis mit der Zinnoweck rundweg geleugnet hatte. Und damit seine Rolle als Holms Konkurrent. Die Aussagen einiger »befreundeter« Kollegen am Theater, die bislang auf seinen Wunsch hin geschwiegen hatten, bezeugten aber sein – eben wegen Holm – geheim gehaltenes Verhältnis mit Hedwig Zinnoweck.

Er habe nur nicht unnötig in Schwierigkeiten kommen wollen, erklärte Maxeiner sein anfängliches Leugnen. Genau diese Schwierigkeiten hatte er jetzt. Denn für die Nacht des Mordes an Holm hatte Maxeiner nur sein Bett als Zeugen, dass er sich zur fraglichen Zeit darin befunden habe. Nun konnte er lange darüber nachdenken. Im Polizeigefängnis.

Damit waren die bizarren Mordfälle der letzten Zeit offiziell aufgeklärt. Edmunds vermeintliche Mordserie, von der er am Theaterabend im Metropol noch so überzeugt gewesen war, hatte sich in Luft aufgelöst. Die Täter waren wohl doch Wörne (oder ein anderer Raubmörder), Holm (den das Schicksal schon bestraft hatte) und Maxeiner (der dieses Schicksal gespielt hatte). Und man musste zugeben, dass selbst die makabere Verkleidung der Ermordeten recht gut ins theatralische Fach passte.

Wenn nur der Stoltze-Fall nicht wäre! Mit seinen unerklärlichen Parallelen zu den späteren Theater-Morden … Aber danach fragte jetzt niemand mehr. Und er selbst legte sich das Verbot auf, weiter darüber nachzudenken.

Wer war wohl diese Frau von Schwindt, die ihnen auf einmal die Wohnung vermietet hatte?, rätselte der neunjährige Rudi Wernicke. Bestimmt war sie schön. Und reich sowieso, sie besaß ja Häuser, und nicht nur eines, nee Dutzende, du, wusste Else, seine große Schwester, sie war ja schon elf. Die war ein Engel, nicht die Else, sondern die Frau von Schwindt, denn sie hatte die Familie aus der ›Palme‹ befreit. Hatte Muttern diese Wohnung gegeben, vor paar Tagen erst, Flottwellstraße, genau zwischen dem Klotz von Victoriabrauerei und dem Potsdamer Bahnhof. Zsch, tschk, tschk, tschk, pschrrr, wie das rüberdonnerte und krachte und hämmerte und zischte, er liebte Bahnhöfe jeder Art.

Quergebäude wohnten sie jetze, dritter Stock, ein Zimmer, Küche, Klo im Hof. Paradies war det. Paradies für sie drei, für Mutter, die Else und ihn. Kein Saal mehr voller toter Augen, kranker Blicke, zahnloser Mäuler. Kein Gestank mehr wie von faulem Obst, der sich Nacht für Nacht über ihren Köpfen stapelte und ihn zu ersticken drohte. Und nicht nur Mutter kriegte Arbeit in der Fabrik. Auch die Else verdiente neuerdings mal nen Sechser oder so. Du, um die Ecke, am Karlsbad, da hatte die Bennersche doch ihren Laden im Parterre. Und die hatte Kunden bis zur schnieken Bellevuestraße und zur Hohenzollern am Tiergarten hoch! Und gleich am ersten Tag, als die Else in dem Bennerschen Laden war, um Kartoffeln, da hat die Bennersche sie gefragt, ob sie nicht mal paar Botengänge machen könnte für sie, für nen Sechser oder zwee, je nachdem, und denn käme ja noch Trinkgeld zu, wenn sie sich recht anstellen täte. Und klar, det machtse, hat sie gesagt, ja, und det macht sie jetze, die Else.

Und wenn der ewige Husten aufhört mal bald, in eurer neuen Wohnung, die hoffentlich trocken gewohnt ist, hat der Doktor Döblin zu ihm gestern gesagt, wie er mit Else gestern bei ihm war, dann könne er auch bald wieder zur Schule gehen. Aber nach Schule war ihm gar nicht. Hat er dem Doktor aber nicht gesagt. Bloß komisch, dass der det schon wusste, der Doktor Döblin, det mit ihrer Wohnung – ihrer richtigen-richtigen Wohnung! – in der Paradiesstraße, also in der Flottwell jetze.

Sehr früh am Mittwochvormittag, von den Kommissaren war noch kaum jemand im Haus, erschien im Sekretariat der Abteilung IV des Polizeipräsidiums ein elegant gekleideter Mann in mittleren Jahren, der sich als Sanitätsrat Doktor Muesall vorstellte und Edmund Engel zu sprechen wünschte.

Mit Augen, die ihr fast aus den Höhlen kugelten, führte Emma Steppke den vornehmen Herrn nach nebenan. Bedauerlicherweise war sie gezwungen, die Zwischentür zum Büro gleich wieder zu schließen, da der Herr mit einem bestimmten Blick keinen Zweifel daran ließ, dass er es wünschte. Schade, wäre doch zu schön gewesen zu erfahren, was der Sanitätsrat mit dem armen Engel, der sie ja nun leider bald wieder verlassen musste, zu bereden hatte. Hoffentlich nicht schon wieder eine Beschwerde, dann musste man fürchten, dass der Engel, traurig wie er eh schon war, sich noch was antat. Na, sie würde zu ihm halten, egal was passierte. Und vielleicht wurde ja doch noch was aus ihm. Prokurist von irgendwas zum Beispiel. Das konntest du nie wissen.

Der Engel wusste mit dem Namen Muesall einiges anzufangen. Der Gerichtsgutachter war in der Stadt kein Unbekannter, schon gar nicht in der Burg. Im Fall Zinnoweck hatte er am Rande ebenfalls eine Rolle gespielt, allerdings unfreiwillig, und im Anschluss mehr in der Klatschpresse als bei den konkreten Ermittlungen.

Doktor Muesall nahm seinen breitkrempigen beigen Hut ab, grüßte knapp und machte ein so ernstes Gesicht, dass Edmund neue schlechte Nachrichten erahnte, solche, die womöglich noch über den Tag seiner anstehenden Kündigung hinausreichten.

Er bot ihm einen Stuhl an, und der Doktor kam, nachdem er sich gesetzt hatte, ohne Umschweife zur Sache. »Sie wundern sich selbstverständlich, woher ich Ihren Namen kenne, Herr Engel, und warum ich Sie so dringlich zu sprechen wünsche«, begann er. Er sprach leise, kühl und bestimmt. »Das tut nichts zur Sache, glauben Sie mir. Wenn Sie der Mann sind, für den ich Sie gewissen Hinweisen zufolge halten darf, dann hören Sie mich bitte an. Es wird nicht lange Zeit in Anspruch nehmen, ich fasse mich kurz.«

»Bitte sehr, Herr Doktor.« Edmund blickte forschend und angespannt lauschend in das wächsern-weiße Gesicht des Arztes, dessen Augen ebenso schwarz waren wie sein volles, nach hinten gekämmtes Haar und sein Kinnbart.

»Ich weiß«, fuhr der Doktor fort, »und bitte, woher, das spielt keine Rolle, Herr Engel, ich weiß also, dass Sie als Einziger in diesem monströsen Haus die Auffassung vertreten, es handele sich bei den Morden der letzten Zeit um einen und denselben Täter.«

Edmund spürte, wie ihm das Blut ins Gesicht schoss und war drauf und dran aufzuspringen, um das Gespräch, das kaum begonnen hatte, zu beenden. Wollte dieser Mann ihn verspotten? Doch Muesall legte ihm beschwichtigend, ohne eine Spur von Hohn in seiner ernsten Miene, seine Hand auf den Arm.

»Sie vertreten damit, junger Mann«, fuhr er ganz sachlich fort, »die gleiche Ansicht wie ich.« Sein Arm wich zurück, er war jetzt auch nicht mehr nötig. Edmund saß mit einem Schlag wie festgewachsen auf seinem harten Stuhl.

»Sie haben richtig gehört, ich teile Ihre Ansicht vom Serientäter. Ich bin Psychiater und forensischer Gutachter, Engel, ich weiß, wovon ich rede und spaße nicht. Die Lage ist ohne Zweifel sehr ernst. Wir haben es mit einer gestörten, aber hochintelligenten Persönlichkeit zu tun. Ich erspare Ihnen den diagnostischen Hintergrund, der mich zu dieser Ansicht bringt, den ich im Übrigen mit einem Fachkollegen teile, sein Name sagt Ihnen nichts, wenn Sie nicht gerade Leser der ›Zukunft‹ sind.« Dies war die einzige Stelle in ihrem Gespräch, an der sich Doktor Muesall ein winziges Lächeln erlaubte.

»Dieser Täter wird weitermorden«, fuhr er eindringlich fort. »Er steht unter dem Zwang, es zu tun. Ich erkenne noch nicht das Muster, nach dem er vorgeht. Doch eines steht fest: er will, dass dieses Muster am Ende erkannt wird. Wie ein Sternenbild, das sich durch die gedachten Linien des Betrachters erst erfüllt. Er will sein Werk zeigen. Er will … erkannt werden. Als der Künstler, für den er sich eigentlich hält. Ein Künstler im Fach Mord.«

Seine schwarzen Augen senkten sich tief in Edmunds, es war geradezu unheimlich, diesem Mann gegenüberzusitzen, die Energie, die von ihm ausging, jagte ihm Schauer über den Rücken.

»Darf ich Sie nun fragen, wie weit Ihre eigenen Ansichten wirklich mit meinen übereinstimmen, Herr Engel?«

»Bis vor ein paar Tagen hätten sie es vollkommen getan, Herr Sanitätsrat«, erwiderte der Engel nach kurzem Zögern und Räuspern.

Der Sanitätsrat stutzte. »Was soll das heißen? Haben Sie Ihre Meinung geändert?« Er griff bereits nach seinem Hut und seinem Rohrstock und war offenbar kurz davor aufzustehen und zu gehen.

»Die jüngsten Ereignisse widerlegen mich«, versuchte Edmund zu erklären und kämpfte dabei mit seinem trockenen Mund. »Insbesondere, nachdem ein Tatverdächtiger im Mordfall Holm gestanden hat.«

»Und?« Muesall sah wenig überrascht aus, eher ermüdet. »Hat er noch weitere Morde gestanden?«

»Nein, nur den an Holm, nach ... nach verschärftem Verhör.«

»Das dachte ich mir.« Er schloss für einen Augenblick seine Lider wie einen Vorhang vor einer peinlichen Szene.

»Für den Mord an der Schauspielerin hat er ein einwandfreies Alibi«, ergänzte Edmund.

»Man hat den falschen Mann. – Erneut den Falschen! Wie schon im Stoltze-Fall. Ein Skandal!«, echauffierte Muesall sich plötzlich.

Diese spontanen Bemerkungen seines prominenten Gegenübers wirkten auf Edmund, als hätte jemand die Pforte zu seiner verkümmerten Seele aufgeschlossen. Er entschloss sich kurzerhand, sich dem Doktor restlos anzuvertrauen, ihm wie einem Beichtvater ›alles‹ zu sagen. Und er begann mit dem Schock, den er vor wenigen Tagen erst im Metropol erlebt hatte.

»Ich war mit einem Mal überzeugt, dass der Täter nach dem Muster der Szenenfolge der Revue mordet.«

Muesalls Gesicht schien plötzlich zu versteinern. »Gott, ich war doch auch im Theater«, sagte er mehr zu sich selbst. »Habe aber die Revue nur bis zum zweiten Akt verfolgt. Und selbst das nur … na ja.«

»Die Revue hat sechs Szenen, Bilder genannt«, erklärte Edmund.

»Demnach …«, man konnte sehen, wie dem Doktor das Blut aus dem Gesicht wich, es glich nun erst recht einer gipsweißen Totenmaske. »Demnach muss der Täter noch drei weitere Morde folgen lassen. – Wie heißt das nächste Bild, das vierte?« Er schoss die Frage ab wie einen Pfeil.

Edmund musste nicht lange überlegen. »Der bessere Herr.«

Und in dem Moment, als er dies sagte, durchzuckte ihn plötzlich ein Gedanke. Er hatte sich seit seinem Rausschmiss durch von Jagow jede weitere Beschäftigung mit der Serienmordtheorie verboten. Auch der Fall Auckenthaler, der seiner Kriminalerlaufbahn den Todesstoß versetzt hatte, war zu einer verbotenen Zone in seinem Kopf geworden. Doch jetzt plötzlich stand ihm der verhängnisvolle letzte Satz Auckenthalers vor Augen, den selbst die Presse, ganz arglos freilich, schon breitgetreten hatte: ›Ich bin der bessere Herr.‹ Selbst von Schmöckwitz hatte den mit der Schreibmaschine getippten Zettel, auf dem er stand, in seinen Notizen erwähnt. Wenngleich nur beiläufig, als bedeutungsloses Detail.

Muesall schaute ihn unterdessen fragend an. »Ist Ihnen nicht wohl, junger Mann?«, fragte er ihn besorgt mit dem skeptisch musternden Blick des Arztes.

Edmund erwiderte seinen forschenden Blick und erklärte ihm nun den Grund für sein plötzliches Erschrecken.

Der Doktor begriff sofort: »Er hat also bereits seinen vierten Mord begangen«, rief er bestürzt aus. »Daran kann gar kein Zweifel bestehen.«

Er schaute Edmund weiter eindringlich an. »Jetzt sind Sie dran, ihn zu fassen, Engel.«

Edmund schüttelte langsam und traurig den Kopf. »Nein. Ich kann nichts mehr tun. Von Jagow hat mich vom Hof gejagt. In wenigen Tagen verlasse ich die Burg. Und überhaupt die Polizei.«

»Das werden Sie nicht tun, Engel«, widersprach der Doktor so einfach und bestimmt, als spräche er nur eine bekannte Tatsache aus. »Sie werden Ihren Weg gehen und diesen Mörder aufhalten. Mit meiner Unterstützung, soweit ich es vermag. Was haben Sie zu verlieren? Wenn Sie Erfolg haben, wird Ihr Stern aufgehen. Wenn nicht, können Sie Ihren Dienst immer noch quittieren. – Junge, denken Sie ab dieser Sekunde nur noch an die Menschen, deren Leben Sie retten können! Und nehmen Sie abschließend einen Rat des älteren von uns beiden an: Lassen Sie Ihre kriminalistische Arbeit nicht durch unser beider Theorie vom Serienmörder leiten.«

»Aber ich dachte, genau darum ginge es Ihnen?« Edmund runzelte die Stirn. »Ich verstehe nicht.«

»Gut. Hören Sie zu. Der Fall Zatopeck aus dem Jahr Drei oder Vier, falls Sie den kennen.«

Edmund zuckte die Achseln. Worauf wollte dieser seltsame Arzt eigentlich hinaus?

»Der Zatopeck war ein Kleinbauer in Ostpreußen, der eine reiche Witwe heiratete. Nach einer gewissen Zeit fand man sie ermordet in der Hofscheune. Erschlagen. Dazu eine Unmenge rätselhafter Spuren, die der oder die Täter hinterlassen hatten. Nicht nur die blutverschmierte Mordwaffe, ein schweres Metallteil, sondern darüber hinaus auch verschiedene Messer, im Kreis um die Leiche in den Boden gesteckt. Um die Messer herum war ein weiterer Kreis gezogen, gebildet aus alten preußischen, skandinavischen und russischen Münzen. Von diesen merkwürdigen Kreisen führte ein aus lumpigen Kleidern gebildeter Pfeil aus der Scheune ins Freie. Der Lumpenpfeil deutete genau auf das nahe liegende Dorf von einigen hundert Bewohnern.«

»Ich fürchte, ich verstehe noch immer nicht …« Edmunds Verwirrung nahm sogar noch zu, er wurde allmählich ärgerlich.

»Die Sache war die, Engel: Es gab hier nicht zu wenige Spuren, sondern ein solches Übermaß davon, dass man nicht das Wesentliche, das Übliche tat, nämlich Motive und Alibi und eventuell verräterische Spuren des Ehemanns zu überprüfen. Stattdessen suchte man die Täter ergebnislos im Dorf und unter den Vagabunden und Zigeunern in der Gegend. Der nunmehr reiche Witwer verriet sich erst drei Jahre später, als er sich im Suff seiner Tat rühmte.«

Muesall blickte Edmund nun fragend an.

Und Edmund begriff auf einmal. »Sie meinen, auch dieser Täter, unser Serienmörder, hinterlässt nun mal Spuren? Macht Fehler wie jeder andere Mörder. Und man darf sich nicht durch seine Inszenierung in die Irre führen lassen.«

»*Sie* dürfen es nicht, Engel! Der Täter hält sich für genial. In Wirklichkeit aber agiert er geradezu schlampig. Denken Sie nur an die mitunter nachlässige Verkleidung in seinen Mordszenen, wie etwa fehlende Schuhe und Strümpfe. Die Presse berichtet ja ganz arglos solche Details. Aber die

Polizei hält sie, scheint's, für belanglos. Dabei verraten sie so viel über den Täter.«

Edmund schwieg. Musste bei sich aber zugeben, dass er über solche Details der Tatausführung ebenfalls noch nicht nachgedacht hatte.

»Finden Sie seine Fehler, Engel«, wiederholte der Doktor. »Überprüfen Sie die Details. Fangen Sie am besten ganz von vorne an. Dann bekommen Sie ihn. Was ich dazu beitragen kann, will ich tun.«

Mit diesen Worten stand er auf, drückte Edmund seine Visitenkarte in die Hand und verschwand so ernst, so rasch und so unspektakulär, wie er erschienen war.

Als Emma Steppke kurz darauf ihren Kopf zur Tür hereinstreckte, fand sie Edmund hinter einem Berg von Fall-Akten sitzen, versunken in seine Lektüre. Er blickte nur kurz auf, lächelte abwesend, sah jedoch ganz und gar nicht aus wie einer, der innerhalb der nächsten Tage die Waffen strecken musste. Eigentlich glich das Bild genau dem, wie es zu Anfang gewesen war.

Was im Himmel, fragte sich Emma Steppke, hatte der schnieke Sanitätsrat mit ihm angestellt, dass der Engel plötzlich wieder strahlte vor Unternehmungslust?

Vossische Zeitung, Mittwoch, 27. Sepember.

VERBRECHEN ZAHLT SICH AUS – Mordsandrang im Metropol-Theater. Immer neue Wendungen im Fall der Theatermorde. Kaum wurde bekannt, dass der Hintergrund der Morde an der Metropol-Schauspielerin Hedwig Zinnoweck und ihrem mutmaßlichen Liebhaber und späteren

Mörder, dem Schauspieler-Kollegen Holm, eine fatale, sittlich höchst fragwürdige Ménage à trois ist, kann die Kriminalpolizei auch schon den Dritten im ›Moribunde‹ präsentieren. Es handelt sich um den ebenfalls am Metropol beschäftigten Schauspieler Kurt Maxeiner. Dem Vernehmen nach hatte der Verdächtige bereits gestanden, Holm getötet zu haben.

Inzwischen jedoch wird dies von dem mit Maxeiners Verteidigung beauftragten Rechtsanwalt Dr. Fahrenholt, bekannt aus diversen diffizilen Strafsachen der letzten Jahre, bestritten. Maxeiners vermeintliches Geständnis sei das Ergebnis bewusst falscher Auslegung seitens der Polizei. Diese bestreitet ihrerseits nun die Vorwürfe des Anwalts und prüft eine Anzeige gegen Fahrenholt wegen Verunglimpfung eines Staatsorgans. Folglich sitzt Maxeiner weiter als dringend Tatverdächtiger im Polizeigefängnis am Alexanderplatz ein.

Ungeachtet dessen ist das Interesse des Berliner Publikums am Besuch des Metropols ungeschmälert. Mehr als das: Noch nie waren die Warteschlangen vor dem Theater in der Behrenstrasse länger. Jeden Tag aufs Neue und heftiger denn je entbrennt vor der Theaterkasse ein geradezu hysterischer Kampf um die Billetts für die kommenden Vorstellungen der aktuellen Revue »Die Nacht von Berlin«. Hier stellt sich nun aber doch die Frage nach dem Niveau des Berliner Publikums. Überall im Deutschen Reich würde man ein Stück, dessen Darsteller sich nach der Vorstellung gegenseitig meucheln und noch im Tod aufs Geschmackloseste durch Theater-Verkleidungen verhöhnen, meiden wie die Pestilenz. Nicht so in der Reichshauptstadt. Hier treibt die Dekadenz des Publikums derartige Blüten, dass man täglich ein Mordstheater veranstaltet, um in ein Theater der Mörder und Gemordeten zu gelangen.

Es gab ein paar Ungereimtheiten, wenn man Daubners spärliche Notizen zum Anschlag auf Talleyrand-Périgord und von Schmöckwitz' nahezu unbrauchbare Anmerkungen zum Selbstmord des Musikstudenten Auckenthaler las. Zumindest Edmund stellten sich Fragen, nachdem er die Unterlagen aufmerksam und mit neuem Geist studiert hatte. Zum ersten Mal nach von Jagows vernichtender Kritik.

Auffällig war zum einen, dass es für den abgefeuerten Schuss auf Talleyrand keinen Zeugen – nicht einmal einen Ohrenzeugen – gab. Abgesehen vom Grafen selbst. Gewiss war dies angesichts des Großstadtlärms durchaus möglich. Häufiger waren allerdings die Fälle, wo Zeugen viel mehr Schüsse gehört haben wollten, als nachweislich abgefeuert worden waren. Es stützte auch die Aussage des Grafen nicht eben, dass die Kugel des Attentäters nicht gefunden wurde. Leider (oder bezeichnenderweise) ließ sich Daubners Notizen, die ihm Emma Steppke aus der Abteilung für Sicherheit »besorgt« hatte, nicht entnehmen, ob überhaupt danach gesucht worden war. Das Protokoll der Bezirkspolizisten lag ihm natürlich nicht vor. Nur das nackte Ergebnis, »Geschoss nicht gefunden«, war von Daubner festgehalten worden.

Die zweite Frage, die sich Edmund stellte, betraf Auckenthalers ominösen Abschiedsbrief. Es handelte sich um einen mit der Maschine geschriebenen Satz. Das Blatt hatte noch in Auckenthalers Schreibmaschine gesteckt, als man ihn fand. Einmal vorausgesetzt, er hätte wirklich Selbstmord begangen, warum hatte er sich dann nicht wenigstens die Mühe gemacht, das Blatt herauszunehmen und seine letzte Botschaft mit eigener Hand zu unterzeichnen? Denn es fehlte die Unterschrift, das immerhin hatte von Schmöckwitz beiläufig noch vermerkt.

Aber angenommen, Auckenthaler war ermordet worden, wie würde der Täter – dieser besondere Mörder – vorgegangen sein? Sein Opfer zwingen, den Satz handschriftlich zu schreiben? Das hätte Zeit gekostet und zu Komplikationen führen können. Und wozu auch? Diesem Täter kam es darauf an, sein »Werk« fortzuführen, einen Bezug zum vierten Bild der Revue, »Der bessere Herr«, herzustellen. Dafür brauchte er nur die entsprechende Anspielung auf dem vermeintlichen Abschiedsbrief, nicht aber Auckenthalers Unterschrift, ja, sie störte ihn vielleicht sogar – nicht Auckenthaler sollte sich hier verewigen, sondern er allein.

Doch woher wusste der Mörder, dass Auckenthaler eine Schreibmaschine besaß? Womöglich, dachte er jetzt, hatte der Täter einfach darauf spekuliert. Hatte vor der Tat den Satz auf einer anderen, vielleicht der eigenen Schreibmaschine getippt und das Blatt später am Tatort in Auckenthalers Maschine eingezogen. Wäre in Auckenthalers Wohnung keine Schreibmaschine vorhanden gewesen, erst dann hätte er sein Opfer zwingen müssen, den Satz handschriftlich niederzuschreiben.

Nun, seine Rechnung war offenbar aufgegangen.

Am meisten quälte Edmund jetzt aber eine dritte Frage. Doktor Muesall hatte von dem Bedürfnis dieses Täters gesprochen, sich selbst darzustellen. Wie hatte er sich ausgedrückt: »als Künstler im Fach Mord«. Das Arrangement im Fall Auckenthaler zielte aber eher darauf ab, seine Täterschaft, seine »künstlerische Handschrift«, zu verschleiern. Die Presse war arglos geblieben und die Polizei (von Schmöckwitz) ebenso. Verfolgte der Mörder neuerdings eine Rumpelstilzchen-Taktik, o wie gut, dass niemand weiß …? Fand er also inzwischen mehr Gefallen daran, als Einziger zu wissen, was wirklich vorgefallen war? Oder würde er mit seiner nächsten Tat auch den Auckenthaler-Selbstmord als sein Werk enttarnen?

Dieser verwirrende Aspekt verunsicherte ihn plötzlich wieder. Ihm wurde klar, dass er möglichst schnell eindeutige Beweise brauchte.

Von Schmöckwitz hatte vermerkt, dass das Dokument, das alle Welt als Auckenthalers Abschiedsbrief auffasste, der Akte beigelegt sei. Doch Edmund hatte bereits nachgeschaut, es war nicht vorhanden. Was, zum Henker, hatte der Alte damit gemacht? Hatte er es in der Auckenthaler-Wohnung vergessen? Es verlegt?

Es half nichts, er musste sich von Schmöckwitz gegenüber offenbaren und ihn nach dem Schriftstück fragen. Das aber war leichter gesagt als getan. Der Kommissar war zur Zeit mehr denn je aushäusig, das zunehmende Gerede im Haus über ihn schien ihn kalt zu lassen.

Es war bereits nach sechs am späten Mittwochnachmittag, die meisten Kommissare und Angestellten hatten der Burg schon den Rücken gekehrt, als von Schmöckwitz plötzlich hereinschwirrte. Er war bester Laune und nicht allein. Und er schien sich nicht wenig zu wundern, ausgerechnet Edmund noch anzutreffen. Hinter einer Wand aus Akten.

An seiner Seite drückte sich verstohlen eine blonde, recht hübsche, aber doch auch leicht ramponiert wirkende Frau ins Büro, die er, nun doch etwas verlegen geworden, als »Fräulein Änne« vorstellte.

Sie war also der Grund, warum der Kommissar entgegen von Jagows Anordnung so häufig im »Außendienst« war. Aber was wollte der Alte in seinem Büro mit der schüchternen Blonden, die gut dreißig Jahre jünger war als er? Zumal um diese Uhrzeit?

»Fräulein Änne kann gar nicht glauben, dass auch die holde Weiblichkeit mal vom Kurs abkommt und Verbrechen begeht«, erriet von Schmöckwitz ganz richtig Edmunds Gedanken – oder las seine Verwunderung von seinem Gesicht ab. »Ich zeige ihr einmal ein paar unserer hübschen Fotoalben«, erklärte er jovial, musste aber doch sein Schweißtuch zücken und sich damit die nasse Stirn wischen.

Edmund schwieg dazu, das ging ihn nichts an. Stattdessen bat er den Kommissar, ihn anschließend kurz sprechen zu dürfen. »Wegen des Protokolls in der Auckenthaler-Sache«, drückte er sich betont vorsichtig aus.

Von Schmöckwitz nickte hastig und verschwand mit Fräulein Änne im Nebenraum, wo ein Teil der erkennungsdienstlichen Akten lagerte, auf die von Schmöckwitz angespielt hatte. Nach etwa einer Stunde kam der Kommissar rotköpfig und verlegen hinter seiner neuen Eroberung wieder heraus. Er war schon dabei, sich im Hinausflattern von Edmund zu verabschieden, als diesem etwas auffiel.

Aus der linken Manteltasche von Fräulein Änne ragte der obere Rand eines Fotos heraus, das unmöglich ihr eigenes sein konnte. Denn wie alle erkennungsdienstlichen Fotografien war auch dieses, das sah Edmund leicht von seinem Platz aus, dreigeteilt aufgrund des Einsatzes von Spiegeln, die bei der Aufnahme im Erkennungsdienst eingesetzt wurden.

»Bitte warten Sie doch noch, Herr von Schmöckwitz!«, rief er den Kommissar an und flitschte schnell wie ein geworfener Kieselstein übers seeglatte Linoleum zu den beiden hinüber, um mit einem raschen Griff dem verblüfften Fräulein das Foto aus der Tasche zu ziehen.

Die nun folgende Szene war herzzerreißend. Von Schmöckwitz sah sich betrogen und das Fräulein beschämt. Das Foto, das sie mit Kühnheit und Geschick der Kartei entnommen und mitgehen hatte lassen, zeigte – sie selbst. Ein wenig jünger, ein wenig weicher noch im Ausdruck als jetzt, und unter dem Namen Ilse Dückers, wie sich herausstellte.

Fräulein Ilse hatte sich im Prälaten offenbar gezielt als »Fräulein Änne« an von Schmöckwitz herangemacht. Vermutlich kannte sie seine Gewohnheit, sich dort aufzuhalten, von einem seiner zahllosen dubiosen Vigilanten. Womöglich ihrem Zuhälter. Unter Tränen gestand sie, dass sie das Foto der Kartei nur deshalb entnommen habe, weil sie die Vorstellung unerträglich fand, auf immer und ewig und unverkennbar als Verbrecherin abgebildet zu sein. Edmund verstand das, und von Schmöckwitz vielleicht auch. Vermutlich aber war das Motiv noch einfacher, dachte Edmund. Sie versprach sich wohl gewisse Vorteile, falls sie in Zukunft wieder einmal festgenommen werden sollte und dann vielleicht als Fräulein Änne Soundso davon kam. Sie hatte von Schmöckwitz getroffen, dann kam ihr die Idee zu dem Coup (oder umgekehrt).

Im Grunde eine traurige Geschichte. Und peinlich für den Kommissar. Der schwieg und ließ sie nach kurzem Zögern ziehen.

Edmund nahm unterdessen die Fotografie und ordnete

sie nebenan wieder ein. Der Kommissar saß erschöpft und eingesunken auf seinem Bürostuhl, als er zurückkehrte.

»Nicht auszudenken, wenn …«, quetschte er durch seine dünnen Lippen.

»Von mir erfährt kein Mensch etwas davon, Herr von Schmöckwitz.«

Der Alte blickte ihn überrascht und dankbar an. »Dafür haben Sie bei mir was gut, Engel. Nicht auszudenken …«, wiederholte er mechanisch.

Noch am selben Abend klingelte Edmund bei Joseph Auckenthalers ehemaliger Hauswirtin in der Alten Jakobstraße, um sich in die Wohnung des Studenten führen zu lassen. Kommissar von Schmöckwitz, dem er sich anvertraut hatte, war nach einigem Nachdenken eingefallen, dass sich Auckenthalers Schriftstück wohl noch in seiner »Schweinsledernen« befinden musste. Und so war es.

Die überaus verwunderte Wohnungswirtin führte den jungen Kommissar in Auckenthalers Wohnung, wo Edmund ein Blatt Papier, das er vorsichtshalber mitgebracht hatte, in die Maschine, eine dreireihige »Adler, Modell 7« mit doppelter Umschaltung, einspannte.

Er schrieb den Satz: »Ich bin der bessere Herr«, zog das Blatt aus der Maschine und legte es unter die Schreibtischlampe. Gleich daneben platzierte er das Original aus von Schmöckwitz' Schweinslederner.

Auf den ersten Blick erkannte er den Unterschied. Die Buchstaben des vermeintlichen Abschiedsbriefs liefen in einer leichten, aber doch deutlich erkennbaren Wellenform die Zeile entlang, die Buchstaben hoben und senkten sich wie in einer sanften Dünung.

Dagegen war die Zeilengeradheit der Adler verblüffend, stets kam die Drucktype in derselben Höhe zum Anschlag, die Stellung der Buchstaben war immer genau gleich.

Keinesfalls war Auckenthalers »Abschied von der Welt«, wie irgendeine Zeitung sich ausgedrückt hatte, auf seiner Adler geschrieben worden.

Joseph Auckenthaler war ermordet worden. Doch sein Mörder hatte einen kleinen Fehler gemacht. Doktor Muesall lag ganz richtig mit seiner Einschätzung.

»Döblin?«

»Guten Abend. Muesall hier.«

»Ah, Alfred. Schön, dass du anrufst. Bist mir nur zuvorgekommen. Wollte dir Dank sagen. Dass du dich für Wernickes so schnell verwendet hast. Sie sind bereits umgezogen.«

»Freut mich zu hören. War mir ein Vergnügen. Und Frau von Schwindt ebenso. Hoffe ich.«

»Worum geht es?«

»Du kennst doch den Stückeschreiber am Metropol-Theater?«

»Du meinst den Freund? Julius Freund?«

»Richtig.«

»Warum fragst du?«

»Ich … nun, ich … kurz gesagt, er muss das Stück, diese … diese Jahresrevue, ›Die Nacht von Berlin‹, er soll sie umschreiben.«

»…«

»Döblin?«

»Muesall, Doktor, das ist nicht dein Ernst.«

»Und ob. Verstehst du denn nicht?«

»Nein. Lass mich raten. Es hat mit deiner Serienmordtheorie zu tun, richtig?

»Döblin, ich habe mit Jagow gesprochen. Sinnlos. Erspare mir Details. Es gibt zwar einen begabten jungen Kriminalbeamten im Präsidium, der ebenfalls von einer Serie ausgeht. Aber Jagow hat ausgerechnet ihn kaltgestellt.«

»Typisch.«

»Ja. Der Junge wird es schwer haben, in kurzer Zeit und ohne Unterstützung des Polizeiapparats etwas zu erreichen.«

»Verstehe. Aber was hat das mit Julius Freund und seinem Revue-Text zu tun?«

»Dieser junge Polizist bei der Kripo, Engel heißt er …«

»Klingt doch verheißungsvoll.«

»Spotte nicht, die Sache ist zu ernst, das weißt du. Der Engel hat also herausgefunden, dass der Täter sich an der Szenenfolge der Metropolrevue orientiert. Bild für Bild.«

»Ah, von dorten weht der Wind. Du meinst, wenn man die Abfolge der Revueszenen änderte, würde man dem Täter in die Parade fahren und er müsste vorerst von seinem Plan lassen.«

»Mit Sicherheit wäre er irritiert. Zeit wäre gewonnen. Die der arme Engel unbedingt braucht.«

»Alfred. Du bist Arzt. Kein Theatermensch. Und das merkt man. Bis zur Schmerzgrenze. Entschuldige. Aber vergiss deine Idee. Selbst wenn ich – wenn irgendjemand! – den Freund dazu bringen könnte, seine Szenen umzuschreiben, was ich nicht hoffe, selbst dann wäre dein Plan ganz unmöglich. Du magst das ganze Theater dort für leicht austauschbare Tingeltangel-Ware halten – ein bisschen Trallalla, Kasperltheater für die Erwachsenen. Aber machst du dir eigentlich klar, dass monatelange Arbeit in einer solchen Produktion steckt? Und Geld. Für Proben, für Bühnenbilder und Ausstattung. Für Grammophonaufnahmen, den Druck der Lied-Texte. Die ständigen Unterhaltskosten fürs Theater nicht mitgerechnet. Unglaublich viel Geld wurde investiert. Nicht von Julius Freund, sondern vom Schultz, dem Direktor, und seinem Konsortium. Der Etat des Metropols dürfte dreimal höher ausfallen als der des Opernhauses. Undenkbar, so ein gigantisch finanziertes Ausstattungsstück auf die Schnelle umzuschreiben. Ein Bühnendichter, mein Lieber, ist bloß der lächerliche Wurmfortsatz eines Theaterunternehmens. Im Übrigen bin ich gegen jede Form der Zensur, auch gegen eine für den guten Zweck.«

»…«

»Sei nicht gekränkt, Muesall. Du hast recht, man muss den Täter schnellstens finden. Aber durch Polizeiarbeit. Nicht durch ein kastriertes Bühnenstück.«

»…«

»Muesall? – Hm.«

Lena Langenfelds große, dunkle Kinderaugen schauten verwundert zu Edmund auf, als er am Donnerstagmorgen so völlig überraschend in der Tür stand. Den Entschluss dazu hatte er heute früh spontan gefasst.

›Fangen Sie am besten ganz von vorne an‹, hatte Sanitätsrat Muesall ihm geraten. Und hier in der Linienstraße, mit dem Besuch bei Lena Langenfeld wegen ihrer vermissten Schwester, hatte alles angefangen.

Edmund, den bereits wieder verschwitzten Bowler in

der Hand, entschuldigte sich bei ihr für seinen unangekündigten Besuch.

Sie war blass wie immer, noch verstärkt durch die dunkle Trauerkleidung, den schwarzen Rock und die dunkle Bluse, die sie trug. Sie bat ihn freundlich herein.

»Meine Schwester ist bereits beerdigt worden«, sagte sie leise, vielleicht um überhaupt etwas zu sagen, während sie noch im dämmrigen Flur standen.

»Ja. Mein … mein Beileid noch mal«, stammelte Edmund. Ihm wurde bewusst, dass er im Augenblick daran gar nicht gedacht hatte, an diese schrecklichen profanen Dinge, die der Tod den Lebenden zumutete, außer der unfassbaren Tatsache, dass das Lebenslicht eines Menschen, den man geliebt hatte, für alle Zeit erloschen war.

Er erklärte ihr vorerst nur, dass er rückblickend noch ein bestimmtes Detail untersuchen müsse. »Erinnern Sie sich an das Schriftstück, das ich damals in Händen hielt? Einen mit der Maschine geschriebenen Brief, einen Text, den Ihre Schwester von einem Verehrer bekommen hatte?«

»Ja, sicher«, hob sie das spitze Kinn. »Der seltsame Brief von … von wem auch immer. Er liegt noch wie vorher in der Kabuse.«

Sie bat ihn in die Küche, und er setzte sich an den sauber aufgeräumten Tisch, während sie in dem Hohlraum hinter der kleinen Holztür nach dem Schriftstück suchte und es auch sehr schnell fand.

Edmunds Finger zitterten wie eine Kompassnadel, als er das Typoskript mit dem Titel: ›Stadt aus Licht‹ auf den Tisch legte. Und gleich daneben das Schriftstück, das er mitgebracht hatte, Auckenthalers vermeintlichen Abschiedsbrief.

Die gleiche, etwas unruhige Buchstabenführung auf beiden Blättern. Die gleiche sanfte Wellenbewegung der Drucktypen.

Jetzt las er auch den Inhalt des Typoskripts, doch anders als beim ersten Mal vor einigen Wochen ohne Erstaunen darüber, dass sich ein solcher Text zwischen Hildegard Langenfelds alltäglichen Papieren fand:

Stadt aus Licht

Die zuckenden Lichter der Nachtreklamen und der Glanz der Laternen elektrisieren sie alle. Die erregten Leiber schieben sich drängend, ameisenhaft und eng verknäuelt durch die wimmelnde Friedrichstraße, über die blitzenden Linden, hinein in den Lichterstrom der Französischen oder der Behrenstraße.

Auf dem tintenschwarzen Kanalwasser am Zeughaus kräuseln sich die Lichtschlangen der sattgelben Bogenlampen. Eine verirrte Ratte huscht über den Marmor, als wäre sie ihr eigener Schatten. In der Ferne donnert die Stadtbahn mit ratterndem Schlagen über eine Brücke. Und die Luft geht schwanger mit lauen, schweren, sündhaften Düften, keucht im Benzindampf, würgt am Bierdunst der sich öffnenden Kaschemmen und einem Geruch wie von altem Mehl, der von dem warmen Asphalt aufsteigt.

Dunkle Gestalten lungern im blauschwarzen Schatten des Kranzlerecks. Um abzukassieren. Bei den Mädchen, die mit den nachtschwarzen falschen Wimpern und den blutroten Lippen zwischen der Leipziger und den Linden auf und ab gondeln, hin und her tändeln, mit wiegenden Hüften und federnden Brüsten. Und hinter den aufleuchtenden Augen der Droschken und Automobile und den grellgel-

ben Fenstern der Weltstadt-Cafés schwillt das Verlangen der Herren Kavaliere.

Die Elektrischen schnarren vorbei, manch gleichmütige Benzinkutsche, säuselnde Elektroautos. Und immer noch tänzeln die Pferde vor den Droschken, ihre flinken Hufe klappern wie Schreibmaschinen, doch die Kutscher bleiben Kaltblüter.

Und über allem der Mond, beschämt hinter dem schwarzen Wolkenturm. Jetzt tritt er hervor, scharf und weiß glänzend, halbrund. Doch im glitzernden Lichtermeer der Stadt tief unten spiegelt er sich nur matt und schmutzig-gelb in dem teerschwarzen Lauf des Spreewassers.

Eine Nacht, grellbunt wie das Leben. Und wie geschaffen für das Töten.

Für meine Hilde, Berlin, im Juli 1911

Die literarische Qualität konnte er nicht beurteilen. Aber er fand den Text (jetzt erlaubte er sich doch ein Urteil) etwas geschwollen und künstlich, wie eine gestelzte Nachahmung fremder Autoren. Der Mörder hatte sich auf diese Weise seinem späteren Opfer nicht nur als der »bessere Herr« im Vergleich zum groben Wörne präsentiert, sondern auch als Schriftsteller, der »seiner Hilde« anspruchsvolle Dichtungen widmete. Getippt auf einer Schreibmaschine mit einem charakteristischen unruhigen Schriftbild.

»Konnte Ihre Schwester schwimmen, Fräulein Langenfeld?«

»Sie haben mich das schon einmal gefragt, Herr Engel«, erwiderte sie sanft.

»Ja, ich weiß«, gestand er verwirrt.

»Nein, Hilde konnte nicht schwimmen«, sagte sie.

Er dachte kurz nach und sagte: »Fräulein Langenfeld, erinnern Sie sich vielleicht, ob Ihre Schwester zuletzt an irgendwelchen Theaterkostümen gearbeitet hat? Ich meine hier, zu Hause?«

Sie senkte den Blick und fasste ihr Kinn mit zwei Fingern, während sie überlegte. »Zu Hause hat Hilde natürlich auch gearbeitet«, antwortete sie schließlich. »Aber nicht für Baruch. Sondern so wie ich für Privatkundinnen. Bloß, geachtet hab ich darauf nicht. War immer so viel zu tun.«

Sie verstummte plötzlich und starrte ihn sekundenlang über den Tisch hinweg an, unbewegt, mit Eulenaugen. »Sie denken, dass die Hilde ermordet wurde, nicht wahr? Wegen … dieser Theaterkleidung, ja?« Sie deutete mit dem knochenweißen Zeigefinger auf das Typoskript aus der Kabuse. »Von dem, der das geschrieben hat, oder?«

Als er auf dem Rückweg eilig die Schattenfelder des Hinterhofs durchschritt, spielten die Kinder lärmend wie immer. »Böttcher, Böttcher, bum bum bum, haut der Frau den Puckel krumm«, schrien sie ihm lachend hinterher. »Lecht se uff de Lade, haut se wieder jrade!«

Von der Linienstraße fuhr er mit seinem Fahrrad in südlicher Richtung, über die Oranienburger, an Lustgarten und Schloss vorbei, über die Fischerinsel zur Lindenstraße. Das Haus Nummer 18/19 war ein wuchtiges, vierstöckiges Gebäude, an dem außen in riesigen Lettern ›Kaufhaus Jacobshof‹ angebracht war. Im Durchgang zu den Höfen zeigte er dem Portier, einem alten Mann, der einem klapprigen, halbverhungerten Gaul glich, seine Polizeimarke und fragte nach der Personalverwaltung. Der Alte winkte ihn nachlässig mit der Hand durch, er schenkte seine Aufmerksamkeit lieber einem gleich nachfolgenden schwarz blitzenden Automobil.

Im Hof waren Arbeiter mit dem Verpacken riesiger Stoffballen beschäftigt, und so betrat er von der Rückseite des Gebäudes her im Erdgeschoss eine Halle, deren Dimensionen einem Bahnhof alle Ehre gemacht hätten.

Er blickte auf ein Meer aus Seide, Spitzen und glitzernden Steinen. Da waren Pyramiden von Tuch, Berge von Samt und Stoffen, aus denen sich gewiss jedes erdenkliche historische Kostüm schneidern ließ. Am Kopfende der Halle befand sich eine breite Tür, hinter der sich, wie sich herausstellte, ein Lastenaufzug verbarg. Edmund überlegte noch, ob er einsteigen sollte, als sich die Tür öffnete und zwei Arbeiter heraustraten, die eine große graue Filzrolle auf ihren Schultern trugen. Er stieg ein und sah sich im zweiten Stock einer Art Rokokosalon aus weißem Atlas gegenüber. Einer Theaterkulisse, die hier zu Ausstellungszwecken für die Kunden aufgebaut worden war. Er durchquerte die Halle nun in umgekehrter Richtung und entdeckte dabei eine Reihe weiterer Theaterkulissen: einen Empiresalon, ganz weiß und golden, einen Krönungssaal, geschmückt mit roter, golddurchwirkter Seide, ein rustikales altdeutsches Zimmer, dessen Möbel sich anscheinend mithilfe einschiebbarer Platten verändern ließen, ein gotisches Zimmer mit antiken Öllampen und Bronzeleuchtern. Und am Ende der Halle ein englisches Boudoir in lindgrünem Holz. Und zwischen alledem ein erstaunliches Gewimmel von Kunden, die sich in mindestens einem Dutzend Sprachen über die Qualität des Angebots (oder was auch immer) austauschten.

Auf dieser Seite der Halle befand sich wiederum eine Treppe, die im dritten Stock endlich in einen Flur mündete, auf dem er das Personalbüro fand. Der Vorsteher war eine Bohnenstange Ende dreißig in einem schlackernden dunklen Anzug, der strahlend auf ihn zuschritt, als wolle er ihn gleich umarmen. Die Polizeimarke zeigte ihm, dass es sich nicht um einen Kunden handelte, und Edmunds Frage nach Hildegard Langenfeld ließ seine Kinnlade endgültig enttäuscht nach unten klappen; der Ausdruck stand ihm nicht.

Nein, er könne nicht sagen, woran die Näherin Langenfeld zuletzt gearbeitet habe. Doch möglicherweise könne in diesem Fall die Vorarbeiterin weiterhelfen. Er führte Edmund über das Treppenhaus in die vierte Etage, in einen Saal, in dem ein Bienenvolk hochkonzentrierter Arbeiterinnen glitzernde Perlen und Pailletten auf Tüll, Gold auf Samt und bunte Phantasien aus Seide stickte.

Der Vorsteher winkte eine etwa vierzigjährige Frau in einem taubenblauen Schürzenkleid mit riesigen Seitentaschen heran, die Vorarbeiterin, und ließ sie mit Edmund allein. »Sie finden später selbst hinaus?«, sagte er betont geschäftig und trabte giraffenartig mit vor- und zurückpendelnden Bewegungen dem Treppenhaus zu.

Die Vorarbeiterin war eine große Frau mit knochigem, grauem Gesicht, die ein Tuch um ihr Haar gebunden hatte. Ihr Name war Apitz, und ihre mattblauen Augen trübten sich noch mehr, als Edmund ihr Fragen zu ihrer Kollegin, der Näherin Langenfeld, stellte.

Nein, die Hilde habe bei Baruch zuletzt nicht an Kostümen fürs Metropol gearbeitet, sagte sie. »Das war ich.«

»Sie? Sie haben die Kostüme geschneidert?«

»Ja. Die Laufmädchen-Kostüme, wenn Sie die meinen, hab ich geschneidert. Im Auftrag der Metropol-Mädchen, der Tänzerinnen, jawohl.«

»Wieso im Auftrag der Tänzerinnen?«, wunderte sich Edmund.

»In wessen Auftrag denn sonst?«, gab die Vorarbeiterin unwirsch zurück. »Glauben Sie, das Theater zahlt die Kostüme, junger Mann?«, warf sie grimmig-spöttisch hinterher.

Edmund ließ den Punkt lieber fallen. »Sie arbeiten doch sicher nach einem Muster, Frau Apitz, einem Schnittmuster?«, fragte er.

»Ja, natürlich. Wieso? War was nicht in Ordnung mit den Kostümen?« Ihr Gesicht nahm zusehends Ochsenblutfarbe an.

»Nein, nein, alles in Ordnung. Ich würde nur gerne wissen, ob die Hildegard Langenfeld, ähm …« Hier musste man vorsichtig sein, um die reizbare, vielleicht noch sehr um ihre verstorbene Kollegin trauernde Frau nicht zu kränken. »Nun, ich meine, hatte sie Gelegenheit, das Schnittmuster für die Kostüme zu … na, zu kopieren?«

Ihr Blick wurde lang und länger. »Sie haben keine Ahnung von unserer Arbeit, junger Mann, stimmt's.« Das war eine Feststellung, keine Frage.

Edmund zuckte hilflos die Achseln. Was sie immerhin zu einem hauchdünnen Lächeln ihrer eigentlich schönen, vollen Lippen veranlasste. Nur einen Herzschlag lang, dann war das Lächeln wieder verschwunden.

»Ich meine nur …«, er kam sich vor wie jemand, der auf einer haushohen Klippe balancierte, »wäre es grundsätzlich nicht möglich, dass Hildegard Langenfeld Kenntnis von dem Kostümauftrag hatte, an dem Sie arbeiteten?«

»'türlich. Warum denn nicht? War ja kein Geheimnis. Aber wozu hätte sie sich für die Kostüme interessieren sollen? Gab doch keine weiteren Aufträge für den Schnitt, davon wüsste ich. Das Muster war sowieso anspruchslos. So was hätte die Hilde im Schlaf geschneidert.«

»Frau Apitz, haben Sie einmal beobachtet – zufällig! –, dass Fräulein Langenfeld mit einem bestimmten Herrn zusammen war?«

»Sicher, ihr Verlobter hat sie mitunter abgeholt.« Sie verzog das Gesicht wie nach dem Biss in eine Zitrone. »Aber einen Herrn würde ich den nun nicht nennen.«

»Den Verlobten meine ich nicht. Sondern einen eher vornehmen, oder sagen wir, zumindest vornehm tuenden Herrn, wenn Sie verstehen, was ich meine?«

»So einer, der was Besseres sein will, ja?«

»Richtig!« Er hielt gespannt die Luft an.

»Nee. Nie.«

Er ließ die Luft raus. Das war's dann. Er bedankte sich artig für ihre Auskünfte, und die Vorarbeiterin hastete, die knochigen Arme beinahe bis zu den Ellbogen in den Schürzentaschen vergraben, zwischen den Arbeitstischen der Kolleginnen hindurch, zurück an ihren Arbeitsplatz am Kopfende der Reihe. Entschlossen, das Leben auch weiterhin zu nehmen, wie es nun einmal kam.

Nur eine halbe Stunde später betrat er die Burg. Von Spirow und Tausch kamen ihm mit triumphierenden Gesichtern auf dem Gang der Abteilung IV entgegen. Sie übersahen ihn, er war Luft für sie, zwei strahlende Sieger, und er war der dumme Verlierer.

Im Zimmer des Kommissars von Schmöckwitz dagegen hing die Stimmung auf Halbmast. Der alte Kommissar saß tief vornüber gebeugt an seinem Schreibtisch und war gerade dabei, sich in seiner Kaffeetasse zu ertränken, nach der Art zu urteilen, wie er hineinstierte.

Emma Steppke, die hilflos daneben stand, kam auf Edmund zu und klärte ihn mit hastigen, leisen Worten auf: »Der Wörne ist tot.«

»Was? Aber wie …?«

»Erhängt. In seiner Zelle. Mit einem Gürtel, von wem auch immer. Präsident von Jagow und die anderen Kommissare sagen, der Wörne hätte sich selbst gerichtet. Weil er die Stoltzes ermordet hat. Aber er hier …« Ihr Gesicht wanderte auf ihrem biegsamen Antilopenhals um neunzig Grad herum und deutete auf die traurige Gestalt des Kommissars.

Nein, er glaubt nicht dran, dass es der Wörne war, ergänzte Edmund in Gedanken. Aus von Schmöckwitz' taktischer Festnahme war zuerst eine Sackgasse und nun eine Endstation geworden. Weil Heinrich Wörne wohl doch nicht der harte Hund war, für den von Schmöckwitz (und auch er selbst) ihn gehalten hatte. Vielleicht war Wörne ein Tunichtgut gewesen, der seine Verlobte schlecht behandelt hatte. Aber ein Mörder war er nicht. Und was ihm in der Haft zugestoßen war, man hörte so mancherlei, wer wusste das schon?

Jetzt war es zu spät. Und die Burg-Kommissare feierten seinen Tod wie einen Sieg über Frankreich.

Von Schmöckwitz' Stirn sank langsam immer tiefer, bis eine seiner drei, vier verbliebenen Strähnen von der Schläfe plötzlich nach vorn wanderte. Emma Steppke sprang elastisch wie eine Bergziege hinzu und riss seinen schweren Kopf hoch, doch das Büschel Haare war bereits in die dunkle Brühe der Kaffeetasse geglitten. Und aus der Strähne fielen sattbraune Tropfen wie aus der Spitze eines ausgewrungenen Schmutzlappens.

An diesem Donnerstagnachmittag erhielt die elfjährige Else Wernicke von der Kolonialwarenhändlerin Benner am Karlsbad den Auftrag, einige Waren in die Bellevuestraße 129 zu bringen. Ein gutgekleideter Herr hatte die Sachen am Morgen gekauft, aber nur einen Teil mitnehmen können. Pünktlich um halb vier wolle er sie geliefert bekommen. Es war kurz nach drei, als Else mit ihrem neunjährigen Bruder Rudi die Stufen zum Laden hinunterstieg. Schon seit Tagen lag ihr der kleine Bruder damit in den Ohren, dass sie ihn einmal mitnehmen solle zur Benner'schen. Heute tat sie's, und warum auch nicht?

Die alte Frau Benner war eine kleine dicke Frau mit einem freundlichen roten Wackelpuddinggesicht, das sie sofort mochte. Aber es roch gar nicht gut in ihrem Laden. Die Benner'sche, das war Else von Anfang an aufgefallen, schaffte keine Ordnung, trennte oder verpackte die Waren nicht rechtzeitig und dergleichen. Und so schmeckte das Stück Schokolade, das sie den Kindern jetzt schenkte, nach dem Käse, der tagelang daneben gelegen hatte. Und die Lakritze im Glas stank wie Kohl, als der Rudi dran schnupperte.

»Bellevue 129, klingeln bei Wohlrabe«, wiederholte die Else und nahm die geflochtene Korbtasche an sich, die ihr die Benner'sche mitgab – eine Flasche Wein, Kaffee, ein Stück von dem verhassten Käse, der die Schokolade verpestete und noch Zigaretten waren drin. Der Einfachheit halber nahm sie den kleinen Rudi jetzt einfach mit auf ihren Botengang.

Lustig, dachte die Benner'sche vergnügt, als die Kinder die Stufen hinaufstiegen, um ihren Laden zu verlassen. Lustig sehen die beiden aus. Ein Märchen der Brüder

Grimm kam ihr in den Sinn, ›Brüderchen und Schwesterchen‹. Wie ging das gleich noch?

Etwa zur gleichen Zeit wartete Edmund Engel im rückwärtigen Trakt des Metropol-Theaters darauf, dass die Chormädchen wie üblich ihre Pause machten. Eine halbe Stunde schlich er in dem dunklen Flur die kahlen Wände entlang. Schon jetzt hatte er Angst vor Christine Stiewes großen enttäuschten Augen, wenn er ihr den Brief zurückgab.

Doch sie kam nicht. Keines der Chormädchen tauchte auf. Nein, erfuhr er im Sekretariat von Fräulein Marga, die ihn mit ihrem ungetrübten Auge grimmig-misstrauisch abtastete. Nein, die Chormädchen hätten heute keine Pause. Nach der Festnahme des Schauspielers Maxeiner durch die Polizei – ein Blick aus ihrem Auge wie aus einem Pistolenlauf – müsse der Schauspieler Josephi, ursprünglich gar nicht vorgesehen für den Part, nun unter Hochdruck eingespielt werden. Das bedeute Proben, Proben, Proben. Auch für die Chormädchen. Man sei schließlich ein professionelles Ensemble und kein Laientheater.

»Wenn Sie Fräulein Stiewe sprechen möchten, dann kommen Sie nach der Vorstellung und den letzten Proben heute Nacht«, kanzelte sie ihn ab. Und der Spott in ihrer Stimme war unüberhörbar, als sie nachschob: »Die Frolleins haben gewöhnlich nichts dagegen, wenn gewisse Herren sie nach Hause begleiten wollen.«

Gegen sechs Uhr am Abend fiel Amalie Benner auf, dass die Kinder noch immer nicht zurück waren. Das wunderte sie, denn die Else, obwohl sie das Mädchen erst seit ein paar Tagen kannte, machte doch einen sehr zuverlässigen Eindruck für so ein junges Ding. Nur der Junge, der Rudi, hatte etwas gierige Augen, die gefielen ihr nicht, aber das verwuchs sich vielleicht noch. Nun, wahrscheinlich hatte Elseken den Kleinen nach dem Botengang zu Hause abgeliefert, und nun war es ja schon zu spät für weitere Arbeiten oder gar Botengänge, wird sich das Gör gedacht haben. Womit die Kleine falsch lag, denn zu tun war immer. Schade, kriegte sie nächstes Mal eben weniger in die Hand. Das würde ihr eine Lehre sein.

Elisabeth Wernicke kam an diesem Abend wie üblich gegen neun von der Schicht nach Hause. Ihre Kehle schnürte sich zu, und sie glaubte zu ersticken, als sie begriff, dass die Kinder wirklich nicht in ihren Betten schliefen, sondern fort waren. Sie warf sich ihr Schultertuch über und trommelte die Nachbarn aus den Wohnungen, um sie nach den Kindern zu fragen. Nichts. Sie rannte hinüber zum Benner'schen Laden am Karlsbad. Sie hämmerte verzweifelt mit den Fäusten gegen die Rollläden und schrie, bis die Benner endlich aus ihrer Wohnung hinter dem Laden herangeschlurft war und die Läden hochzog, um ihr zu öffnen.

»Nicht bei Ihnen zu Hause, die Kinder?« Die Benner wurde käsebleich, und Elisabeth Wernicke fühlte, wie sich ein Eispickel in ihr Herz bohrte.

»Wo sind sie hin, meine Kinder? Wo haben Sie sie hingeschickt?«

»Na, in die Bellevuestraße 129 doch! Zu Wohlrabe. Ein richtijer vornehmer Herr.«

Elisabeth Wernicke rannte die kleine Straße hinunter Richtung Potsdamer. Drüben an der Brücke ging ein Schutzmann. Sie stürzte auf ihn zu, trotz ihres aufgeregten Stammelns begriff er sofort, und sie eilten zusammen das kurze Stück bis zur Bellevuestraße.

Es gab die Hausnummer 129. Aber keinen Wohlrabe in dem Haus. Und nicht die geringste Spur von den Kindern.

Der Polizist spürte den Hauswart auf und durchkämmte zusammen mit ihm und der Mutter das ganze Haus vom Keller bis zum Dachboden und danach den Hinterhof und das Gartenhaus. Nichts. Nun wurden sämtliche Bewohner befragt, viele von ihnen standen ohnehin schon im Flur, neugierig aus ihren Wohnungen gelockt durch das Rufen und Trampeln in Treppenhaus und Hof. Niemand hatte die Kinder gesehen, keiner kannte einen Herrn Wohlrabe im Haus oder in der Nachbarschaft.

Edmund wartete nun schon seit halb zwei in der Nacht vor dem immer noch festlich erleuchteten Theater. Wie bestellt und nicht abgeholt, so stand er da, die Hände in den Hosentaschen vergraben und immer wieder genötigt, den vorbeiquellenden Touristengruppen auszuweichen, die auf ihren feuchtfröhlichen Nachttouren durch die Friedrichstadt zusammenklumpten wie nasser Schnee.

Dann endlich, es war schon nach zwei, eigentlich konnte er kaum noch die Augen aufhalten und er fror vor Müdigkeit, kam Christine endlich. Zusammen mit drei oder vier anderen Chormädchen trat sie schweigend aus dem taghell erleuchteten Durchgang der Glaspassage. Edmund machte einige tapsige Schritte auf sie zu, blieb unsicher stehen, aber sie hatte ihn bereits entdeckt und ihr Gesicht leuchtete auf, als sie auf ihn zutrat.

Mit einem knappen Wink verabschiedete sie sich von den anderen, und er ging scheu auf ihr Lächeln zu. Ohne Kommentar griff sie nach seinem Arm und sagte: »Ach, Sie sind ja wirklich een Engel! Det Sie um diese Zeit …

Na, ick sterbe vor Hunger! Im Excelsior kann man noch wat Kleenet schnabulieren. Kennen Sie's?«

Er kannte es nicht. Aber das Excelsior lag ganz in der Nähe in der Friedrichstraße, schräg gegenüber der Jägerstraße, wie sich zeigte. Es war ein großes Lokal mit kleinen Preisen, halb Bierlokal, halb rheinische Winzerstube. Christine führte ihn (an der Hand wie Schwesterchen ihr Brüderchen) in die erste Etage hinauf. Von der Garderobe gelangten sie durch einen breiten Mittelgang in das Restaurant. Es breitete sich nach zwei Seiten hin weit aus, links in eine mit grünen Ampeln schummrig erleuchtete Winzerlaube, rechts in eine Bierstube mit Kapellmeister-Attraktion.

»Hier lang, in die Winzerlaube«, schlug sie vor. »Dort drüben«, sie wies mit dem spitzen Kinn und einem süßsäuerlichen Gesichtsausdruck zur Bierstube hinüber, »da spielt Mister Meschugge die Lieder vom Metropol. Det muss nich' sein jetze.«

Edmund sah den befrackten, heftig gestikulierenden Mister Meschugge mit den fliegenden langen, silbergrauen Locken, der seine Kapelle dazu nötigte, einen aktuellen Metropol-Schlager zu spielen. Und das Publikum – meist ältere Bummelanten und Touristen aus der Provinz, wie es aussah –, es schmetterte beherzt den Refrain: »Und warum der ganze Stuss? Nur weil man dabei sein muss. Bei dem großen Schneddredeng. Von tout Berlin! Von tout Berleng!«

Edmund folgte Christine um mehrere künstlich berankte Raumteiler herum, zwischen denen sich Paare aller Altersgruppen versteckten, in die hintere Ecke der Winzerlaube. Hier war es ruhiger, die Musik erreichte sie nur noch gedämpft, auf dem kleinen Tisch stand ein rotes Lämpchen, und der Kellner ließ nicht lange auf sich warten. Sie bestellte Maultaschen und einen Mosel, Edmund eine Kanne Pilsator zu einer Mark fünfzig, wirklich billig.

Er wartete nicht lange und zog den Brief aus der Tasche, sobald der Kellner die Bestellung aufgenommen hatte. Ihr junges, schmales Gesicht fiel in diesem Moment in sich zusammen und nahm in dem dämmerigen Licht der Ampeln eine gespenstische, grünlichgraue Farbe an.

Sie nahm den Brief zwischen Zeige- und Mittelfinger und sagte mit maßlos enttäuschter Stimme, als wäre soeben etwas in ihr gestorben: »Sie haben ihn den Präsidenten nich' jejeben.«

»Aber doch!«, widersprach Edmund heftig. Zu heftig, wie er gleich darauf fand, denn sie zuckte zusammen und wich ein Stück von ihm zurück. »Doch, ich habe ihn dem Präsidenten gegeben«, erklärte er ruhiger. »Aber er hat ihn mir mit den Worten zurückgegeben, Sie möchten sich an die Theaterabteilung der Polizei wenden.«

»Die Theaterabteilung?« Sie stutzte. »Ick dachte, die kümmert sich mehr um …«

»Um die Inhalte der Stücke, ja«, ergänzte Edmund leise. Um die Zensur der Stücke, wäre treffender gewesen.

»Er will also nüscht mit unserer Sache zu tun haben, Ihr Herr Präsident, nee?«

»Nein.«

Sie schaute ihren Brief plötzlich an wie einen Klumpen Dreck zwischen ihren Fingern und ließ ihn auf das weiße Tischtuch fallen. Sie winkte den Kellner heran und sagte: »Bitte werfen Sie det weg, oder verbrennen Sie's, mir janz ejal. Fort damit.«

Der Kellner warf Edmund einen bösen Blick zu, bevor er das Kuvert mit spitzen Fingern aufnahm und damit fortging. Christine starrte blicklos vor sich hin, und Edmund fixierte das Tischtuch, als hätte er noch nie zuvor eines gesehen. Der Kellner kam zurück und brachte die Getränke und die Maultaschen. Edmund griff nach seinem Bier wie nach einem Rettungsring und auch Christine nahm einen verzweifelten Schluck aus ihrem Glas.

Sie drehte es noch eine Weile weiter über ihren blutleeren Lippen, bevor sie es absetzte und ihn plötzlich unverblümt fragte: »War det nun der einzje Grund, der olle Brief, warum Sie mit mir sprechen wollten, Herr Engel?«

Bestürzt erwiderte er: »Nein! Aber nein. Ich wollte … nun, ich muss … ich möchte Sie warnen«, platzte er heraus. Beschützen hätte er lieber gesagt, aber das klang ja lächerlich.

Sie sah ihn zuerst verblüfft, dann amüsiert an. »Warnen? Mir? Aber vor wat'n, Herr Engel?«

Wie sollte er ihr das nun erklären? Es fiel ihm ja selbst noch schwer, die Zusammenhänge zu verstehen. »Fräulein Stiewe, das hängt natürlich mit den Morden der letzten Zeit zusammen …«

»Die Theater-Morde, ja?«

»Ja, die auch. Ich bin sicher, dass sie weitergehen werden!«

Sie war kein bisschen überrascht. »Wusste ick's doch!«, rief sie aus und klatschte mit der flachen Hand neben ihrem Teller auf den Tisch. »Der Maxeiner hat nüscht mit zu tun. Stimmt's? Ihr habt den Falschen!«

»Ja. Ich denke, er ist der Falsche.«

»Und det heißt …«, sie wurde auf einmal nachdenklich. »Det heißt, der wahre Mörder looft noch frei rum?« Sie machte mit der Gabel in der Hand eine halbe Kreisbewegung und verfolgte sie sehr bildhaft mit dem Gesicht, es sah komisch aus. Beinahe hätte er gelacht, doch die Sache war ernst.

»Sie sollten, Fräulein Stiewe, am besten nicht mehr auftreten. Jedenfalls nicht in dieser Revue.«

Sie starrte ihn fassungslos an, und er konnte an ihrem Gesicht ablesen, wie ihr innerlich der Wutkamm schwoll.

»Sind Sie verrückt geworden?«, fiel sie plötzlich über ihn her. »Wissen Sie, wat mich alleene det Kostüm für die Aufführung jekostet hat? Schultz zahlt uns doch dafür keenen Pfennig. Haben Sie ne Ahnung, wat wir für die Trikotage allet tun müssen? Und nicht nur dafür.«

Er war sprachlos. Und sie noch nicht fertig:

»Ick soll nu nich mehr ufftreten, ja? Ick sag Ihnen mal wat: Die Bühne ist vielleicht meen Ende mal. Kann sein. Aber wat anderet hab ick nich im Leben! »

»Bitte, Christine, hören Sie mir zu«, versuchte er, sie zu besänftigen, und er bog seine beiden Hände wie einen Schirm mit hauchdünnem Abstand über ihrer freien linken Hand. Doch sie zog die beschirmte Hand fort, legte das Besteck auf den Teller, der noch halb voller Maultaschen war, und schob ihn verärgert von sich.

»Der Täter«, versuchte er es noch einmal, »er richtet sich bei seinen Mordtaten nach der aktuellen Revue, nach der Szenenfolge aus der ›Nacht von Berlin‹.«

»Ick verstehe keen Wort, von wat Sie faseln, tut mir leid.«

Edmund schnaufte verzweifelt in dem Bemühen, ihr die Lage – ihre eigene Lage! – begreiflich zu machen. »Die Sache ist kompliziert«, sagte er, »das gebe ich zu. Und nicht mal meine Vorgesetzten verstehen sie.« Er blickte ihr direkt in die Augen, die jetzt hellwach waren. »Sie müssen mir aber glauben, Fräulein Christine, der Mörder wird als nächstes eine Frau töten und sie am Tatort als Blumenmädchen ausstaffieren. Möglich, dass er sich eines der Chormädchen als Opfer sucht. Sie zum Beispiel.«

Er spürte, dass sie ihn kein bisschen ernst nahm. Sie wich seinem Blick jetzt aber nicht aus, sondern zog einen Mundwinkel eine spöttische Winzigkeit in die Höhe. »Sie ham ja richtig Angst um mir«, sagte sie amüsiert. Sie beugte sich überraschend vor, ihr Gesicht war seinem plötzlich ganz nah. Sie duftete wie Marzipan. Ihr warmer Atem vermischte sich mit seinem. »Wissen Sie«, hauchte sie, »det Sie der eenzije Mann sind, den ick kenne, außerhalb vom Theater natürlich, der keenen Schnurres spatzifizieren führt? Möchte mal wissen, wie sich det anfühlt.« Und im nächsten Augenblick küssten sie sich, und so lange wie möglich versuchte er mit seinen Lippen ihren Mund festzuhalten.

Mit dem Autotaxi fuhren sie zu ihr nach Hause. Sie erklärte ihm, ohne dass er sie danach gefragt hätte, sie wohne in der Cuvrystraße, nahe dem Schlesischen Tor, in einer Art Pensionat, in dem noch einige andere Chormädchen ein Zimmer gemietet hätten. »Die Frau Seifert, unsere Wohnungswirtin, war früher selbst am Theater und jibt heute Unterricht. Sie hat jeder von uns eenen Schlüssel zur Wohnung jejeben. Ist aber zur Zeit verreist«, lachte sie schelmisch.

Sie betraten leise die Wohnung im zweiten Stock und schlichen einen schier endlos langen, schwach beleuchteten Flur entlang bis zu ihrem Zimmer. Es maß kaum zehn Quadratmeter und enthielt außer Bett und Stuhl noch einen schmucklosen Kleiderschrank aus Nussbaum. Auf einer kleinen Frisierkommode mit ovalem Spiegel stand eine Petroleumlampe, deren bauchiger, milchweißer Glasschirm mit einem Mohnblüten- und Blattrankenmuster bemalt war, und die sie jetzt anzündete.

Er zog sie an sich, küsste sie, und sie lachte in seinen Mund hinein. Sie entwand sich, ging zum Fenster, öffnete es und ließ die laue Luft der Septembernacht herein. Und mit ihr die Glockenschläge der nahe gelegenen Taborkirche.

Sie ging zur Kommode, löschte das Licht bereits wieder und häutete sich mit geübten Handgriffen und geschmeidigen Bewegungen in dem nebelweißen Mondlicht, das ins Zimmer floss. Ihre Haut schimmerte weiß und transparent wie hauchdünnes Porzellan, und ihm war, als könne er ihr Blut in den Bahnen ihres zierlichen Körpers zirkulieren sehen. Was er hörte, war aber nur sein eigener, donnernder Herzschlag.

Später an ihrer Seite schlief er tief unter der Oberfläche eines undurchdringlichen Traums. Am Morgen wachte er auf, weil er fühlte, dass sie fort war. Ihr Marzipanduft hing noch im Zimmer, doch anstelle von Christine lag ein Jugendstil-Wecker mit römischen Ziffern und rankenartigen Verzierungen auf dem bestickten Kopfkissen. Er glaubte noch, ihr hitziges Parfum von heute Nacht zu atmen und ihr helles Lachen in den Ohren klingeln zu hören. Ach, er liebte sie einfach, alles an ihr, das ganze Fräulein Stiewe und die Christine dazu!

In diesem Moment, Punkt sieben Uhr, begannen die zwei übereinander liegenden Glocken des Weckers unnachgiebig in zwei verschiedenen Tonlagen zu hämmern.

Zehn Minuten später hatte er sich aus dem Zimmer und aus der grabesstillen Wohnung geschlichen, froh, niemandem begegnet zu sein. Vor dem Haus jedoch stand mit dem Rücken zu ihm ein Koloss von einem Mann in einem schlecht sitzenden, dunklen Anzug, der auf ganz ähnliche

Weise rauchte wie Tausch, mit breit abgewinkeltem Arm, der fast immer auf Mundhöhe blieb und sich bewegte wie ein Klappmesser.

Als Edmund die Vorstufen hinunterhetzte, drehte der Mann sich um, als hätte er auf ihn gewartet.

Edmund setzte beinahe das Herz aus vor Schreck. Es war Tausch, der da selbstzufrieden vor dem Haus stand und ihn nun unverhohlen angriente.

»Na, Engel, nicht schlecht, die kleine Stiewe, was? Sagt von Spirow auch.«

Edmund stockte der Atem.

»Na, mir ist die kleene Tine inzwischen zu langweilig. Hatte sie ja schon paar Mal, halt mich lieber an die anderen Mädels, bis die Reihe durch ist. Aber wer weiß, wenn sie nicht vorhin schon abgeschwirrt wäre, Christinchen, hätte ich mich vielleicht doch noch mal breitschlagen lassen, hähä.«

Edmund stand wie erstarrt. Wovon redete dieses Riesenscheusal, das doch sonst sein Maul nie aufkriegte?

»Haben Sie ihr ordentlich was auf den Frisiertisch gelegt, wen'stens?«, bellte Tausch ihn jetzt an und knipste mit zwei Fingern der Zigarette das Lebenslicht aus, bevor er sie fortschnickte.

»Auf den Frisiertisch?«, erwiderte Edmund mit zittriger Stimme. »Was soll ich ihr denn …«

»Meine Güte, Jungchen, du bist aber auch schwer von kapee. Leg ihr nen Schein druff, dann darfste auch uff sie wieder ruff, nächst'mal.«

Edmund wurde schwarz vor Augen. Sprach dieser Fleisch gewordene Mistkübel etwa von seiner Christine?

Tausch fixierte ihn unterdessen mit lauerndem Blick. Und auf einmal schien er zu begreifen. »Ach, herrje, Sie wussten gar nix davon, ich meine: davon! Mann, Sie sind ja noch naiver, als die Polizei erlaubt, Engel. Was glauben Sie eigentlich, wovon die kleinen Theatermädels leben, die wir beide und noch ein paar andere Herren heute Nacht besprungen haben, hä? Von ihrer mickrigen Theatergage vielleicht? Nee, Freundchen, davon können die sich gerade mal ne Rolle Klopapier kaufen, mehr nicht. Dort drinnen machen die Damen ihr Geld!« Er wies mit seinem Nussknackerkinn auf das Haus, das Edmund soeben verlassen hatte. »Na und? Wollen schließlich auch anständig leben, sich mal was gönnen, oder?«

Edmunds Knie zitterten, er wollte nur noch fort, fort von diesem Ekel erregenden Tausch, doch die Beine versagten ihm.

»Menschenskind, Engel, Sie werd'n mir ja ganz bleich. War's denn so anstrengend, heute Nacht? Hat se nicht so gespurt, wie se sollte, nein? Hähä. Hier«, er zog seine Packung Manoli wieder aus der Jackentasche hervor und bot Edmund eine an. »Erst mal eine rauchen, dann können Se nächst'mal bei ihr bisschen Dampf hinter machen.«

Als Edmund spürte, dass es passieren würde, war es bereits zu spät. Ein Schwall Erbrochenes hellbräunlicher Färbung, mit vielen grünen und blauen und roten Einsprengseln, ergoss sich in weitem Bogen über Tauschs Hände, die ihm das offene, noch halb gefüllte Zigarettendöschen hinhielten, über Tauschs bis dahin noch dunkle Anzugjacke, über seine knittrigen Hochwasserhosen und die unpassend dazu kombinierten, aber gewienerten hellbraunen Schuhe, die hinterher aufgrund der Farbähnlichkeit mit dem frisch Erbrochenen noch am wenigsten besudelt aussahen.

Edmund spuckte noch einmal aus, ließ den entsetzten

Tausch dann einfach stehen und fluchen, lief zur Hochbahnstation und fuhr nach Hause. Er legte sich ins Bett, ohne sich um die schreckensweiten Augen und die aufgeregten Fragen seiner Tante zu kümmern.

Am Freitag, dem 29. September 1911 wurde die Vermisstenstelle des Polizeipräsidiums am Alexanderplatz durch die bezirkliche Polizeidienststelle davon in Kenntnis gesetzt, dass die Geschwister Rudolf und Else Wernicke, neun und elf Jahre alt, seit dem Vorabend vermisst wurden.

Dort nahm man die Sache vorerst gelassen. Es kam häufig vor, dass Personen, auch Kinder, verschwanden und nach ein paar Stunden oder Tagen wieder auftauchten. So auch in diesem Fall. Gegen Mittag wurde die Meldung durchgegeben, dass der gesuchte Junge, der neunjährige Rudolf Wernicke, zurückgekehrt sei. Beinahe unbekleidet, verdreckt und verstört, habe er vor dem Wohnhaus Flottwellstraße 75 gestanden, in dem er mit seiner Mutter und der vermissten Schwester wohne. Er sei zuerst von Nachbarn aufgefunden, dann auf Bitten der herbeigerufenen Mutter in das Krankenhaus am Urban eingeliefert worden.

Erschwernis für die Fahndung nach dem Mädchen: das Befinden des Jungen. Er spreche nicht und zeige sich auch selbst nicht ansprechbar. Der Junge befinde sich in einem Zustand des ›Stupor‹, so der behandelnde Arzt, Dr. Döblin. Ganz offensichtlich die Folge eines Schocks. Dennoch wurde die bereits erfolgte Rückkehr des Bruders von der Polizei als Zeichen der Hoffnung gewertet, dass auch seine Schwester bald wieder auftauchen würde.

Nacht von Sonnabend auf Sonntag

Er folgte ihr ins Zimmer und schloss die Tür. Noch bevor sie dazu kam, die Petroleumlampe auf der Kommode anzuzünden, packte er ihren Hals von hinten mit beiden Fäusten. Der ovale Frisierspiegel schimmerte dunkel wie ein nächtlicher See, und ihr schockiertes, verzerrtes Gesicht zappelte darin wie ein kleiner weißer Fisch, gefangen in der Reuse. Er konnte fühlen, wie die Panik ihren dünnen Körper erstarren ließ. Das helle Entsetzen in ihren Augen füllte den teilnahmslosen dunklen Spiegel mit der unwiderstehlichen Magie der Todesangst.

Er fühlte gar nichts, nur das deutliche Knacken in seinen Händen, als er ihr mit einem kräftigen Druck das Zungenbein brach.

Er legte sie aufs Bett, kleidete sie um und hatte zuletzt nur Mühe damit, ihren Kopf gerade zu platzieren, der immer wieder schlaff zur Seite fiel.

Dann ging er ans Fenster und öffnete es. Unten klatschten die eiligen Schritte eines verspäteten Heimkehrers übers Pflaster; sie verloren sich rasch in der Dunkelheit jenseits des matten Scheins der Gaslaterne vor dem Haus. Er schloss das Fenster und verharrte einen Augenblick in der Mitte des Raums. Er schloss die Augen und genoss die Stille, die zwischen den Wänden dieses Mädchenzimmers hing, eine Stille wie dicker, schwarzer, zähflüssiger Schleim, beinahe mit den Händen zu greifen.

Er öffnete die Augen wieder, atmete tief und betrachtete zufrieden den toten weißen Körper im Blumenmädchenkostüm.

Die Glocken der Taborkirche klangen klar und kalt herüber, es schlug halb drei. Dann versank die Nacht wieder in Stille wie ein Stein im Wasser.

Ein heiseres Lachen kroch aus seiner Kehle, es ließ sich nicht zurückhalten. Das amüsierte ihn einfach. Dass einfach alles immer weiter ging in der Welt.

Sechstes Bild: Heimarbeiterin

Und die Lampe schwält mit so trübem Schein,
Ein Frösteln schüttelt die Glieder,
Denn der Herd ist kalt und das Feuer sank ein,
Und es sinken die müden Lider!

Der Mord an Christine Stiewe wurde am Sonnabendmorgen gegen neun Uhr durch die Wohnungswirtin Katharina Seifert entdeckt.

Er änderte alles.

Dem Metropol-Theater bescherte die Nachricht vom gewaltsamen Tod des nunmehr dritten Mitglieds ihres Ensembles einen Absturz des Zuschauerinteresses, wie es das Theaterleben der Hauptstadt bis dahin noch nicht erlebt hatte. Der hysterische Drang des Publikums, in jedem Fall dabei zu sein, wenn das »Mordstheater« seine nächste Aufführung gab, war umgeschlagen in die wirtschaftlich tödliche Einschätzung, dass die Vorgänge rund ums Metropol denn doch ein widerwärtiges Ausmaß angenommen hätten.

Das Publikum, zeigte sich wieder einmal, war eine launische, unberechenbare Diva.

Die Berliner Kriminalpolizei zwang der Mordfall Stiewe zu einer vollkommen neuen Sicht auf die scheinbar erfolgreich aufgeklärten Mordfälle der letzten Wochen. Und das hatte Folgen auch für Edmund Engel.

Der Mord an Christine Stiewe wurde von der Presse als sensationelle Fortsetzung der Theatermorde gewertet. Das warf ein Problem für die Kriminalpolizei auf. Es war mehr eine Frage der Plausibilität: Es gab keinerlei Anhaltspunkte, aus von Spirows praktischer Theorie einer Dreiecksgeschichte unter Schauspielern mit tödlichem Ausgang im Handumdrehen eine Quadratur der Eifersucht zu machen. Als ob es im Theater üblich wäre, dass alle mit allen ein Verhältnis hatten, um sich anschließend kreuz und quer das Lebenslicht auszublasen. Christine Stiewe hatte mit einer verwickelten Beziehungstat nicht das Geringste zu tun, darauf fehlte jeder Hinweis. Und für eine simple Nachahmung erschien das Tatmuster viel zu kompliziert.

Der ohnehin schon wackelnde Turm zweifelhafter Indizien brach krachend in sich zusammen. Der verdächtige Schauspieler Kurt Maxeiner, zum Zeitpunkt des Mordes an Christine Stiewe in Polizeihaft, musste umgehend auf freien Fuß gesetzt werden. Das Bild seines grimmig-triumphalen Gesichts bei seiner Entlassung ging durch alle großen Zeitungen der Stadt.

In der Burg machte sich von Spirow von nun an rar. Ebenso wie Tausch war er eigentlich zum Tatort Cuvrystraße gerufen worden. Doch als er die Adresse am Telefon hörte, wurde er genau wie sein sonst so robuster Kollege von einer Blitzerkrankung unbekannter Ursache ans Bett gefesselt.

So waren von Schmöckwitz und Edmund Engel an seinem eigentlich letzten Arbeitstag für die Kriminalpolizei zum Tatort gerufen worden. Beim Anblick seiner Geliebten für eine Nacht war es Edmund, als müsse sein Kopf zerplatzen. Er brachte es nur für Sekunden über sich, sie anzusehen, und doch blieb ihm das Bild wie eingebrannt haften: wie sie ausgestreckt dalag, feengleich auf ihrem Bett, in ihrem geblümten, ärmellosen Tüllkleid, den schmalen Kopf auf dem gestickten Kopfkissen unnatürlich zur Seite geknickt, die Augen weit geöffnet, blicklos, leer.

Er überließ von Schmöckwitz, der nüchtern wirkte, die Regie am Tatort. Als er später mit dem Kommissar das Präsidium erreichte und noch immer wie betäubt das Büro betrat, wurde er von Emma Steppke abgefangen. Sie wusste, es war sein letzter Tag heute, und die Trauer darüber hing wie eine Nebelbank vor ihren marineblauen Augen.

»Sie sollen zum Präsidenten kommen«, sagte sie leise. »Sofort.«

Aha, nun gibt es also noch einen Tritt zum Abschied, dachte Edmund, und drehte auf dem Absatz um, damit er es schnell hinter sich brachte. Als er in von Jagows Büro geführt wurde, empfing der ihn mit wütendem Gesicht und brüllte die Sekretärin an wie einen Einjährigen auf dem Kasernenhof: »Raus!«

Und zu Edmund: »Setzen!«

Von Jagow selbst zog es vor, eine Zigarette qualmend zwischen Schreibtisch und Fensterreihe hin und her zu stampfen, Edmund gelegentlich einen wilden Blick zuzuwerfen und ihm eine Standpauke zu halten (wenn das der richtige Ausdruck dafür war):

»Hören Sie, Engel, ich weiß nicht, was genau hier gespielt wird. Ich weiß nur, dass es in all meinen Dienstjahren nicht vorgekommen ist, dass zwei zuständige Kommissare gleichzeitig krank werden, sobald sie zum Tatort gerufen werden. Und das nicht etwa zur nachtschlafenden Zeit, neihein!, sondern hübsch am Sonnabendmorgen um neun. Na, bequemer geht's doch gar nicht mehr, oder!«

Edmund zog es vor zu schweigen und nur von Jagows wütendem Stierblick standzuhalten.

»Von Spirows Theorie, Menage à trois, Eifersucht und Mord, der Klassiker eben, das dürfte ja nun hinfällig sein, nicht wahr«, fuhr er aufgebracht fort. »Und warten Sie mal, wie die Presse genüsslich über uns herfallen wird, weil der Täter offensichtlich noch auf freiem Fuß ist.«

Er stand jetzt mitten in einem grellen Lichtkeil direkt am Fenster, schwang plötzlich seine rundliche Gestalt in dem feinen englischen Tuch wieder scharf herum und richtete den Finger seiner freien Hand wie einen Gewehrlauf auf

Edmund – eine Pose, in der er sich anscheinend gefiel und die er sicher einstudiert hatte, dachte Edmund.

»Sie, Engel«, rief er ihm zu und versprühte dabei winzige Speicheltropfen seiner feuchten Aussprache, »Sie schaffen mir jetzt diesen Serientäter bei, von dem Sie die ganze Zeit gefaselt haben! Und zwar schnell. Haben Sie verstanden?«

Der Engel war zu verblüfft, um auch nur eine Silbe herauszuwürgen.

»Nicht, dass ich Ihre Theorie irgendwie für plausibel hielte, Engel, glauben Sie das ja nicht! Aber es gibt mir nun doch zu denken, dass auch der Doktor Muesall, er ist Gerichtsgutachter, Nervenarzt, guter Mann zweifellos, na, dass er ähnlich wie Sie von einem Gestörten ausgeht, der unser Täter sein könnte. Wenn wir nichts anderes haben, dann muss es eben so gehen, nicht wahr.«

Edmunds Starre löste sich langsam, und sein Hirn arbeitete wieder. Dass der Präsident die Ansichten Doktor Muesalls über die Fälle kannte, wunderte ihn nicht wirklich. Die beiden waren große Tiere und trafen sich bestimmt regelmäßig in der feinen Gesellschaft. Aber dass von Jagow Doktor Muesalls Theorie vom Serienmörder bisher ebenso in den Wind geschlagen hatte wie seine Überlegungen, ließ ihn geradezu am Verstand des Präsidenten zweifeln. – Und wie hatte er diesen mächtigsten Mann der Berliner Polizei noch bis vor kurzem bewundert.

»Das heißt, Herr Präsident, ich darf weiter Dienst tun in der Bu …, ähm, im Präsidium?«

»Ja, was denn sonst?«, kläffte von Jagow ihn an. »Stellen Sie sich diesmal nur nicht so dumm an wie in der Sache mit dem verrückten Österreicher. Setzen Sie mir Ihren Serienmörder fest, dann bekommen Sie Ihr eigenes Büro, das verspreche ich Ihnen«, schlug er plötzlich einen deutlich milderen Ton an.

Edmund fragte nicht, was er außer einem Tritt bekam, falls er den Täter nicht oder nicht schnell fasste. Und er verkniff sich auch die Bemerkung, dass der Auckenthaler-Fall ebenfalls auf das Konto des gesuchten Täters ging.

Er fragte: »Was die Ermittlungen betrifft, Herr Präsident, darf ich davon ausgehen, dass ich dafür alle nötigen Freiheiten habe?«

Von Jagow starrte ihn sekundenlang an wie einen Landesverräter. »Freiheiten?«, fauchte er. »Wovon reden Sie, Mann? Sie haben keine Freiheiten, Engel, sondern nur Pflichten, im Grund nur eine: Ihren Täter sollen Sie fassen und überführen. Das ist alles. Setzen Sie sich mit Muesall in Verbindung. Kann in Ihrem Fall nicht schaden. Und jetzt Abmarsch, an die Arbeit!«

Er machte Edmund gegenüber ein paar ärgerliche Winke mit der glimmenden Zigarette im Mundstück zwischen seinen Fingern, grauweiße Ascheflocken schwebten im Rechteck des weißen Fensterlichts zu Boden wie schmutziger Schnee.

»Herr Doktor Muesall? Engel hier, guten Tag.«

»Engel? – Ach, Herr Engel! Was gibt es?«

»Einen weiteren Mordfall, Herr Doktor. Aber das wissen Sie sicher längst?«

»Ja, natürlich. Aus dem Extrablatt vorhin. Von Jagow, mit Verlaub, man müsste ihn vierteilen für seine Ignoranz!«

»Er hat meinen Rausschmiss heute rückgängig gemacht. Ich soll weiterermitteln!«

»Nun, dann wollen wir den Präsidenten noch einmal begnadigen! Aber Sie wissen, Herr Engel, dass Ihnen die

Zeit davonläuft. Unser Mann hat sein sechstes Bild sicher schon vor Augen.«

»Deshalb rufe ich Sie an. Ich … ich martere mir das Hirn, aber ich … komme einfach nicht weiter. Ich weiß nicht, wo ich ansetzen soll.«

»Was ist mit den Details der bisherigen Mordfälle? Ist Ihnen da etwas aufgefallen? Oder gibt es etwas, das Ihnen besonders spanisch vorkommt?«

»Mmja, ich verstehe eine Sache noch immer nicht. Es geht um den Auckenthaler.«

»Ja?«

»Ich verstehe nicht, wieso der Täter es so eingerichtet hat, dass in dem Fall alle Welt glauben musste, es handle sich um Selbstmord. Das passt nicht zu ihm. Zu seinem Ziel, von dem Sie doch auch sprachen: Er will sich öffentlich präsentieren, als etwas Besonderes. Als Künstler. Doch in diesem Fall … hatte er es offenbar darauf abgesehen, den Mord zu verschleiern. Ich verstehe das nicht. Aber ich bin überzeugt, dass er es war.«

»Überlegen wir mal, Engel. Wer konnte überhaupt zu der Auffassung gelangen, dass auch Auckenthaler Opfer unseres Serienmörders geworden war?«

»Zu jenem Zeitpunkt … im Grunde … wohl … nur ich.«

»Hm …«

»Herr Sanitätsrat?«

»Er kennt Sie, Engel. Und er weiß oder ahnt oder traut Ihnen zu, dass Sie seine Serie erkannt haben. Vielleicht glaubt er, in Ihnen sein adäquates Gegenüber gefunden zu haben. So wie die Farbe Schwarz das Weiß braucht, um überhaupt gesehen zu werden. Vermutlich rechnet er damit, dass auch die Öffentlichkeit später von seinem Mord an Auckenthaler erfahren wird. Aber zunächst einmal galt diese private Inszenierung mit dem ominösen Abschiedsbrief niemand anderem als Ihnen, Engel. Sie wissen, was das bedeutet: Er hat Sie im Visier. Sie befinden sich in Gefahr.«

»Er wird mich kaum als Heimarbeiterin für sein sechstes Bild inszenieren können, Herr Sanitätsrat. Damit würde er sich nur lächerlich machen, und das weiß er.«

»Dennoch, seien Sie vorsichtig, Engel.«

»Wenn ich nur irgendeinen Anhaltspunkt hätte! Ich zermartere mir den Kopf, aber ich sehe nicht, wo ich ansetzen könnte, um ihm auf die Spur zu kommen.«

»Sagen Sie, träumen Sie, Herr Engel?«

»Wie bitte? »

»Erinnern Sie sich an Ihre Träume?«

»Selten. Fast nie.«

»Schade. Sind schon schwierige Probleme im Traum gelöst worden.«

»Darf ich ehrlich sein, Herr Sanitätsrat?«

»Nur zu!«

»Ich glaube nicht an solche … an Träume und ihre Bedeutung.«

»Hm. Dann mache ich Ihnen einen Vorschlag. Wir treffen uns morgen Abend.«

»Aha? Gut. Wo?«

»Im Metropol-Theater natürlich. Zur Vorstellung um acht. Fühlen Sie sich eingeladen!«

»Aber wird es denn noch Billetts geben? Morgen ist Sonntag und …«

»Keine Sorge, es wird Billetts geben! Ich habe heute aus meinem Bekanntenkreis schon von zwei verschiedenen Seiten Karten angeboten bekommen. Nach dem Mord an der kleinen Schauspielerin möchte man sie nun nicht mehr in Anspruch nehmen. Ich hatte bereits dankend abgelehnt, aber das lässt sich leicht korrigieren, wenn Sie möchten?«

»Ja. Natürlich, Herr Dokt...«

»Dann sehe ich Sie morgen um acht, Haupteingang Metropol-Theater, Herr Engel.«

Der Engel schlief wieder sehr schlecht in dieser Nacht. Er träumte und wurde wach davon. Er war schweißnass. Reste des Albtraums wehten wie Sturmblätter durch seinen schwindelnden Kopf. Er hatte von Christine geträumt. Sie war eine Rose, eine weiße ..., nein, nein gar nicht, sie war keine Rose. Sie war eine Tulpe, eine weiße Tulpe, kurz vorm Öffnen des Blütenkelchs. Glatt und glänzend und kerzengerade leuchtete sie wie von innen heraus vor einem schwarzen Hintergrund, wie in einem dieser alten holländischen Gemälde, von Rembrandt vielleicht, er war nicht sicher. Bis plötzlich die Blätter ihres Kelchs abfielen, alle auf einmal, und verweht wurden in alle Richtungen, und nur noch der nackte, kahle Stengel übrig war und ... Neuer Traumfetzen. Eine Lichtreklame. Sie kam aus der Schwärze auf ihn zugeschossen, ein nervös blinkender Schriftzug, Ultima, in stilvollen goldenen Lettern, deren Größe rasant zunahm und ihn zu zermalmen drohten. Dann war er aufgewacht.

Er stand auf, ging leise ins Badezimmer und wusch sich. Er blickte in den Spiegel, das Wasser lief. Und plötzlich wurde ihm klar, dass nicht nur der Mord an Auckenthaler für ihn – ihn persönlich! – inszeniert war. Sondern auch der an Christine. Sie war ausgesucht worden, nicht obwohl, sondern, weil er sie gewarnt hatte. Der Mörder war unter jenen zu finden, die in irgendeiner Weise sein besonderes

Interesse an Christine, seine Verliebtheit in sie, erkannt oder wenigstens erahnt, ihn vielleicht sogar mit ihr beobachtet hatten. Der Täter war ihm schon sehr nahe gekommen. Und Christine hatte ihrem Mörder nicht misstraut, ihn sogar mit auf ihr Zimmer genommen. Er war also einer ihrer Freier gewesen. Wie Tausch. Und von Spirow. Und wie er selbst, allerdings ohne es zu wissen.

Das Wasser lief, alles verschwamm vor seinen Augen, und er glaubte mit einem Mal, den Marzipanduft ihres Gesichts wieder zu riechen, den Salzgeschmack ihrer Haare zu schmecken und ihren warmen Körper, schlank wie eine Flöte, auf seiner Haut zu spüren. Die Traurigkeit überwältigte ihn, das Wasser floss und floss aus ihm heraus.

Von der elfjährigen Else Wernicke fehlte auch an diesem Sonnabend noch jede Spur. Die Bezirkspolizei hatte bereits die Gegend zwischen dem Karlsbad nahe der Potsdamer Brücke und der Bellevuestraße abgesucht, jedoch ohne Erfolg, ohne den geringsten Hinweis auf den Verbleib des Mädchens. Bedauerlicherweise besserte sich auch der seelische Zustand ihres kleinen Bruders nicht, er verschlimmerte sich im Gegenteil noch, der Junge bekam hohes Fieber und geriet in einen immer kritischeren Zustand.

Dennoch betrachtete man in der Vermisstenabteilung der Burg Else Wernickes Verschwinden noch immer mit einer gewissen Gelassenheit. Einem Vertreter des Lokalanzeigers, der auf den Fall aufmerksam geworden war, wurde vom Kriminalbeamten Hinstorff, eigentlich zuständig für die Bearbeitung der Fahndungsblätter, weitschweifig erklärt: »Vielleicht hat das Mädchen irgendeinen Fehler gemacht, die abzuliefernden Waren beschädigt oder ähnliches. Und ihren Bruder zum Schweigen verpflichtet, was ihn in schwere Gewissensnöte bringt. In mehr als neunzig Prozent solcher Fälle taucht das vermisste Kind bald wieder auf. Und ein angeblich von Sittlichkeitsverbrechern entführtes Mädchen wird nach einigen Kilometern Fußmarsch von mitleidigen Leuten aufgegriffen, erst mal wieder aufgepäppelt und dann erst bei der Polizei gemeldet. Warten wir's ab.«

Im Berliner Tageblatt, unter der Rubrik »Notizen aus dem Theaterleben«, würde es einen Tag nach der Aufführung vom 1. Oktober 1911 in einem »Zwischenruf« lapidar heißen: »Sonntagabend im Metropol-Theater. Gähnende Leere. Verbrechen zahlt sich doch nicht aus.« Gefolgt von einer kleinen improvisierten Hofberichterstattung über Ihre Majestät Fritzi Massary: »Die unerreicht schicke Massary hielt zur gleichen Zeit Hof im Vergnügungspalast Trocadero, Unter den Linden 14. Tausend Kavaliere lagen ihr zu den zierlichen Füßen. Unter einem Himmel aus Blumen thronte sie, ihre schwarzen Samtaugen lächelten den Bewunderern zu. Auf den Gängen tanzten die Paare und stießen die Sektflaschen mit den Lackstiefeln fort, dass sie herumkollerten wie Murmeln.« Und ein gewisser Kerr würde höhnen: »Fehlte nur einer, der ewige Kavalier und kürzlich von einer Kugel glücklich verfehlte Graf Talleyrand-Périgord. Frevler feixten, er fehle keinem, nicht mal der Einen.«

Dass der Graf sich an diesem Abend statt an der Seite von Königin Massary wie üblich im Metropol-Theater befand, sprach aus Sicht der Presse Bände über den aktuellen Stand des Verhältnisses zwischen der Bühnendiva und dem Gelegenheitsdichter. Denn offenbar hatte er sich von dem Anschlag auf seine Person bereits wieder erholt.

Warum aber, so wunderte man sich allgemein, verfolgte er dann eine Revue, die er in und auswendig kennen musste, da er sie schon ein halbes Dutzend Mal besucht hatte?

Als Edmund zusammen mit Doktor Muesall und seiner Begleiterin den Theatersaal betrat, entdeckte er Talleyrand-Périgord recht bald unter den Lichtstrahlen der elektrischen Kerzen in einem Fauteuil der Balkon-Logen. Allein, umgeben von Samtsitzen und Seidentapeten, von Luft und Leere.

Das Theater war bestenfalls zur Hälfte gefüllt, als sei »tout Berlin« von einer heimtückischen Krankheit befallen. Denn den gelegentlich umherschwirrenden Dialektfahnen und Sprachgirlanden nach zu urteilen, waren die Gäste des Abends vor allem ausländische Touristen und Besucher aus den deutschen Provinzen. An ihren Horizonten waren die Theatermorde offenbar vorbeigegangen.

Der Eindruck insgesamt an diesem Abend war natürlich deprimierend. Auf den weichen Teppichen, in den prunkvollen Gängen, in den Logen, an den Tischen, Büffets und Bars des Metropol-Theaters herrschte Tristesse. Auf dem Laufsteg der mondänen Lebewelt Berlins nichts als Leere, und auf allen Gesichtern Irritiation und Enttäuschung. Wie auf einer Hochzeit, bei der die Hälfte der geladenen Gäste ohne Entschuldigung fortgeblieben war.

Schultz, der Theaterdirektor, begrüßte heute Abend mit weit auseinandergerissenen Zähnen möglichst jeden Gast persönlich im Foyer. Nur Edmund Engel nicht. Als er unerwartet den jungen Polizisten entdeckte, schraubte er seine Brauen in die Höhe, und seine breite Stirn warf Wellen. Den Doktor Muesall und seine Dame begrüßte er dagegen mit Bückling und geschmeidigem Wiener Handkuss: »Herr Sanitätsrat. Meine Dame. Erlaube mir den Hinweis, Herr Doktor, dass auch der Herr Bankdirektor Löhrmann meinem Hause heute Abend wieder die Ehre erweist.«

Muesall zeigte keine Regung außer einem kaum merklichen Nicken. Im Theatersaal erblickten sie Löhrmann kurz darauf weit vorne, in einer der Proszeniumslogen. Mit einer jungen, Funken sprühenden Dame, deren Alabasterschultern und brillantgeschmücktes Dekolleté die Stimmung des Bankiers offenbar wieder aufrichtete. »Ob auch unterhalb der Gürtellinie, werde ich dann in der nächsten Sitzung mit ihm erfahren«, bemerkte Muesall trocken gegenüber seiner Begleiterin.

Anneliese trug ihr pflaumenfarbenes Kostüm und ihren einzigen Schmuck, eine Perlenkette, in dem Bewusstsein, dass dieser Abend im Grunde als Arbeitszeit zu betrachten war. Sie begleitete ihren Doktor nur deshalb (sagte sie sich), weil das Arrangement dem jungen Polizisten, dem Herrn Engel, bei seinen Ermittlungen helfen könne. Warum sie dazu ins Metropol-Theater zu gehen hatten, war ihr schleierhaft. Und dem jungen Engel wohl auch. Aber Muesall bestand darauf und nötigte sie geradezu, ihn zu begleiten, sie bräuchten ihren weiblichen Sachverstand, behauptete er.

Wenigstens war der junge Kommissar, mit dem Muesall sie vorhin im Foyer bekannt gemacht hatte, eine angenehme Erscheinung. Er war sehr blass, und für einen Polizisten wirkte er geradezu scheu, aber er besaß höfliche Umgangsformen, eine angenehm samtige Stimme und sehr ausdrucksvolle, himmelblaue Augen unter langen schwarzen Wimpern.

Merkwürdig, dachte Edmund, der sich jetzt in dem riesigen Oval umsah, selbst der Theaterautor Julius Freund und der Komponist des Hauses, Victor Hollaender, saßen mit älteren Damen, ihren Gattinnen vermutlich, an einem der nummerierten Tische im Parkett. Ganz so, als hätte Schultz alle verfügbaren Angestellten des Metropols dazu verpflichtet, durch ihr Erscheinen den gespenstischen Eindruck der Leere in dem riesigen Theatersaal zu mildern. Es musste unter diesen Umständen geradezu verwundern, dass nicht auch die Bühnenarbeiter und Portiers samt Ehefrauen oder Verlobten, als Gäste verkleidet, unters Publikum geschmuggelt wurden. An den verdrossenen Gesichtern von Baudewin und Krawczik, die er vor Betreten des Theaters zufällig im Durchgang zur Glaspassage hatte zusammenstehen und sich noch unterhalten sehen, hatte er jedoch schon ablesen können, dass ihnen der Ernst der Lage durchaus bewusst war. Auch ihre Einkünfte (und Krawcziks Nebenverdienst) hingen vom Einspielergebnis der aktuellen Jahresproduktion des Hauses ab.

Sie nahmen ihre Plätze an einem der nummerierten Tische ein, recht weit hinten, in der Nähe der Kleidergelasse. Vor ihnen lag die weite Ebene des dünn besetzten Zuschauerparketts, traurig wie der Anblick eines Kurorts in der Nachsaison. Muesall bestand darauf, die Getränke auf seine Rechnung zu nehmen, und Edmund war schon drauf und dran, einen Spatenbräu zu bestellen, doch der Doktor verordnete ihnen allen Kaiser-Blume: »Ein sehr feiner Sekt aus Geisenheim, falls Ihnen der Ort etwas sagt«.

Geisenheim sagte ihm nichts, dafür beeindruckte ihn Fräulein Anneliese Becker, die den Sanitätsrat begleitete, umso mehr. Sie war von einer dezenten Schönheit, hatte sandfarbenes, sehr volles, lockiges Haar und helle, wache

Augen, die stets in Bewegung waren. Nur dem Geschehen auf der Bühne, das pünktlich um acht begann, schenkte sie kaum Aufmerksamkeit. Doch das galt für sie alle drei.

Vom ersten bis zum Ende des fünften Bildes der Revue tropfte die Vorstellung des eifrig spielenden Orchesters und des redlich sich abkämpfenden Gesangs- und Spielensembles wie Wasser an ihnen ab. Sie drei bildeten eine eigene kleine Insel im Saal, an ihrem Marmortisch kamen die inszenierten Bühnenstürme der Revue nur als laue Theaterlüftchen an, die ihr intensives Gespräch bloß streiften.

»Nun«, begann Muesall, nachdem die Getränke gekommen waren und sie angestoßen hatten. »Da wären wir also im geistigen Zentrum des bösen Geschehens. Hier, davon bin ich überzeugt, hat alles angefangen.«

Dennoch verstand Edmund nicht gleich, warum sie dazu eigens hatten herkommen müssen. Der Doktor wehrte seinen Einwand mit einer kleinen Geste ab und sagte: »Sie werden jetzt bitte Fräulein Anneliese Ihre Version der Geschichte erzählen. Als wäre es das erste Mal. Sie wird Ihnen Fragen stellen, wo nötig.« Anneliese schenkte dem Doktor ein federleichtes Lächeln, das noch ein, zwei Sekunden an ihren scharf gezeichneten, rostrot geschminkten Lippen hing; Edmund verriet es die große Vertrautheit zwischen diesen beiden Menschen.

»Mein Part wird es sein«, fuhr Muesall fort, »Ihre Erzählung ein wenig zu kommentieren, wenn Sie gestatten?«

Edmund beantwortete Muesalls fragenden Gesichtsausdruck mit einem folgsamen Kopfnicken und wandte sich an Anneliese, die ihn aufmerksam ansah.

Er räusperte sich und sagte: »Das Verbrechen begann am Plötzensee. Dort, vermutlich bei Nacht, stieß unser Mörder die Schneiderin Hildegard Langenfeld ins Wasser. Die

Leiche ist forensisch nur unzureichend untersucht worden, offizielle Todesursache: Ertrinken ohne ersichtliches Fremdeinwirken. Hämatome an Bauch und Brust wurden als Beschädigung der Leiche beim Bergen gedeutet.«

»Was theoretisch durchaus möglich wäre«, gestand Muesall zu. »Und in der Literatur häufig beschrieben ist.«

»Mag sein«, erwiderte Edmund. »Aber an dem Fall bestand grundsätzlich kein Interesse.« Schon gar nicht bei von Spirow, erinnerte er sich nur zu gut.

»Woher kannte der Mörder die Frau?«, wollte Anneliese wissen.

»Er hatte mit ihr spätestens schon im Sommer ein wie auch immer geartetes Verhältnis begonnen. In irgendeiner Weise muss er davon erfahren haben, dass sie bei der Theaterausstattungsfirma Baruch als Schneiderin arbeitete. Und damit in der Lage war, Theaterkostüme zu schneidern. Zumindest für seine ersten Opfer, die er öffentlich auszustellen gedachte, die Frauen der Juweliersfamilie Stoltze, brauchte er Hildegard Langenfelds Hilfe, da die Stoltzes natürlich selbst keine Bühnenkostüme besaßen.«

»Was ist er für ein Mensch, dass er Derartiges … nun, dass er dergleichen nötig hat?«, fragte Anneliese.

»Ein Mann unserer Zeit, meine Liebe«, warf Muesall ein. »Einer, der sich als etwas ganz Besonderes empfindet, aber von anderen nur als Durchschnitt wahrgenommen wird. Wenn überhaupt. Das kränkt ihn tödlich. Und er will sich dafür rächen. Beweisen, wie einzigartig er in Wahrheit ist. Indem er tötet. Auf eine ganz besondere Weise.«

»Er geht dabei langfristig und planmäßig vor«, übernahm Edmund wieder. »Er beeindruckt die Schneiderin Langenfeld durch sein mondänes, vielleicht auch nur großspuriges Auftreten. Doch er ist vorsichtig, er zeigt sich weder ihrer Schwester, Lena Langenfeld, noch Bekannten oder Kolleginnen. Nur seine späteren Opfer, die Stoltzes, wissen, wie er aussieht, aber sicherlich nicht, wie er mit Namen heißt. Er bringt Hildegard Langenfeld also dazu, eine Kopie der Laufmädchen-Kostüme für ihn anzufertigen, die ihre Kollegin bei Baruch gerade für die Schauspielerinnen des Metropol-Theaters schneidert.«

»Ich traue ihm sogar zu«, spekulierte Muesall, »dass er ihr ganz dreist geraten hat, sie möge sich bei den Maßen in etwa ihre Bekannten, die Stoltze-Frauen, vorstellen.«

Ihre Blicke wanderten zur traurigen Bühnenvorstellung hinüber, wo die »Laufmädchen« soeben ihren Abgang hatten. Der Applaus im schütter besetzten Saal war dünn und fadenscheinig wie ein abgetragenes Hemd.

»Aber wunderte sich die Schneiderin nicht über den seltsamen Auftrag ihres … na, ihres Bekannten?«, wandte Anneliese ein.

»Möglich«, räumte Edmund ein und zuckte die Achseln.

»Sicher«, gab auch Muesall zu. »Doch man muss bedenken, dass sich ihr neuer Bekannter ihr gegenüber als Künstler präsentierte. Und Künstler, das glauben wir doch zu wissen, sind nun mal außergewöhnliche Menschen, mit außerordentlichen Einfällen, nicht wahr.«

»Ich verstehe«, sagte Anneliese. »Hildegard Langenfeld wurde also von ihm nur als Schneiderin gebraucht und musste verschwinden, damit er die Stoltzes töten konnte.«

»Richtig, sie hätte ihre Kostüme und damit die Zusammenhänge sofort erkannt«, bestätigte Edmund überlaut, da er gezwungen war, Else Kupfer zu übertönen. Sie stand tapfer blinzelnd auf der Bühne, von zitronengelbem Scheinwerferlicht überflutet, und schmetterte ihre Gesangseinlage aus dem zweiten Akt der Revue in den Saal hinein: »Ja, die Berliner Nacht, hei, ist zur Lust gemacht, hei!«

Er legte eine kurze Pause ein, bis das Couplet zu Ende war und sagte: »Nun aber verhaftet die Polizei im Fall Stoltze unerwartet einen Tatverdächtigen und erklärt das Ganze als Raubmord mit anschließender, rachebedingter Verhöhnung der Opfer.«

»Sie hatten den falschen Mann verhaftet, versteht sich«, schob Muesall lakonisch ein.

»Ja, den armen Wörne«, nickte Edmund. »Sein Verderben war, dass er über Hildegard Langenfeld die Stoltzes flüchtig kannte und damit prahlte. Sein Nervengerüst war jedoch weit flatteriger, als mein Vorgesetzter, der ihn nach einer Denunziation verhaften ließ, ahnte. Der Mörder muss erkennen, dass er sein Rätselbild zu schwierig gestaltet hat.«

»Zu oberflächlich! Nicht zu Ende gedacht«, rief Muesall aus.

»Zu weit weg vom Original jedenfalls, dem Metropol-Theater«, erläuterte Edmund. »Denn die Bekleidung der Toten wird gar nicht als Bühnenkostüm gewürdigt, sondern eher als Badekleider oder ähnliches. Ich muss zugeben, ich selbst bin auch erst spät, während eines Besuchs im Theater, darauf gekommen, dass es sich um die Modistinnen-Kostüme aus der ›Nacht‹-Revue handelte.«

»Doch unser Täter ist durchaus lernfähig. Zumindest, was die Wahl der Opfer betrifft«, nahm Muesall den Faden auf.

»Leider«, bestätigte Edmund bedauernd. »Er beschließt spätestens jetzt, den Kreis enger zu ziehen. Er tötet die Schauspielerin Hedwig Zinnoweck und präsentiert sie spektakulär in aller Öffentlichkeit. Auf der Parkbank unmittelbar vor dem Metropol-Theater.«

»Und zugleich vor dem Bankhaus ihres …, sagen wir, ihres Mäzens«, ergänzte Muesall wieder.

Unwillkürlich wanderten die Blicke der drei zur Proszeniumsloge hinüber, in der Löhrmann saß. Heiter und rotköpfig, sichtlich angeregt durch die Jugend und Schönheit seiner Begleiterin.

»Sie ist geschmückt wie ein Weihnachtsbaum«, witzelte Anneliese. »Er setzt ihr die Lichter auf. Und sie ihm später die Hörner.«

Muesall lachte, und Edmund staunte über den Freisinn dieser Frau, die seine Mutter hätte sein können und die ihm von Minute zu Minute besser gefiel.

Nachdem Muesall eine weitere Lage Sekt bestellt hatte, fuhr Edmund fort in seiner Version: »Womit der Mörder nicht rechnet, ist, dass die Polizei keinen Zusammenhang zum Laufmädchen-Mord herstellt. Sein Serienauftakt wird nicht erkannt. Rasch lässt er daher den Mord an Holm folgen. Jetzt endlich wird ein Zusammenhang gesehen. Aber nur zwischen den Theatermorden! Die Presse lässt sich einen Bären aufbinden, der von Eifersucht und Vergeltung erzählt. Und die Polizei sucht scheinbar konsequent nach dem Dritten im Bunde, der Holm vermeintlich auf dem Gewissen hat, als Vergeltungstat für Hedwig Zinnowecks Tod.«

»Die theatralische Verkleidung wird nicht, wie der Täter es gerne hätte, als Kunstwerk wahrgenommen«, sezierte Muesall fast schon genüsslich. »Sondern als geschmacklose Entgleisung verkommener Theatersitten.«

»Heißt das also«, überlegte Anneliese laut (sehr laut sogar, um gegen den nächsten Schlagerdonner von der

Bühne anzukommen), »der Mörder wurde von den Fehlentscheidungen der Polizei und den falschen Verdächtigungen der Presse zu immer weiteren Morden getrieben?«

»Nein«, widersprach Edmund. »Der Mörder hat seinen Plan, und der heißt bis zu diesem Moment, da wir hier sitzen: sechs Mordszenarien für sechs Bilder der ›Nacht‹-Revue.« Er stieß mit dem Kinn in Richtung Bühne. Man befand sich mittlerweile am Anfang des dritten Bildes der Revue. Doch weder Muesall noch Anneliese wandten sich um.

»Unser Mann folgt sklavisch seinem Ablaufplan«, ergänzte Muesall an dieser Stelle wieder. »In dieser Hinsicht steht er unter dem Zwang, es zu tun. Das aber unterscheidet ihn nun wirklich vom echten Künstler, der immer die freie Wahl hat. Einmal angenommen, wir akzeptierten sein absurdes Fach, den kunstvollen Mord. Unser Mann ist ein billiger Effekthascher, angetrieben von gekränkter Eigenliebe und dem monströs übersteigerten Drang, sich darzustellen. Er ist kein Künstler, sondern ein tödlicher Bürokrat.«

»Dennoch geschieht mit ihm irgendetwas auf dem Weg zum vierten Mordszenario«, warf Edmund ein. »Er tötet den Studenten Auckenthaler nach einem vermeintlichen Attentatsversuch und macht mittels einer Abschiedsnotiz Presse und Polizei glauben, es handle sich um einen tragischen Selbstmord. Aus enttäuschter Liebe zu Fritzi Massary.«

»Ja, das ist allerdings ein Widerspruch«, blickte Anneliese ihn fragend an. Sie bekam die Antwort darauf jedoch von Muesall.

»Nun, er ist enttäuscht von seiner Wirkung«, befand er. »Überlegen wir doch mal. In der Öffentlichkeit wird die vollständige Serie, angefangen bei den Stoltzes, nicht erkannt. Sein nun schon mehrere Mordstationen umfassendes Kunstwerk wird einfach nicht gewürdigt. Doch bei der Polizei, da gibt es einen jungen Kommissaranwärter, der scheint intelligent genug zu sein, die Serie doch noch zu erkennen. Und mit dieser Vermutung lag er so ganz falsch nicht.« Muesall warf Edmund leicht ironisch einen anerkennenden Blick zu. »Diesen jungen Hilfskommissar«, fuhr er fort, ohne den Blick von Edmund zu nehmen, er saugte sich geradezu an ihm fest, »den erwählt der Mörder dazu, endlich alle Morde als Serie zu erkennen. In der Hoffnung wohl, dass durch ihn sein Gesamtkunstwerk endlich den Weg an die Öffentlichkeit finden würde. Unser junger Herr Engel war also der erste Adressat für die Szenarien vier und fünf. Das heißt die Morde an dem Studenten und der blutjungen Tänzerin, einem der ›Blumenmädchen‹ aus unserem Stück hier.«

Für das Ende des dritten Akts wurde jetzt vom müden Publikum ein matter Beifall gespendet. Die Pause setzte ein, sie unterbrachen ihr Gespräch, tranken, aßen eine Kleinigkeit, unterhielten sich über das für den September so ungewöhnliche, anhaltend schwül-warme Wetter, und als danach mit dem vierten Bild fortgefahren wurde, hatten sich die Reihen so weit gelichtet, dass jetzt nur noch ein Drittel der Plätze besetzt war.

Auch der Graf Talleyrand-Périgord fehlte inzwischen, wie Edmund bei einem Rundblick feststellte. Sowie der Bankier. Kein Wunder, denn Löhrmann, erinnerte er sich jetzt, hatte äußerst verdrießlich ausgesehen, als er ihn kurz vor der Pause noch einmal im Blick gehabt hatte. Was daran liegen mochte, dass seine brillantenblitzende Begleiterin die Loge bereits verlassen hatte. Auch Doktor Muesall hatte es entdeckt und leise geseufzt, wohl weil er an die Arbeit dachte, die in der nächsten Sitzung mit Löhrmann auf ihn wartete, vermutete Edmund.

»Was denken Sie, Herr Engel, wird der Mörder als nächstes tun?«, nahm Anneliese das Gespräch von vorhin wieder auf.

»Er wird sich sein letztes Opfer aussuchen. Vermutlich hat er es schon getan. Ich habe vorsichtshalber beim Polizeipräsidenten je einen Schutzmann für die Darstellerinnen des letzten Bildes der Revue erwirkt.«

Annelieses Gesicht hellte sich auf: »Für alle?«

»Nein. Nur für die Hauptdarstellerinnen, die am Wochenende und unter der Woche die Heimarbeiterin in der Szene spielen, ist das personell möglich. Und selbst das …«

»Ich bin aber sicher«, fiel Muesall ihm etwas unwirsch ins Wort, »dass der Täter davon Kenntnis bekommen oder zumindest eine Ahnung hat. Er ist ein guter Beobachter. Und das zwingt ihn mit großer Wahrscheinlichkeit, auf andere Personen auszuweichen. Es kann im Grunde jedermann treffen.«

»Eher noch jede Frau«, korrigierte Anneliese ihn trocken, und Muesall nickte ernst.

»Aber welche Möglichkeit habe ich, das zu verhindern?«, warf Edmund auf einmal hilflos die Arme hoch. »Wir befinden uns in einer Sackgasse! Wir wissen, er wird weiter morden. Aber wir wissen nicht, welches Opfer er diesmal im Visier hat.«

Schweigen trat zwischen ihnen ein, während die verkrampfte Fröhlichkeit vorne auf der Bühne weiterging, als sei alles wie immer. Muesall schlug vor, ihr Gespräch vorerst zu unterbrechen und sich die restlichen Szenen der

Revue anzusehen. »Gut möglich«, spekulierte er zuversichtlich, »dass Ihnen, Herr Engel, oder einem von uns, ganz unerwartet eine Kleinigkeit auffällt, die uns letztlich zum Täter führt.«

Edmund schwieg, er konnte sich beim besten Willen nicht vorstellen, auf welche Weise ihnen das verfluchte Stück, die unsägliche ›Nacht von Berlin‹, helfen sollte. Es diente nur dem Täter. Als Blaupause für seine Morde.

Er war maßlos enttäuscht. Er musste sich eingestehen, dass das von Doktor Muesall vorgeschlagene Gespräch, der Rückblick auf das Geschehen von Anfang an, ebenso wenig hilfreich gewesen war wie sein früherer Hinweis auf Träume, die angeblich über Nacht die Detektivarbeit leisteten. Nichts war dabei herausgekommen. Und vermutlich lag das an ihm, Edmund. Daran, dass ihm das Gespür fehlte, der kriminalistische Instinkt, oder wie immer man es nennen wollte.

Er saß schon eine ganze Weile auf der Bank vis-a-vis dem Theater. Auf der Bank, die Hedwig Zinnoweck, eitle Gansdie, als letzter Ruhesitz gedient hatte. Er genoss den Abend, den Ort, hatte dort entspannt in seinem schicken Schwarzen gesessen und dem Himmel über der Stadt beim Nachtwerden zugeschaut.

Sie hatte es schwer, die Nacht, gegen ihre neuartigen Feinde, die Lichtfahnen der elektrischen Stadtbeleuchtung, die in den aufgeheizten Straßen zwischen den schwitzenden Häusern um die Wette strahlten und die Dunkelheit verdarben.

Nach und nach hatte der bewölkte Abendhimmel seine metallische Farbe verloren und ließ im Schwärzerwerden einen Stern nach dem andern aufglühen. Die volle Mondscheibe klebte wie ein angestrahltes Stück weißes Papier über der Stadt. Die Luft stand still, ein Vorgefühl von Regen hing darin.

Plötzlich kam drüben Bewegung auf; ein dünnes Zuschauerrinnsal tröpfelte aus dem Haupteingang des Metropols. Kein Vergleich mit der aufgekratzten Betriebsamkeit wie sonst nach dem Ende einer bis unters Bühnendach ausverkauften Vorstellung. Auf diesen Moment hatte er gewartet und er weidete sich an der armseligen Szene drüben. Das Theater würde bald ruiniert sein. Und Schultz an vorderster Stelle!

Er suhlte sich geradezu in dieser Vorstellung, als ihm plötzlich das Dreierkleeblatt ins Auge stach, das sich jetzt vor dem Theater voneinander verabschiedete.

Dieser mehlgesichtige Doktor Muesall mit seinem albernen Rohrstock in der Hand und seine (für einen Mann seiner Prominenz) erstaunlich unscheinbare Begleiterin; neben ihnen der junge Ermittler. Die Ratlosigkeit füllte das ganze vogelige Gesicht vom Engel aus, das konnte er sogar über die Breite der Straße hinweg erkennen. Er konnte es förmlich riechen. Der Engel verstand noch immer nichts. Eine Enttäuschung. Wie die übrige Polizei. Wie die Presse.

Krawczik winkte bereits eine Kraftdroschke für Muesall und seine Dame herbei. Doch im selben Moment tauchte auf einmal auch Schultz, der Direktor, vor dem Theater auf. Sein weiß glänzendes Brusthemd aufplusternd vorangeschoben, trat er an Muesall und seine Dame heran und verwickelte sie in ein Gespräch. Wichtigtuer-der.

Engel, von Schultz beleidigend missachtet, stand noch unschlüssig neben ihnen vor dem Eingang, umflossen von dem dünnen Strom der anderen Theatergäste, die das Weite suchten und sich in der Nacht verloren.

Auch für ihn wurde es jetzt Zeit.

Er löste sich aus dem Schatten, den die Kastanie gegen Mondlicht und Straßenbeleuchtung bot, und ging in Richtung Friedrichstraße davon.

Etwas störte Edmund an dem Mann im schwarzen Langen drüben, der soeben aus dem Schatten unter der Kastanie herausgetreten war und nun davonschnürte. – War das nicht …? Doch, eindeutig, das war Baudewin. Seine dandyhafte Erscheinung passte so gar nicht zu dem Bild, das er sich von ihm gemacht hatte. Und was hatte er um diese Zeit auf der Sitzbank verloren? Vor ein paar Stunden hatte er doch noch seine Arbeitssachen getragen. Wozu hatte er sich so feingemacht? Und wo eigentlich? Etwa in dem Werkraum der Bühnenarbeiter, dem Keller, in dem er sich einmal mit ihm unterhalten hatte?

Schultz fiel jetzt auf, dass er Baudewin hinterherblickte und setzte eine süffisante Miene auf. »Tja«, sagte er, »man sollte es nicht für möglich halten, wenn man den Herrn in seinem schicken Anzug auf einmal so sieht, nicht wahr, aber in seinem Zivilberuf ist der Baudewin Bühnentechniker. Sogar unser zuverlässigster, noch dazu Vorarbeiter.«

Edmund nickte nur abwesend, das wusste er ja nun schon.

Schultz wandte sich an Muesall und sagte: »Wäre sicher ein interessanter Fall für Sie, Herr Sanitätsrat, wenn er nicht vollkommen harmlos wäre, der Herr Baudewin.« Er wies mit dem Kinn in Richtung des davoneilenden Mannes, den Edmund beinahe nicht wiedererkannt hätte. »Baudewin stammt eigentlich aus gutbürgerlicher Familie, der Vater Gymnasialprofessor et cetera«, erklärte Schultz ihnen. »Aber irgendetwas hat ihn wohl aus dem Gleisbett der Familie geworfen. Er hat Pech g'habt, heißt es, nichts Genaues weiß man nicht. Hat sich aber wieder g'fangen, wie man sieht. Irgendwann hat er hinter der Bühne beim Theater begonnen, sich technische Kenntnisse erworben. Aber die bessere Herkunft, nicht, blitzt doch immer wieder durch.« Er lachte trocken und zuckte die Achseln. »Nach Feierabend trägt er halt auch gern mal einen schicken Schwarzen am Sonntagabend. Und hin und wieder, wochentags an freien Abenden, lädt er auch amol die eine oder andere bescheidene kleine Dame ins Theater ein. Geht aufs Haus bei so einem Mannsbild.« Sein Lachen wurde frivol, und Anneliese sah aus, als bekäme sie das Würgen im Hals.

»Das Schönste aber«, rief Schultz nun aus, »unser Herr Baudewin, im Herz'n ist er ein Dichter!«

»Ein Dichter?«, entfuhr es Edmund. »Inwiefern?«

»Nun, sein letzter Geniestreich war der Entwurf für eine neue Revue, die er mir vorschlug. Fein säuberlich mit der Maschine geschrieben. Künstlerisch natürlich vollkommen wertlos.« Schultz lachte herzhaft auf. »Ohne jedes Gefühl für die Musik der Sprache und die Sprache der Musik, wenn Sie verstehen. Am meisten Schwung hatte noch das Schriftbild in dem Typoskript. Ich hab ihn ausgelacht. Er ist ein zuverlässiger Bühnenarbeiter, der Herr Baudewin, keine Frage. Aber ein Dichter? Nein, im Leben nicht. Er freilich sieht sich anders. Sie, der stellt sogar seine Schreibmaschine in einem der Regalfächer unten im Werkraum aus! Damit aber auch jeder irgendwann bemerkt, wes Geistes Kind er ist. Eine Ultima übrigens, schönes altes Gerät, ich hab sie selbst amol g'sehn, wie ich ihn dort unten gesucht hab. Und ich war dumm genug«, lachte er auf, »ihn zu fragen, ob er damit denn auch was schreibt. Lachhaft eigentlich, dass es ausgerechnet einem künstlerisch so unbegabten Menschen wie ihm einfällt, darauf seine wertlosen Bühnendichtungen zu verewigen. Schad' ums Papier.«

Die Erkenntnis traf Edmund wie ein Blitzschlag: »Ultima«. Das ominöse ›Gerät‹ aus seinem Albtraum. Den Markennamen kannte er nicht. Aber jetzt wusste er plötzlich, wo er ihn unterschwellig schon einmal registriert hatte. Doch seine leichte Verwunderung darüber, dass sich eine Schreibmaschine in dem Regalfach für schweres Werkzeug von Bühnenhandwerkern befand, hatte sein Bewusstsein nicht erreicht. Und war später nur noch als unverständlicher Traumfetzen im Schlaf zurückgekehrt.

»Ultima«, das ›Gerät‹ konnte keinen treffenderen Namen tragen. Dieser Mann – er war sich plötzlich instinktiv sicher – war bereit, bis zum Äußersten zu gehen.

Er verabschiedete sich hastig von Muesall und Anneliese, Schultz ließ er achtlos stehen. Baudewin hatte inzwischen schon einigen Vorsprung, strebte offenbar der Elektrischen oder den Bussen an der Friedrichstraße zu. Edmund folgte ihm jetzt mit schnellen Schritten. Doch auf einmal wurde ihm bewusst, dass er keine Waffe trug. Aber er durfte den Mann jetzt keine Sekunde mehr aus den Augen lassen. Die Nacht war seine Zeit zum Töten. Und er hatte sich heute eigens für sie in Schale geworfen.

Edmund beschleunigte seine Schritte noch weiter und holte bald auf. Er folgte Baudewin, ohne die Straßenseite zu wechseln, wie sein spiegelbildlicher Doppelgänger.

Wie winzige Nadelstiche prickelte es plötzlich warnend in seinem Nacken. Er wandte sein Gesicht nur ganz leicht zur Seite, während er weiterging, und bemerkte den Jungen schräg hinter sich auf der anderen Straßenseite. Der

Engel folgte ihm. Und hielt ihn offenbar für dumm genug, es nicht zu bemerken. Das machte ihn plötzlich wütend. Er musste nur kurz überlegen. Na schön, wenn er es denn unbedingt so haben wollte, wenn er dabei sein wollte, bitte schön! Sollte er der Heimarbeiterin doch Gesellschaft leisten. In seinem sechsten Bild. Wenn dieser ahnungslose Tölpel merkte, worum es ging, würde es bereits zu spät sein.

Ursprünglich hatte er die Elektrische nehmen wollen, doch als er die Friedrichstraße erreichte, hielt genau vor ihm der Nachtomnibus, der die Automobillinie 2 nach Norden, in Richtung Reinickendorfer, Schulstraße und so weiter bediente. Die Front des Oberdecks zierte eine überdimensional große Reklame für »Phänomen-Cigaretten«. Na, phänomenal, er bevorzugte Feinschnitt, wenn er denn überhaupt rauchte.

In gebührendem Abstand, hinter einigen weiteren späten Bummelanten, stieg auch der Engel ein und verkroch sich in der Menge. Doch er trat einem Fahrgast auf den Fuß, der sich lautstark beschwerte. Was für ein miserabler Verfolger.

Als der Omnibus bereits die Weidendammer Brücke passierte, wurde ihm bewusst, dass er alle Zeit der Welt hatte. Die Nacht war noch jung, die Langenfeld würde ihm nicht davonlaufen, und der Engel folgte ihm unverhofft ganz freiwillig in sein Verderben. Er fragte sich nur, wie der grüne Junge so plötzlich auf ihn gekommen war? Nur, weil er ihn vorhin gesehen hatte? In einem Aufzug, der seinem Erscheinungsbild tagsüber natürlich nicht entsprach? In Zukunft, bei seiner nächsten Serie, würde er umsichtiger sein müssen. Nicht immer würden ihm bloß unvorsichtige Hilfskommissare auf den Fersen sein.

Er sprang hinaus, kaum, dass der Bus hielt, und freute

sich an dem Schrecken, den er dem Engel damit bereitete, dass er ihm nun hastig nachfolgen musste.

Er betrat das Sixtus, eines der ersten Halbweltlokale des Berliner Nordens, das bis fünf Uhr morgens geöffnet hatte. Es gab sich noch den Anstrich höherer Unterhaltungskultur, was in doppelter Weise zutraf, denn das Sixtus unterhielt eine Damenkapelle, deren appetitliche Mitglieder auch umgekehrt von den überwiegend männlichen Gästen (sehr direkt) unterhalten wurden.

Er steuerte einen kleinen Tisch in der Nähe des Musikpodiums an und registrierte mit seinem »dritten Auge«, dass Engel sich in eine Ecke im hinteren, dunklen Teil des Lokals verzog. Er bestellte ein Helles und freute sich an der intimen Nähe zu dem munteren Dutzend krakeelender junger Mädchen, die in winzigen Matrosenkleidchen ihre rosafarbenen Trikotbeine schwangen. Doch als die »erste« Geigerin bis auf Tuchfühlung ihren fülligen Körper an ihn heranschob und ihm in die Augen zu blicken versuchte, während der Chor dazu: »Komm in meine Liebeslaube, in mein kleines Paradies« zwitscherte, schwoll ihm urplötzlich der Kamm, und er hätte sie alle auf der Stelle zertreten mögen, dumme Kröten-die!

Er warf einen Groschen auf die imitierte Marmorplatte, nahm seinen weichen, schwarzgrauen Hut in die Hand und stürzte hinaus ins Freie. Er wandte sich nach rechts, bog eilig in die kaum beleuchtete Ziegelstraße, lief vorbei an den Königlichen Kliniken, an der Kaserne des zweiten Garderegiments gegenüber, vorbei auch an den tristen Häuserreihen, die wie mächtige graue Felsen gegen den dunklen Hintergrund standen.

Engel folgte ihm. Ahnte nicht, welchem Schicksal er entgegenging. Der Plan war improvisiert, er hasste so etwas eigentlich. Aber er hatte jetzt keine Wahl mehr, und es würde funktionieren.

Edmund ließ ihm einen großen Vorsprung, ehe er ihm in die Ziegelstraße folgte. Sie war um diese Zeit kaum beleuchtet, lag da wie tot. Die Lichter und Leuchtreklamen der Friedrichstadt lagen weit hinter ihm, die Dunkelheit kroch aus allen Ecken und ballte sich um ihn, er kam sich plötzlich verlassen und einsam vor in dieser Straße, wie in einer fremden Stadt ohne Gesicht und Namen. Er fror, obwohl die Luft lau war wie in einer Sommernacht. Die mächtigen grauen Silhouetten der Kaserne links und der Kliniken rechts schüchterten ihn ein, die schwarzen Hauseingänge, die danach folgten, ließen sein Herz jedes Mal schneller schlagen, und der faulige Geruch wie von altem Käse, der aus dem Rinnstein und von den Gullideckeln aufstieg, verursachte ihm Übelkeit.

So war er froh, als ›sein Täter‹ – er fühlte jetzt sogar körperlich, dass er es war – schließlich gegenüber dem Paketpostamt nach links in die Artilleriestraße einbog. Hier herrschte auf einmal wieder lebhafter Verkehr auf der Fahrbahn, und sie waren auch nicht mehr die einzigen Fußgänger auf den Bürgersteigen. Er verkürzte also den Abstand zwischen ihnen auf kaum zwanzig Meter, während sie nacheinander zuerst die Oranienburger und kurz darauf die Auguststraße überquerten. Viel zu spät wurde ihm klar, dass die nächste Querstraße die Linienstraße war. Hier wohnte Lena Langenfeld. Die Heimarbeiterin.

Natürlich hatte er Hilde in der Nacht am Plötzensee ihre Haus- und Wohnungsschlüssel abgenommen. Er hatte ihr zuvor blitzschnell und mit voller Härte die Fäuste gegen das Zwerchfell und in die Leber geschlagen. Dann hatte er sie mit bereits brechenden Augen vom Weg fort zu den Büschen am Ufer gezogen und sie ins Wasser gestoßen. Sie war nicht gleich untergegangen, es sah aus, als würde sie durch ihr sich bauschendes Kleid noch einige Sekunden wie von einer Art Rettungsschirm an der Oberfläche des Lebens gehalten. Doch sie konnte schon nicht mehr schreien, und als sich ihre Lunge voll mit Wasser gesogen hatte, sank sie wie ein Stein in die Tiefe. Er hatte die Stelle, weit hinten am Plötzensee, vorher sorgfältig ausgesucht. Sie war einsam, schlecht einsehbar und tief genug. Dass es doch so lange gedauert hatte, ehe sie wieder aufgetaucht war, wunderte ihn dann sogar. Wahrscheinlich hatte sich ihr Kleid unter Wasser an einem Stein oder Ast verfangen. Vergangenheit. Was zählte, war, dass niemand ihn beobachtet hatte.

An der Ecke Linienstraße bog er jetzt plötzlich ab und schloss mit Hildes Doppelbartschlüssel die Haustür auf. Niemand war zu sehen, der hintere Durchgang zum Hof stand offen, ein dunkles, gähnendes Loch um diese Zeit, das hatte er sich doch gedacht.

Er postierte sich hinter der Tür, bis er Engels eilige Schritte hörte. Kaum hatte der Junge den schmutzigen Boden des Hausflurs betreten, sprang er aus seiner Ecke und versetzte ihm einen Faustschlag in die Nierengegend, der ihn sofort wie einen Sack Kartoffeln zu Boden stürzen ließ. Engel lag auf dem Rücken und stöhnte. Er versetzte ihm noch einen gewaltigen Fußtritt in den Bauch. Engel schrie dumpf auf, wälzte sich vor Schmerz zur Seite und übergab sich auf die schadhaften alten Fliesen. Er packte ihn am Schopf und schlug den Schädel zweimal, dreimal hart auf, bis der Polizist kampfunfähig und nahezu bewusstlos war.

Er packte ihn am linken Arm, legte ihn sich eng um den Hals und zog ihn hoch. Falls ihnen doch jemand begegnete, konnte er ihn leicht als betrunkenen Freund oder Verwandten tarnen. Das Mietshaus war groß und anonym, keiner wunderte sich hier über ein fremdes Gesicht, und in Berlin waren betrunkene Heimkehrer in der Nacht nicht ungewöhnlicher als Ratten im Rinnstein.

Er hatte sich den Engel keinen Augenblick zu früh an die Seite geklemmt, denn sein Doppelbartschlüssel steckte ja noch, wie er erst jetzt registrierte, und daher war der Hauseingang noch unverschlossen. Ein spätes Paar, dessen Gesichter er in der Dunkelheit nicht erkennen konnte, stieß die Tür auf und betrat den Hausflur. Er wandte sich rasch ab, um in den Hof zu gelangen, wo er sicher sein konnte, nicht doch noch angesprochen zu werden, weil man ihm mit dem ›Betrunkenen‹ helfen wollte.

Schultz hatte noch eine Weile auf sie einzureden versucht. Doch weder Muesall noch Anneliese mochten ihm zuhören. Sie schauten verwundert dem Engel hinterher, der sich so auffällig plötzlich verabschiedet hatte. Er folgte ganz offensichtlich diesem Baudewin, von dem Schultz ihnen vorhin erzählt hatte.

Sie sahen einander an: etwas stimmte nicht mit ihm. Sie ließen wie der Engel den Direktor ohne Abschied stehen.

Edmund war ihnen bereits weit voraus, Baudewin auf den Fersen. Den Omnibus der Linie 2, in den Baudewin eingestiegen war, und Edmund ihm nach, verpassten sie natürlich. Doch Muesall winkte aus dem Verkehrsgewimmel eine Automobildroschke heran und gab dem Fahrer Anweisung, dem Zweier-Bus zu folgen. An der Haltestelle gleich hinter der Weidendammer Brücke sahen sie zuerst Baudewin, dann Edmund aussteigen und kurz nacheinander in einem Lokal namens Sixtus verschwinden. Edmund, den Homburg tief ins Gesicht und den Jackettkragen hochgeschlagen. Vollkommen unnötig, denn das schummrig beleuchtete Lokal, sie sahen es durch das breite Frontfenster, schien bevölkert zu sein wie ein Bienenstock.

Muesall ließ auf der gegenüberliegenden Straßenseite halten, der Fahrer klemmte die Reifen quietschend an den Bordsteinrand. Während sie im Wagen warteten, stritt er mit Anneliese. Sie forderte, Edmund Engel unverzüglich aus dem Lokal zu lotsen, um ihn vor einer großen Dummheit zu bewahren. – »Oder vor einer großen Gefahr!«

»Das, meine Liebe«, widersprach Muesall, »hieße denn doch, den Engel zu entmündigen. Immerhin verfolgt er den Mann doch ganz offensichtlich, weil er ihn verdächtigt. Und er ist der Polizist. Nicht wir.«

»Aber was tun wir dann hier?«, schimpfte sie und fand ihn entsetzlich scheinheilig.

Überraschend verließ Baudewin das Sixtus bereits wieder. Und kurz darauf folgte ihm auch sein Schatten Edmund aus dem Lokal. Das stumme Verfolgungsspiel zwischen den beiden Männern verlagerte sich in die Ziegelstraße. Muesall ließ den Wagen ein Stück vorrollen, bis sie Einsicht in die düstere Straße hatten. Den misstrauischen Blick des Fahrers über die Schulter ignorierte er einfach.

Sie warteten, bis die beiden Männer, wie durch ein unheimliches, unsichtbares Band verbunden, in die Artilleriestraße eingebogen waren. Jetzt fuhren sie ihnen hinterher.

Baudewin hatte ein beträchtliches Tempo vorgelegt, und sie glaubten bereits, das unfreiwillige Duo verloren zu haben, als sie sie linker Hand, ein Stück voraus, nacheinander die Auguststraße kreuzen sahen. Der Engel hatte den Abstand zwischen ihnen erheblich verringert, wohl weil er fürchtete, der Mann könne ihm entwischen.

Und wirklich, an der Ecke zur Linienstraße verschwand Baudewin ganz plötzlich in einem mächtigen dunklen Eckhaus. Sie konnten sehen, wie Edmund sich beeilte, hinter ihm ins Haus zu gelangen, bevor die mächtige Haustür wieder ins Schloss fallen musste.

Muesall ließ sofort anhalten und zahlte. Das finstere Gesicht des Fahrers leuchtete für eine Sekunde auf, als er das großzügige Trinkgeld in Empfang nahm. Seinen knurrigen Dank hörten Anneliese und Muesall schon nicht mehr. Arm in Arm, in einem gewagten Zickzackkurs, manövrierten sie über die belebte Straße.

Der Schlag auf seinen Kopf, begleitet von einem pfeifenden Geräusch wie von einer Reitpeitsche, traf ihn vollkommen unvorbereitet. Es war ein scharf einschneidender Schmerz, der plötzlich aufflammte. Ein zweiter, dritter, vierter Schlag auf Kopf und Nacken folgten, noch ehe er dazu kam, die freie Hand schützend zu heben. Er verlor den Engel an seiner Seite, schoss wütend und vor Schmerz hell aufjaulend wie ein verprügelter Hund herum, kassierte jedoch die nächsten entsetzlichen Schläge kreuz und quer übers Gesicht, das schmerzte, als würde es in Fetzen gerissen.

Er wollte um Hilfe schreien, doch mit dem letzten Funken Verstand, den er in seiner plötzlichen Not noch besaß, unterließ er den Versuch. Der Mann hob bereits wieder seinen Stock bis hoch über die Schultern. Und da erkannte er ihn.

Er hob schützend beide Hände über das Gesicht, doch der angesetzte Hieb war diesmal nur eine Täuschung. Statt des entsetzlichen Rohrstocks schoss die Faust der anderen Hand auf ihn zu wie ein Metallbolzen. Schlag, zurück, Schlag, zurück, in dichter Folge. Es gab ein seltsames Knirschen und vielfaches Knacken in seinem Brustkorb, wie wenn man auf kleine trockene Hölzer tritt. Der Schmerz explodierte überall in seinem Körper, ihm wurde schwarz vor Augen, er krachte mit der Schläfe wummernd auf die Fliesen des Hausflurs und verlor das Bewusstsein.

Als er wieder zu sich kam – nach wie langer Zeit, wusste er nicht zu sagen –, hatte man ihm auf eine empörend improvisierte Weise die Beine und Hände gebunden. Mit einem Stück Draht oder Ähnlichem, das vielleicht im Hof herumgelegen hatte. Der Schmerz war überall, aber am schlimmsten hämmerte er in seinem Kopf und seinem Brustkorb.

Im Hinterhaus gingen einige Lichter an und dunkle Gestalten in Hemdsärmeln und flatteriger Nachtkleidung traten an die Fenster, öffneten und brüllten, was dort unten denn los sei, zum Teufel.

»Rufen Sie die Polizei«, rief Anneliese ihnen zu. »Schnell!« Aber den Teufel würden sie tun, das wusste sie ganz genau. Erstens hatte man in dieser Gegend gewöhnlich kein Telefon in der Wohnung (meist nicht mal ein Klo). Und zweitens galt nicht nur hier die Regel: Solange eine Frau noch ihren Mund aufkriegte, um ›Hilfe‹ zu rufen, konnte es so schlimm nicht um sie stehen.

Baudewin stöhnte vor Schmerz wieder laut auf, und Muesall sagte matt, beinahe schon gelangweilt: »Reißen Sie sich zusammen, Mann.«

»Was sind Sie eigentlich für ein Arzt?«, winselte Baudewin. Er bekam keine Antwort.

Muesall kümmerte sich jetzt um den Engel, der wieder zu sich gekommen war. Er hatte schlimme Schmerzen im Bauchraum, ihm war speiübel und seinen Kopf fühlte er eigentlich kaum noch. Aber er konnte seine Glieder bewegen, normal atmen und schließlich aufstehen und gehen. Er warf Baudewin einen eher verwunderten als wütenden Blick zu, verkniff sich im Augenblick jede Frage an Muesall und bat Anneliese, ihm hinauf in den zweiten Stock des Hinterhauses zu helfen.

Sie legte sich seinen Arm über ihre Schulter und stützte ihn so, atemlos und mit buchstäblich letzter Kraft schafften sie es. Er drehte so lange den rasselnden Klingelknopf, bis Lena Langenfeld endlich an die Wohnungstür kam und ängstlich fragte, was um Himmels willen denn los sei.

Edmund nannte erleichtert seinen Namen, und in der sich nun öffnenden Tür stand die schlaftrunkene, verwirrt schauende Heimarbeiterin. Sie starrte den schwer keuchenden, verdreckten Edmund mit dem übel geschwollenen Gesicht fassungslos an. Und die fremde Frau neben ihm? Was ging hier vor? Sie durfte nun wohl eine Erklärung verlangen. Doch dafür war jetzt keine Zeit. Baudewin wartete auf den letzten Akt. Das Polizeirevier 12 befand sich in der Elsasser Straße.

Kleines Finale

»Meine Herren Geschworenen«, beteuerte Baudewin im Moabiter Kriminalgericht am Ende seines Gerichtsprozesses, »ich bin so unschuldig wie der Heiland.«

Die Geschworenen sahen das anders.

Seit Beginn des neuen Jahrhunderts war es mit Hilfe des Uhlenhuth-Verfahrens möglich, Menschenblut von Tierblut zu unterscheiden. Mit hundertprozentiger Sicherheit. Ganz gleich, ob sich die Blutspuren auf Erde, Stoff, Holz, Metall oder Glas befanden. Mit positiver Reaktion noch bei fünfzehn Jahre alten Blutresten. Seit dem Prozess im Jahr 1904 gegen Berger, den Mörder der kleinen Lucie Berlin, war das Verfahren auch gerichtlich als Indizienbeweis anerkannt.

Daher nützte es Baudewin nichts in seinem Gerichtsverfahren, als er die zahlreich gefundenen Blutspuren als »Wanzenspuren« zu erklären versuchte: die in seiner Moabiter Wohnung in der Spener Straße, unweit des Tiergartens, dann jene im hinteren Teil des Kellerwerkraums des Metropol-Theaters, solche an Teilen seiner Kleidung und sogar in der fast schon sargähnlichen Holzkiste seines Transportfahrrads.

»Menschenblut«, bestätigte der Sachverständige Ernst Ziemke auf Grund des Uhlenhuth-Verfahrens. Es war unfassbar, Baudewin hatte Hedwig Zinnoweck und Gustav Holm mit seinem Transportrad kreuz und quer durch die Stadt gefahren!

Dass Baudewin Hildegard Langenfelds Haus- und Wohnungsschlüssel besessen hatte, bewies, dass er es von Anfang an auf ihre Schwester als seinem letzten »Bild« abgesehen hatte. Damit wäre für ihn der Kreis geschlossen gewesen.

Es wurde ein Indizienprozess. Doch Baudewins Ultima-

Schreibmaschine, eine zweireihige Typenradmaschine mit zwanzig Tasten und dreifacher Umschaltung, die Edmund hatte sicherstellen lassen, spielte dabei kaum noch eine Rolle.

Das Gericht gestand Baudewin jedoch »eine geistig-seelische Beeinträchtigung« zu, die statt der Todesstrafe eine lebenslange Zuchthausstrafe zur Folge hatte.

»Wissen Sie, der Friedrich Schiller fällt mir ein«, sagte Anneliese beim sonntäglichen Frühstück und züngelte elegant nach einem Klecks Johannisbeermarmelade im Mundwinkel.

Muesall sah sie fragend an. Anneliese interessierte sich sehr für Literatur und las die alten Klassiker ebenso wie moderne Romane. Mit Ausnahme von Fontane, bei dem sie regelmäßig einschlief. Muesall dagegen las fast nur Fachliteratur.

»Ich denke an diese Erzählung vom Schiller«, erklärte sie ihm. »Wie heißt sie gleich? ›Der Verbrecher aus … na, egal.«

Muesall zuckte die Achseln, er kannte die Geschichte jedenfalls nicht. Er biss in ein längliches Brötchen und fand mal wieder, dass die Sorte nicht zu Unrecht Knüppel genannt wurde.

»Wieso erinnerst du dich jetzt daran?«

»In dieser Erzählung gibt es einen Mann«, sagte sie, »der von keiner Seite Anerkennung bekommt und der letztlich deshalb zum Mörder wird. Vielleicht ähnlich wie Baudewin?«

»Hm«, knurrte Muesall wenig beeindruckt. Er blitzte sie über den Tisch hinweg eigentümlich an und sagte: »Anneliese, tust du mir einen Gefallen? Bitte beiß noch einmal so herzhaft in dein Marmeladenbrötchen wie vorhin, ja?«

Sie sah ihn belustigt an. »Das wollte ich eh tun. Warum müssen Sie mich extra darum bitten?«

»Weil dann immer so ein kleiner Marmeladenklecks an deinem süßen Schnäuzchen hängen bleibt. Aber beim nächsten Mal möchte ich ihn dir wegschlecken, bevor du es tust.«

Sie lachte hell auf und biss wollüstig in ihr Brötchen.

In diesen Tagen, Anfang Oktober 1911, eröffnete Doktor Alfred Döblin seine ärztliche Praxis in der Blücherstraße 18, nahe dem Halleschen Tor. Eine Kassenpraxis für Allgemeinmedizin und Geburtshilfe, die auf dem Namensschild am Hauseingang den Hinweis trug, dass er zuvor Oberarzt am Urbankrankenhaus gewesen war.

Zu seinen Patienten gehörten, wie am Urban, der kleine Rudi Wernicke und seine Mutter. Die elfjährige Else Wernicke wurde zu diesem Zeitpunkt noch immer vermisst. Rudi blieb sprachlos angesichts des Schreckens, den er an dem Tag, als sie verschwand, erlebt haben musste. Seine Mutter versank in einem Strudel aus Angst und Verzweiflung.

Else Wernicke war mitten unter den Menschen verloren gegangen wie ein wertloser Gegenstand.

»Man redet von Weltorganisationen; aber wer organisiert die Verbindung mit der Nachbarschaft?«, klagte Döblin gegenüber Muesall.

Der wusste darauf keine Antwort, versuchte Döblin jedoch mit dem Hinweis zu trösten, dass es in der Vermisstenabteilung der Polizei am Alexanderplatz jetzt einen klugen jungen Kriminalisten gebe, Edmund Engel, er habe ihm schon von ihm erzählt. Der Engel sei soeben zum

Kommissar befördert worden. Ihm traue er zu, die kleine Else bald zu finden.

Über ihren möglichen Zustand machte er sich aber lieber keine Vorstellung.

»Engel«, wiederholte Döblin etwas zerstreut. Ihm fiel seine Geliebte ein, Frieda, die hochschwanger war.

Kaum vierzehn Tage darauf wurde Döblin Vater. Frieda Kunke hatte einen Sohn geboren, sie nannte ihn Bodo. Wenige Monate später, im Januar 1912, heiratete Döblin Erna Reiss.

Zu diesem Zeitpunkt hatte Edmund Engel Else Wernicke gefunden. Aber noch nicht ihren Mörder.

»Die Nacht von Berlin« ist am 16. September 1911 uraufgeführt worden. Im Berliner Metropoltheater in der Behrenstraße, dort, wo sich heute die Komische Oper befindet. Als »grosse Jahres-Revue in 7 Bildern«. Geschrieben von Julius Freund (1862 – 1914), mit der Musik von Victor Hollaender (1866 – 1940), in Szene gesetzt von Direktor Richard Schultz (1863 – 1928).

Die Szenenfolge – »Bilder« – des Originals: In Morpheus' Reich. Die Berliner Nacht. Ein Farbentraum. Palais de Danse. Im Palais der Träume. Oedipus – Große Parodie. Tanzfinale.

Die Besetzung: Madge Lessing, Else Kupfer, Josef Giampietro, Guido Thielscher, Gussy Holl, Joseph Josephi, Ly Winter, Viktor Norbert, Margarete Kupfer, Will Bishop, Lori Leux und Martin Kettner. Und viele andere, deren Namen heute vergessen sind.

Ergänzend zur laufenden Aufführung im Metropol erschienen »sämtliche Schlager als glänzend gelungene Grammophon-Aufnahmen«. Textauszüge daraus sind als Motto jedem »Bild« dieses Romans vorangestellt.

Fritzi Massary (1882 – 1969) gehörte zu diesem Zeitpunkt dem Metropol-Ensemble schon nicht mehr an, wenngleich sie später für kurze Zeit noch einmal dorthin zurückkehrte. Ihre große Zeit als der Operettenstar Berlins kam erst noch; in den Zwanzigern war sie so berühmt, dass man eine Zigarettensorte nach ihr benannte. Ihre glanzvolle Karriere wurde von den Nazis 1933 wegen ihrer jüdischen Herkunft brutal beendet.

Ähnlich erging es Alfred Döblin (1878 – 1957), der nach

seinem Welterfolg »Berlin Alexanderplatz« wie die Massary in die USA emigrieren musste.

Edmund Engel ist eine frei erfundene Figur. Doktor Alfred Muesall und Anneliese sind historischen Personen frei (sehr frei) nachempfunden. Durchaus möglich aber, dass sich Döblin und »Muesall« als Ärzte persönlich kannten, zumindest dürften sie voneinander gewusst haben. Dennoch, alle Figuren dieses Romans sind Produkte der Fantasie, selbst wenn sie Namen nach historischen Vorbildern tragen wie Schultz und von Jagow oder Talleyrand-Périgord. Schon Döblin wusste: »Der historische Roman ist erstens Roman und zweitens keine Historie.«

H. B., Februar 2011

Danksagung

Besonderer Dank an Susanne und Marie für vielfaches Diskutieren, kritisches Lesen und die klugen Rückmeldungen. An Claudia Senghaas für die schwungvolle Unterstützung des Projekts von Anfang an und die Engelsgeduld bis zum Schluss. Schließlich an Dr. Bärbel Fest von der Polizeihistorischen Sammlung Berlin für die hilfreichen Informationen zur Polizeiarbeit im Jahr 1911. Sie wird es mir nachsehen, dass ich ein wenig Staub von den Fakten geblasen und sie für meine Zwecke etwas zurechtgebogen habe. Gleiches gilt für die zahlreichen Forschungsergebnisse theater- und zeitgeschichtlicher Autorinnen und Autoren, auf die ich in freier Form für den Roman zurückgreifen konnte – ihnen allen zusammen sei an dieser Stelle herzlich gedankt.

Weitere historische Romane finden Sie auf den folgenden Seiten und im Internet: www.gmeiner-verlag.de

HERBERT BECKMANN
Mark Twain unter d. Linden

276 Seiten, Paperback.
ISBN 978-3-8392-1051-2.

IM DEUTSCHEN CHICAGO Berlin, 1891. Der Kaiser steht stramm, um Mark Twain zu empfangen. Wissenschaftler wie Virchow und Helmholtz schmücken sich mit seinem Besuch. Und beim amerikanischen Botschafter geht er mitsamt seiner Familie ein und aus. Als Mark Twain im Herbst und Winter des Jahres 1891 in Berlin lebt, kann er sich über öffentliche Würdigungen nicht beklagen. Doch hinter der heilen Fassade spielen sich mysteriöse Dinge ab: Twains Scherze kommen nicht bei allen gut an, er wird von einer fremden Frau verfolgt, und auch die Berliner Unterwelt scheint sich auf einmal für den Schriftsteller und seine Familie zu interessieren …

HERBERT BECKMANN
Die indiskr. Briefe d. G. C.

373 Seiten, Paperback.
ISBN 978-3-8392-1005-5.

PREUSSISCHE AFFÄREN Giacomo Casanova, der selbsternannte Chevalier de Seingalt, kommt im Sommer 1764 nach Berlin und Potsdam, um dort sein Glück zu machen. Restlos pleite, lediglich unterstützt von seiner geheimnisvollen Brieffreundin Terese, trifft er dort auf das Preußen Friedrichs des Großen, einen Militärstaat, der nach dem Siebenjährigen Krieg nahezu bankrott ist.

Im Berliner »Hôtel de Paris« macht Casanova die Bekanntschaft des alten Barons von Ribbeck. Dessen Schwiegersohn und gleichaltriger Kriegskamerad, der Graf von Wilmerstorff, ist auf mysteriöse Weise verschwunden. Nur um seiner Gattin, der jungen Gräfin Johanna, näherzukommen, übernimmt Casanova die zwielichtige Rolle des Commissaire und begibt sich auf die Suche nach dem Vermissten …

GMEINER

Wir machen's spannend

Unsere Lesermagazine

2 x jährlich das Neueste aus der Gmeiner-Bibliothek

DIN A6, 20 S., farbig

10 x 18 cm, 16 S., farbig

24 x 35 cm, 20 S., farbig

GmeinerNewsletter

Neues aus der Welt der Gmeiner-Romane

Haben Sie schon unsere GmeinerNewsletter abonniert?
Monatlich erhalten Sie per E-Mail aktuelle Informationen aus der Welt der Krimis, der historischen Romane und der Frauenromane: Buchtipps, Berichte über Autoren und ihre Arbeit, Veranstaltungshinweise, neue Literaturseiten im Internet und interessante Neuigkeiten.

Die Anmeldung zu den GmeinerNewslettern ist ganz einfach. Direkt auf der Homepage des Gmeiner-Verlags (www.gmeiner-verlag.de) finden Sie das entsprechende Anmeldeformular.

Ihre Meinung ist gefragt!

Mitmachen und gewinnen

Wir möchten Ihnen mit unseren Romanen immer beste Unterhaltung bieten. Sie können uns dabei unterstützen, indem Sie uns Ihre Meinung zu den Gmeiner-Romanen sagen! Senden Sie eine E-Mail an gewinnspiel@gmeiner-verlag.de und teilen Sie uns mit, welches Buch Sie gelesen haben und wie es Ihnen gefallen hat. Alle Einsendungen nehmen automatisch am großen Jahresgewinnspiel mit attraktiven Buchpreisen teil.

Alle Gmeiner-Autoren und ihre Romane auf einen Blick

ANTHOLOGIEN: Tod am Tegernsee • Drei Tagesritte vom Bodensee • Nichts ist so fein gesponnen • Zürich: Ausfahrt Mord • Mörderischer Erfindergeist • Secret Service 2011 • Tod am Starnberger See • Mords-Sachsen 4 • Sterbenslust • Tödliche Wasser • Gefährliche Nachbarn • Mords-Sachsen 3 • Tatort Ammersee • Campusmord • Mords-Sachsen 2 • Tod am Bodensee • Mords-Sachsen 1 • Grenzfälle • Spekulatius **ABE, REBECCA**: Im Labyrinth der Fugger **ARTMEIER, HILDEGUNDE**: Feuerross • Drachenfrau **BAUER, HERMANN**: Philosophenpunsch • Verschwörungsmelange • Karambolage • Fernwehträume **BAUM, BEATE**: Weltverloren • Ruchlos • Häuserkampf **BAUMANN, MANFRED**: Wasserspiele • Jedermanntod **BECK, SINJE**: Totenklang • Duftspur • Einzelkämpfer **BECKER, OLIVER**: Das Geheimnis der Krähentochter **BECKMANN, HERBERT**: Die Nacht von Berlin • Mark Twain unter den Linden • Die indiskreten Briefe des Giacomo Casanova **BEINSSEN, JAN**: Todesfrauen • Goldfrauen • Feuerfrauen **BLANKENBURG, ELKE MASCHA** Tastenfieber und Liebeslust **BLATTER, ULRIKE**: Vogelfrau **BODE-HOFFMANN, GRIT / HOFFMANN, MATTHIAS**: Infantizid **BODENMANN, MONA**: Mondmilchgubel **BÖCKER, BÄRBEL**: Mit 50 hat man noch Träume • Henkersmahl **BOENKE, MICHAEL**: Riedripp • Gott'sacker **BOMM, MANFRED**: Blutsauger • Kurzschluss • Glasklar • Notbremse • Schattennetz • Beweislast • Schusslinie • Mordloch • Trugschluss • Irrflug • Himmelsfelsen **BONN, SUSANNE**: Die Schule der Spielleute • Der Jahrmarkt zu Jakobi **BOSETZKY, HORST (-KY)**: Promijagd • Unterm Kirschbaum **BRÖMME, BETTINA**: Weißwurst für Elfen **BUEHRIG, DIETER**: Der Klang der Erde • Schattengold **BÜRKL, ANNI**: Ausgetanzt • Schwarztee **BUTTLER, MONIKA**: Dunkelzeit • Abendfrieden • Herzraub **CLAUSEN, ANKE**: Dinnerparty • Ostseegrab **CRÖNERT, CLAUDIUS**: Das Kreuz der Hugenotten **DANZ, ELLA**: Ballaststoff • Schatz, schmeckt's dir nicht? • Rosenwahn • Kochwut • Nebelschleier • Steilufer • Osterfeuer **DETERING, MONIKA**: Puppenmann • Herzfrauen **DIECHLER, GABRIELE**: Glutnester • Glaub mir, es muss Liebe sein • Engpass **DÜNSCHEDE, SANDRA**: Todeswatt • Friesenrache • Solomord • Nordmord • Deichgrab **EMME, PIERRE**: Zwanzig/11 • Diamantenschmaus • Pizza Letale • Pasta Mortale • Schneenockerleklat • Florentinerpakt • Ballsaison • Tortenkomplott • Killerspiele • Würstelmassaker • Heurigenpassion • Schnitzelfarce • Pastetenlust **ENDERLE, MANFRED**: Nachtwanderer **ERFMEYER, KLAUS**: Irrliebe • Endstadium • Tribunal • Geldmarie • Todeserklärung • Karrieresprung **ERWIN, BIRGIT / BUCHHORN, ULRICH**: Die Reliquie von Buchhorn • Die Gauklerin von Buchhorn • Die Herren von Buchhorn **FINK, SABINE**: Kainszeichen **FOHL, DAGMAR**: Der Duft von Bittermandel • Die Insel der Witwen • Das Mädchen und sein Henker **FRANZINGER, BERND**: Familiengrab • Zehnkampf • Leidenstour • Kindspech • Jammerhalde • Bombenstimmung • Wolfsfalle • Dinotod • Ohnmacht • Goldrausch • Pilzsaison **GARDEIN, UWE**: Das Mysterium des Himmels • Die Stunde des Königs

GMEINER

Wir machen's spannend

Alle Gmeiner-Autoren und ihre Romane auf einen Blick

GARDENER, EVA B.: Lebenshunger **GEISLER, KURT**: Friesenschnee • Bädersterben **GERWIEN, MICHAEL**: Alpengrollen **GIBERT, MATTHIAS P.**: Zeitbombe • Rechtsdruck • Schmuddelkinder • Bullenhitze • Eiszeit • Zirkusluft • Kammerflimmern • Nervenflattern **GORA, AXEL**: Das Duell der Astronomen **GRAF, EDI**: Bombenspiel • Leopardenjagd • Elefantengold • Löwenriss • Nashornfieber **GUDE, CHRISTIAN**: Kontrollverlust • Homunculus • Binärcode • Mosquito **HAENNI, STEFAN**: Scherbenhaufen • Brahmsrösi • Narrentod **HAUG, GUNTER**: Gössenjagd • Hüttenzauber • Tauberschwarz • Höllenfahrt • Sturmwarnung • Riffhaie • Tiefenrausch **HEIM, UTA-MARIA**: Feierabend • Totenkuss • Wespennest • Das Rattenprinzip • Totschweigen • Dreckskind **HENSCHEL, REGINE**: Fünf sind keiner zu viel **HERELD, PETER**: Das Geheimnis des Goldmachers **HOHLFELD, KERSTIN**: Glückskekssommer **HUNOLD-REIME, SIGRID**: Janssenhaus • Schattenmorellen • Frühstückspension **IMBSWEILER, MARCUS**: Die Erstürmung des Himmels • Butenschön • Altstadtfest • Schlussakt • Bergfriedhof **JOSWIG, VOLKMAR / MELLE, HENNING VON**: Stahlhart **KARNANI, FRITJOF**: Notlandung • Turnaround • Takeover **KAST-RIEDLINGER, ANNETTE**: Liebling, ich kann auch anders **KEISER, GABRIELE**: Engelskraut • Gartenschläfer • Apollofalter **KEISER, GABRIELE / POLIFKA, WOLFGANG**: Puppenjäger **KELLER, STEFAN**: Totenkarneval • Kölner Kreuzigung **KINSKOFER, LOTTE / BAHR, ANKE**: Hermann für Frau Mann **KLAUSNER, UWE**: Kennedy-Syndrom • Bernstein-Connection • Die Bräute des Satans • Odessa-Komplott • Pilger des Zorns • Walhalla-Code • Die Kiliansverschwörung • Die Pforten der Hölle **KLEWE, SABINE**: Die schwarzseidene Dame • Blutsonne • Wintermärchen • Kinderspiel • Schattenriss **KLÖSEL, MATTHIAS**: Tourneekoller **KLUGMANN, NORBERT**: Die Adler von Lübeck • Die Nacht des Narren • Die Tochter des Salzhändlers • Kabinettstück • Schlüsselgewalt • Rebenblut **KÖHLER, MANFRED**: Tiefpunkt • Schreckensgletscher **KÖSTERING, BERND**: Goetheglut • Goetheruh **KOHL, ERWIN**: Flatline • Grabtanz • Zugzwang **KOPPITZ, RAINER C.**: Machtrausch **KRAMER, VERONIKA**: Todesgeheimnis • Rachesommer **KRONENBERG, SUSANNE**: Kunstgriff • Rheingrund • Weinrache • Kultopfer • Flammenpferd **KRUG, MICHAEL**: Bahnhofsmission **KRUSE, MARGIT**: Eisaugen **KURELLA, FRANK**: Der Kodex des Bösen • Das Pergament des Todes **LASCAUX, PAUL**: Mordswein • Gnadenbrot • Feuerwasser • Wursthimmel • Salztränen **LEBEK, HANS**: Karteileichen • Todesschläger **LEHMKUHL, KURT**: Dreiländermord • Nürburghölle • Raffgier **LEIMBACH, ALIDA**: Wintergruft **LEIX, BERND**: Fächergrün • Fächertraum • Waldstadt • Hackschnitzel • Zuckerblut • Bucheckern **LETSCHE, JULIAN**: Auf der Walz **LICHT, EMILIA**: Hotel Blaues Wunder **LIEBSCH, SONJA / MESTROVIC, NIVES**: Muttertier @n Rabenmutter **LIFKA, RICHARD**: Sonnenkönig **LOIBELSBERGER, GERHARD**: Mord und Brand • Reigen des Todes • Die Naschmarkt-Morde **MADER, RAIMUND A.**: Schindlerjüdin • Glasberg

GMEINER

Wir machen's spannend

Alle Gmeiner-Autoren und ihre Romane auf einen Blick

MAINKA, MARTINA: Satanszeichen **MISKO, MONA**: Winzertochter • Kindsblut **MORF, ISABEL**: Satzfetzen • Schrottreif **MOTHWURF, ONO**: Werbevoodoo • Taubendreck **MUCHA, MARTIN**: Seelenschacher • Papierkrieg **NAUMANN, STEPHAN**: Das Werk der Bücher **NEEB, URSULA**: Madame empfängt **ÖHRI, ARMIN / TSCHIRKY, VANESSA**: Sinfonie des Todes **OSWALD, SUSANNE**: Liebe wie gemalt **OTT, PAUL**: Bodensee-Blues **PARADEISER, PETER**: Himmelreich und Höllental **PARK, KAROLIN**: Stilettoholic **PELTE, REINHARD**: Inselbeichte • Kielwasser • Inselkoller **PFLUG, HARALD**: Tschoklet **PITTLER, ANDREAS**: Mischpoche **PORATH, SILKE / BRAUN, ANDREAS**: Klostergeist **PORATH, SILKE**: Nicht ohne meinen Mops **PUHLFÜRST, CLAUDIA**: Dunkelhaft • Eiseskälte • Leichenstarre **PUNDT, HARDY**: Friesenwut • Deichbruch **PUSCHMANN, DOROTHEA**: Zwickmühle **ROSSBACHER, CLAUDIA**: Steirerblut **RUSCH, HANS-JÜRGEN**: Neptunopfer • Gegenwende **SCHAEWEN, OLIVER VON**: Räuberblut • Schillerhöhe **SCHMID, CLAUDIA**: Die brennenden Lettern **SCHMITZ, INGRID**: Mordsdeal • Sündenfälle **SCHMÖE, FRIEDERIKE**: Lasst uns froh und grausig sein • Wasdunkelbleibt • Wernievergibt • Wieweitdugehst • Bisduvergisst • Fliehganzleis • Schweigfeinstill • Spinnefeind • Pfeilgift • Januskopf • Schockstarre • Käfersterben • Fratzenmond • Kirchweihmord • Maskenspiel **SCHNEIDER, BERNWARD**: Flammenteufel • Spittelmarkt **SCHNEIDER, HARALD**: Räuberbier • Wassergeld • Erfindergeist • Schwarzkittel • Ernteopfer **SCHNYDER, MARIJKE**: Matrjoschka-Jagd **SCHÖTTLE, RUPERT**: Damenschneider **SCHRÖDER, ANGELIKA**: Mordsgier • Mordswut • Mordsliebe **SCHÜTZ, ERICH**: Die DoktorMacher Mafia • Bombenbrut • Judengold **SCHUKER, KLAUS**: Brudernacht **SCHULZE, GINA**: Sintflut **SCHWAB, ELKE**: Angstfalle • Großeinsatz **SCHWARZ, MAREN**: Zwiespalt • Maienfrost • Dämonenspiel • Grabeskälte **SENF, JOCHEN**: Kindswut • Knochenspiel • Nichtwisser **SPATZ, WILLIBALD**: Alpenkasper • Alpenlust • Alpendöner **STAMMKÖTTER, ANDREAS**: Messewalzer **STEINHAUER, FRANZISKA**: Sturm über Branitz • Spielwiese • Gurkensaat • Wortlos • Menschenfänger • Narrenspiel • Seelenqual • Racheakt **STRENG, WILDIS**: Ohrenzeugen **SYLVESTER, CHRISTINE**: Sachsen-Sushi **SZRAMA, BETTINA**: Die Hure und der Meisterdieb • Die Konkubine des Mörders • Die Giftmischerin **THIEL, SEBASTIAN**: Die Hexe vom Niederrhein **THADEWALDT, ASTRID / BAUER, CARSTEN**: Blutblume • Kreuzkönig **THÖMMES, GÜNTHER**: Malz und Totschlag • Der Fluch des Bierzauberers • Das Erbe des Bierzauberers • Der Bierzauberer **TRAMITZ, CHRISTIANE**: Himmelsspitz **ULLRICH, SONJA**: Fummelbunker • Teppichporsche **VALDORF, LEO**: Großstadtsumpf **VERTACNIK, HANS-PETER**: Ultimo • Abfangjäger **WARK, PETER**: Epizentrum • Ballonglühen • Albtraum **WERNLI, TAMARA**: Blind Date mit Folgen **WICKENHÄUSER, RUBEN PHILLIP**: Die Magie des Falken • Die Seele des Wolfes **WILKENLOH, WIMMER**: Eidernebel • Poppenspäl • Feuermal • Hätschelkind **WÖLM, DIETER**: Mainfall **WYSS, VERENA**: Blutrunen • Todesformel **ZANDER, WOLFGANG**: Hundeleben

GMEINER

Wir machen's spannend